朱晓进学术文集

第三卷

“山药蛋派”与三晋文化

Yam Egg School and
Three Jins' Culture

朱晓进 著

译林出版社

图书在版编目（CIP）数据

朱晓进学术文集. 第三卷，“山药蛋派”与三晋文化 / 朱晓进著. -- 南京 : 译林出版社，2025. 8 . -- ISBN 978-7-5753-0350-7

Ⅰ. I206.7-53

中国国家版本馆 CIP 数据核字第 2024KR7542 号

朱晓进学术文集（第三卷）　“山药蛋派”与三晋文化　朱晓进/著

责任编辑　赵　奕
装帧设计　韦　枫
校　　对　王　敏
责任印制　闻媛媛

出版发行　译林出版社
地　　址　南京市湖南路 1 号 A 楼
邮　　箱　yilin@yilin.com
网　　址　www.yilin.com
市场热线　025-86633278
排　　版　南京新华丰制版有限公司
印　　刷　江苏凤凰新华印务集团有限公司
开　　本　652 毫米 ×960 毫米　1/16
印　　张　32.5
版　　次　2025 年 8 月第 1 版
印　　次　2025 年 8 月第 1 次印刷
书　　号　ISBN 978-7-5753-0350-7
定　　价　95.00 元

朱晓进

男，汉族，1956年12月生，江苏泰州人。文学博士，二级教授，博士生导师。曾任南京师范大学文学院院长、南京师范大学副校长。曾兼任教育部中文教学指导委员会委员、全国鲁迅研究会副会长、全国叶圣陶研究会副会长等。

全国首届高校国家级教学名师（2003年）、全国模范教师（2004年）、全国高校优秀青年教师（2002年）、全国教育战线师德先进个人（2001年）、享受国务院政府特殊津贴专家（1998年）、江苏省首届优秀社会科学工作者（1998年）、有突出贡献中青年专家（2001年）、江苏省高校教学名师（2003年）、江苏省“六大人才高峰”专家（2007年）、江苏省333工程科技领军人才（2007年）、江苏省333工程第一层次人才（2013年）等。

曾先后主持“中国现当代文学”国家级重点学科（2007年）、首批国家级精品课程“中国现当代文学”（2004年）、国家级教学创新团队（2007年）、国家级人才培养模式创新实验区（2009年）、江苏省非物质文化遗产研究基地（2014年）、江苏省当代作家研究中心（2014年）。

曾先后主持国家社科基金重点项目和国家社科基金项目多项，主编全国性教材多部。主要学术著作有《历史转换期文化启示录——文化视角与鲁迅研究》（辽宁教育出版社 1992 年出版）、《中国现代文学现象研究》（百花文艺出版社 1994 年出版）、《“山药蛋派”与三晋文化》（湖南教育出版社 1995 年出版）、《鲁迅文学观综论》（陕西人民教育出版社 1996 年出版）、《找寻中国现代文学史研究的独特角度》（中国文联出版社 2003 年出版）、《非文学的世纪：20 世纪中国文学与政治文化关系史论》（主编，南京师范大学出版社 2004 年出版）、《政治文化与中国二十世纪三十年代文学》（人民出版社 2006 年出版）、《中国现代文学史研究的视阈》（人民文学出版社 2008 年出版）、《鲁迅研究》（主编，中华书局 2011 年出版）、《作为语言艺术的中国现代文学史》（主编，人民出版社 2015 年出版）等；在《中国社会科学》《文学评论》《中国现代文学研究丛刊》等重要学术刊物发表学术论文 200 余篇。

学术研究成果获得国家教育部人文社会科学优秀成果一等奖、二等奖、三等奖（2013 年、2009 年、1998 年），江苏省哲学社会科学优秀成果一等奖 3 次（1997 年、2007 年、2011 年），江苏省哲学社会科学优秀成果二等奖（2005 年）；教学成果获得教育部全国高校优秀教学成果二等奖（2009 年），教育部全国高校优秀教材二等奖 2 次（2002 年、2023 年），江苏省高等教育优秀教学成果特等奖 2 次（2004 年、2009 年），江苏省高等教育优秀教学成果一等奖（2001 年），国务院学位委员会和教育部全国优秀博士学位论文指导教师奖（2014 年），等等。

《朱晓进学术文集》
出版说明

《朱晓进学术文集》分5卷收录朱晓进个人的学术专著和学术论文。第一卷为《中国现代文学史研究论文选》，分“文学史观与文学史研究的思路”“文化视角与中国现代文学研究”“文学语言与中国现代文学文体研究”三个栏目，共收录学术论文29篇。第二卷收录专著《历史转换期文化启示录——文化视角与鲁迅研究》（辽宁教育出版社1992年出版）和《鲁迅文学观综论》（陕西人民教育出版社1996年出版）。第三卷收录专著《“山药蛋派”与三晋文化》（湖南教育出版社1995年出版），并附录3篇与该著内容有关的学术论文。第四卷收录专著《政治文化与中国二十世纪三十年代文学》（人民出版社2006年出版），并附录4篇与该著内容有关的学术论文。第五卷为《文学评论文选》，分“文学理论批评”“作家作品评论”“书评与述评”三个栏目，共收录评论文章40篇，并附录有关文字5篇。

文化自觉与文学研究

中国现代文学史研究的视阈

语言艺术的
现代文学发展史
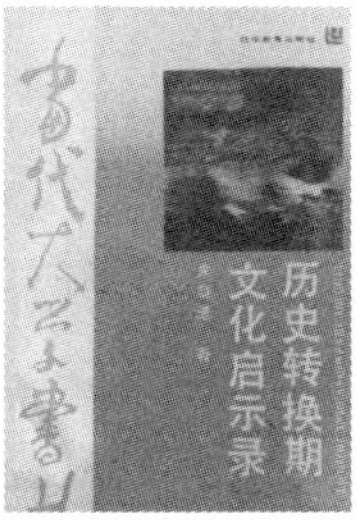
历史转换期
文化启示录

鲁迅
文学观综论

鲁迅研究教程

“山药蛋派”
与三晋文化

政治文化与
中国二十世纪三十年代文学

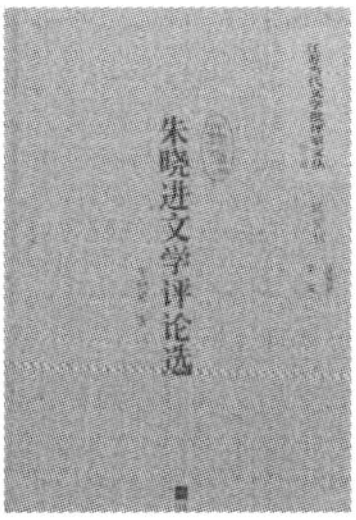
朱晓进文学评论选

找寻中国现代文学史研究的
独特角度

中国现代文学现象研究

目 录

导语：从地域文化的角度研究“山药蛋派” | 003
第一章 “山西味道和晋阳气息” | 020
第一节 地域的实指性与敏锐的地理感 | 021
第二节 无处不在的“圪”字 | 029
第三节 避不开的“旱”象 | 041
第四节 受制于地理条件的日常生活 | 056
第二章 系乎水土、地气的民风民性 | 072
第一节 敦厚质实 重利轻名 | 074
第二节 俗尚俭啬 性喜聚藏 | 104
第三节 其俗刚悍 其性倔赖 | 135
第三章 地方民俗的热衷展示 | 187
第一节 “嫁娶送死奢靡” | 192
第二节 “敬神信巫”“醮赛纷举” | 237
第三节 “敛资演戏，四时不绝” | 259
第四章 与三晋大地割不断的联系 | 277

第一节　与生俱来的乡土情趣　| 277

第二节　得益于乡土文化的滋养　| 282

第三节　难以更改的乡土习性　| 288

第五章　未能超越的地域文化精神　| 301

第一节　崇“实”的地域精神　| 301

第二节　拘实性艺术思维　| 304

第三节　过于务“实”的创作动机　| 310

第四节　重实轻名的价值标准　| 321

第五节　求实求真的审美情趣　| 330

第六章　地域性文学传统的承续　| 341

第一节　一脉相承的地域性文学精神　| 341

第二节　小说创作的“戏剧化”倾向　| 358

第三节　文学语言的通俗化追求　| 376

第七章　地域性文化特征与文学流派的命运　| 387

后记　| 406

再版后记　| 409

补记　| 428

附录　| 430

略论“五四”时期的“乡土文学”　| 431

30年代乡土小说的基本范型和主要作家群落　| 459

40年代解放区小说创作　| 487

“山药蛋派”与三晋文化

导语：从地域文化的角度研究“山药蛋派”

一

从地域文化的角度来研究文学流派有着不可忽视的重要意义，尤其是那些在特定的地域文化条件下形成的流派。

在中国现当代文学发展史上，也许没有哪一个文学流派比“山药蛋派”更具有地域文化的特征和意义了。这不仅是指“山药蛋派”的作品在题材上的地域性，即表现了三晋地区的地域性物事、人情、风俗、民性等，而且是指，在这种特殊的地域文化养育下这批作家所形成的相对一致的审美意识、主题思维以及处理题材的方式方法等，而所有这些又往往是其他区域的作家作品中所不具备或并不突出、并不明显的。可以说，从地域文化的角度来研究“山药蛋派”，不仅可以从更广阔的范围来探讨“山药蛋派”的成因，而且还能够以更多的渠道来揭示“山药蛋派”的特征；同时，还有可能在对“山药蛋派”作品的意义和价值的评估上有新的进展。

“山药蛋派”起源于20世纪40年代中期。1942年后，赵树理率先发表了一批具有浓厚的乡土气息和山西地方色彩的作品。当时同在山西的马烽、西戎、胡正、孙谦、束为等，在赵树理的影响下，也写出了具有相似特色的作品。这批作家在新中国成立初曾一度分散，但20世纪50年代中期又都不约而同地先后回到山西工作，并且不断创作出有影响力的作品，从而在20世纪五六十年代形成了一个相当有影响力的文学流派。将这个文学流派命名为“山药蛋派”，正是抓住了这个文学流派地域色彩和乡土气息浓郁这一共同的特色。山西盛产山药蛋，20世纪50年代末，《山西日报》曾登载文章宣传山药蛋的种植、特性以及它在山西人民生活中的重要性和食用方法等。几乎是同时，《文艺报》在1958年第11期推出了《山西文艺特辑》，将赵树理、马烽、西戎、胡正、孙谦、束为等作家作为一个群体做了总的评述介绍。也许是巧合，后来就有人将“山药蛋”用作这一文学群体的名号。

对于这一名号，我同意这样一种评价：“把山西作家群戏称为‘山药蛋派’，不管出自爱昵的谐谑或微含轻蔑的调侃，都无关紧要，它的确较为切当、形象、风趣地概括出这个流派的特色。”[1] 在

1 高捷：《序》，《山药蛋派作品选》，人民文学出版社，1984年版，第4—5页。

关于该名号使用确当与否的争执中，曾有人代表山西农民表述过对这一名号的喜爱：“咱们山西有首民歌里不是有一句：‘交城的大山里有的是好茶饭，白面、莜面栲栳栳还有那山药蛋……’山药蛋土生土长，又挺适用，这有什么不好？起码象征着这个流派的作家们没有忘记广大农民，没有忘记地方特色……”[1]被认为是师承“山药蛋派”作家的韩文洲对此也发表过这样的见解：“对以赵树理为代表的这个文学流派，被称为‘山药蛋’是否准确，可以研究。但既然把它叫作‘山药蛋派’，就是说这个流派的作品有点‘土气’……所谓‘土气’，实际上就是指地方色彩，或者说是‘乡土气息’……我想，所谓‘土气’正是‘山药蛋派’的一个基本特征。‘山药蛋’土里生、土里长，吃它的时候，再洗得干净，也洗不掉它身上的泥土香味。”[2]这是对“山药蛋派”文学感同身受的理解。可以说，“地方色彩”“乡土气息”是“山药蛋派”作为一个文学流派的最主要也最明显的特征。

在以往有关“山药蛋派”文学的研究中，对其主要特征的概括最常见的有三种：一是称其为民族化、群众化（大众化、通俗化）文学流派，二是称其为解放区文学流派，三是称其为农民文学流派。这三种概括都有其合理性，但就揭示“山药蛋派”的文学流派特征而言，又都有其局限性。

1　王莲葆：《开展讨论大有好处》，《山西日报》1980 年 6 月 5 日第 4 版。
2　韩文洲：《从“山药蛋派”的“土气”谈起》，《山西日报》1980 年 7 月 1 日第 2 版。

当这个文学流派最初的一些作品刚刚发表，人们首先注意到的是这些作品的民族化、群众化特点。无论是在解放区还是国统区出现的评论，都热衷于指出这一点。在解放区，如周扬的《论赵树理的创作》和陈荒煤的《向赵树理方向迈进》等，都主要是从群众化语言的角度对赵树理的小说给予肯定的；在国统区，如郭沫若的《〈板话〉及其他》、茅盾的《谈〈李家庄的变迁〉》等，也都注意到了赵树理小说文体的通俗化和形式的民族化。这种关注有其历史的原因。中国新文学自“五四”时期提倡“平民文学”开始，经过 20 世纪三四十年代多次有关大众语、民族形式的讨论，直到 1942 年毛泽东发表《在延安文艺座谈会上的讲话》，种种对文学大众化、民族化的呼唤，终于在以赵树理为首的“山药蛋派”作家这里得到了实践性的回应，这在文学史上不能不视为一件大事。因此，在以往的有关“山药蛋派”特点的研究中，人们充分注意到了它的群众化、民族化的特点，这无疑是合理的。但也应该看到，在所有的关注点都几乎集中在群众化、民族化问题上时，“山药蛋派”作为文学流派的特点并没有得到充分的揭示，它的特殊风味也并未得到充分的阐释。从民族化、群众化这一角度，很难将这个文学流派与当时陆续出现的同样具有群众化、民族化特征的作家如柳青、康濯、周立波等人的作品区分开来。因而群众化、民族化的概括，在揭示文学流派独特性方面有一定局限。

用“解放区文学”来概括“山药蛋派”文学的特点，也并非没有道理。所谓“解放区文学”，当然也包括群众化、民族化的特点，但其内涵更丰富。当时及其后都有许多研究者认为，在解放区历史条件下产生的文学，除了具有群众化、民族化特点外，还具备这样一些特征：反映了解放区独特的生活内容，体现了特定历史条件下的艺术思维方式，作家观照问题的角度受制于解放区特殊的政治形势，等等。而“山药蛋派”文学就被视为全面体现解放区文学特征的文学流派。的确，“山药蛋派”作品主要反映了解放区人民的新生活，而且作家们也多少谈到过写作中为适应解放区形势发展的需要而“赶任务”的情况，因而“山药蛋派”理应归入“解放区文学”。但如果用“解放区文学”来解释“山药蛋派”的文学流派特征，极容易导致以一般取代个别的结果。且不说这个文学流派的作家有大量作品出现在解放区时期之后，以“解放区文学”这一概念难以覆盖全部作品；更重要的是，“解放区文学”的内涵和外延一直比较模糊；同时，解放区涌现的文学作品面广量大，风格各异，不独“山药蛋派”一家，仅仅从“解放区文学”这一角度，难以精准概括这个文学流派的个性特点。“山药蛋派”的确产生于解放区的历史背景下，但在同样的历史条件下，在同一方向的艺术追求下，却独独在山西地区形成了这么一个独特的文学流派，而在更大量地集中着作家文人的陕甘宁边区却没有形成类似的文学流派，这是什么原因？要解释“山药蛋派”作为一个文学流派的形成，固然不能忽视当时解放区文学发展的历史条件，但同样不能忽视的是山西地域文化的条件。没有后者，也许会出现这样那样的文学群体，却不会是“山药蛋派”。与陕甘宁边区最为不同的是，山西就有这么一批土生土长的作家，他们在抗战中期脱颖而出，第三次国内革命战争时期又多固守在山西这块土地上，新中国成立初他们虽曾一度走散，但很快又重新会集，又都回到了山西，并扎下根来。相比之下，陕甘宁边区始终未能集聚起一批真正属于这块土地的、土生土长的作家群体。忽略了“山药蛋派”的形成与山西地域文化的关系，就有可能将其淹没于一般的解放区文学之中。

用“农民文学”来概括“山药蛋派”也会面临同样的问题。毫无疑问，“山药蛋派”作品主要是以农民的生活为表现对象，作家在相当大的程度上照顾到了农民的审美趣味和欣赏习惯。但这里所谓的“农民”，确切地说，应是山西地区的农民。中国幅员辽阔，受制于不同的地域环境，各地农村的发展极不平衡，沿海与内地有很大区别，即便同在内地也是各有差异。一方水土养一方人，不同的地理环境、物质生活条件、历史文化传统等，常常使不同地区的农民在生存状态、生活方式、思维特点、审美情趣等方面产生一定的差别。因此，“农民文学”只有在区别于“市民文学”“都市文学”等概念时才具有意义，而要以此来概括“山药蛋派”的文学流派特征却效用不大，它无法将这个文学流派从所有的“农民文学”中辨析出来。

总而言之，对文学流派的独特意义和价值的挖掘，显然不能局限于上述几条思路，而应该给予这个文学流派的地域文化特性以更多的观照。当然，这并不等于说，以往的“山药蛋派”研究就丝毫没有关注其地域特性，而是说以往这方面的关注还不那么明确、自觉和系统。早在20世纪60年代或更早时期的一些对“山药蛋派”作品的评论中，“地方色彩”和“乡土气息”这两个词语就时有出现，新时期以来，这方面的研究成果中，这类词语更不鲜见。但从目前情况看，对所谓“地方色彩”“乡土气息”的具体的研究，还只是集中在对赵树理这一单个作家身上，而对整个“山药蛋派”与地域文化的关系则很少有人做专门系统的研究。而且，在使用“地方色彩”“乡土气息”等概念时，常常止于印象式、感悟式的阶段，较少通过更细致的实证性分析来昭示这种地方色彩、乡土气息的确指性内容。有时名为研究地方色彩，指出和说明的都是一般性的群众化、民族化问题，而对“山药蛋派”的地域特性竟毫无涉及。将地域特点包容在群众化、民族化特点之中，结果也就失去了从地域文化角度进行研究的意义。

二

从地域文化的角度来研究与特定地域关系密切的文学流派和

文学现象，这属于一种跨学科性质的研究，要求在熟悉文学流派和文学现象的同时，对地域文化的特点也要有所把握。这有一定的难度。中国自古以来就是个“大一统”的国家，各地区文化的趋于统一是一种必然的走向，虽然也许这种进程在长期的封建社会中是较为缓慢的，但封建统治阶级的文化思想总是不断地对各个区域的文化发展起着整合的作用。加之，经过各地区之间长期的民人迁移、民间交往，区域与区域之间的文化渗透也已成为客观事实。这样，要厘定地域文化特征显然不是一件轻而易举的事。到底哪些文化特征是该区域所特有的，哪些是各区域共有的，要完完全全分辨清楚也许根本就办不到。我想，要把握一个地区的地域文化特征，可行的方法也许是注重把握其“完形”。所谓地域文化特征，应是就整体而言的，构成其整体特征的单个文化因子也许并不独属于该地区，但各因子的独特组合（包括量的多少和组合的方式）却是该地区独有的。譬如说，山西地域文化的特征是由文化因子 A、B、C、D 等组合而成形，虽然你可以在陕西文化中发现 A，在河北文化中发现 B，在河南文化中发现 C，但同时具有 A、B、C、D 的才是山西地域文化的特征。而且，即使同是 A 这种文化因子，在一种特殊的组合方式中，也会有区别于他种组合的某种潜在的差异。只要我们在研究和观照地域文化特征时，注重对“完形”的把握，注重辨析不同区域中看似相同的单个文化因子之间的微妙差异，上述难题是可以解决的。况且，如果我们再自觉地将研究重点摆在选择该地区独有的文化因子上，那么，该地区的地域文化的特征就更容易凸显出来。

具体到"'山药蛋派'与三晋文化"这一研究课题，还多了一重由研究对象本身所提供的便利。这一便利主要得益于山西独特的地理条件。

山西地区在历史上被称作"晋""三晋"，是因春秋时期位于此地的晋国和战国时期的韩、赵、魏三国分晋而得名。"三晋"所辖的区域涵盖了现在整个山西省，因此后世有用"晋""三晋"来指代山西地区和山西省的。本课题研究范围是山西，取用"三晋"这一概念，是因为前者主要是行政区划的概念，而后者却多少带有历史沿革和文化界分的意味：它作为一种相对成形的地域文化类型，深深地烙上了历史文化的标记。所谓"三晋文化"，作为一种地域文化，主要是在山西省范围内沿革、形成并保持了相对独立的特征，这与山西地区的特殊地理环境有关。清代顾祖禹在《山西方舆纪要·序》中说：

山西之形势，最为完固。关中而外，吾必首及夫山西。盖语其东则太行为之屏障，其西则大河为之襟带，于北则大漠、阴山为之外蔽，而勾注、雁门为之内险，于南则首阳、底柱、析城、王屋诸山滨河而错峙，又南则孟津、潼关皆吾门户也。[1]

山西因位于太行之西而得名，又因其在黄河以东，所以古代也有“山右”“河东”之称。所谓形势“最为完固”，虽是从军事学上而言的，但从文化发展的角度看，这种相对封闭的地理环境，最易形成相对独立的地域文化特征。

指出这一点至关重要。在中国的许多地区，地域文化的特征不太明显。这是因为随着历史的变迁，一些古代沿袭或俗成的历史区域逐渐变得疆域模糊，地域文化的独特性日渐消失。尤其是近代中国社会的急速变革，加快了民人迁移、景物易貌的过程，使许多地区丧失了地域性文化个性。但山西却不然，山西因其地理环境和地理条件，在近现代是属于疆域变化较少、受近代文明冲击较轻、社会变动也较缓慢的省份之一。辛亥革命之后，山西在阎锡山统治下，虽名义上纳入“民国”的轨道，但实为“阎氏独立王国”。全省除太原略有些微现代文明气息外，其他地区几乎仍处在闭塞落后的状态中，人们的生活仍在既往的轨道上运行。据有关统计，直到新中国成立前夕，山西能够勉强维持通车的铁路不足 100 公里，且轨距宽窄不一，机车类型各异；公路通车里程只有 1288 公里，而且路面多是土路，缺桥少涵，坎坷难行，

1　顾祖禹：《山西方舆纪要 · 序》，《读史方舆纪要》卷三十九，清光绪间抄本，第 1 页 a。

全省只有三分之一的县能够季节性通车。[1] 再就邮电而言，新中国成立前，山西全省仅有邮运汽车 2 辆，自行车 35 辆；办理市内电话的局、所只有 15 处；出省的长途通信完全靠无线电传递，而全省电报通达的局、所仅 22 处。[2] 特殊的封闭性地理环境使山西处于与外界相对隔绝的状态下，而交通、通信等方面的特别落后，又几乎断绝了山西获得近代文明所提供的与外界交往、接受新信息的可能性。这种状况，从社会发展、文化进步的角度来看，显然不是一件好事，但对于我们研究地域文化却有意义。这种封闭性地理环境反而成了保存地域文化特性的重要条件。在面对这样的研究对象时，我们不仅有可能去把捉到它的地域性文化个性，而且它事实上保留得相对完备的独异特征，也在客观上为我们在研究中避免将地域特征普泛化，避免以各区域共同的文化共性替代具体区域的文化个性等弊病，提供了客观条件。

三

我们研究“山药蛋派”与三晋文化的关系，重点是落实在“山

1 山西经济年鉴编辑委员会编《山西经济年鉴 1985》，山西人民出版社，1985 年版，第 97 页。
2 山西经济年鉴编辑委员会编《山西经济年鉴 1985》，第 103 页。

药蛋派”文学上。我们的基本思路是：通过地域文化这一角度来研究和揭示文学现象中的有关问题，而这些问题往往是从其他角度难以揭示或解释清楚的。地域文化的比照仅仅作为一种研究途径，而对文学现象进行解释和阐述才是最终的研究目的。

泛谈“文化”，相对容易，即以三晋文化言之，如果从天文地理、人文历史、文化变迁、风土民情、民俗风物等方面做一般性的介绍，就很有东西可说。但我们这里所关注的只是与“山药蛋派”文学有关的部分，而不是全部的三晋文化；侧重点是在找出“山药蛋派”文学与三晋文化的关系方式，而不在全面介绍三晋文化。也就是说，唯有与“山药蛋派”文学相关的三晋文化内容，才会进入我们的研究视野。这意味着，我们也许会有意地“遗漏”三晋文化中的一些或许精彩但与本研究主题不直接相关的内容，因此，要在这里找寻到三晋文化的方方面面是不可能的。文化赋予文学以意义，又需要文学来承载，但文学绝不是百纳箱，任什么文化现象都可以往里装，文学的承载能力毕竟是有限度的。如果在研究中，我们对三晋文化的某些方面涉及较多，那一定是因为这些方面与“山药蛋派”文学有较密切的关系；而我们对三晋文化的许多方面的“遗漏”，也是基于它们与“山药蛋派”文学的关系——也许就这些方面单独言之是极有意义和价值的，但它们与“山药蛋派”文学关系不大，我们也只能舍弃。

对“山药蛋派”与三晋文化关系的研究，我们主要从三个方面入手：一是研究“山药蛋派”作品所包蕴的三晋文化的内容；二是研究三晋文化在哪些方面、在何种程度上决定了或制约了以至形成了“山药蛋派”作家的共同的思维方式、观照问题的角度、审美的偏好以及处理题材的方式方法；三是从地域文化对文学的影响效能以及这种效能的时代性、变异性等方面，研究“山药蛋派”这样一个文学流派在产生、发展和消亡过程中，三晋文化所发生的影响作用。

“山药蛋派”文学所具有的浓烈的地方色彩和乡土气息，这是任何一个多读其作品的人都能感受到的。但要真正说清楚这些地方色彩和乡土气息的实指和具体蕴含，当然就要从作品的实际内容出发，去找寻出它们与三晋文化的对应关系。对于那些在“山药蛋派”作品中大量地、反复地出现的内容，尤其应该引起我们的重视：单个山西作家在作品中涉及了某一生活现象，这也许只是偶然；但如果许多山西作家不约而同地在作品中反复涉及这一生活现象，那就足以说明这一现象在该地区具有某种普遍性，其中可能较多地附着了地域文化的信息。当然，还需要从“三晋文化”那一端找寻印证，这种印证必须落到实处。也就是说，应力求用实证的方法来界定作品的某些内容是否具有地域文化的特征。要求实证，就应重视对三晋文化资料的征引。但求证于三晋文化资料时，应慎加选择，尤其是对历史文献中的有关记载，应首先分辨出哪些是属于易变或已变的内容，哪些是属于现存的相对稳定的内容。一般来说，与特定地域的地理环境相连的民风民性、盛行于民间社会中的风俗习惯、民间礼仪、民间文艺、语言特性等，在相对封闭的社会环境中是保留得较为长久的文化内容。正因为如此，我们在找寻“山药蛋派”作品内容与三晋文化的对应关系时，也相对偏重于这些方面。

研究“山药蛋派”与三晋文化的关系，当然不能止步于此。“山药蛋派”作为一个文学流派，它的显著的地域文化特征显然不仅仅是由作品的题材内容所决定的。以山西地区的生活为题材的作品在“山药蛋派”之前、之后或同时代都不少见，而且在有些作品中对具有山西地域文化特征的风土、民情、俗事、风物等也多少有所涉及，但我们在读这样一些作品时却并未感觉到像“山药蛋派”作品中所具有的那么浓烈、醇厚的“山西味道”或曰“晋阳气息”。因此，还应注重考察作家自身与山西地域文化的特殊关系。“山药蛋派”作家多是在山西乡村土生土长的，在他们的文化教养中，山西地域文化哺育占了主导的位置，这就先天决定了他们在创作时与山西文化所割不断的联系。浸润于山西地域文化的氛围中，无论是在乡土情趣还是地方色彩方面，对他们来说都是无须刻意追求就能轻而易举获得的，这就是所谓“血管里流出的都是血”。这对在其他文化域中养育成的作家来说，无论如何也无法在表现山西生活的“地道”上与他们相比。抗战时期也曾出现过一批非山西籍作家表现山西地区生活的作品，这些作家也曾努力追求山西味，去着意再现具有山西味的生活现象，但在把握表现对象上，他们却很难像“山药蛋派”作家那样对表现对象抱有完全同情之理解的态度。这里有文化域渊源的差异（对此，我们将在正文中做具体的对比性分析）。因此，我们还应注重对“山药蛋派”作家本身与三晋文化关系的研究。一方面，我们要充分考虑到他们自身的乡土性质，充分注意那些具有地域文化特征的风俗习惯、宗教信仰和民间文艺等对他们的潜在影响；另一方面，我们也要看到，他们毕竟是属于乡村的文化人，三晋地区长期以来的一些文人传统对他们也会或多或少地发生影响。当然，这些考察最后的落脚点仍然还在文学作品上，但这一次对作品的关注，不再局限于其题材内容上具有地域文化显性特征的那些方面，而是要找寻作品中所表现的甚至是隐含的，作家受地域文化影响而形成的特有的观照角度、价值标准、审美情趣乃至更为具体的处理题材的方式。只有完成了这个阶段的研究，我们才能进一步将“山药蛋派”特有的“地方色彩”和“乡土气息”落到实处，“山药蛋派”作为地域性很强的文学流派的最主要的特征也才会真正被揭示出来。

“山药蛋派”作为一个文学流派的命运，是与它的主要特征联系在一起的。如果说一个文学流派得以确立的原因主要是在于有一群具有共同艺术追求的作家创作出了一批具有共同特点的作品的话，那么，“山药蛋派”作为文学流派得以确立的最主要的原因就在于有一批三晋地域文化养育而成的作家，他们自觉地成为这种文化的表现者和批判者，并创作出了一大批具有鲜明的三晋地域特点的文学作品。文学流派是否已经确立与能否得到充分发展，并不完全是一回事。一个文学流派在确立后能否得到充分发展，还要看作为该流派赖以确立的主要特征在多大程度上顺应了时代对文学的要求。因此，考察“山药蛋派”的发展及其命运，也就应该从它们所体现的三晋地域文化特征于不同时期在全国整体性文化趋向中所处的位置来综合分析。“山药蛋派”作品出现后很快便“走红”，这与山西地区在抗战时期的重要地位有关。在抗战时期，中国共产党所领导的四个主要的抗日根据地之中，与山西有关的就占了三个，山西的现实情形、斗争形势和人民的生活状况，这本身就是令人们特别关注的焦点。加之，三晋地域文化的许多方面，例如三晋文化所孕育出的山西特有的民风民性、特有的文化价值的取向、特有的审美取向等，恰好在较大程度上契合了抗日战争形势的需要。稍为具体地说，山西民性中的质朴俭啬和毅武倔强等，正是在抗战时期的物质贫困和斗争环境险恶的形势下所需要普遍提倡的重要文化精神；而且这种文化精神在其后一段时期内，仍是在“一穷二白”基础上建设国家时所需倡导的国民精神的主导方面。从文化价值取向看，三晋文化中的“崇实”精神，重实轻名、重利轻文的取向等，与解放区的文化趋向也是相一致的。再看审美取向，“山药蛋派”作家那种源于三晋文化中“崇实”精神的重实用、重实利、重本土的审美追求，与抗战时期和新中国成立初期人民中普遍存在的民族精神、乡土情绪等又是非常合拍的。如此种种，才使“山药蛋派”这样一个以地域性文化为主要特征的文学流派得到了充分发展的历史机遇。但随着时代的推移和社会的发展，当山西地域文化从整体文化趋向的中心位置走向边缘地带时，以山西地域文化为主要特征的“山药蛋派”作为一个流派的继续发展，也就变得十分困难。尽管有人出于善良的愿望，提出通过“改造”来发展“山药蛋派”的主张，但如果“改造”的结果是改变了作为流派的最主要的特征，那么该流派实际上就在这种“改造”中被消解了。可以说，地域文化在整体性文化趋向中的地位和命运，多少也决定了以该地域文化为特征的文学流派的确立、发展和消亡的命运。从地域文化的角度出发，通过具体研究，揭示“山药蛋派”作为文学流派的历史命运，这也是我们研究的目的之一。

最后，我们需要特别指出的是，从地域文化的角度研究文学流派，主要依据在于这一文学流派自身所展现的鲜明的地域文化特征。而且选择这一角度，我们也只是视其为研究途径之一种，并没有排斥或以此取代采用其他一切方式、方法和途径的研究的意思。对“山药蛋派”文学的研究我们也作如是观。

第一章 “山西味道和晋阳气息”

康濯在评论山西作家时说过这样的话：“山西的确早就形成了一个小说家群体”，这个群体的特点是“不断攀越着太行的峰巅，而又不断深入到晋阳的黄土底层和汾水河底的泥沙下面”，从而使作品“同时汇流而共有着一股山西味道和晋阳气息”。[1] 这段话用来概括“山药蛋派”文学，是再准确不过的了。读“山药蛋派”的作品，的确能感到有一股浓烈的“山西味道和晋阳气息”。这种“山西味道和晋阳气息”是这批作家从山西大地上的山、水、黄土、泥沙中生生地抠出来的。确切地说，“山药蛋派”作品中的“山西味道和晋阳气息”首先来自作品内容与山西独特的地理环境和地理条件的紧密联系。

---

1 康濯：《序》，崔洪勋主编《山西作家群评传》，作家出版社，1990 年版，第 2 页。

第一节　地域的实指性与敏锐的地理感

首先指出“山药蛋派”作品中所表现的内容具有鲜明的地域实指性，这是很重要的。按照通常的观念，文学是虚构，而如果要在一种虚构性极强的文学作品中界定出它所反映的生活内容的地域性特征，那不仅相当困难，而且极易误入牵强的泥淖。如此担忧，在面对“山药蛋派”文学作品时，可以释然，因为这些作品的虚构性相对较小，对生活内容的改造和变形的幅度极小，也就是说，这些作品内容的地域实指性很强。在这样的作品中找寻地域性特征就不仅具有真正的可能性，而且也较易避免陷入牵强的误区。

“山药蛋派”作家多数谈到过自己近乎实录式的写作方式。赵树理就曾这样说过，他写作的“材料大部分是拾来的，而且往往是和材料走得碰了头，想不拾也躲不开”，于是便用这些拾来的材料连缀成作品。[1] 他举例说：

> 《小二黑结婚》中的二诸葛就是我父亲的缩影，兴旺、金旺就是我工作地区的旧渣滓;《李有才板话》中的老字和小字辈的人物就是我的邻里，而且有好多是朋友；我的

1　赵树理:《也算经验》，董大中主编《赵树理全集 · 第四卷》，北岳文艺出版社，2018 年版，第 207 页。

叔父，正是被《李家庄的变迁》中六老爷的“八当十”高利贷逼得破了产的人。[1]

其他作家也有类似的表述。西戎说他们写《吕梁英雄传》时，就是抱定了真实记录下吕梁山区抗日英雄们动人事迹的目的，“因此书中的主要人物，绝大多数是以生活中的真人为模特儿的”[2]。马烽在谈及自己的名篇《三年早知道》时，更为明确地说：

这篇小说，基本上是按真人真事写的……这是我比较熟悉的一个村子里的事情……

…………

赵满囤这个人，基本上是依据一个真人来写的，虽然他不姓赵，名字也不叫满囤，但作品中人物的性格、精神状态，大体上是按照这个真实的人来描绘的。小说中的基本情节，也和原来的事实大体相近。[3]

马烽还曾说起过，他写作《一个下贱的女人》《光棍汉》《村仇》等短篇小说的时候，材料也多来自他1947年春天参加土改时用

1 赵树理：《也算经验》，董大中主编《赵树理全集·第四卷》，第207—208页。
2 西戎：《〈吕梁英雄传〉写作前后》，《西戎文集·第五卷》，山西人民出版社，2001年版，第2375页。
3 马烽：《〈三年早知道〉的写作经过》，《马烽文集·第八卷》，大众文艺出版社，2000年版，第369—370页。

日记记下的“一些农村生活”。[1] 很显然，这批作家写作的方式是注重实录，较少虚构，尤其是在对人们日常生活的描写中，注重展现其生活的原生态。当然，就整篇作品而言，他们有自己独特的构思，这种构思中融入了作家的某些思想、愿望和对现实的思考，但作为构成作品人物、情节的一个个小的细节单元或事件单元，常常是不加想象的现实生活的挪用。也就是说，他们绝不写“超出农民生活或想象之外的事体”[2]。或用他们自己的话来说，“不是靠我的想象创造出来的”，而“只能‘照猫画虎’”。[3] 这种对山西地区发生的人和事的近乎实录式的“照猫画虎”就使“山药蛋派”作品具有了很强的地域实指性。

“山药蛋派”作品的地域实指性，早就引起了有关研究者的注意，曾有评论者明确指出：

> 赵树理创作的现实主义还表现在他反映生活的严格的、准确的时空性上。即他的故事的时间、地点都有明确的规定性，不可任意挪动搬迁，人物、情节都只能是此时此地的产物，而非彼时彼地所能有。春花秋实，不乱其时，南橘北枳，难易其所。他的故事都有鲜明的时代特征和浓

1 马烽：《我是怎样学习写作的》，《中国青年》1950 年第 44 期。
2 周扬：《论赵树理的创作》，《解放日报》1946 年 8 月 26 日第 4 版。
3 马烽：《〈马烽小说选〉自序》，《马烽文集 · 第八卷》，第 382 页。

郁的地方色彩。[1]

正是这种时空的“明确的规定性”，使我们可以在这些作家的生活经历中找到与其作品中的人物、事件、地点、时间相对应的确证。关于人物、事件的实指性，“山药蛋派”作家们自己已有披露（如我们上面曾列举到的）；而地点和时间，则常常是作品中直接点明的。细心的读者会感觉到，“山药蛋派”作品往往在其开头先交代具体时间和地点（显示出一种纪实性文学的特点），时间有时具体到某年某月某日的某个时辰，地点则昭明具体的某区某县某乡某村。有时地名虽为虚构，但从其具有明确的规定性的描述中，熟悉该地地理环境的人便也能看出它实际上是实写了何地。例如，赵树理的《三里湾》并没有直接点出作为生活原型的山西省平顺县川底村，但“三里湾”这一名称本身却已多少说明了问题：川底村作为山区村庄，由西向东流经该村的一道小河有三道湾，而三道湾之间的距离恰好是三里。而且，“旗杆院”的旗杆也正是该村的景观之一。同时，关于“刀把地”，据川底村老农回忆，也确是该村实有：“‘刀把土地’有，我们村管那块地叫‘东北根’。这块地下边有七八十亩地，从上边开渠

1 黄修己：《历史的贡献及局限（节录）》，《赵树理研究资料》，北岳文艺出版社，1985年版，第383页。

引水浇下面的地，非通过它不可。”[1] 很明显，“三里湾”就是川底村。再如赵树理的《灵泉洞》，也曾有人根据作品中所描写的地形、地貌等特点，对其实际地点进行过考证：

> 作者在书的开始就说：灵泉洞“这事出在太行山南端”。我认为，它应该在山西省陵川县一带，邻近河南省的焦作和博爱市，因为这里高山环绕，形成太行山峡，道路曲折，古称“羊肠鸟道”。在沟壑纵横的大山中，像灵泉洞那样“分散着住在沟的两岸”的村庄，到处可见。而且陵川、晋城、阳城的地质状况很奇特，属于奥陶纪石灰岩。地下多泉眼和溶洞，具有喀斯特地质特征，会有像书中所描写的那些奇特的洞（在陵川、晋城、阳城一带的南山中多有这种地质特征）。[2]

“山药蛋派”作品中具体内容的地域实指性，为我们研究其作品与山西地域文化的关系提供了一个可靠的前提条件。

还需要指出的是，“山药蛋派”作家对山西独特的地理条件有着特殊的敏感，即所谓有着较强的“地理感”。指出这一点同

1 李士德：《生活中的“三里湾”——平顺县西沟公社川底村民采访录》，《赵树理忆念录》，长春出版社，1990 年版，第 137 页。
2 王中青：《关于〈灵泉洞〉》，《赵树理作品论集》，北岳文艺出版社，1987 年版，第 55 页。

样是重要的，因为谈地域特点或地域文化，不能不首先从该地域特殊的地理环境和地理条件出发。所谓“山西味道”“晋阳气息”，是系于山西地区特殊的地理环境——山、水、黄土、泥沙等之上的。

“山药蛋派”作家的地理感，可以从他们作品中所取用的地名上看出。对“山药蛋派”主要作品中的地名做一粗略的统计，我们便发现，除了诸如张家庄、李家庄、赵村、田村之类地名看不出地理特征外，大多数地名都与“山”“沟”“涧”“坡”“坪”“湾”“堡”等联系在一起。山西地区多山，于是便有以山为地名的，如刘家峧、阎家山、红沙岭、白云岗、西岭大队、王家山、冯家山等。有山必有坡和坪，与此相关的地名就有南坡庄、红土坡、坡底村、金斗坪、刘家坪、三角坪、柳树坪等。山多，则山与山之间的沟、涧也多，于是以此为地名的便有黄沙沟、灵泉沟、玉沟村、东峪沟、东涧村、西涧村、三岔沟、南山沟、横沟等。山区地形复杂，河流多湾，与此相关的地名又有三里湾、田家湾、柴家湾、杏湾村等。上述地名，显示出多山的山西地区的鲜明的地理特点。在“山药蛋派”作品中还有许多与“堡”相联系的地名，如刘家堡、南堡村、牛家堡、马家堡、高家堡、前堡子、后堡子等。“堡”虽无明显地理特征，却颇具山西地域特点。据有关方志记载，山西的许多地方“村皆有堡，十九不居人。因山者，多内有井，有碾，有窨室，大抵唐宋前所筑……今皆废圮，亦昔人避乱之一法也”[1]。山西历史

1 杨韨田纂，余宝滋修《闻喜县志》卷九，民国八年石印本，第5页b。

上一直是军事要地，唐宋前此地战争尤多，固多有供避乱自卫之用的堡。以“堡”为地名，连接着地方历史遗迹，亦能显示出一种地域特点。

当然，“山药蛋派”作家的地理感绝非仅限于地名的取用上，他们更有一种对地理特点作描绘的极大兴趣。我们且看几段有关描述：

> 安泽的旧县名叫“岳阳县”，和沁水县的北部连界，是沁河的中游。这地方全部是山区，土山多，地广人稀，可以开垦的荒山面积很大。[1]

> 蛤蟆滩过去是个有名的穷村子，村东是干山坡，村西是盐碱滩，全村没一亩好地。[2]

> 这里土地贫瘠，文化落后，人民生活十分寒苦，除沿黄河有些种植枣树的河湾地，其余皆黄土丘陵。民食以黍菽野菜为主，当地流行的民谣称：“河曲保德州，十年九不收，婆姨挑苦菜，汉子走西口。”[3]

1　赵树理：《实干家潘永福》，董大中主编《赵树理全集·第二卷》，第373页。
2　马烽：《杨家女将》，《马烽文集·第四卷》，第285页。
3　西戎：《〈讲话〉引我走向生活》，《西戎文集·第五卷》，第2335页。

王家山坐落在一条大沟边的土山坡上。一条河水从山脚下潺潺流过……离王家山二里地有一座大黑山，山上长满梢林，从山脚到山顶足足有五里多地。黑山那边当然也有人家，也有村庄。[1]

这些描述是随手拈来的。描述中都涉及了山西典型的地貌特征。山西省是一个山地丘陵辽阔、平地狭窄的省份，这与河北、河南有广阔平原的土地资源结构截然不同。而且山西省境内地表广泛覆盖着黄土，晋西黄土高原经长期流水冲刷，已形成了黄土残塬和丘陵沟壑地形；吕梁山以东、太行山以西，虽黄土沿低山缓坡、山麓地带、盆地两侧呈台地形式分布，但经长期流水切割，许多台地也已成破碎的黄土丘陵沟壑地形。由于黄土具有质地疏松、易溶的特点，水土流失较严重，土地中的肥分也不易保留，所以土地比较贫瘠。[2] 从上述所引的几段描述文字来看，其中心意象不外乎“黄土丘陵”“坡地”“沟”“河湾”“土地贫瘠”等，这说明“山药蛋派”作家对山西的地貌特征和地理条件不仅有着敏锐的感觉，而且也把握得极为准确。一个地区特有的地貌特征和地理条件，作为该地人的自然生存环境，势必深刻影响该地域人民生活的各个方面。这是一条理解“山药蛋派”作品的地域性特

1 孙谦:《“后山王”》,《孙谦文集・第四卷》，山西人民出版社，2001 年版，第 2174 页。
2 参见《山西省经济地理》(新华出版社 1987 年版)。

征的重要途径。

第二节　无处不在的“圪”字

我们在读“山药蛋派”作品时，发现有一个字出现的频率特别高，这个字就是“圪”。也许可以说，“圪”是最具山西地域特征的方言用字之一。有关“圪”的来源以及它广泛地渗透到各类词汇中的原因，就目前的方言研究看，尚未有明确的结论，但这一地域性方言与山西地理特点之间显然是有联系的。“圪”的意思是“土丘”“土岗”，而土丘、土岗遍布山西，正是我们前面提到的山西“黄土丘陵”地貌的显著特征之一。与土丘、土岗的遍布相对应，“圪”字大量出现在山西人的各类日常生活用语之中，几乎无处不在，这是比较好理解的。我们感兴趣的是，为何在“山药蛋派”作品中“圪”字出现的频率会这么高？因为“山药蛋派”作家曾一再声称，自己是尽量避免使用方言词汇的，“全用这种山西方言写作，别的地区、风土人情各异的读者群就会看不懂，所以也最好不用”[1]。可是在他们的作品中却未能避开这个“圪”字。解释只有一个：“圪”字与山西地域特征联系太紧密了，作家们若

1　赵树理：《做生活的主人——在广西壮族自治区文艺创作座谈会上的发言》，董大中主编《赵树理全集·第四卷》，第544页。

要准确地传达自己的意思，又要不失特有的“山西风味和晋阳气息”，几乎找不到能取代“圪”字的词了。

我们还是先对“山药蛋派”作品中的“圪”字句做些例证，从中是可以体会到那份地方味道的。

与“圪”字本义直接相近的词，在“山药蛋派”作品中就有“圪台”“圪垛”“圪垯”等。圪台：土台、土岗的意思——

> 在我们田家沟村口，五道庙背后高圪台上，住着一户人家。[1]

“圪台”还由“土台、土岗”引申为“高台”的意思，如有时指山西农村庙会唱戏的台子——

> 笑面虎在圪台上往下一看，苗海其的眼睛和他碰上了。[2]

圪垛：有时也写作“圪都”，小山、小丘的意思，有时用作量词，作“堆”的意思解——

---

1 束为：《好人田木瓜》，《老长工》，山西人民出版社，1958 年版，第 17 页。
2 束为：《红契》，《老长工》，第 135 页。

你看！远远地又过来了一圪都人，咱们躲到这茅厕里听听他们说什么。[1]

圪垯：亦写作“圪塔”“圪瘩”“疙瘩”，是坷垃、土块的意思——

他认准了一条：农民就得种地，要过好光景就得从土圪垯里榨油。[2]

他觉得那些裹手巾子打土圪垯的人，成不了个气候，不待理他们。[3]

比方，他父亲说：“只有最无知的人，才欺负土圪垯种庄稼！”[4]

秋地呢，土疙瘩干得像石头一样，他用手挖下去好几寸深，也看不到一些湿土。[5]

王老汉往回走的时候，一路盘算：……小山狗仔子，

1 赵树理：《万象楼》，董大中主编《赵树理全集·第三卷》，第 70 页。
2 马烽：《五万苗红薯秧》，《马烽文集·第四卷》，第 291 页。
3 束为：《老婆嘴退租》，《老长工》，第 142 页。
4 孙谦：《演戏的故事》，《孙谦文集·第四卷》，第 2244 页。
5 胡正：《汾水长流》，《胡正文集·第一卷》，山西人民出版社，2001 年版，第 44 页。

懂得个甚，论工作，他还能说到点子上，说到种地，叫他捣上几年土圪垯再说吧！[1]

圪垯（疙瘩）有时也用作形容词，形容打结、结块、成堆的意思——

吕笃谦恼了，脸憋得像个红瓢，眉毛拧成一疙瘩。[2]

圪垯有时还用作量词，作“块”的意思解——

三老汉说到这里，转身对王丙红说：“家里有窝窝没有，咱先吃上一圪垯？”[3]

与“圪”字本义相近的还有一些被用于地名的词，如“圪嘴”“圪塄”“圪崚”等——

东圪嘴上那块写的是：“圪嘴上至崖根，共三亩二分八厘。”[4]

---

1 束为：《春秋图》，《老长工》，第 78 页。
2 孙谦：《村东十亩地》，《孙谦文集·第四卷》，第 1942 页。
3 束为：《老婆嘴退租》，《老长工》，第 147—148 页。
4 赵树理：《李有才板话》，董大中主编《赵树理全集·第一卷》，第 178 页。

刘家圪崚的蓝英，今年十八啦。[1]

“圪”字在山西人口语中普遍被使用着，几乎可以说是无处不在。它可以与其他词组合成动词、形容词、副词、名词等多种词类。在“山药蛋派”作品中，用作动词的“圪”字词组就有“圪蹴”“圪弹”“圪挤”“圪吵”“圪搅”等。圪蹴：蹲的意思——

苗海其不说话，圪蹴在那里。[2]

王老汉看来势不对，圪蹴下不说话。[3]

任命根一直没说话，只是圪蹴在门背后抽烟，悄悄地听，间忽也叹两声气。[4]

圪弹：动弹的意思——

福贵从此好像两腿插进沙窝里，越圪弹越深，第四年便滚到九十多块钱了。[5]

1 西戎：《谁害的》，《西戎文集·第一卷》，第 77 页。
2 束为：《红契》，《老长工》，第 138 页。
3 束为：《春秋图》，《老长工》，第 85 页。
4 马烽：《光棍汉》，《马烽文集·第三卷》，第 182 页。
5 赵树理：《福贵》，董大中主编《赵树理全集·第一卷》，第 343 页。

圪挤：紧紧靠拢的意思——

他不笑还好看些。一笑起来，眼睛，鼻子，嘴巴，一伙圪挤在一起，就像我这老皮拳一般，真叫人受不住。[1]

圪吵：争吵、议论的意思——

那年春旱，谷子种不到地里，村里人一天到晚圪吵，这个说老天爷要收人呀，那个说老天爷要夺庄户人的饭碗呀！[2]

从他们的圪吵声中，可以明确地听出来，他们对硬性推行包干到户非常反感。[3]

圪搅：打搅的意思——

这么七耽误八圪搅，时间都给白浪费了。[4]

1　束为:《老长工》,《老长工》，第7页。
2　束为:《春秋图》,《老长工》，第76页。
3　马烽:《野庄见闻录》,《马烽文集·第四卷》，第376页。
4　马烽:《伍二四十五纪要》,《马烽文集·第三卷》，第357页。

“山药蛋派”作品中,“圪”字词组用作形容词的有“圪仰”“圪溜”等。圪仰：形容走路姿势不正的样子——

> 孟祥英打回柴来了，婆婆嘴一歪，悄悄说：“圪仰圪仰，什么样子！”[1]

圪溜：作溜顺的意思解，山西有些地方将快板、顺口溜称作“圪溜嘴”——

> 这种歌，在阎家山一带叫“圪溜嘴”，官话叫“快板”。[2]

“圪”字词组也有用作副词的，如“圪铮圪铮”——

> 姨姨坐上炕，翠娥听见刚才的话，心里就像针捅，圪铮圪铮的痛，一下躺到姨姨怀里。[3]

在“山药蛋派”作品中，“圪”字词组作为副词使用时，出现得最多的是象声词，如“圪圪嗤嗤”“圪登登”“圪叭”“圪腾圪

1　赵树理：《孟祥英翻身》，董大中主编《赵树理全集 · 第一卷》，第 213 页。
2　赵树理：《李有才板话》，董大中主编《赵树理全集 · 第一卷》，第 164 页。
3　西戎：《谁害的》，《西戎文集 · 第一卷》，第 88 页。

腾”等——

张有义圪圪嗤嗤笑个不住。[1]

我向庄禾跟前走。快到地头了，我听见一种响声：“圪叭——圪叭”，像高粱拔节子，又像蚂蜡拍翅子。[2]

但是等到十点来钟时候，我那胖嫂子“圪腾圪腾”地跑到我的窗沿下。[3]

“圪”字词组更多的还是名词，这是些更为日常生活化的词汇，“山药蛋派”作品中出现这类“圪”字词组也最多。例如“圪（疙）针”“圪蛋”“圪皱”“圪栏”“圪膝”“圪角”“圪崂”“圪堆”等。圪针：指某些植物枝梗上的刺儿——

“我真是瞎了眼跳高高跳到圪针窝里来了……”

…………

“好，你也会编排着骂人了？我怎么是狼、是狗、是

1 西戎、马烽：《吕梁英雄传》，《西戎文集 · 第一卷》，第 192 页。
2 孙谦：《村东十亩地》，《孙谦文集 · 第四卷》，第 1941 页。
3 孙谦：《伤疤的故事》，《孙谦文集 · 第四卷》，第 2043 页。

圪针？吃你来，咬你来，还是扎你来？”[1]

不想李厚拿了镢头，领着众人直奔牛圈里去。这一下，“长烟袋”的心就擂起鼓来了；这一下，“长烟袋”的两只脚就好像踏上圪针了。[2]

圪蛋：亦作“圪旦”，指蛋状物——

孙生旺听得上了瘾，忙插过来问道：“听说西山里有民兵，地雷圪蛋到处炸，人就不能进去；你见过地雷没有？是什么样子？”[3]

山西有些地方用“石圪蛋”来形容人的固执、顽固等，如孙谦《大门开了》中的主人公，取名为“工石圪旦”，就是喻指其性格中的执拗、愚顽的特点。“圪蛋”用作骂人时，则又有“坏蛋”的意思——

老实肯干的社员都干活去了，剩下几个奸顽圪蛋，眼

1 胡正：《汾水长流》，《胡正文集·第一卷》，第346—347页。
2 胡正：《“长烟袋”》，《胡正文集·第三卷》，第1093页。
3 西戎、马烽：《吕梁英雄传》，《西戎文集·第一卷》，第297页。

前摆着扁担箩头，不去送粪，围着我看热闹哩！[1]

圪皱：皱纹的意思——

房里还有一个人，是胖墩墩的老汉，五十来岁，虽是满脸圪皱，腰板可是挺结实。[2]

圪栏：指条状、棍状物——

长的是矛子枪短的是剑，还有那铁火柱枣木圪栏。[3]

圪膝：就是“膝”的意思——

苗海其亲眼看见笑面虎被众人斗得话也说不出一句，屁也放不出一个，双圪膝跪在那里，只向众人磕头……

…………

老马听了这话，用圪膝顶了福生子一下，他俩就走了。[4]

---

1 束为：《老长工》，《老长工》，第8页。
2 束为：《老长工》，《老长工》，第2页。
3 赵树理：《万象楼》，董大中主编《赵树理全集·第三卷》，第73页。
4 束为：《红契》，《老长工》，第135—173页。

圪角：指角落——

众人说着就生了气，一窝蜂上去要打笑面虎，苗海其藏在墙圪角里，也跟上众人喊道："打打打，打这没良心的。"[1]

圪崂：狭窄偏僻的地方——

人常说：住到城里，好比住到莲花盆里，住到村里，好比住到沤麻坑里，你嫌这山圪崂地方还没住够？[2]

圪堆：指土堆或堆状物——

王老汉生气地说："你们没营生干啦！没营生干，不会去河滩背石头！我要带这辫子进墓圪堆呢！"[3]

在上述诸多的"圪"字例句中，有一个特别值得注意的奇特现象，这便是在多数情况下，"圪"字在组词过程中，它本身常

1 束为:《红契》,《老长工》，第135页。
2 西戎:《谁害的》,《西戎文集 · 第一卷》，第83页。
3 束为:《春秋图》,《春秋图》，工人出版社，1950年版，第87页。

常并不具有实词的意义，它在所构词中并不决定该词的词义与词性。例如，“圪吵”的词义只取自“吵”，“圪搅”的词义只取自“搅”，“圪针”的词义只取自“针”，“圪蛋”的词义只取自“蛋”，“圪皱”的词义只取自“皱”，“圪挤”的词义只取自“挤”，“圪膝”的词义只取自“膝”，“圪堆”的词义只取自“堆”，等等。在这些“圪”字词组中，“圪”字在组成词汇时似乎并没有给词汇本身增添什么实质性意思，但不能忽略的是，它给词汇带来或增加了一种山西地区特有的地方味道！这才是十分重要的。很显然，我们如果在上述例句中用不带“圪”字的同义词去替换掉那些“圪”字词组，那么，这些句子特有的地方味道肯定会大大减弱。

据有关方言调查，“圪”字词组至今仍是山西某些地区出现频率最高的方言词汇之一。我们也曾在与山西相邻的主要表现河北地区生活的作家康濯和陕西作家柳青的笔下读到过少量“圪”字词，这除了可以从康濯、柳青都曾在山西生活过相当一段时间这一点上找原因外，还可视为区域与区域（尤其是相邻的）之间的方言渗透。但毫无疑问，山西地区是使用“圪”字这一方言的主体。“圪”字作为山西方言，在许多方志中有记载，仅以清光绪年间纂修的《山西通志》为例，该志所收方言词总共才 300 个左右，而“圪”字词就有好几个，例如“钮扣曰圪答儿”“蹲曰圪垛”“继子曰瞒圪塔”等。[1]旧县志中也有诸如“螟蛉子，曰蛮圪塔”“无稽之言，曰扔圪塔”“举动老实，曰木头圪塔”等记载。[2]直到目前，山西人口语中仍保留了不少“圪”字词。“山药蛋派”作品中大量运用“圪”字词组，在有意无意中恰好凸显了山西方言中的一个重要现象。这本身也多少证明了“山药蛋派”文学与三晋地域文化的难以割裂的联系。

也许，正因为“圪”字积淀了山西独特的地理环境特点，具有很强地理感的“山药蛋派”作家才会如此大量地在作品中使用“圪”字词组。又或者，正因为特殊的地理条件深深地影响和左右了山西人民的日常生活，作为生活的形而上的抽象的语言，“圪”字才在山西群众口语中被高频率地使用着，因而当作家在真实反映山西人民日常生活而又追求山西地方味时，不管他们自觉还是不自觉，甚至是有意识回避方言使用，但终还是摆脱不了这一“圪”字的运用。

第三节　避不开的“旱”象

在“山药蛋派”作品中，描写最多的自然现象是干旱。在读“山

1　王轩、杨笃等纂，曾国荃、张煦等修《山西通志》卷一百，清光绪十八年刻本，第3—4页。
2　李元逸等纂，徐贯之、周振声修《虞乡县新志》卷四，民国九年石印本，第38页。

药蛋派”作品时，我们总是能感到“旱”的阴影的存在，这与其他地区的作家作品相比，也可算是一个比较突出的现象。这里先略举几例：

> 我一大家人就是指那一点租来过活，大前年遭了旱灾，地租没有收一颗，把几颗余粮用了个光，弄得我一年顾不住一年……
>
> …………
>
> 大前年除了日本人和姬镇魁的土匪部队扰乱，又遭了大旱灾，二伏都过了，天不下雨满地红。你知道吧！咱村二百多家人，死的死了，跑的跑了，七零八落丢下了三四十家。[1]

> 不巧的是连年有灾荒，这个秋天更糟糕一点：一夏天不见雨，庄稼干得差不多能点着火。到秋来谷穗像打锣锤，头上还有寸把长一条蜡捻子；玉茭不够一腿高，三亩地也收不够一箩头。[2]

> 这一年的生产搞得不错，第二年社就扩大了两倍，可

1 赵树理：《地板》，董大中主编《赵树理全集·第一卷》，第219—220页。
2 赵树理：《孟祥英翻身》，董大中主编《赵树理全集·第一卷》，第215页。

是偏偏遭了旱灾，秋天庄稼又被雹子打了一次，粮食收得很少……

…………

……那年我们这地方遭了旱灾，地主家借口没打下粮食，工钱只给了一半。[1]

一片小平原，村庄星罗棋布。四周群山环绕。从东到西有一条深涧，涧底清水奔流，地里干旱异常。微风吹过，尘土飞扬。

…………

田野里到处是人，他们正在细心地收割那些旱坏了的庄稼——谷穗像兔子的尾巴，高粱穗只有拳头大，瘦小的玉茭棒子一半没有籽粒……[2]

陈家寨都是老旱地……看那些玉茭苗，个儿低、秆儿细，就像是得了黄痨病，太阳一晒，那些灰黄的叶子都卷扭得像是麻花。陈家寨没有河水，也没有泉水，土地又很分散，近代化的提水工具一件也使不上。[3]

1 马烽:《太阳刚刚出山》,《马烽文集 · 第四卷》，第 269—271 页。
2 马烽、孙谦:《高山流水》,《马烽文集 · 第五卷》，第 203 页。
3 孙谦:《演戏的故事》,《孙谦文集 · 第四卷》，第 2241—2242 页。

入了伏，庄稼正需要水，老天爷却故意不下雨。人们把水库里的水放光了，把水井里的水抽干了，可是庄稼呢，连三分之一还没有喝到水……那些没有浇的庄稼却是一见太阳就蔫，灰溜溜的，像断了气一样。[1]

庄稼正是要雨的时候，偏偏入伏以来，连一滴雨也没下过。地里的秋苗旱得颜色发了灰，到中午，叶子都软软地耷拉下来。[2]

偏偏这时候又发生了干旱现象，一伏没落雨，二伏没落雨，到了三伏了，还是不落雨，农业社的庄稼旱得都卷了叶子，干黄干黄的，像火燎过似的。[3]

秋地呢，土疙瘩干得像石头一样，他用手挖下去好几寸深，也看不到一些湿土。

土地这么干旱，过几天怎么安种庄稼？郭春海一时焦急地仰起脖子，看看天空，那晴朗朗的天空，仍是一丝云彩都没有。他又扭头看看汾河，在那宽阔的河滩里，也只

1 孙谦:《大红旗与小黑旗的故事》,《孙谦文集 · 第四卷》, 第 2103 页。
2 西戎:《两涧之间》,《西戎文集 · 第二卷》, 第 862 页。
3 孙谦:《伤疤的故事》,《孙谦文集 · 第四卷》, 第 2047 页。

是淌着一条细小的流水，而且河槽比村里地低。[1]

那年春旱，谷子种不到地里，村里人一天到晚圪吵，这个说老天爷要收人呀，那个说老天爷要夺庄户人的饭碗呀！……

…………

“今年天旱谷苗不齐。”王老汉马上把脸变下来，发愁似的说。[2]

这类例子，不胜枚举。在上述举例中，不管是形象的描绘，还是直语的叙述，其中心用语不外乎“干”“旱”“天旱”“不下雨”等。从各作品所反映内容的时间来看，前后跨越数十年，而从地区来看，则遍及大半个山西省。也就是说，“山药蛋派”作品所反映的干旱问题，在山西不是一时一地的现象，而是一种较为长久的、几乎无时无处不在的“天象”。“山药蛋派”作品对干旱现象反反复复描述和涉及，给人留下的对山西自然现象特征的总体印象，与山西实际情况是完全符合的。

山西地理条件特殊，地表水严重不足。该省省内的河川径流，其主要来源为自然降水，大多数为季节河。虽有几条较大的外流

1　胡正：《汾水长流》，《胡正文集·第一卷》，第44页。
2　束为：《春秋图》，《老长工》，第76—84页。

河，但因山西山区面积大，地形破碎，河道下切，耕地地势相对较高，而不利于灌溉（即“山药蛋派”作品中所谓的“河槽比村里地低”）。过去，山西农民耕种主要是依赖自然降雨。但山西又是雨水量较少的省份，这与山西的地理位置和地理环境有关。山西地处中纬度，地势高，虽距海并不遥远，但受山脉屏障，海洋季风影响由东南向西北递减，因而干燥少雨，年降雨量少，且分布不均匀，与农作物需水期常不一致（这就是“山药蛋派”作品中反复写到的，“正需要水，老天爷却故意不下雨”“庄稼正是要雨的时候……偏偏连一滴雨也没下过”等），这极易形成旱情。虽然山西南、北地区略有区别，例如，对夏粮而言，北部旱情较重，对秋粮来说，南部旱情较重（“山药蛋派”作品中提到“夏伏缺雨”，这多是写的山西中部偏南地区的生活，而提到“春旱”，则多是写山西北部地区的生活），但就整体而言，可以说，普遍性的干旱却是多年来山西人民避不开的自然灾害。[1] 早在明代曹尔祯《烈石渠记》碑中就有这样的记载：“三晋地瘠山多，风高天冷，十年中旱常八九。”[2] 后又有山西学者做过更为详细的统计：

解放后28年中，就有24年发生程度不同的旱灾，仅

1 参见《山西经济年鉴1985》（山西人民出版社1985年版）和《山西省经济地理》（新华出版社1987年版）。

2 曹尔祯：《烈石渠记》，张正明、科大卫、王勇红编著《明清山西碑刻资料选（续一）》，山西古籍出版社，2007年版，第193页。

1960年就因旱减产粮食18亿斤……

…………

1973年张履声、叶青征在《山西省旱涝规律及其防治措施的初步探讨》一文中指出："从1464年（明天顺末年）到1972年的508年中，我省发生旱情303个年次，其中特大旱7个年次，大旱72个年次……"并指出："特大旱年有80年左右周期，大旱年有11年周期，近50年有5至6年周期。大旱年一般连续2至3年，特大旱年连续3到5年……"[1]

总而言之，山西特殊的地理环境造成了山西自然灾害的特点。在山西境内，向来就有"十年九旱"之说，旱象成了山西人民所无法回避的问题，它像一个巨大的阴影，是那样长久地笼罩着山西大地，从而也深深地影响着山西人民的生存和生活方式。"山药蛋派"作家们同处于这样的生存环境中，他们深切地了解旱象对山西人民生活的意义和作用，因此，他们在作品中大量地描述这种旱象，就不仅非常自然，而且也很有必要。

既然旱象是山西人民必须面对的重要生存环境，那么与其对应的，自然是山西人民在这种环境中艰难地求生存的状况。"山

1　肖树文:《山西的干旱问题》,《山西师院》1978年第3期。

药蛋派”作品反映山西人民的生活，有许多正是从这方面展开的。

赵树理写于20世纪40年代的《开河渠》和写于20世纪50年代的《求雨》，内容大同小异，都表现了人们在旱灾面前的两种不同的求生存的方式。《求雨》中写到的金斗坪村，这年夏天不幸遭遇旱灾，在灾害面前，出现了这样的奇观：一边是多数人在挖土开渠，另一边是不少人在龙王庙里开始了祈雨的仪式。“开渠的开渠，求雨的求雨，谁也妨碍不了谁！”[1]两边人数的消长随着开渠工程的进展程度而波动。最终是开渠成功，祈雨的人员也都停止了祈雨。作家在这里主要是希望通过两种求生存方式的对比，将人们从消极求生存（向神祈祷）引向积极求生存（以积极的方式，如开渠等，与自然抗争）的方式中去，但作品中写得有声有色的有关“求雨”的民俗是同样值得重视的。透过这一民俗，我们可以从一个较为深刻的层面上看到旱象这一自然灾害是如何深深影响乃至形成了山西人传统的生存、生活方式和心态的。作品一开头做了这样的介绍：

> “龙王”在中国的旧传说中是会降雨的神圣之一（传说中这一系列的神圣还有好多位），所以在经常遭受旱灾威胁的地方，往往都建有龙王庙。[2]

1 赵树理:《求雨》，董大中主编《赵树理全集·第二卷》，第51页。
2 赵树理:《求雨》，董大中主编《赵树理全集·第二卷》，第50页。

由于山西旱象特别严重，因此有关为求雨而建的庙宇特别多，除龙王庙外，同属于这一系列的，还有城隍庙、风伯雨师庙等。这些庙宇遍布山西各乡各村。祈雨成了山西乡间的一种重要的传统。这里且举两则山西县志中关于求雨仪式的记载：

> 岁旱，设坛于城隍庙。先期，具公服诣庙，行二跪六叩首礼毕，复跪拈阄，请某处龙神取水。传示乡地洒扫街道，禁止屠沽命，各铺户、家户门首，供设龙王牌位、香案……每日辰、申二时，行香两次，乡老、僧众轮流跪香、讽经，典史监坛，礼房照料香烛。如是者，三日。得雨，谢降撤坛，派乡老送水。[1]

> 凡遇旱请神，两村互为迎送，谓之“神亲”。或迎龙神，或迎狐大夫，或迎李卫公，或迎麻姑，或迎小大王。祷得雨，则将一庙之神俱请，谓之“请后神”。[2]

赵树理《求雨》中写到的金斗坪村的求雨仪式虽略有不同，但金斗坪“求雨”的传统却同样很久远，仪式也非常“正规”：

1　田福谦、张其信纂，王家坊、葛士达修《榆社县志》卷七，清光绪七年刻本，第 14—15 页。
2　王平格、王序宾纂，俞世铨、陶良骏修《榆次县志》卷七，清同治二年刻本，第 3 页 b。

在解放以前，每逢天旱了的时候，金斗坪的人便集中在这庙里求雨。求雨的组织，是把全村一百来户人家每八人编成一班，轮流跪祷……第一班焚上香后，跪在地上等一炷香着完了，然后第二班接着焚香跪守……该不着上班的人，随便在一旁敲钟打鼓，希望引起龙王注意。这样周而复始地轮流着，直到下了雨为止。[1]

这种久已存在的“求雨”活动，在新中国成立后依然存在。《求雨》的中心意旨是通过开渠的成功来否定“求雨”这一迷信方式，但作者在不自觉中，却将这篇本来很短的小说中的绝大部分篇幅，用在对“求雨”这一传统迷信方式的描述上。而从这种描述中，我们看到了“旱象”在山西人民传统的生活习惯中有着怎样深刻的印记。即使是在进入新生活之后，人们久已养成的生活习惯和心理定式也还是很难一下子丢弃。作品中写道，开渠者们并未特别谴责求雨者们，前者中甚至有人以一种同情宽怀的态度看待后者：“叫人家求吧！能求得雨来不更好吗？”[2] 在开渠紧张时刻，不仅庙里一班人同时在相安无事地跪香求神，而且连“参加开渠的人，凡是和龙王有点感情的，在上下工时候也绕到庙里磕

1 赵树理：《求雨》，董大中主编《赵树理全集·第二卷》，第 50 页。
2 赵树理：《求雨》，董大中主编《赵树理全集·第二卷》，第 51 页。

个头”[1]。而当开渠遇到困难时，“原来只在上下工时候去磕个头的也正式编入跪香的班次”[2]。这里固然反映了群众的迷信和不觉悟，但在难以抗拒的天灾面前，却很难过多谴责求生存者心灵的脆弱。不管作品的中心意旨如何，却在客观上展示了“求雨”这一传统生存方式。也许可以说，“求雨”在山西乡民的生活中与“干旱”的历史一样悠久。这甚至在山西的地名上留下了印记。如赵树理的《灵泉洞》中就有这样的记述：“从前讲迷信的时候，每逢天旱，附近几十里的人们常到这里求雨，所以把这泉叫作灵泉。灵泉沟的名字就是这样来的。”[3]尽管“求雨”活动是一种迷信，但这里却包含了山西乡民们受制于天灾的生活历史的重要内容。

在旱象笼罩着的生存环境中，抗争能力极弱的山西村民们，他们除了求助于神灵，还做了些什么呢？“山药蛋派”作品又为我们展现了旧社会另一种更为惨烈的景象，这就是在旧社会乡间普遍留存的为抢水浇地而引发的械斗与村仇。西戎在《两涧之间》这样描述道：

> 原来这两个社，住的是两个村，中间只隔一条小河，河东叫东涧村，河西叫西涧村。在旧社会那时候，东涧西

---

1 赵树理：《求雨》，董大中主编《赵树理全集·第二卷》，第 52 页。
2 赵树理：《求雨》，董大中主编《赵树理全集·第二卷》，第 52 页。
3 赵树理：《灵泉洞》，董大中主编《赵树理全集·第二卷》，第 225 页。

> 涧每年都要闹好几次磨擦。比如说两涧河这股不大的长流水，就是个闹事的根子，只要天高一旱，因为浇地两村总要起纠纷。新社会成立了水利委员会，立下了合理的规章，村里仍少不了不按规章办事的人，浇地嚷架的事，总还是断不了有。[1]

孙谦在《大红旗与小黑旗的故事》中，也借主人公的口诉述道：

> 往年间——别说在旧社会啦，就是在合作化以前，哪一年能不为抢水浇地打几次架？亲兄弟和亲弟兄打架，同村人和同村人打架，本村人和外村人打架——我自己就和旭日社的人打过好几次群架。[2]

马烽在《村仇》《谁可恶》等作品中则更充分地展现了因抗旱争水而引发的械斗，以及由此长期结成的怨仇。《村仇》写的是山西北部两个村庄因抢水浇地而械斗并结下村仇的故事。村仇之下，就连两村亲友之间也结下了难解的疙瘩。分处田村的田铁柱和赵庄的赵拴拴，两人原本是好朋友，又是连襟，可因为抢水械斗，造成了田铁柱砍死赵拴拴的儿子，赵拴拴将田铁柱砸成了

1 西戎：《两涧之间》，《西戎文集·第二卷》，第 862 页。
2 孙谦：《大红旗与小黑旗的故事》，《孙谦文集·第四卷》，第 2110 页。

拐子腿的结果。当然，作者在写这种村仇时，试图从中找出阶级的根源，认为这是地主阶级的操纵与挑唆的结果。但不管怎么说，因抗旱抢水浇地而引发械斗在山西乡间曾是较为普遍的，而且并不总是由地主的挑唆和操纵造成的。因此，对于山西乡间曾普遍存在的抢水械斗，还应从山西人艰苦恶劣的生存环境中去找寻根源。在旱象笼罩之下，水对于该地区的人们来说，是比其他任何东西都更重要的，这是生命之源，抢水对他们来说也许就意味着去分割、争夺那份有限的生存权利。因此，我们并不想就抢水械斗这类事件做简单的道德评价。这里，我们要强调的是，山西地区特有的旱象如何深刻地影响着人们的生存和生活方式，也时时牵动着具有同一生存体验的作家们的心。

对干旱的刻骨铭心的记忆，使“山药蛋派”作家们在作品中写出了一系列与此相关的悲剧和喜剧，也使他们意识到，对于翻身农民来说，他们在相当长的时间内，可能依然需要面对祖祖辈辈未竟的与大自然抗争的生存斗争。而具体到山西农民身上，则主要是解决干旱缺水的问题。于是，我们在“山药蛋派”的许多写于新中国成立后的作品中发现，凡表现生产斗争的作品，多数还是离不开以抗旱为中心的或以抗旱为背景的种种事件。

在《求雨》中，我们已看到了作家所揭示的对于干旱的两种不同态度和方式，而事实所证明、所肯定的，是修渠、打井一类的积极性的方式。的确，这是摆脱干旱困境的切实可行的出路。

胡正也在《汾水长流》中借人物郭春海之口说出这样的话:“有人说天旱是因为农业社得罪了老天爷，要农业社腾出大庙来，叫大家耽误上生产祈雨……祈雨就能有雨了吗？还是大伙齐心协力抗旱吧！人定胜天。”[1] 这是带有宣言意味的,既标示了山西村民们在新生活面前的新的生活信念，同时也显示出作家们对山西农民积极性生存斗争方式的肯定态度。于是，我们在“山药蛋派”作品中读到了许多以打井、开渠、修水库等为中心事件或关联事件的故事。马烽的《我们村里的年轻人》和马烽、孙谦合著的《高山流水》《新来的县委书记》《几度风雪几度春》等电影文学剧本,几乎都是围绕修水库、修水渠这一中心事件展开情节的。《几度风雪几度春》一开场就向人们展现了这样一幅画面:

> 一条乱石河滩。北岸是北堡，南岸是南堡，两村遥遥相对。北堡支书云务本，领着干部和社员们在整修渠道，引水浇地。南堡队长郎自忠在领着社员筑坝垫地。[2]

作品中全部的人物、情节就是在这样的背景下展开的。在所有的“山药蛋派”作家中，大概要算马烽最热衷于这类修渠、打井、筑水库的题材了。这也许与马烽的童年经历有关,在《忆童年》

1 胡正:《汾水长流》,《胡正文集 · 第一卷》，第114页。
2 马烽、孙谦:《几度风雪几度春》,《马烽文集 · 第五卷》，第289页。

一文中，他就曾说起过，童年给他印象较深的记忆之一，是在村里看到旱灾来临时人们的惊恐不安，他常常看到村民们为抗旱争抢渠水而引起械斗。可能正是有关“旱”的童年记忆使他并不满足于直接写出由抢水引发的“械斗”与“村仇”，还使他特别热衷于写更具积极性意义的抗旱斗争。他的小说《太阳刚刚出山》，是写修渠、打井搞灌溉；《五万苗红薯秧》虽故事的中心事件不是写抗旱，但作者在介绍人物时也未忘记告诉人们，主人公当社长“上任第一炮就是发动群众开渠打井”[1]。当然，修渠、打井、筑水库之类的题材，在其他“山药蛋派”作家笔下也并不鲜见。西戎的《两涧之间》整个情节都是围绕汲水抗旱展开的；胡正的《汾水长流》中，抗旱是作为重要的背景之一出现的；赵树理的《李家庄的变迁》中提及“三年大旱，李家庄互助大队开渠浇地，没有垮了”[2]；《实干家潘永福》中更是将潘永福领导修建蒲峪水库作为重要事件来大写特写。所有这类题材的作品或描写，作家们所要张扬的是一种团结抗争、人定胜天的精神，这表明了作家对人与特殊生存环境关系的新的认识。

总而言之，旱象构成了山西人独特的生存环境。无论是求雨、抢水等消极的抗争方式，还是筑渠、修水库等积极的抗争方式，以普遍性而言，它们都是或曾经是具有山西特征的求生存的方式。

1　马烽：《五万苗红薯秧》，《马烽文集·第四卷》，第 291 页。
2　赵树理：《李家庄的变迁》，董大中主编《赵树理全集·第一卷》，第 326 页。

正是从这些与地域性地理条件、环境联系在一起的种种求生存的方式中，我们得以领略到另一种意义上的山西味道和地方色彩。

第四节　受制于地理条件的日常生活

在“山药蛋派”作品中，浓烈的山西味道还常常来自作家们对山西人日常生活习惯和生活物事的描写。在这种生活习惯和物事的背后，我们又总能找到它们与山西特殊的地理条件的某种必然联系。

我们前述的干旱缺水这一山西特殊地理条件就曾对山西人生活习惯的形成产生过深刻的影响。不了解山西山区水的宝贵，我们有时就很难理解“山药蛋派”作品中的有关生活描写。例如，在赵树理的《传家宝》中，写到李成娘与金桂两代人之间的矛盾，李成娘看不惯的金桂的几个“不顺眼”的举动之一是：“她洗一棵白菜，只用一碗水，金桂差不多就用半桶，她觉得这太浪费。”[1] 李成娘常常愤愤道：“洗一棵白菜就用半桶水？我做一顿饭也用不了那么多！”[2] 因为儿媳多用了一点水而引发如此大的愤慨，这在一般人是很难理解的。然而，这摆到缺水的山区，却又有它的合理性。

1　赵树理：《传家宝》，董大中主编《赵树理全集·第一卷》，第 442 页。
2　赵树理：《传家宝》，董大中主编《赵树理全集·第一卷》，第 442 页。

类似的描写在孙谦《伤疤的故事》中也出现过:“小凤正在安安静静地洗锅，我嫂子突然夺下小凤手里的锅刷，一下子把它扔了好远，然后就咒骂起来:‘洗锅还放那么多水，你怕穷不了?’”[1] 虽然作品中嫂子的发火还另有原因，但洗锅多用水之所以能够成为嫂子发火的借口，总还能说明山区人对水的珍惜。正是长期对于缺水的恐慌，养成了山区一代代人对水的珍惜。而这种习性一旦养成，即使在缺水状况有所缓解后仍一时难以改变。作家对此的把握是很细腻而准确的。因为作家也曾生活于同样的环境中，珍惜用水的习性在他们身上也同样存在。有人曾回忆到赵树理的这样一种生活习惯：穿衣服，“是买一件衬衣穿脏了，挂起来，再买一件，挂个十来件，然后再从头穿。穿得不能再穿了，才扔掉”[2]。如何解释赵树理的这一生活习惯？说是懒吧，这不符合赵树理一贯的性格。这里只有一种解释：山区缺水，一般洗衣服都不勤。也许正是因为从小生活于缺水的生活环境中，赵树理才养成了少洗或不洗衣服的生活习惯。

山西地区的地表水严重不足，受制于这一自然条件，山西的水产业一向不发达。在过去，山西的许多地方根本见不着鱼，因此那里的人也很少有会做鱼的。赵树理的《张来兴》中对此就有反映。张来兴曾在安徽亳州学过厨师，有一手烧菜的好手艺，而

---

1 孙谦:《伤疤的故事》,《孙谦文集·第四卷》，第 2037 页。
2 李士德:《用写小说来为人民服务——王中青同志忆赵树理》,《赵树理忆念录》，第 116 页。

做鱼更是他的绝活。但回到山西后，他的这一手艺却难得施展。他带了徒弟，但直到师徒分手，都未能有机会让徒弟学会烧鱼：

> 他临启程的时候跟杜禄说："别的什么我都丢得开，只可惜还没有把你教成个全把式！"杜禄说："谢谢师父！你不要惦记我！眼面前这点活儿我都拿得起来了，虽说没有学会做鱼，可是咱这地方就没有鱼，学不学都一样！"[1]

新中国成立后，县里兴建了一座水库，水库里养了很多鱼，这逐渐改变了人们素不吃鱼的状况，而"形成吃鱼的新习惯"。在一次县里开会期间，大会总务处为了让与会人员都"赏识"一下本县产的鱼，决定在最后会餐的席上特加一道好菜——煎鱼，却没人能做鱼。最后，还是寻到已成老头子的张来兴，在他"指导"下才做出了"煎鱼"这道菜。这篇作品，以"做鱼"为中心事件，写出了山区人民吃鱼习惯的变化，也写出了山西人生活习惯与山西地理条件的关系。

一个地区的人们的生活习惯和饮食结构，受制于该地的地理条件，这是不言而喻的，尤其是在自给自足的相对闭塞的乡村社会。在山西地区，特殊的地理条件首先就决定了农作物种属结构。

1　赵树理：《张来兴》，董大中主编《赵树理全集·第二卷》，第404页。

山西冬季长而寒冷干燥，夏天短而炎热，加之山西地区以干旱天气为主，因此就决定了该地区的农作物只能是高杆旱作物。以山西传统农业来看，基本粮食生产是以高粱、玉米、谷子、小麦、莜麦、山药蛋等为主。农作物种属结构当然也就决定了人们的饮食结构。所以，在山西地方志中早就有这样的记载："饮食，麦为大宗，谷黍次之，罕食稻米。"[1] 我们在"山药蛋派"作品中，常常遇到的一些食事描写是很有地方特色的，这种特色既来自饮食结构中所包含的山西地理条件的影响因素，即饮食结构受制于农作物种属结构；同时，这种地方特色又源于山西人长期形成的一整套膳食方式。例如，谷子是山西人常吃的主要食物之一，做饭、熬粥都有一整套程序。《小二黑结婚》中有这么一段描写：

> 一会，金旺他爹出去小便，三仙姑趁空子向小芹说："快去捞饭！米烂了！"这句话却不料就叫金旺他爹听见，回去就传开了。后来有些好玩笑的人，见了三仙姑就故意问别人"米烂了没有"。[2]

何为"米烂了"？这对于别的地区的人可能一下子听不明白。

1　俞家骥、许监观主修，赵意空、于廷梁纂修《临晋县志》卷四，民国十二年铅印本，第 19 页 b。

2　赵树理：《小二黑结婚》，董大中主编《赵树理全集·第一卷》，第 149 页。

山西盛产谷子，当地人喜欢吃小米捞饭。制作小米捞饭的方法是，先将水烧开，把米下锅稍煮，掌握一定的火候，然后把米捞出放在笼上蒸熟，即成小米干饭。如果火候不对，把米煮烂，成了糊糊状，米就捞不起来了。三仙姑虽在下神，心事却在锅里煮着的小米，担心煮烂了。这才成了一种笑料。赵树理在《灵泉洞》中还曾描写过一支国民党部队在山西闹的笑话：

> 要出发的部队，就是铁栓他们院里驻扎的一个排，这时候都正端着碗吃饭。他们吃的饭很奇怪，一半榆叶一半米，米没有碾细，总还有三分之一是谷子，大家都说伙夫不会做饭，顿顿吃生米，其实他们不懂得谷子要不碾成米，就是煮一天，吃起来也还是这样子。小胖看了看他们碗里吃的东西，向铁栓笑了笑。[1]

谷子与山西人生活的联系的确很紧密，赵树理《李有才板话》中还曾写到正月二十五添仓节，家家吃黍米糕的习俗。黍米也是谷子的一种，亦称黏糜子。赵树理对谷子有着山西人所特有的深厚感情，他甚至专作快板诗《谷子好》赞谷子的长处：“抗旱抗风又抗雹，有时旱得焦了梢，一场透雨又活了；狂风暴雨满地倒，

1　赵树理：《灵泉洞》，董大中主编《赵树理全集·第二卷》，第283页。

太阳一晒起来了；冰雹打得披了毛，秀出穗来还不小。”[1] 也就是说，山西的土壤特性和地理条件特别适合谷子的生长。同时，谷子还有耐吃、耐饥、制作方法多等优点：“吃得香，费得少，你要能吃一斤面，半斤小米管你饱；爱稀你就熬稀粥，爱干就把糟饭捞；磨成糊糊摊煎饼，满身窟窿赛面包。”[2] 这种对谷子的兴趣，实际上也表现了作者植根于山西乡土的地方情趣。

山西土地贫瘠，一般农民过去生活都非常贫困，因此对他们来说，谷子也不是碗里常有之物，他们主要是靠其他杂粮，以及榆叶、苦菜度日。“山药蛋派”许多作品中常写到的“饸饹”（亦写作“河落”）就是一种杂粮面食；还有所谓的“黄蒸”，也是杂粮做成的窝窝头。再有所谓榆叶、榆皮面、苦菜等，虽不是正经粮食，却是饥荒中的农民所离不开的食物。尤其是榆叶与榆皮磨面，是很有山西地方色彩的。从有关山西县志记载来看，食榆叶和榆皮面在山西一些地区是有传统的：

> 谷雨以后，农人种谷，榆荚青，苦菜秀。榆荚和米粉作饵蒸成块，俗谓“榆钱傀儡”，软美可食。榆树皮磨面，和糠秕作羹，可以济荒。[3]

---

1 赵树理：《谷子好》，董大中主编《赵树理全集·第三卷》，第 548 页。
2 赵树理：《谷子好》，董大中主编《赵树理全集·第三卷》，第 547 页。
3 张兆魁、金钟彦纂，金福增修《河曲县志》卷五，清同治十一年刻本，第 53 页 a。

“山药蛋派”作品中常出现的诸如“榆叶粥”“榆皮面汤”“榆叶团团”等，与上述记载是一致的。

在“山药蛋派”作品的食事描写中，具有地方特色同时也最富社会性内涵的，当推赵树理笔下有关“烙饼”的描写。在山西有些地区，“烙饼”是一种特殊之物。“吃烙饼”，有时可以用于社会交往、民间结义的仪式中，如《盘龙峪》第一章中，春生几个青年结拜兄弟，就是通过吃烙饼来进行的。有时，“吃烙饼”是贫富阶层之间的等级标志，如《李有才板话》中写到的“模范不模范，从西往东看；西头吃烙饼，东头喝稀饭”[1]。有时，“吃烙饼”还成为某种社会地位和社会身份的象征：

> 小顺道：“你笑什么？得贵的好事多着哩？那是我们村里有名的吃烙饼干部。”[2]

当人们称谁是“吃烙饼干部”时，其中包含的讽刺大概也正相当于当今人们所谓的“吃喝干部”“烟酒干部”之类。这里，我们所关注的是，为什么区区烙饼能被人们如此看重？这或许还应该从地域特点来看。在山西相对贫困的地区，烙饼的确算是一

1　赵树理：《李有才板话》，董大中主编《赵树理全集 · 第一卷》，第 187 页。
2　赵树理：《李有才板话》，董大中主编《赵树理全集 · 第一卷》，第 168 页。

种奢侈食品。烙饼不仅费面，还要用油；加之在有些地区（如晋东南）因小麦产量不高而较少种植，面粉更显宝贵。所以，平民百姓家固然难得吃上烙饼，即使大户人家也很少开戒，仅只“烙饼间以待客”[1]。作为“待客”的延伸，要请有身份的人帮助说理、判定曲直是非，也得请吃烙饼。这似乎也成了一种乡俗。赵树理在《李家庄的变迁》中曾对此做过具体的描述：

> 从前没有村公所的时候，村里人有了事是请社首说理。说的时候不论是社首、原被事主、证人、庙管、帮忙，每人吃一斤面烙饼，赶到说完了，原被事主，有理的摊四成，没理的摊六成。民国以来，又成立了村公所；后来阎锡山巧立名目，又成立了息讼会，不论怎样改，在李家庄只是旧规添上新规，在说理方面，只是烙饼增加了几份——除社首、事主、证人、帮忙以外，再加上村长副、闾邻长、调解员等每人一份。[2]

“吃烙饼”说理的仪式非常正规：

> 饼也烙成了，人也都来了，有个社首叫小毛的，先给

1　杨韨田纂，余宝滋修《闻喜县志》卷九，民国八年石印本，第 2 页 a。
2　赵树理：《李家庄的变迁》，董大中主编《赵树理全集 · 第一卷》，第 226—227 页。

大家派烙饼……照例还得余三两份，因为怕半路来了什么照例该吃空份子的人。

吃过了饼，桌子并起来了，村长坐在正位上……小毛说："开腔吧，先生！你的原告，你先说！"[1]

乡村的头面人物，借着说理的机会享上一回口福，但整个仪式却又煞有介事。可以说，烙饼在这里其实已不再作为单纯的食品，而成了一种与某种传统的乡俗联系在一起的符号。某种物事一旦被纳入某种传统习俗之中时，其作为一种文化符号的社会承载量常常就会增加。正因为如此，在晋东南一带，区区烙饼，才具有如此大的"功能"：它可以用来盟誓，可以用来标志身份地位，也可以用于请人说理和公断是非曲直的场合。它所扮演的角色与中国许多地区的"酒"（"请酒"）和四川地区的"茶"（"吃讲茶"）颇为相似。

山西特殊的地理条件对山西人日常生活的影响痕迹到处可见，这种影响除体现在食俗上外，在民居特点上也非常明显。"山药蛋派"作品中经常写到的"窑"，就是山西的重要的民居特色之一。虽然在多数作品中，"窑"只是作为日常物事，在叙事时被一笔带过。例如马烽，他在《难忘的人》中写道，"当我醒来

1　赵树理：《李家庄的变迁》，董大中主编《赵树理全集·第一卷》，第227页。

的时候，发现自己躺在一间很暖的窑洞里，太阳从窗户上射进来，窑里显得很明亮”[1]；在《四访孙玉厚》中又写道，“孙玉厚家在村子西头。院里有三孔土窑洞，有两孔的门窗都被烧毁了，烟熏火燎成了两个黑窟窿”[2]，“窑里又闷又热，当炕摆着一盏小油灯，玉厚老汉双眉深锁，蹲在炕沿上不停地抽烟，弄得满窑洞烟雾腾腾”[3]。诸如此类都是点到即止，作者并未对“窑”做细致的描述，这可能是因为作者见惯不奇了。不过，我们毕竟还是在赵树理的《李有才板话》《三里湾》和胡正的《“长烟袋”》等作品中，读到了对“窑”所做的具体描述：

阎家山这地方有点古怪：村西头是砖楼房，中间是平房，东头的老槐树下是一排二三十孔土窑。地势看来也还平，可是从房顶上看起来，从西到东却是一道斜坡……

…………

李有才住的一孔土窑……门朝南开，靠西墙正中有个炕，炕的两头还都留着五尺长短的地面。前边靠门这一头，盘了个小灶……正炕后墙上，就炕那么高，打了个半截套窑，可以铺半条席子……

1　马烽：《难忘的人》，《马烽文集·第四卷》，第213—214页。
2　马烽：《四访孙玉厚》，《马烽文集·第三卷》，第318页。
3　马烽：《四访孙玉厚》，《马烽文集·第三卷》，第322页。

…………

场子就在窑顶上，是好几家公用的。[1]

玉梅离开了旗杆院的大门口往家里走，通过了一条东西街，上了个小坡，便到了她自己的家门口。她的家靠着西山根，大门朝东开，院子是个长条形，南北长东西短；西边是就着土崖挖成的一排四孔土窑，门面和窑孔里又都是用砖镶过的；南边有个小三间南房……北边也有个小三间……东边，大门在中间，大门的南北各有一座小房……西边这四孔窑，从南往北数，第一孔叫"南窑"，住的是玉生和他媳妇袁小俊；第二孔叫"中窑"，金生两口子和他们的三个孩子住在里边；第三孔叫"北窑"，他们的父亲母亲住在里边；第四孔叫"套窑"，只有个大窗户，没有通外边的门，和北窑走的是一个门，进了北窑再进一个小门才能到里边，玉梅就住在这个套窑里。[2]

"长烟袋"的院子是坐落在村西头的高塌上，用四堵厚厚的院墙围了起来，正面是三眼古老的窑洞，左面是一间小房，右面是一个牛圈。正窑门上，挂着一张厚厚的补

1 赵树理：《李有才板话》，董大中主编《赵树理全集·第一卷》，第163—188页。
2 赵树理：《三里湾》，董大中主编《赵树理全集·第二卷》，第60页。

了又补能挂几辈子的门帘。[1]

上述描述，基本能使人们对山西的“窑”的特点有一个大致的了解。三段描写，其实正好分别向人们介绍了三种不同类型的“窑”。李有才住的是最典型的“靠崖窑”。靠崖窑是山区和丘陵地带常见的一种窑洞，主要是利用现成的沟坝断崖，或是将山坡（土坡）垂直削齐，形成人造崖面，然后向内横挖洞穴，平面呈长方形，顶为拱券形，洞口安装木制门窗。从《李有才板话》中有关“地势看来也还平”和“场子就在窑顶上”的描述可以看出，大槐树下那二三十孔土窑当是在接近坡顶平面的斜坡上，由人工垂直削成崖面，然后横挖成的。玉梅家的窑也是在人造崖面上挖掘成的：作品中写她是通过了一条街，然后“上了个小坡，便到了她自己的家门口”，而且“家靠着西山根”，“靠着西山根”说明这是“靠崖窑”，而“上了个小坡”则说明是在缓坡上，显然不可能是自然崖面，只能是人工削成的崖面。但玉梅家的窑与李有才的窑不太相同，应属于另一种类型。“靠崖窑本来是以单个或成排的窑洞为基本形式的，近世又有将靠崖窑与北方传统的四合院结合在一起的靠崖窑院，即在山坡上修一排窑洞（三间或五间、七间、九间，取单数），然后在两侧窑洞前侧向建造厢房，

1　胡正：《“长烟袋”》，《胡正文集 · 第三卷》，第 1087—1088 页。

围成院落，并修筑院门。建造这样的窑院需在比较平缓的坡地上，再将土坡上削下来的土及挖窑洞的土填到前面的坡地上，形成院落平台，两侧的厢房因无山坡可依，需要用砖、石砌造。”[1] 从《三里湾》的具体描述来看，玉梅家的窑也正属于这种与四合院结合在一起的靠崖窑院。而“长烟袋”的窑与上述两种则又有不同，可能是一种“锢窑”。锢窑不同于穴土之窑，是一种在平地上直接用砖、石砌造而成的窑形建筑。“锢窑的建造是先砌出房间的侧墙，上部以拱券的形式结顶，再将后部用砖封堵，前面建造门窗。锢窑可以建成一间或并列数间，也可组成院落，即锢窑院。”[2] 从《“长烟袋”》的描写中可以看出，“长烟袋”的院子是在一块“高塌上”，且四周都有围墙，还分前院和后院，因而不可能是靠崖横挖的土窑，只能是“锢窑”。

“窑洞”在山西有着悠久的历史，可以说是山西民居的一个重要特色，对此，旧县志中多有记载：

> 东山住宅，旧多砖石之窑孔……平川住屋，旧系瓦房，而今亦有用砖石卷窑。[3]

---

1 冯宝至:《三晋文化》，辽宁教育出版社，1991 年版，第 205 页。

2 冯宝至:《三晋文化》，第 206 页。

3 吉延彦、马毓琛纂，马继桢、邢翙桐修《翼城县志》卷十六，民国十八年铅印本，第 16—17 页。

西乡半穴土而居，他或砌砖如窑状，不则朴斫数椽，蔽风雨而已。惟富室大家，窑房之外，复构瓦房，窑房上或更为楼，亦绝少雕镂彩绘。[1]

村依土崖者，窟室为多。东北二原，又有所谓下跌院子者，掘地为大方坑，四面挖窑，居人于院隅，掘干井以沈水，以坡上达平地各村。[2]

民居皆穿土为窑……有曲折而入，如层楼复室者。每过一村，自远视之，短垣疏牖，高下数层，缝裳捆屦，历历可指。坡之高者，路峭而窄，老翁驱犊，少妇汲水，登降甚捷，殊不以为苦。平地亦多叠砖为窑。[3]

从上述旧县志的记述来看，窑洞简直成了山西地区重要而又神奇的自然景观与人文景观。其实，对筑窑而居的山西人而言，他们选择“窑”作为民居形式，实际上是受制于山西特定的地理条件。山西平地少，可耕种土地十分宝贵，而窑洞主要是利用地下空间，不占用可耕地。且山西地区黄土覆盖面积大，气候干燥，

1 邓常纂，邓必安修《孝义县志》卷十，清乾隆三十五年刻本，第 9 页 a。
2 杨被田纂，余宝滋修《闻喜县志》卷九，民国八年石印本，第 5 页 a。
3 钱以垲纂修《隰州志》卷十四，清康熙四十八年刻本，第 3—4 页。

又为穴土而居提供了便利。再者，山西地区因干燥少雨，森林资源缺乏，木料在山西许多地方都非常金贵（这一点在孙谦《南山的灯》和西戎《盖马棚》等作品中都有反映）。因此，购置木料建造砖木结构的居室，对于大多数山西劳动人民来说是一件很困难的事。而筑窑洞，既可节省木料，又省工省时，且非常牢固耐用。这些都在一些旧县志中反复被提到过。例如《闻喜县志》中认为，窑居者多，是因为“所砌之窑固而耐久，亦足见古时木材贵”[1]；《隰州志》中认为，“民居皆穿土为窑，工费甚省，久者可支百年”，而平地“叠砖为窑”，则是因为“山木难购”。[2]又者，窑洞还是在山西特殊气候条件下求生存的一种较好选择：山西冬季长而寒冷，夏季短而炎热，春季日温差大，风沙盛行，秋季降温迅速；而窑洞恒温性能好，较适应剧冷、剧热、温度变化大等气候条件。正如一些县志中所云：“窑中夏凉冬暖也”[3]，“地高僻静，空气新鲜，适合于卫生”[4]。正因为如此，有些地区即使“木料不缺”，却仍“有以砖砌窑房，或穴土为窑而栖止者”。[5]毫无疑问，窑居作为山西民居的重要形式，承载着山西的自然条件和人文历史的内容。因此，在“山药蛋派”作品中，不管是对窑洞做详细的描述，还是仅将其作为一种环境、场景点到即止，只要它出现在作品中，总

1 杨韨田纂，余宝滋修《闻喜县志》卷九，民国八年石印本，第5页b。
2 钱以垲纂修《隰州志》卷十四，清康熙四十八年刻本，第3—4页。
3 钱以垲纂修《隰州志》卷十四，清康熙四十八年刻本，第4页a。
4 阴国垣纂，孔兆熊、郭蓝田修《沁源县志》卷二，民国二十二年铅印本，第41页b。
5 阴国垣纂，孔兆熊、郭蓝田修《沁源县志》卷二，民国二十二年铅印本，第41页b。

还是能构成一种地域性氛围，能无形中增添作品内容的地域色彩。

综上所述，由于“山药蛋派”作家对描写山西地域性物事有着浓厚的兴趣，而且在描述中抱着拘实的态度，这就使他们的作品内容始终与山西地域保有联系；又由于这批作家总能非常敏锐、准确地抓住那些与山西地理条件最紧密地联系在一起的物事，使得他们作品中的山西地方色彩格外浓烈。所谓的“山药蛋派”作品的“山西味道和晋阳气息”当首先是由此生出，这从我们上述的举证和分析中是能够明显感觉得到的。当然，绝不仅止于此。

第二章 系乎水土、地气的民风民性

真正作为地域文化精髓的，应是一种属于该地所独有的地域精神。这种地域精神不是什么纯抽象的概念，它的表现形态主要是该地人们的言行举止中所展现的独特的民风民性。因此，谈“山药蛋派”与三晋文化的关系，自然不能止于一般的物质生活层面，还应从民风民性的特征方面去加以把握。

民风民性与特殊的地理环境有着密切的联系。《世说新语》中有这么一段记载：

> 王武子、孙子荆各言其土地人物之美。王云：“其地坦而平，其水淡而清，其人廉且贞。”孙云：“其山嶵巍以嵯峨，其水泙渫而扬波，其人磊砢而英多。”[1]

---

1 刘义庆：《世说新语》，浙江古籍出版社，1999 年版，第 52 页。

王武子是西晋太原晋阳（今山西太原西南）人，孙子荆是西晋太原中都（今山西平遥西南）人。且不去管他们对山西这两个地区的山水和民性特点的概括是否准确，这里所关注的是这种将山水与民性联系起来的品评方式。在诸多有关记载山西民性特点的史籍、方志中，我们发现了类似的情况，谈民性，多先涉及地理环境的特点，这在后面的大量征引中就能看出。也许，山西就这么独特：要谈山西地区的民风民性，的确离不开对山西地区山水特性的把握。

《山西通志》云：

> 夫风气刚柔，系乎水土，民俗醇漓，本乎政教。去古日远，变迁既多，郡县有更革，人民有移徙。陈晋故者，必例以唐虞三代之旧，固非通论，要其耕凿相安而务为勤俭，历数千年而莫之或改，又未尝非地气使之然也。[1]

这段话包含了《山西通志》纂修者对山西地域文化的理解。在他们看来，因为时代在不断地变化，物事也随之而兴废，因此，要想把握地域文化，仅靠援用以往旧例可能难以说明问题；而唯有“系乎水土”的“风气”“地气”使之然的民性，才是相对恒

1　王轩、杨笃等纂，曾国荃、张煦等修《山西通志》卷九十九，清光绪十八年刻本，第1页a。

久而牢靠的“历数千年而莫之或改”的东西。这告诉我们，从民风民性方面去把握三晋地域文化的特点，是一条较为可靠的途径；同时，在分析、理解民风民性特点时，又要充分注意到它与特定地域的“水土”“地气”的密切关系。

第一节　敦厚质实　重利轻名

西戎曾在一篇文章中谈道：山西“土地贫瘠，文化落后，人民生活十分寒苦”，但“山里人待人憨厚热情，他们生活很苦，总要做最好的饮食给你吃，借来新媳妇的被子给你盖，夜晚盘腿坐在热炕上围灯谈心，把最知心的话儿说给你听”。[1] 这里道出了山西农民身上的敦厚质实的特点。这是山西民性的一个重要特点，有关史籍对此也多有记载：

《诗经集传音释》：土瘠民贫，勤俭质朴，忧深思远，有尧之遗风。[2]

《太原图册》：士穷理学，兼习辞章，敦厚不华，醇

1　西戎：《〈讲话〉引我走向生活》，《西戎文集·第五卷》，第 2335—2336 页。
2　朱熹：《诗经集传音释》卷六《唐一之十》，清光绪十五年江南书局刻本，第 1 页 a。

俭好学。工贾务实勤业。[1]

《大明一统志》：汾州……其民重厚知义，尚信好文，其人勤俭……辽州……其民信实纯厚，其俗刚悍朴直，朴实少文……潞州……民俗醇古，民多俭质而力农，士尚气节而务学……泽州……性质气豪，俭朴敦本，力勤耕种，民淳而好义，俭而用礼。[2]

而在山西各地方志中，有关这方面的记载更是不胜枚举。例如：

阳曲，民敦质朴……徐沟，其民惇朴……交城，俗尚俭啬，人性朴实，农末相资……岢岚，依山土瘠，人有朴直遗风，服勤茹淡，多质少文……岳阳，人民性质而朴素……翼城，水深土厚，故其俗朴质……永济，民性质朴，好尚节俭……长治，士敦行务实，农商亦简素朴野……长子，惇朴而力田，节俭而尚礼……汾阳，人民繁庶，强毅质朴，农务耕牧，士习弦诵，有忠厚之风……孝义，民性敦厚，婚丧周济不吝……石楼，性醇俗俭，朴略少文……永宁，土瘠民贫，野旷人稀，士多慷慨，民亦质直……乡宁，

1 引自《太原图册》，此书未见著录，约为明代之作，明末佚，唯《明一统志》引一条。
2 李贤、彭时等修撰《大明一统志》卷二十一，明天顺五年内府刻本，第22—45页。

朴鲁少伪……凤台，近太行之麓，水土深厚，性质朴……陵川，质朴，乐于趋善……沁水，廉俭尚义，悃愊无华……沁源，耕织为生，婚丧相助……闻喜，尚节义，重名检，男耕女织，朴质近古……隰州，民质直劲勇……大宁，僻在万山中，其人多朴鲁。[1]

上述记载，涉及山西绝大部分地区，虽用词各异，但大意差不多。可见，敦厚质实的秉性，是普遍存在于山西各地人民身上的，而且无论是“士子”还是“农商”，无论是“耕男”还是“织女”。山西地区这种敦厚质实的民性，在“山药蛋派”作品中得到了较大程度的印证。

诚恳　质朴　厚道

所谓“敦厚质实”，一是指为人方面的诚恳、质朴、厚道，一是指为事方面的务实。有关前者，上述方志记载中多以“质朴”“朴实”“朴直”“性质”“简素朴野”“惇朴”“性醇”“ 悃愊无华”“朴鲁”等字样出现，概括地讲，就是诚恳、质朴、厚道的意思。在“山药蛋派”作品中，我们可以明显地发现那些本色

1　王轩、杨笃等纂，曾国荃、张煦等修《山西通志》卷九十九，清光绪十八年刻本，第17—26页。

的农民身上大多具有这一特点。

赵树理《李有才板话》中所写到的“小”字辈农民就是如此。小元受恒元、广聚等人整治，被派往县里受训，小元家中有一老母无人养活，于是“小”字辈们伸出了援助之手：

> 小明见邻居们有点事，最能热心帮助。他见小元他娘哀求也无效，就去找小保、小顺等一干人来想办法，小保道：“我看人家既是有计划的，说好话也无用，依我说就真当了兵也不是坏事，大家在一处都不错，谁还不能帮一把忙？咱们大家可以招呼他老娘几天。”小明向小元道：“你放心吧！也没有多余的事！烧柴吃水，一个人能费多少，你那三亩地，到了忙时候一个人抽一晌工夫就给你捎带了！”[1]

这一番对话，展现了本色农民诚恳待人、质朴善良的特点。当小元成了武委会主任后，因受到恒元、广聚的利用而反过来欺侮过去的同伴，最终在恒元倒台后受窘时，大家一方面批评他的“忘了本分”，另一方面在小元认错后又给予原谅。你得势时不巴结逢迎，你失势时不落井下石，而你患难时则尽力相助，这就是山西本色农民的特点。这与 20 世纪二三十年代一些作家笔下所

1　赵树理：《李有才板话》，董大中主编《赵树理全集 · 第一卷》，第 181 页。

写到的另外某些地区的农民有很大差异。例如，王鲁彦的《黄金》中所写到的陈四桥人，他们在如史伯的遭遇中显示出的见人有钱有势便百般恭维、见人无钱失势便冷落歧视、见人患难便幸灾乐祸的乡风世俗，即鲁迅所谓的“世态炎凉”，在“山药蛋派”作家笔下是无论如何都很难找到的。

胡正《奇婚记》中写到的黄玉喜，充分展现了诚恳、质朴、厚道等秉性，也是比较典型的。黄玉喜年过二十八尚未娶亲，他在去二姨庄上请二姨帮助说亲的时候，恰遇“姨村上的郭秀妮遭难”，为救人命，黄玉喜同意将郭秀妮“要”走，将其保护起来，不惜耽误自己。用他自己的话说:“既然遇上你这事了，我能忍心看着不管？救人要救到底！我要不挂上这么个幌子，怎么能遮掩住你！”[1]这种勇于牺牲自己来救人的品行，正是山西本色农民诚恳、厚道、质朴秉性的集中体现。这与鲁迅《明天》中所写到的情景也构成了鲜明的对照。《明天》中单四嫂子的儿子死了，她处于极度的悲痛之中，而周围的人却借着帮忙料理丧事来揩她的油:“凡是动过手开过口的人都吃了饭”，一吃完饭便“不觉都显出要回家的颜色”！[2]就这样，单四嫂子在失去儿子后，又不得不将耳环、银簪、板凳、衣服都抵押掉，落个人财两空。在单四嫂子的生活氛围中，所缺少的正是那种诚恳、质朴和厚道。曾有人

1 胡正:《奇婚记》,《胡正文集 · 第三卷》，第 1269 页。
2 鲁迅:《明天》,《鲁迅全集 · 第一卷》，人民文学出版社，2005 年版，第 478 页。

指出,“在《明天》和《催粮差》中写到的地区民情风气之别”,“有力地证明地理环境对人物性格的影响”。[1] 这一观点是很有见地的。赵树理《催粮差》中所写的红沙岭这个山庄的民风民性，大不同于《明天》中所写到的鲁镇。红沙岭的乡民们，面对孙甲午遭难的情形，群体相帮，表现出了同情和关心的热情。而当孙甲午在事后“准备请大家都吃一些”时，大家却以“小家人吃不住这样破费”而谢绝了。[2] 这与《明天》中“趁祸打劫”民风民性的差异，的确反映了不同地域文化氛围对民风民性的深刻影响。

在“山药蛋派”作品中，像阎家山“小”字辈、黄玉喜、红沙岭乡民这样的人物或群体，并不鲜见：赵树理《邪不压正》中前来聚财家帮忙、舍挂面而吃河落的乡亲们,《灵泉洞》中互相拉扯、共渡难关的村民们；马烽《难忘的人》中不留姓名、救过无数人命的白万福老汉；西戎《我掉了队后》中掩护过“我”的老大爷;《行医事件》中“善门难开,善门难闭”的牛先生；孙谦《南山的灯》中拆自家房子捐椽条做电话杆的冯在山；等等。他们无不体现出了本色的山西农民那种诚恳、质朴、厚道的特点。

如果单就“质朴”这一特点而言，它也许并不局限于山西民性之中，而是整体中国农民的共同特性，如鲁迅就曾称阿 Q“有

1　黄修己:《赵树理研究》, 山西人民出版社，1985 年版，第 82 页。
2　赵树理:《催粮差》, 董大中主编《赵树理全集 · 第一卷》, 第 338 页。

农民式的质朴”[1]。但山西农民的质朴自有其特点，它是一种与厚道、诚恳联系在一起的质朴。曾有许多研究者研究过赵树理笔下的福贵与鲁迅笔下的阿Q这两个人物形象的异同，其实，这种异同可以从作品人物的秉性来作考察。阿Q固然有其质朴的一面，却缺少诚恳和厚道，他受了别人的欺侮，会转过来又欺侮更弱小者；而福贵在遭受不幸和苦难时却总是尽量自己一个人担当起来，“不愿叫老婆孩子跟他受累”，“他有了钱也常买些好东西给银花跟孩子吃，输了钱任凭饿几天也不回来剥削银花”。[2]阿Q和福贵都偷过东西、赌过博，但阿Q却从来不以此为非；而福贵却能非常诚恳地承认：“赌博、偷人、当忘八……什么丢人事我都干！我知道我的错，这不是什么光荣事！”[3]与阿Q相比，福贵确实多了一份厚道与诚恳。有人曾将阿Q的缺少诚恳和厚道归结为他的“流浪农民”的特殊身份，是因流浪而“沾了些游手之徒的狡猾”[4]。然而，就身份而言，福贵也是一个流浪农民。因此，二人在秉性上的差异，其根源似乎主要不在身份，而在于地方民性，福贵身上较多地体现的是山西农民的特性。曾有研究者提出过这样一个有趣的现象：“鲁迅写了阿Q，别的地区别的阶级的人也来认，因为这个形象达到高度的典型化。赵树理的作品如果拿到山西之外，

1 鲁迅：《寄〈戏〉周刊编者信》，《鲁迅全集·第六卷》，第154页。
2 赵树理：《福贵》，董大中主编《赵树理全集·第一卷》，第346页。
3 赵树理：《福贵》，董大中主编《赵树理全集·第一卷》，第350页。
4 鲁迅：《寄〈戏〉周刊编者信》，《鲁迅全集·第六卷》，第154页。

来认的人并不会多。但在自己的故乡，在他的生活根据地，来认的人很多。就是因为他的故事接近生活原型，因而为原型所在地的人们所熟悉。”[1] 这里，从文学创作对原型的超越（即高度典型化）和对原型的贴近这一角度来看二者的区别，是很准确的。对这一现象还可以从作品人物形象对地域性的超越和对地域性的贴近这个角度来看。如果说，阿Q所具有的高度典型性，主要来自这个人物形象对各地区、各阶层人们的某些精神共性的高度概括，那么，这种概括本身就是超越具体空间的，因此，若是硬要给阿Q贴上浙东地域特点的标签，显然是不准确的；但是，“山药蛋派”作家笔下的人物，由于贴近具体的空间，因而较易被特定的地域（山西地区）中的人熟悉、认同，至于超出该地域空间，自然难以被指认。正是在这个意义上，我们认为，“山药蛋派”才是地地道道的乡土派作家。

重实　尚实干　讲实利

所谓“敦厚质实”，除了指山西本色农民在待人方面所表现出的质朴、诚恳、厚道等特点外，还体现在他们为事方面所表现出的“务实”的特性。我们前引方志中所出现的诸如“多质少文”“敦

1　黄修己：《赵树理研究》，第6—7页。

行务实”等也就是务实的意思。“山药蛋派”作品中的本色农民，就普遍具有这种务实的品质。

所谓务实，有种种表现形态。马烽《一篇特写》中写到周英和王冬梅这两个人物，在她们身上，务实表现为求真求实、重事实、反虚假的特性。周英原本在地方上做实际的群众工作，初被调到报社做记者时颇为苦恼。“她不喜欢这种职业，对记者的印象也不好。她觉得别人都是守在自己的岗位上，踏踏实实地工作，而记者却是摇来摆去，站在一旁评头论脚”。[1] 这虽是对记者工作的误解，却折射出她自身的那种务实的秉性。当记者后，她注重实际调查，在报道“王冬梅创亩产纪录的模范事迹”时，亲自走访、实地检测，从而揭开了这起弄虚作假的事件。作为事件当事人的王冬梅，也有着山西农民那种本色的务实秉性，她凭实干争得了县劳动模范的称号，当少数干部为了“放卫星”将她拖入一起虚报亩产数，以制造“模范”新闻的事件中时，她一方面表现出了对实干得来的荣誉的珍惜，另一方面又为别人作假强加给她的“荣誉”感到羞辱。她毅然写信向上级揭发真相，同时协助周英弄清了事实真相。这种求真求实的秉性无疑是“务实”范畴内的重要表现，但更为普遍的是，“务实”在山西农民身上主要表现为重实际、重实干、反虚饰的特点。《李有才板话》中，那些

1　马烽：《一篇特写》，《马烽文集·第三卷》，第 290 页。

“小”字辈农民对章工作员的评价，就很能体现这一点。“小”字辈农民将章工作员开会做报告戏称为“讲话会”：“不论什么会，他在开头总要讲几句‘重要性’啦，‘什么的意义及其价值’啦。”[1]这种议论表明了他们的某种价值观念：对他们来说，特别能引起兴趣而且比较关注的是能看得见摸得着的东西，是能解决实际问题的见解，而对于远离眼前实际利益的东西，如长篇大论的报告、过于理论化的“大”道理等，则是非常反感的。

《李家庄的变迁》中，王安福老汉与小常的一段对话也是很有代表性的。王安福问起抗战的局势，小常向王老汉介绍了抗战形势以及共产党的主张、行动和奋斗目标等。小常在介绍中举了许多实例，却没有摆弄什么大道理，王安福受了感动，他说道：

> 不过建设那样个社会不是件容易事，我老汉见不上了，咱们且谈眼前的吧，眼看鬼子就打到这里来了，第一要紧的自然是救国。我老汉也是个中国人，自然也该尽一份力。不过我老汉是主张干实事的，前些时候也见些宣传救国的人，不论他说得怎么漂亮，我一看人不对，就不愿去理他，知道他不过说说算了。你先生一来，我觉着跟他们不同；听了你的话，觉着没有一句不是干实事的话。要是不嫌我

1 赵树理：《李有才板话》，董大中主编《赵树理全集·第一卷》，第171页。

老汉老病无能，我也想加入你们的牺盟会尽一点力量，虽然不济大事，总也许比没有强一点。[1]

对本色的山西农民来说，最能拨动他们心弦的是干实事，王安福的这段话充分体现了“多质少文”“敦行务实”的精神。

农民是很务实的，他们从与土地的联系中得出的经验就是“一分耕耘一分收获”，不实干无以收获，也就无以果腹。西戎《春牛妈》中李长兴的话说到了点子上：“反正当农民总得种地，天上掉不下粮食来。”[2] 重实际、尚实干，这于农民绝不是什么外在强加的观念，而是一种与生存相伴随的东西。因此，能否实干，甚至也必然是农民臧否人物的重要标准。“小”字辈们评论章工作员，王安福老汉能为小常的话所打动，其中都暗含着这一评价标准。这在《福贵》中也有体现：村里的人最初对福贵的称赞和后来对福贵的嫌弃，也都是依据的这一标准。人们称赞福贵时，是因为“福贵是好孩子，精干、漂亮，十二三岁就学得锄苗，十六七岁做手头活就能抵住一个大人”[3]；而后来因为他离开了“务实勤业”的正道，于是便“在村里比狗屎还臭”[4]。老实的庄户人未能去深究福贵堕落的社会根源，这自然是一种局限，但这种从直观感觉做出的评判

1　赵树理：《李家庄的变迁》，董大中主编《赵树理全集·第一卷》，第286—287页。
2　西戎：《春牛妈》，《西戎文集·第二卷》，第1011页。
3　赵树理：《福贵》，董大中主编《赵树理全集·第一卷》，第341页。
4　赵树理：《福贵》，董大中主编《赵树理全集·第一卷》，第340页。

中却体现了基于“务实”的价值取向。

重实际、尚实干，这显然是农民的普遍特点，但就其程度等方面来看，肯定是有地域差异的。以《阿Q正传》为例，作品中也写到阿Q的“真能干”，但阿Q并没有像福贵那样因此而获得周围人的由衷的尊重和赞扬；而当阿Q离开了“务实勤业”之道并去行窃时，他也未像福贵那样遭到嫌弃，相反还因为“能偷”而获得了周围人的某种钦羡。对福贵和阿Q的不同价值评判氛围，可以使我们看到，山西本色农民重实际、尚实干的程度更甚一些。

在“山药蛋派”作品中，有大批以实干为主要特征的人物形象。在这些人物身上，山西农民那种近乎天性的实干精神被表现得淋漓尽致。赵树理《套不住的手》，通过对老农民陈秉正的“手的历史”的描述，写出了他类于本能的实干秉性。作品反复描写着这双奇特的手：

> 只见那两只手确实和一般人的手不同：手掌好像四方的，指头粗而短，而且每一根指头都展不直，里外都是茧皮，圆圆的指头肚儿都像半个蚕茧上安了个指甲，整个看来真像用树枝做成的小耙子……
>
> …………
>
> ……他这双手不但坚硬，而且灵巧。他爱编织，常用荆条编成各色各样的生产用具，也会用高粱秆子编成各色

各样的儿童玩具。当他编生产用具的时候，破荆条不用那个牛角塞子，只用把荆条分为三股，把食指塞在中间当塞子，吱吱吱……就破开了，而他的手皮一点也磨不伤；可是他做起细活计来，细得真想不到是用这两只手做成的。[1]

这双奇特的手，记录着实干者的历史。从这双手的特点和功能看，它几乎就是为了实干的需要而发育生长的，在某种程度上它成了实干精神的象征。作品反复强调这双手是如何“套不住”时，就已经赋予这双手以新的含义：“实干”与这双手一样与生俱来，早已是陈老人生命的一个组成部分。在作者看来，实干对本色的山西农民来说，是一种天性，是融于其生命本能中的，因而不能用外加的某种思想性行为来加以解释。

《实干家潘永福》中，继续强调了这一点。作品认为，潘永福这个人物参加革命工作二十多年，干下了许多不平常的事，其根源主要在于他那实干的精神。作品写道：“在这二十年中，他的工作、生活风度，始终是在他打短工时代那实干的精神基础上发展着的……在我看来是了不起的大事，在他的工作和生活中已经习以为常……这正是他的品格高超处。”[2]很明显，作者虽然并未排斥实干精神形成中的后天培养、教育的因素，但作品中所强调的

1　赵树理：《套不住的手》，董大中主编《赵树理全集·第二卷》，第359—360页。
2　赵树理：《实干家潘永福》，董大中主编《赵树理全集·第二卷》，第367—368页。

却是“打短工时代”的基础和他的“习以为常”。作者似乎很反对给这种本属于农民秉性的实干精神贴上某种神话化的思想行为的标签，所以在作品中再次强调道:“正因为潘永福同志是这样一个苦干实干的干部，在他影响下的群众都十分喜爱他，到处传颂着他一些出格的故事，甚而还有人加枝添叶地把一些故事神话化。在潘永福同志自己，却不曾有过丝毫居功的表现，平常时候在办公之余，仍然和区公所的同志们扛着锄头或挑着粪桶，去种他们机关开垦的小块荒地，和打短工时代的潘永福的神情没有什么区别。”[1] 实干精神并没有随人的身份地位的变化而变化，这也许正因为它是深埋于本能中的相对稳定的因素。

当然，务实不等同于实干。如果仅止于实干，那就很难说是体现了务实的精髓。在“山药蛋派”作品中，我们看到有许多农民形象是属于二诸葛和老秦那类终年在地里苦干、“死受”的，这些人不可不谓是“实干”者，但在这种实干中似乎还缺少点儿什么。我们发现，在山西民性的“务实”中，更具意义的，是在重实际、尚实干的特点中融入了“实利”的因素。重实际、尚实干与讲实利结合在一起，这才更能显示出山西农民的务实的特点。我们上面所举的潘永福就是比较典型的例子，他在苦干、实干的同时，又无时无刻不考虑着实利。作品列举了潘永福三个实干的

1 赵树理:《实干家潘永福》，董大中主编《赵树理全集 · 第二卷》，第 377 页。

例子，作者是这样概括这三个例子的：

> 以上三个例子，看来好像也平常，不过是个实利主义，其实经营生产最基本的目的就是为了“实”利，最要不得的作风是只摆花样让人看而不顾“实”利。潘永福同志所着手经营过的与生产有关的事，没有一个关节不是从“实利”出发的，而且凡与“实”利略有抵触，绝不会被他纵容过去。这是从他的实干精神发展来的，而且在他领导别人干的时候，自己始终也不放弃实干。[1]

可见，讲实利是由重实干发展而来的，而讲实利又并不放弃实干，实干与实利是交织融合在一起存在于山西民性之中的。

马烽《四访孙玉厚》中的老农孙玉厚也是如此。孙玉厚也是一个典型的实干家，日本投降以后，他当过农会主任，“领导群众斗地主、闹翻身，没明没黑地工作，从来没说过一句累”[2]；解放战争中亲自带着担架队支前，风里雨里“没歇了一天”[3]；新中国成立后领导群众生产，从未停止过劳作。但孙玉厚这个人物形象更具意义的在于他的注重实际，注重实利。他从农村的实际出发，

1　赵树理：《实干家潘永福》，董大中主编《赵树理全集·第二卷》，第387页。
2　马烽：《四访孙玉厚》，《马烽文集·第三卷》，第320页。
3　马烽：《四访孙玉厚》，《马烽文集·第三卷》，第320页。

从农民的实利出发，敢于抗上，敢于顶风。“他不懂得多少高深的理论，然而他有一颗纯洁正直的良心”[1]，为了维护农民的实际利益，连老命也搭上了。作品在揭示孙玉厚的务实特点时，着重写了三件事。第一件是反对召开毫无效益的“务虚会”。他公然指斥那些上面来的不断开会、不断催要各种统计材料的干部：“干部来了不开会，还有什么事做？……白天在家里睡觉，晚上熬老百姓的眼。一开就是小半夜，说来说去就那么几句话：‘要努力生产啊！现在要抓紧下种。春天种不上秋天就打不下！’这不是淡话！开这号会有甚用？……不开会就是要统计材料：‘有多少怀娃娃的妇女？有多少妇女月经不调？’谁知道啊，再说你们要这些材料有甚用处？给你们提过多少次意见了，没人答理，你们这不是没事找事，故意给老百姓添麻烦！”[2]第二件是反对不切实际、不顾农民利益的“转社”。县里要他们立即由初级社转高级社，孙玉厚断然拒绝：“要我们立刻转高级社咧！老天爷！群众还没有这么高的觉悟，社里还没有多少公共积累，乍一取消了土地分红，没劳力的户怎过呀？他要把我们培养成全县的旗帜。我说：‘死猫扶不上树。我们社不是那材料。’他批评我是保守主义，说：‘你以前步子走得对，可是不能老是小脚女人走路，要跟得上形势的发

1　马烽：《四访孙玉厚》，《马烽文集·第三卷》，第338—339页。
2　马烽：《四访孙玉厚》，《马烽文集·第三卷》，第317页。

展才行。'咱跟不上，没法跟！"[1]结果也没有盲目转社。第三件是反对不按实际情况，不顾农民实际利益盲目地推广密植技术和"金皇后"品种。孙玉厚坚持从本社土壤状况的实际出发，为农民的"实"利出发，即使被当作保守的典型批评也不屈服。最终事实证明，盲目"推广"的几个社大歉收，而孙玉厚领导的合作社因抵制"推广"赢得了丰收。从上述三件事可以看出，在孙玉厚的"务实"特点中，重实际、重实利与尚实干是同时存在的。

重商轻文　重利轻名

当然，也可以说，重实利同样是中国农民的普遍性特点，重实际、尚实干，这本身不可能撇开对实际利益的考虑。但我们要强调的是，在山西民风民性中，"重利"因素不仅非常明显，而且几乎成为其重要的特色。这是因为山西地狭人稠，土地贫瘠，吃饭问题始终困扰着当地人民，这使得他们无暇将眼光放得太远，他们对一切问题的思考都离不开实实在在的生存与温饱，因此，人们的所谓"务实"，更趋向于对眼前利益的看重。更重要的是，山西地区自古以来就有经商传统，这也在人们观念中普遍留下了"趋利"的印记。这无论是在历史文献中，还是在"山药蛋派"

1　马烽:《四访孙玉厚》,《马烽文集·第三卷》，第334页。

作品中，都留下了诸多记载。

山西人经商的传统，自古有之。山西自古就是兵家必争之地，尤其是山西北部，作为防御北方游牧民族南下入侵的重要边防地区，国家在此屯戍重兵，从而形成了许多边关城镇，商业活动也随之兴起。《北史》中就有这样的记载：

> 河东俗多商贾，罕事农桑，人至有年三十不识耒耜。[1]

山西人经商者众，这在长期推行重农抑商政策的封建社会，是一个较为奇特的现象。更深刻的原因也许在于，山西土地贫瘠，人多地少，仅靠农桑，难以活人，许多农民被迫外出贸易，以求生存。关于这一点，似乎已引起许多著史作志者的特别关注。《晋乘蒐略》中说：

> 太原以南多服贾远方，或数年不归，非自有余而逐什一也，盖其土之所有不能给半岁之食，不得不贸迁有无，取给他乡。[2]

《绛州志》记载：

1 李大师、李延寿：《北史》卷十五，明初刻本，第28页a。
2 康基田：《晋乘蒐略》卷二，清嘉庆十六年刻本，第71页b。

乡民务耕织，悬崖畸径，苟可种，无闲旷，抱布贸易，殆无虚时，土狭而瘠使然也。[1]

《平阳府志》载：

土狭人满，每挟资走四方，所至多流寓其间，虽山陬海澨，皆有邑人。[2]

《五台新志》中也说道：

晋俗以商贾为重，非弃本而逐末。土狭人满，田不足于耕也。[3]

上述文献中的记述基本上是一致的，即认为山西有经商习俗，而此习俗之由来，并非山西人轻农，而是由于山西土狭人稠、土地贫瘠，难以养活人口。山西人受制于山西的地理条件和生活环境，为求生存，不得已而经商、贸易，并最终形成了一种地域性传统。山西人经商的习俗，在全国是广为人知的，就连《阅微草

1　陶用曙纂，刘显第修《绛州志》卷一，清康熙九年刻本，第22页a。
2　范安治纂，章廷珪修《平阳府志》卷二十九，清乾隆元年刻本，第6页a。
3　徐继畬纂修《五台新志》卷二，清光绪九年刻本，第60页a。

堂笔记》中也有这样的记述：

> 山西人多商于外，十余岁辄从人学贸易。俟蓄积有资，始归纳妇，纳妇后仍出营利。[1]

有关山西人的经商传统，在“山药蛋派”的作品中也多有涉及。《小二黑结婚》中的二诸葛，当年就做过生意，后来转为务农，干庄稼活儿不在行，致使其闹出“不宜栽种”的笑话。二诸葛的形象中，除了赵树理自己说的有他父亲的“缩影”外，其实也有他爷爷赵忠方的经历在内。当年外出做过生意，后转为务农，这正是赵忠方的经历。赵忠方年轻时跟随同乡去河南杂货铺当店伙计，三十岁得子后便不再外出而在家务农，但因不善农事，家境窘困，只好在冬春两季开馆以贴补家用。有类似经历的人物，在“山药蛋派”作品中可以列出一大串。赵树理《杨老太爷》中的杨大用：“他虽然不识字，可有点小聪明。因为他老丈人在世时候在河南做过生意，他的小舅子当年利用商业界一些熟人跑个小买卖，带着他跑过几次河南，便引逗得他不想好好种地，光想发个小洋财。”[2] 赵树理的《张来兴》中写道：“我们村子里，从前有好多人在安徽的亳州做生意——各行各业里都有，老张师傅是当厨

1 纪昀：《阅微草堂笔记》卷二十三，清嘉庆二十一年北平盛氏刊本，第 2 页 b。
2 赵树理：《杨老太爷》，董大中主编《赵树理全集 · 第二卷》，第 389 页。

师的……他从亳州回来，便待在家里学种地。他家只有三四亩地，顾不住生活，农闲时候，常到县城里来卖熏鸡。”[1]马烽《三年早知道》中的赵满囤：“这人有点小聪明，很会理家过日子。什么事都比别人盘算的周到，干什么都吃不了亏。春天种地，他能看出今年谷子丰收还是高粱丰收；农闲做小买卖，他能看出今年贩水果能赚钱还是卖菜有利……”[2]西戎《王仁厚和他的亲家》中的罗成贵：“自幼没干过重活……念过书，做事手腕高，也看得远，他看出来往后地不值钱了，吃租放账也不行了，就专闹买卖，开了一座大油坊，家里买下两辆胶轮大车，自己赶一辆，雇人赶一辆，每天跑省城，日子过得比从前还好。”[3]孙谦《演戏的故事》中的贾得富：“他家虽是户富裕中农，可他父亲在城里开过木材铺，雇过伙计，赚过大钱。”[4]从上述描写中，我们多少能感到，山西确有那么一种经商传统，或者说有那么一种经商的风气。

虽然可以肯定地说，山西人中经商做买卖的，绝对只是少数，但经商既然在山西成为一种传统或一种风气，它必然会影响到人们普遍的观念。我们在“山药蛋派”作品中常能见到，许多翻身农民，他们发家的理想几乎都是同一种模式：能套上胶轮大车去跑买卖。《三里湾》中的范登高就是这么干的，他属于那种圆了

1 赵树理：《张来兴》，董大中主编《赵树理全集 · 第二卷》，第 400 页。
2 马烽：《三年早知道》，《马烽文集 · 第四卷》，第 191 页。
3 西戎：《王仁厚和他的亲家》，《西戎文集 · 第二卷》，第 826 页。
4 孙谦：《演戏的故事》，《孙谦文集 · 第四卷》，第 2242 页。

一阵“梦”的人；而《王仁厚和他的亲家》中的王仁厚，以及《汾水长流》中的周有富、郭守成等人，却属于正在做着这种“梦”的人。王仁厚说过这样的心里话：“土地改革以后，我不缺牲口，不缺地，打的粮食，年年有余，我谋算着，再过个一年半载的，也买它一辆胶皮轱辘车，赶上，痛痛快快地过一过‘车马’瘾。你不知道，我想车马想得快发疯了，看见别人赶着车从街门口过，羡慕得口里能流出水来，我下决心要实现这个理想。”[1] 其实，“车马”梦不只是一代山西农民的理想，用王仁厚的话说：“这个奋斗目标，从我爹在世时候就有了。他走了一辈子，没有走到，我长大了，又接着走。我家一辈一辈，为了这个目标，勤勤恳恳，俭俭省省。”[2]“山药蛋派”作家笔下的这批农民的“理想”，的确受到了山西经商传统的影响。这种影响，远不只是孕育了一个个农民这类发家致富的梦，而是深入人心、民性之中，构成了明显的地域性特征。

在山西地区，由于经商传统的影响，普遍形成了一种重商轻文的风气。马烽在《忆童年》中写到，他所住的村子里，“有不少人家有人在外经商，他们送子弟上学，最高要求就是将来能带到外地去学买卖”。[3] 这种重商轻文的风气，在山西地区由来已久。

1 西戎：《王仁厚和他的亲家》，《西戎文集 · 第二卷》，第 827 页。
2 西戎：《王仁厚和他的亲家》，《西戎文集 · 第二卷》，第 833 页。
3 马烽：《忆童年》，《马烽文集 · 第七卷》，第 15 页。

早在雍正二年（1724）刘於义上奏雍正帝时就这样写道：

> 山右积习，重利之念，甚于重名。子弟俊秀者，多入贸易一途。其次宁为胥吏，至中材以下，方使之读书应试。[1]

雍正帝朱批中肯定了此说：

> 山右大约商贾居首，其次者犹肯力农，再次者谋入营伍，最下者方令读书，朕所悉知。[2]

从这一组上奏与朱批中可以看出，山西地区重商轻文的倾向早在雍正年间就已是“积习”。这在全国各地区中是比较独特的。一般而言，在中国传统观念中，读书做官被视为正途，因而在大多数地区，对读书总还不抱明显的轻视态度。相对而言，山西地区的重商轻文“积习”就显得很特殊。因受重商轻文观念的影响，山西整体文化水平在新中国成立前普遍偏低。据有关统计，新中国成立前，山西的教育事业极端落后，文盲占总人口的 90% 以上。1949 年全省只有一所高等学校，42 所中等专业学校，34 所普通中学。包括小学、私塾在内的在校学生总数为 103.3 万人，仅占

1 《朱批谕旨》十五函二册《朱批刘於义奏折》，乾隆三年内府刻本，第 2 页 a。
2 《朱批谕旨》十五函二册《朱批刘於义奏折》，乾隆三年内府刻本，第 2 页 a。

全省人口的 8.1%。[1] 这种情况，在全国除部分少数民族地区外，显得尤为突出。学校少，文盲多，一方面与经济水平有关，但另一方面也与人们普遍的重商轻文观念有关。这在“山药蛋派”作品中也有反映。例如，《三里湾》中的糊涂涂，将正在上中学的有翼停学，尽管只差半年就毕业了。在糊涂涂看来，上学不如种地有实利。作品中还写到玉梅的遭遇：她十四岁那年，太行山区已经没有敌人了，县里的高级小学正式恢复，因没有学生，县教育科派人到各村动员。在三里湾，本来也动员玉梅去，但她母亲不主张她去读书，她自己也未表现出读书的强烈愿望，以致多年之后她恨自己耽误了学文化。有翼、玉梅两家都不存在经济方面的问题，从有翼的中途停学和玉梅的有学不上这两件事上可以看出，乡间所普遍存在的重商轻文的观念。

由于重商轻文观念在山西的民风民性中长期沉积，山西“务实”民性中的讲实利的因素有时被发展到了极致，于是就形成了“重利轻名”的价值观念。“重利轻名”在山西一些地区的有些人身上常常体现为一种“趋利”和“功利化”的习性。马烽《三年早知道》中的赵满囤，因曾经过商，所以“积习难改”，老想投机取巧。例如，社里让他负责打井工作，他安顿好别人开工，自己却偷偷去贩枣赚钱。即使是他在为社里“着想”时，仍会掺杂

1　山西经济年鉴编辑委员会编《山西经济年鉴 1985》，第 181 页。

趋利取巧的癖好：一次，他因为社里的母猪配不上巴克夏种猪，于是就使计截取了路过他们庄到太平庄去配种的巴克夏种猪和社里的母猪配种，这种“中途截流”的后果是，太平庄的母猪一头生了三只，另一头只生了两只，有一只一落地就死了，活着的也小得可怜，比白老鼠也大不了多少。在赵满囤自己看来，他是为本社办了一件好事，然而偏偏这年红豆庄、太平庄又与本庄合并为一个高级社，受损的还是包括他本人在内的大家的利益。这种“好心”办坏事的事件，足以显示出赵满囤身上具有的因经商养成的“趋利”的积习。赵树理《卖烟叶》中的贾鸿年一家子都带有“趋利”习性。贾鸿年的父亲和舅舅以前是投机商人，直到如今还好偷偷摸摸搞点小投机买卖。这种经历使“他们的处世做人、言谈举动都有一套特殊的习惯”：“他们沾了别人的便宜，不论是偷来的、摸来的，只要没有被人夺回就算‘胜利’；谈到自己的历史，不论是拐了人、骗了人，只要得过实际利益全当‘光荣’；三天不哄人，就觉着什么任务没有完成；一次不得手，也好像有了亏耗还须补偿。村里人常说他们是‘未出窝的麻雀嘴朝外，挨着了就吃’。”[1] 这是特别典型的“重利轻名”：可以置外界的评论于不顾，衡量荣辱是非的唯有“利”。这种习性是可以家传的，贾鸿年就是“秉承了这种家风”。作品人物王兰这样说：“我到他

1　赵树理：《卖烟叶》，董大中主编《赵树理全集·第二卷》，第441页。

家里去的那一次，看不到他家里有什么农民气象。我还以为是富庶地区的农民生活和山区不同哩，现在才怀疑到他家可能根本不是农民传统。”[1] 也许，与“农民传统”相对应的该是“商贾传统”，事实上，作品正是这样来揭示这家子“趋利”秉性与商贾积习的联系的。

赵树理《杨老太爷》中的杨大用，其“趋利”之性更为突出。杨大用年轻时跟跑小买卖的小舅子跑过几次河南，他的“重利轻名”观念由此生成，终于发展到了财迷心窍的地步。儿子铁蛋在边区政府做财粮工作，杨大用断定儿子一定发了财。他的逻辑是：当官必赚钱，不赚钱当那官干什么？于是他一次次写信向儿子假告艰难，要儿子寄钱回家，而事实上他本人因为是干属，一直受到村里照顾，生活各方面并无困难。当时的干部实行供给制，没有私人钱财，这于杨大用是不能理解的，他咬定儿子没说实话。当儿子出差路过本村，顺道回家看望老人时，杨大用那种唯利的习性并未随着这难得的父子相聚而淡化，相反，他要利用这个机会：“最重要的是得套出他的实话来——究竟一年能落多少钱！”[2] 当他使出浑身解数都问不出满意的回答时，便做了最后的摊牌：“不赚钱你就不要给我出去了！留在家里给我好好做庄稼！”[3] 儿

1 赵树理：《卖烟叶》，董大中主编《赵树理全集·第二卷》，第 451 页。
2 赵树理：《杨老太爷》，董大中主编《赵树理全集·第二卷》，第 392 页。
3 赵树理：《杨老太爷》，董大中主编《赵树理全集·第二卷》，第 396 页。

子最后几乎是“逃”出家门的。杨大用似乎从未顾忌过村上人背后对他的指责，他眼里只有“利”。可以说，这是一个由“趋利”发展到了极端，到了“见利忘义”程度的人物形象。孙谦的《伤疤的故事》，也写了一对极端“趋利”的兄嫂。这个嫂子，是有利必占，“她的心眼儿多得像马蜂窝——买五分钱的芫荽，总得占二分钱的便宜；她从来没有吃过亏，也不知道吃亏是什么滋味”[1]。而这个哥哥也不示弱，在他看来，有“利”就是一切，这种观念甚至体现在他讨老婆的标准上。他那老婆胖得快进不了街门，而他自己长得挺漂亮，但由于她能带来一份家财，加之有一套利于发家的打算，他对这本来似乎不太相配的结合却感到十分满意；他本来在村上是有名的最执拗的牛性子，也因遵循“趋利”原则而甘拜下风，唯老婆马首是瞻。兄嫂见弟弟从部队复员回来，以为弟弟在外闯了多年，一定有不少积蓄，满心欢喜。可是当得知弟弟复员并没能带回什么钱，嫂子立刻就是另一副面孔：“没有赚回钱来，什么都是假的！”[2]这对兄嫂“见利忘义”的程度，也绝不下于杨大用。

上述两篇作品中所写到的例子也许是属于极而言之的现象。作品并未明确告诉我们，杨老太爷和这对兄嫂与经商传统有什么直接的联系，但从其行为中，我们能看到“重利轻名”这一地方“积

1 孙谦：《伤疤的故事》，《孙谦文集 · 第四卷》，第 2036 页。
2 孙谦：《伤疤的故事》，《孙谦文集 · 第四卷》，第 2034 页。

习”影响的存在。这种影响的潜移默化和根深蒂固，还表现在许多农民身上所体现出的极端“功利化”的行为准则。这种“功利化”的特性，也许更带有普遍性。例如，《李有才板话》中的老秦和《求雨》中的于天佑，这两个人都是最本色的山西农民，但恰恰在他们身上都突显出了一种过于“功利化”的特点。老秦是个老实的农民，“见不得事”，“只怕柿叶掉下来碰破头”，受阎恒元的欺压，心有怨言而不敢说。[1] 阎恒元等人在丈地中造假，被“小”字辈们识破，可老秦因为自己在丈地造假中也得了利，于是居然为阎恒元等人说话：“我看人家丈得也公道，要宽都宽，像我那地明明是三亩，只算了二亩！”[2] 这是典型的对事对人上的功利主义态度。在老秦对待老杨同志的态度上，其过于“功利化”的特点就更为明显了。老杨同志来阎家山检查工作，派饭派到老秦家。因为老杨同志是县上来的，老秦诚惶诚恐，专门用小砂锅为老杨同志煮了面条。“老秦舀了一碗汤面条，毕恭毕敬双手捧给老杨同志道：‘吃吧先生！到咱这穷人家吃不上什么好的，喝口汤吧！’”[3] 饭后，老杨同志帮助秦家打谷子，言谈中老杨同志告诉大家，自己曾整整给人家住过十年长工。“老秦一听老杨同志说是个住长工出身，马上就看不起他了”，[4] 老秦一改“毕恭毕敬”的态度，顿时在打谷

1 赵树理：《李有才板话》，董大中主编《赵树理全集·第一卷》，第 170 页。
2 赵树理：《李有才板话》，董大中主编《赵树理全集·第一卷》，第 180 页。
3 赵树理：《李有才板话》，董大中主编《赵树理全集·第一卷》，第 186 页。
4 赵树理：《李有才板话》，董大中主编《赵树理全集·第一卷》，第 188 页。

场上吆三喝四起来，态度变化之明显，在场的人都看出来了。大家平时惹不起的村长广聚到打谷场上请老杨，被老杨用话狠狠地“碰”了一下。“老秦听说老杨同志敢跟村长说硬话，自然又恭敬起来。”[1] 老秦家的地押给了阎恒元，老秦的老婆在老杨同志面前讲漏了这件事，被老秦好一顿臭骂，但在斗倒了阎恒元，退回了老秦家的押地后，老秦又是一番表现：老杨同志与区干部们“路过老秦门口，冷不防见老秦出来拦住他们，跪在地下咕咚咕咚磕了几个头道：‘你们老先生们真是救命恩人呀！要不是你们诸位，我的地就算白白押死了……’……老秦还要让他们到家里吃饭”[2]。一个敦厚老实的农民，可又带一点“势利”，二者是如何统一于一个传统的中国农民身上的呢？也许，从“地方性格”这一途径，可以找到合理的解释。“务实”秉性中的重实际、重实利的因素向极端化方向发展，其结果可能就是如此。老秦是一个颇值得研究的人物形象，在过去的有关《李有才板话》的研究中，这个人物形象的意义多少是被忽略了。

《求雨》中的老贫农于天佑，也是一个极具“功利化”（或曰“势利”）性格的人物形象。只不过，他的功利主义态度不是像老秦那样表现在待人方面，而是表现在待“神”方面。金斗坪遭遇旱灾，村里组织开渠抗旱，而这个土改时的积极分子于天佑，却

1 赵树理:《李有才板话》，董大中主编《赵树理全集·第一卷》，第 190 页。
2 赵树理:《李有才板话》，董大中主编《赵树理全集·第一卷》，第 199 页。

带领八个老头到龙王庙跪祷“求雨”。值得注意的是，于天佑曾积极控诉地主周伯元利用“求雨”勒索长工、掠夺农民土地的罪行，可现在他自己却带头“求雨”来了。当有人问于天佑：“你怎么也来了？”他理直气壮地说：“我怎么不能来？”“你不是亲自说过龙王爷是被周伯元利用着发财的吗？”“那是周伯元坏，不是龙王爷不好！”于天佑还大骂阻止他求雨的人：“不是你们得罪了龙王爷爷的话，早下雨了！你们长的是什么心肝，天旱得跟火熬一样还不让别人求雨！”[1] 于天佑求雨心切，不可谓心不诚。甚至在有人“动摇”时，于天佑仍“虔诚”地说：“龙王爷呀！不论别人怎么样，我们几个的心是真诚的！求你老人家可怜可怜吧！”[2] 当水渠开成，引来了流水时，于天佑见龙王爷对他已无用了，于是给龙王磕了个头说：“龙王爷！我也请你原谅！我房背后的二亩谷子也赶紧得浇一浇水了！”[3] 说罢便弃龙王爷而去。于天佑的“求雨”过程，显示了他的功利主义敬神态度。作品还写到了与于天佑相呼应的一群人。这群人身上的功利主义态度同样很明显：最初开渠时，他们心怀疑虑，于是开渠、求神两不误，白天开渠，收工回来去求神。开渠一有进展，他们纷纷离开“求雨”的行列，而每当开渠碰到困难，他们便又立即回到“求雨”的队伍。反反复

1 赵树理：《求雨》，董大中主编《赵树理全集·第二卷》，第 51—52 页。
2 赵树理：《求雨》，董大中主编《赵树理全集·第二卷》，第 53 页。
3 赵树理：《求雨》，董大中主编《赵树理全集·第二卷》，第 54 页。

复，其着眼点均在于功利。可见，过于“功利化”的态度，多少带有普遍性，并非仅止于一个于天佑。像于天佑以及金斗坪的一大批乡民们这样一种“平时不烧香，临时抱佛脚”，为利而求神，无利便弃神，趋之若鹜，弃之何速的“势利”态度，显然与地方性格特征是有关系的。

第二节　俗尚俭啬　性喜聚藏

勤俭

山西民风民性中“勤俭”的特点是非常突出的，这在涉及山西地域的有关风土民情的历史文献中，有着特别多的记载。例如：

《诗经集传音释》：其地狭隘，而民贫俗俭。[1]

《诗经集传音释》：土瘠民贫，勤俭质朴。[2]

《隋书》：河东、绛郡、文城、临汾、龙泉、西河，

1　朱熹:《诗经集传音释》卷五《魏一之九》，清光绪十五年江南书局刻本，第 5 页 b。
2　朱熹:《诗经集传音释》卷六《唐一之十》，清光绪十五年江南书局刻本，第 1 页 a。

土地沃少瘠多，是以伤于俭啬。[1]

《通典》：山西土瘠，其人勤俭。[2]

《诗序辨说》：河东地瘠民贫，风俗勤俭，乃其风土气习有以使之。至今犹然，则在三代之时可知矣。[3]

《潞安府志》：其地在万山之中，险狭而硗薄，民力田勤苦，岁获不及他郡之半，故土俗自古称勤俭，其势然也。[4]

从上述记载中我们可以看出，山西地区的勤俭风习由来已久；同时，我们还看到了上述记载的一个共通之处，即充分注意到了山西人的勤俭与“土瘠民贫”之间的密切联系。诚如《山西通志·风土记》中所说：“要其耕凿相安而务为勤俭，历数千年而莫之或改，又未尝非地气使之然也。”[5]受制于特殊的地理条件，长期以来，山西人民一直面临着土地贫瘠、物质匮乏的生存挑战。这种独特的生存环境，也就养成了该地区人民的节俭甚至吝啬的习性。也正

1　魏徵：《隋书》卷三十《地理志中》，元大德间饶州路儒学刻本，第 20 页 b。
2　杜佑：《通典》卷一百七十九，明刻本，第 14 页 a。
3　朱熹：《诗序辨说》，明刻本，第 39 页 a。
4　姚学甲等纂，张淑渠、姚学瑛修《潞安府志》卷八，清乾隆三十五年刻本，第 3 页 a。
5　王轩、杨笃等纂，曾国荃、张煦等修《山西通志》卷九十九，清光绪十八年刻本，第 1 页 a。

因如此，有关山西民风民性的记载中多是“俭”“啬”二字并用。

山西民风民性中“俭”的特点的形成，与特殊的地理条件相关。而这种特点一旦形成，作为民风民性的重要组成部分，也就具有了一种地方传统的意义。也就是说，作为一种稳定的地方习性，它已普遍存在于山西地区各阶层人们的身上，即使是那些事实上并无生存困境之虞的人，由于身处这种特定的地域性民风氛围中，在生活方式上也莫能例外。明《广志绎》载：“晋中俗俭朴，古称有唐虞夏之风，百金之家，夏无布帽，千金之家，冬无长衣，万金之家，食无兼味。”[1] 百金、千金、万金之家尚且讲节俭，何况贫民乎！在这方面，山西历史上最著名的文化名人之一的司马光，也是一个较典型的例证。司马光性喜俭朴，用他自己的话说是：“众人皆以奢靡为荣，吾心独以俭素为美。”他幼年时就“不喜华靡”，“长者加以金银华美之服，辄羞赧弃去之”；及至年长，中举时还不大好意思戴花，只是在有人告知“君赐不可违”之后，才簪一花；身居高官后，仍能“粗衣蔽寒”“粝食果腹”。[2] 在《训俭示康》这篇家训中，司马光更是详细阐发了“俭，德之共也；侈，恶之大也”的观点。

受制于山西客观的物质条件，顺乎山西特定的民风民性，一些地方官府也常将提倡勤俭作为一种治理的手段。在《乡宁县志》

1　王士性：《广志绎》卷三，清康熙十五年刻本，第 39 页 a。

2　司马光：《温国文正司马公文集》卷六十九，民国间上海涵芬楼影印宋刊本，第 3—5 页。

中，完整地记载了清康熙年间乡宁知县制定的“禁约”，共有八条，其中前四条都是事关提倡勤俭，严禁奢靡的。“禁约”第一条中说：“山右素号勤俭……不可习尚奢华。凡婚嫁，称家有无，男女服饰，不得滥用珠翠金银。至娼优，妆饰僭分，更宜严行禁止。”[1] 第二条更为具体：“酒筵蔬肴，各不过五器，食果菜碟称是。汤饭三道，攒盒一具，其花枝粘果，看席鼓乐，俱宜革去。拜名礼帖止用，古折单柬，全幅手本，一概停止。”[2] 第三条谈“士民祭赛”，规定“惟土谷及先祖之神”外，“余一切尊神”不得乱祭，“至于侈陈棹面，滥费无用油碟果品”，以及借祭赛之机，“聚娼优贱役，男女淫狎，拥挤街市，坛场紊乱”等，尤“宜禁革，以挽靡波”。[3] 第四条是严禁借丧葬“用优乐侑酒互聚劝饮”等。[4] 由此看来，“俭”的提倡在山西地区已成地方惯制。就“勤俭”这一秉性而言，我们可以将其视之为中国农民的普遍特性，但不分阶层、不分官俗而蔚成风气，大概在全国也很少有哪个地区能与山西相比。尤其是在明清以后，特别是民国之后，“俭啬之风，犹未或改”的除山西之外，大概难找到第二个省份了。

要了解山西地区的俭啬之风，其实有大量的历史文献可供参考。这里我们还可随手略举数例：

---

1 葛清等修撰《乡宁县志》卷十二，清光绪七年刻本，第 10 页。
2 葛清等修撰《乡宁县志》卷十二，清光绪七年刻本，第 10 页。
3 葛清等修撰《乡宁县志》卷十二，清光绪七年刻本，第 10 页。
4 葛清等修撰《乡宁县志》卷十二，清光绪七年刻本，第 10 页。

《文献通考》：山西土瘠，其人勤俭。[1]

《大明一统志》：岳阳，尧都所在，其民勤且俭，犹有遗风焉。[2]

在山西各州县方志中，这类记载就更多了，例如：

祁县，俗尚勤俭，男耕女织，殆无遗力。徐沟，其民惇朴，用度节俭……交城，俗尚俭啬，人性朴实，农末相资。文水，劲而轻生，俭而趋利。浇朴相半，勤则其性也……临汾，其民甘粗粝，力稼穑，俭朴不奢……洪洞，民尚俭而务耕织，士勤学而耻骄奢。浮山，俗尚节俭……岳阳，人民性质而朴素，财用节俭而不侈……翼城……有先王克俭之风，故其习纤啬……吉州，僻处万山，土瘠民贫，俗尚勤俭……乡宁，无纺织贸易之利，有勤俭礼让之风……永济，民性质朴，好尚节俭……荣河，勤稼穑，弗敢奢侈，惟务节俭……长治，人习机杼，俗亦俭朴。长子，淳朴而力田，节俭而尚礼……屯留，节俭务农织，不事商贾士风颇振。襄垣，其俗悲歌慷慨，力田而尚气节，俭以自奉，

1　马端临：《文献通考》卷三百一十六，清乾隆十二年武英殿刻本，第3页b。
2　李贤、彭时等修撰《大明一统志》卷二十，明天顺五年内府刻本，第6页b。

而急于正供。潞城，力田而知克勤，守己而耻犯法。黎城，田亩能勤，财用知俭。壶关，民俗敦古，惟俭惟勤……介休，人多业医，尚俭素，勤稼穑，好勇义……石楼，性醇俗俭……高平，昔称勤俭……阳城，士多廉耻之风，务名节惜行检，民尚节俭……沁水，廉俭尚义，悃愊无华……平陆，重农事，勤纺绩，醇朴俭约……稷山，后稷播种之地，崇尚节俭。绛县，民勤生业，尚义好俭……赵城，民性俭啬，士知读书。[1]

上述引录，涉及面较广，几乎能覆盖整个山西地区。如果说，上述引录还只是“勤俭”“节俭”“俭啬”等判断性概念，尚不能给人以具体的感受，那么，我们不妨再录一则地方志中更为具体的记载：

民用俭约，室庐、衣服、饮食，俱不慕华靡，惟善酿，多嗜酒。西乡半穴土而居，他或砌砖如窑状，不则朴斫数椽，蔽风雨而已。惟富室大家，窑房之外，复构瓦房，窑房上或更为楼，亦绝少雕镂彩绘。尔来城厢颇饰衣冠，然亦隆冬不过一裘。妇女亦罕艳冶之服。乡民则布絮缕缕，终岁不制衣者十室而九。良辰佳节，七八口之家割肉不过

1 王轩、杨笃等纂，曾国荃、张煦等修《山西通志》卷九十九，清光绪十八年刻本，第17—27页。

一二斤，和以杂菜、面粉，淆乱一饫；平时则滚汤粗粝而已，更有杂以糠秕者。[1]

这种记载在历史文献中算是较为具体的，然而，尽管具体，却并不生动。文学作品补历史文献之阙的功用，在“山药蛋派”作品中再次显示出来。“山药蛋派”作品中，有关山西农民俭啬习性的描述，不仅具体，而且形象、生动。更重要的是，作品不仅记录了山西农民有关节俭的许多事实，还揭示了以俭啬为重要特点的地方性格。“山药蛋派”文学与三晋地域文化的关系再一次明确地显示出来：“山药蛋派”作品中对有关这方面的人物和事件的描述，有助于我们更真切、更具体可感地了解三晋文化的有关内容；同时，只有在上述的山西地方性民风民性的氛围中，我们才能对“山药蛋派”作家笔下的许多人物有更准确、更符合实际的理解、把握和评价。

西戎的《王仁厚和他的亲家》中，王仁厚有一段自述是颇能说明所谓的“节俭”的：“说到节省，不怕人笑我，一顶帽子戴十年，一件棉袄穿二十年。活了多半辈子，没有尝过烟酒味，是甜的是辣的。有时吃饭没有盐，夏天黑夜不点灯。”[2] 王仁厚并非是因为贫穷而不得不节俭，用他的话说：“说到劳动，全村头一份，年

1 邓常纂，邓必安修《孝义县志》卷十，清乾隆三十五年刻本，第9页。
2 西戎：《王仁厚和他的亲家》，《西戎文集 · 第二卷》，第833页。

年打的是满缸满瓮。”[1] 在王仁厚身上，节俭已不是对生活环境的被动适应，而是出自一种习性。这在老一代山西农民身上是有代表性的。赵树理的《传家宝》也是反映“节俭”民性的代表性作品。李成娘的儿媳金桂，无论从哪方面看，都应是无可挑剔的，然而“李成娘对金桂的意见差不多见面就有：嫌她洗菜用的水多，炸豆腐用的油多，通火有些手重，泼水泼得太响……”[2] 这样一些连鸡毛蒜皮也算不上的事，居然会成为婆媳矛盾的根源。这似乎颇不好理解，但结合山西农民的“节俭”习性，便不会以此为怪了。李成娘的“节俭”淋漓尽致地表现在她那“三件宝”上：一个针线筐、一口黑箱子和一架纺车。这三件宝贝几乎记录了一个农村妇女勤俭持家、艰难度日的历史：

> 针线筐是柳条编的，红漆漆过的，可惜旧了一点——原是她娘出嫁时候的陪嫁，到她出嫁时候，她娘又给她作了陪嫁，不记得哪一年磨掉了底，她用破布糊裱起来，以后破了就糊，破了就糊，各色破布不知道糊了多少层，现在不只弄不清是什么颜色，就连柳条也看不出来了，里边除了针、线、尺、剪、顶针、钳子之类，也没有什么别的东西。破布也不少，恐怕就有二三十斤，都一捆一捆捆起

1　西戎：《王仁厚和他的亲家》，《西戎文集·第二卷》，第833页。
2　赵树理：《传家宝》，董大中主编《赵树理全集·第一卷》，第443页。

来的。这东西，在不懂得的人看来一捆一捆都一样，不过都是些破布片，可是在李成娘看来却不那样简单——没有洗过的，按块子大小卷；洗过的，按用处卷——哪一捆叫补衣服，哪一捆叫打補，哪一捆叫垫鞋底：各有各的特点，各有各的记号——有用布条捆的，有用红头绳捆的，有用各种颜色线捆的，跟机关里的卷宗上编得有号码一样。装这些东西的黑箱子，原来就是李家的，可不知道是哪一辈子留下来的——榫卯完全坏了，角角落落都钻上窟窿用麻绳穿着，底上棱上被老鼠咬得跟锯齿一样，漆也快脱落完了，只剩下巴掌大小一片一片的黑片。这一箱里表都在数，再加上一架纺车，就是李成娘的全部家当。她守着这份家当活了一辈子，补补衲衲，哪一天离了也不行。[1]

作者不避烦冗做了这么大段的描述，其用意是借对“物”的描述来映照出“物”的主人的节俭。李成娘对金桂的意见在于金桂未能像李成娘那样恪守传统的“节俭”方式。其实金桂并无任何可称得上靡奢的行为，她是另一种形式的节俭——更为精打细算，更为合理地安排收入与支出。李成娘与金桂之间的冲突，其实是两代人所持的不同的节俭方式之间的冲突。如果说李成娘的

1　赵树理:《传家宝》，董大中主编《赵树理全集·第一卷》，第 444 页。

节俭主要表现为以控制支出来节省财源，那金桂的节俭则是量入而出和以出增入来扩大财源：李成娘认为金桂一冬天未拈过一下针，未纺过一寸线，这就是靡奢的表现；而金桂的算盘是“纺一斤棉花误两天，赚五升米；卖一趟煤，或做一天别的重活，只误一天，也赚五升米”[1]，因此她宁去卖煤而不纺线。李成娘说金桂自己不做衣鞋而到集上买着穿，这是“破上钱耍派头”；金桂的算盘是，“自己缝一身衣服得两天；裁缝铺用机器缝，只要五升米的工钱，比咱缝的还好。自己做一对鞋得七天，还得用自己的材料，到鞋铺买对现成的才用半斗米，比咱做的还好。我九天卖九趟煤，五九赚四斗五；缝一身衣服买一对鞋，一共才花二斗米，我为什么自己要做”[2]。李成娘指责金桂烧菜放油多了，是“浪费”的表现，而她自己“一辈子吃糠咽菜也活了这么大”；金桂却认为，“非用不行的东西，用了不能算是浪费”，吃饱了肚皮才能干活赚钱。[3] 由此看来，这婆媳间表面的矛盾背后，却有着“节俭”这一地域民性的同一性：李成娘以传统的生活方式显现着她节俭近乎于“啬”的秉性，而金桂却以新的思维将“节俭”的精髓发扬光大。作品中也给金桂安排了一个与李成娘的破黑箱子相对应的小布包，这个小布包中内容的复杂性绝不亚于破黑箱子，所不同的

1　赵树理:《传家宝》，董大中主编《赵树理全集 · 第一卷》，第 449 页。
2　赵树理:《传家宝》，董大中主编《赵树理全集 · 第一卷》，第 449—450 页。
3　赵树理:《传家宝》，董大中主编《赵树理全集 · 第一卷》，第 450 页。

是，小布包中不是各类布片，却是种种票据。小布包的功能与破黑箱子的类似，它记录了另一个时代的农村妇女勤俭持家的历史。节俭作为一种习性，具有难以变更的稳固性，越是在变化的环境中，这种稳固性才越明显。因此，我们在判定一种思想行为是否出自人物的某种习性时，只有在这种思想行为与环境的不太和谐之中才更容易得出结论。在物质困难的条件下，非节俭不可，而节俭作为一种习性，常常在物质条件相对宽裕的情况下才更能凸显出来。李成娘的那三件宝贝，退几年也许显不出什么，因为那时李成家只有二亩山坡地，父子两个都在外边当雇工，生活艰难，节俭是情势所迫；但将之摆到李成当了干部、家中分得了地还有各种经济收入的“日子已经好起来”的时代，才更能揭示节俭作为习性的意义。正是在这个意义上，我们可以说，赵树理的《传家宝》真正深入地揭示了山西的节俭民性。

节俭作为一种民性，当是普遍存在于山西人身上的，这从西戎《灯芯绒》中的钱聚富和孙谦《拾谷穗的女人》中的王三女这两个人物身上得到了明显体现。钱聚富“说起话来，三句话离不了‘人常说’，比如人常说：要饱家常饭，要暖粗布衣；人常说：财从细起，有从俭来；人常说：地是刮金板，人勤地不懒；等等。总之，他经常用这些‘人常说’，来贯彻上级指示，来勉励人们勤俭办社，勤俭过日子”[1]。所谓“人常说”，无非是流行于某一地

1 西戎:《灯芯绒》,《西戎文集 · 第二卷》，第884页。

区的谣谚之类。一个地区的民风民性往往由某些谣谚标示出来，而流行于特定地区的谣谚又常有强化民风民性氛围的作用。钱聚富三句话离不了“人常说”，正说明他与这种氛围的关系。作品中有两个细节特别能体现人物“节俭”的特点。一个细节是，会计想购置一些基本的办公用具，钱聚富以家底不厚为由否决了；好不容易同意买了一只罩子灯，又嫌上玻璃灯罩耗油多而取下灯罩，致使那只灯罩在墙上挂了快一年，也没人动它一动。另一个细节是，套牲口用的鞍套坏了，生产队长提请买副新鞍套，但立即被钱聚富以“人常说：家有万贯，还得补补连连一半”[1]的“理论根据”挡了回去，并亲自动手修补起旧鞍套来。钱聚富的节俭，没有局限在家庭生活圈子之内，更是山西地区节俭传统的精神承袭。《拾谷穗的女人》中的王三女是一个与钱聚富相类似的人物形象。当队长的丈夫的种种决定屡遭王三女的批评和抵制，诸如未经细捡一遍谷穗就安排耕地、在丰收之际动起了请剧团下乡唱戏的念头、在小小的村子里也想安一个高音喇叭并买了一台电唱机等，这些举动在王三女看来都是丈夫丢弃了山西人节俭传统的表现。王三女在给孙子起名字时，决定“小名叫他小勤，大名叫他克俭”[2]，就是希望“克勤克俭”的精神能永远流传下去。

1 西戎：《灯芯绒》，《西戎文集 · 第二卷》，第 888 页。
2 孙谦：《拾谷穗的女人》，《孙谦文集 · 第四卷》，第 2234 页。

吝啬

将“勤俭”作为山西民风民性特征来加以论述时，也许会遇到这样的问题，即“勤俭”并非山西农民所独有！就一般意义上的“勤俭”而言，在中国大部分地区的农民身上都是存在的，因此，如果作品中只是一般地写到了有“勤俭”特性的人物和事件，还不足以将之界定为“地域特性”。那么，作为具有山西地域特点的“勤俭”又应该是怎样的呢？在我们前面引述的许多历史文献记载中，其实已有明确的启示：“勤俭”在山西的多数地区是以一种“过分”的形式出现的，用《临晋县志》中的话说就是“勤俭有余”[1]。“有余”就是过分的意思。具体些说，不该花费的花费为浪费，可花费可不花费的不花费为节俭，该花费而不花费就应算是过俭。我们前面所列举的李成娘，她的节俭就多少带有“过分”的意味。过俭以至有些“啬”，这显然是带有山西地方特色的：诸多有关山西民风的文献记载和山西各地方志中，常常是“俭”“啬”并提，并多用“伤于俭啬”“过俭”“尚俭啬”等字样。“伤于”“过”等就已标明“过分”的意思，而所谓“啬”，仅从字面意义上解，也是“过于俭省，当用不用”的意思。即便是在改革开放之后出版的有关山西民俗的文献中，仍有“俭而有余”这一

1　王正茂纂修《临晋县志》卷二，清乾隆三十八年刻本，第6页b。

特点的记载。例如灵石人外出,“常被外人讥为‘舍不得’‘小气’。灵石人答曰:‘你说小气就小气,各人心里有主意。’”[1] 所谓“舍不得”“小气”,就是过俭、吝啬的另一种说法而已。[2]

我们前面所列举的“山药蛋派”作品中,有关节俭的描述还算不上是最具有地方特色的,真正具有山西地域性特点的,是作品中对节俭的“过分”形式的把握,是对那些“过俭”“俭啬”的一些特例的描述。而且,这些描述也更有声有色。

这里,我们先来看胡正《汾水长流》中的两段描写。第一段是关于郭守成的:

> “赵掌柜,来一壶酒!”
>
> 赵玉昌一听这话,真有些惊讶。郭守成是从来不喝酒的,而且是一个小钱也舍不得花的。今晚上大概是伤透心了。于是他就幸灾乐祸地问道:
>
> “来几两?半斤,四两?”
>
> 这一问,郭守成又犹豫了:
>
> “多少钱一两?”
>
> 赵玉昌这时候也放大胆了:

---

1 赵麟书:《灵石民情风俗特色》,路成文、祁凤义、聂云龙编《山西风俗民情》,山西省地方志编纂委员会办公室,1987 年版,第 72 页。

2 胡正是山西灵石人,我们后面将要列举的有关吝啬习性的描写,有些就是出自胡正笔下。这也许是巧合,但作家对一些人物吝啬习性的准确、生动的把握,显然与他对周围生活的体验有关。

"你只管喝吧，咱们在一个村里住了多少年了，也算是老相识、老交情了，还能多算你的？"

郭守成却仍是不放心地问道：

"少算点是多少钱一两？"

赵玉昌说："照本算，一毛钱一两。"

一说到钱上头，郭守成就要盘算一下：一毛钱就是二斤高粱，有二斤高粱面就够全家吃一顿。他想算了一会，这才下了个狠心，伸出一只手来。赵玉昌还惊喜地以为他是要五两呢，但是郭守成却紧接着喊了一声：

"半两！"[1]

这段描写真是妙极了。郭守成本来是因为在农业社大会上受了批评，气闷不过，准备"豁"出去，到他从来未曾光顾过的酒店醉一回解解闷，但本性中的俭啬却使他的"豁"也豁得极不潇洒。作品用"犹豫"、追问价钱、"盘算"、"下了个狠心"等一系列行动来描述他为最后"豁出去"的"半两"酒钱而进行的艰难的内心交锋，活脱脱地将其俭而近啬的性格展现出来了。作品中另有一段关于周有富的描写。周有富迟迟不肯入社，就只因为他有几只好牲口，怕牲口入社别人沾了他的光。最后周有富在"内外夹攻"

1　胡正：《汾水长流》，《胡正文集·第一卷》，第75—76页。

之下无可奈何地同意了入社。作品这样描写道：

周有富走到牲口圈跟前去，把老牛的缰绳解开，给牛槽里添了一把草。当他正抓起一把料来要往槽里撒时，忽然又想起一个主意，便大声对他儿子说道：

“愣在那里干甚？还不把牲口拉到社里去！”

儿子自然还解不开他爹的意思，就问道：

“社里还没有编队，拉到哪个圈里去呢？”

周有富又火了：

“你也昏了心啦！就拉到靠咱们近的那个队里！早拉进几天去，也省自家几斤草料。”

儿子这才好像明白了老子的意思似的……但是，当他刚走出大门时，他爹又忽然叫住了他：

“回来！把牲口的笼头摘了，把缰绳换一下。人家牲口的笼头和缰绳都是麻绳，你看不见咱家的都是皮绳！”[1]

在周有富身上所显示出的正是典型的所谓“小气”“舍不得”。“省自家几斤草料”、换缰绳，这两个举动已超出一般“省俭”的范围而近乎于吝啬了。

---

1 胡正：《汾水长流》，《胡正文集·第一卷》，第395—396页。

孙谦《伤疤的故事》中写到的一对兄嫂，也具有俭而近啬的特点：

> 说起他自己的生活来，那简直节俭到再不能节俭了。他不抽烟，不喝酒，从来也没有买过零食；出去赶庙会，老是饿着肚子回来……
>
> …………
>
> 说到俭朴，我看全村也挑不出第二家来。你别以为就是我哥穿得褴褛，我嫂子比我哥强不了许多——知道吗？她是个还没有过三十岁的女人，可她真好意思穿着补丁垒补丁的衣服满街乱跑！这是穿衣服，说到吃饭，那就不能提了。
>
> ……中午，每天都是两个又凉又硬的窝窝头定食，不管你干多重的活儿，也不管你吃得下吃不下，反正就是那两个窝窝头。好容易挨到天黑了……不是清汤面，就是谷米稀粥。[1]

这对兄嫂是已经发了家的，在物质上并不匮乏，但还如此俭啬，这更见其习性。

1　孙谦：《伤疤的故事》，《孙谦文集·第四卷》，第2029—2036页。

赵树理《田寡妇看瓜》中的田寡妇身上也多少显出俭啬或曰“小气”的特点。作品写到了有一次她向秋生的“施舍”：

> 秋生向她哀求：“嫂！你给我个小南瓜吧！孩子们饿得慌！”田寡妇没好气，故意说：“哪里还有？都给贼偷走了！”秋生明知道是说自己，也还不得口，仍然哀求下去，田寡妇怕他偷，也不敢深得罪他；看看自己的嫩南瓜，哪一个也舍不得摘，挑了半天，给他摘了拳头大一个，嘴里还说：“可惜了，正长哩。”[1]

田寡妇身上所体现出的俭啬的程度虽不像前面所列举的几个人物那么“过分”，但从其“舍不得”的态度到最终“挑”的举动，还是显示出了明显的俭啬特征。也许田寡妇身上体现出的这种俭啬在山西农民中比郭守成、周有富等人所体现的更具普遍性。

俭啬习性体现在普通农民身上时，作家的笔调虽有时也不免带有调侃的意味，但主要还是持理解和同情态度的。因此，他们在描绘时尽量把握分寸，尽量不使之流于嘲讽。但作家们在揭示“俭啬”特点在山西乡村土财主们身上的体现时，则是毫无顾忌，将其展示得淋漓尽致。这方面的代表性作品当推胡正的《“长烟

1　赵树理：《田寡妇看瓜》，董大中主编《赵树理全集·第一卷》，第455页。

袋”》。此作品本是写减租减息斗争的，最后却以主要的篇幅、诙谐的笔调来突出描写财主常聚财的吝啬性格。作品一开始便这样介绍道：

> 小东庄有一家财主，名叫常聚财。这人最好抽烟，手里时常拿着一根四五尺长的烟袋，那烟锅子比一个酒盅还大。他的烟布袋，却常常是空空的不装一丝烟末。当他到别人家催租要账，或者碰见别人时，就说："来，叫我抽上你一袋烟。"开头，人们自然不以为然，可是日久天长，都吃不住他那大烟锅子了……只好见他时把烟布袋藏起来，或者也拿个空布袋。他看看抽不上别人的烟，只好装了半烟布袋烟，人们见他有了烟，才又放心地拿出烟布袋来。不料他也生出了新办法："你这是城里买来的好烟吧，叫我尝一袋。"他也不管别人答应不答应，早把那大烟袋锅子插进人家烟布袋里，狠狠地装上一烟锅子，把人家半布袋烟就装去了。[1]

作品一开始就突出了常聚财"贪"的特点。吝啬发展到极致，就掺杂着"贪"的成分。吝啬者的显著特点就是"只进不出"，常

1　胡正：《"长烟袋"》，《胡正文集·第三卷》，第1083页。

聚财亦是如此：“他一辈子就是靠着向别人要东西过活，别人想要他的东西，哪怕是一针一线、粒米把面，也比要他的命难。”[1] 作品中一连用了好几个细节描写来突现常聚财的吝啬特点：

> 他正要回正窑里去时，忽然有几只红头苍绳“嗡”地飞了起来。“长烟袋”一想不好，他就记起跌死在崖里的那只羊，杀了以后，村里人因为价钱太贵不买，他又舍不得吃，一直放了半个多月了。他到了角窑里，用钥匙刚开了大箱上的锁子，忽见一只小猫从箱角里跑了出来，嘴里衔着一块肉，这可气坏了“长烟袋”，一脚过去踏住小猫，又一把抓起来，把嘴里的羊肉夺下，狠命往地上一摔，那小猫就四蹄一伸，不出气了。“长烟袋”仔细一看，是邻家的一只小花猫，想到冬天卖了还能变几个钱，就塞在箱子旮旯里。再去看那羊肉时，叫老鼠、猫咬了好几块，而且生了小蛆，发出了臭味。“长烟袋”真是心疼啊！又揭开旁边的白面瓮看时，也发了青绿色。“长烟袋”想到这几天白明黑夜地对付算账、减租，也有些熬累，就下了个狠心，称出半斤白面、四两羊肉，让他老婆给他捏了十个包子——他吃六个，小宝儿吃四个。

1 胡正：《“长烟袋”》，《胡正文集·第三卷》，第 1084 页。

> “长烟袋”让他老婆给他做包子，他就好像门神一样的坐到大门口，一来怕别人看见他家捏包子，二来看看场里的长工是不是给他好好地动弹。[1]

这段描写真可谓将人物的悭吝性格淋漓尽致地表现出来了。“长烟袋”虽身为财主，却有钱舍不得花，且不说将一罐罐银子和二十瓮粮食埋在了地下，就连一头跌死的羊也舍不得吃，直至长蛆发臭才“下了个狠心”称出“四两”来。作品接着写他如何“算计”了一下区农会主任：

> 王主任坐到炕上以后，“长烟袋”就想到抽烟了，他拿着空烟布袋虚假让道：“先生抽烟吧。”王主任说：“我有。”就从腰里拿出烟袋和烟布袋来。“长烟袋”一见烟就没命了，厚着脸皮笑道：“先生有，就抽先生的吧。哈哈，先生的一定是‘一品香’吧。唉，咱凄惶地活了一辈子也没有吸过一袋好烟。”说话中间，早将那大烟锅子好容易才插进那小烟布袋里，待他把烟锅子拿出来时，刚才还是饱饱的烟布袋，立刻就变成瘪的了。“长烟袋”也不管这些，狠狠地抽了一口，咽到肚里，又慢慢地只怕跑了一丝烟似的

1　胡正：《“长烟袋”》，《胡正文集·第三卷》，第1086—1087页。

噓出半口气来，并连声称赞：“好烟，先生的烟果然好。”[1]

“长烟袋”这是与王主任初次见面。王主任是来与他谈减租减息问题的，所以王主任刚进门时曾很使“长烟袋”“心里一慌”，但这“一慌”也并未能抑制他贪婪吝啬的习性。在事关重大的关节口上，他仍不忘记吝啬一下，可见人物身上的吝啬习性已到了怎样的“化”境。王主任起身要走时，“长烟袋”又有一番表现：

“长烟袋”一见王主任要走，就又哭穷，又做假人情地说：“唉，你看我实在是想让先生吃一顿饭，就是穷得没东西。先生包涵住，收罢秋定请先生好吃一顿。要不先生就先吃点粗茶淡饭吧。”但他嘴上留着客人，两手却早已掀起门帘，把客人送出去了。[2]

送走了王主任，“长烟袋”接下来的举动更绝妙：

“长烟袋”一走到灶火跟前就骂他老婆：“烧这么大的火，把炭全烧了，要把窑也烧了呀！”又拿起勺子搅了一下锅里的米汤，骂道：“下这么多米，把米全吃了呀！”说

1 胡正：《“长烟袋”》，《胡正文集 · 第三卷》，第1088页。
2 胡正：《“长烟袋”》，《胡正文集 · 第三卷》，第1089页。

着，就把锅里的米全捞到自己碗里，还不满一碗。[1]

最后，直到群众起来闹减租，与他算账斗争时烧了他的账册，绝望中的“长烟袋”仍未忘记哀求别人留一些账册上的纸给他糊窗户用。

“长烟袋”这个形象在“山药蛋派”作品中绝不是一个孤立的存在。例如，束为《老婆嘴退租》中的王丙仁，在吝啬方面就很有一些“事迹”：

前年给他二小子王双印娶第三个媳妇子的时候（头一个逼得上了吊，第二个逼得跳了河），急雨打烂了窗纸，双印子向他要钱买麻纸，他不给。半夜三更他到村公所门口，偷来一张减租布告，要糊窗户哩……

“说到他小气的话上，嘿！他还偷过我的水萝卜哩！”光裕子还添了一句。[2]

这就是家中藏了一地窖粮食的财主所干的事！再如马烽、西戎《吕梁英雄传》第七十一回写到的一个叫吴士举的地主。当日本兵打来时，村上的民兵帮助他家坚壁清野，他是又高兴又担心，

1 胡正：《“长烟袋”》，《胡正文集 · 第三卷》，第1089—1090页。
2 束为：《老婆嘴退租》，《老长工》，第144页。

“高兴的是有人帮忙来了；担心的是怕这伙受苦人趁空偷东西。于是忙跑出来拦住众人说：‘不要进来了，家里乱七八糟，连个坐处也没有；大家就在院里歇阵阵！我们捆绑好往出递吧’”。[1] 然后是“一次一次跟上监督，生怕半路上别人把东西偷了”[2]。如此等等，不一一列举。

从上述所举的财主形象来看，他们身上的吝啬习性的确令人鄙夷。但这些令人鄙夷的吝啬习性似乎与他们作为财主的身份角色并不十分相称，尤其与人们通常观念中地主阶级应有的奢靡生活相违背。细细想来，这些身为财主的人，却也活得够窝囊，连一只死羊也非得等到发臭长蛆才“下了个狠心”吃它“四两”，连区区糊窗的麻纸也非得去偷村公所的布告来替代。那种常常与地主身份紧密相连的花天酒地的生活方式在他们身上却不见踪影。这正好印证了我们前面曾引述的所谓“百金之家，夏无布帽，千金之家，冬无长衣，万金之家，食无兼味”的晋俗记载。因此，对于这些财主身上的吝啬习性，与其从他们的财主身份去理解，还不如从地方性格的角度去理解更有意义。尽管我们不能确切地了解，作者是否由于明显的憎恶情感而无意中夸大了财主们身上的吝啬程度，但是，我们仍能透过这些在财主们身上以极端形式出现的吝啬习性，看到它们与山西普通农民身上所体现的俭啬习

1　西戎、马烽：《吕梁英雄传》，《西戎文集 · 第一卷》，第 462 页。
2　西戎、马烽：《吕梁英雄传》，《西戎文集 · 第一卷》，第 462 页。

性的相通之处。“长烟袋”的下狠心吃它四两臭肉与郭守成的下狠心才喝它半两酒，“老婆嘴”的为省下麻纸钱而偷撕布告与周有富的为省下草料而提前赶牲口入社，二者之间都有着极大的相似性。这正是地方习性的最显著的标志：超越身份、地位的广泛的影响力和渗透力。在不同身份、地位的人身上，地方习性会以不同的方式显现，但它们有着深层的同一性。“山药蛋派”作品对“俭啬”这一山西民风民性特点的揭示，正是向我们昭示了这一点。

聚藏

在读“山药蛋派”作品时，我们发现了一个有趣的现象，就是作品人物的名字中常有用“聚”字的。我们对“山药蛋派”作品中的人物名字做了一个粗略的统计，发现名字中用得最多的几个字是“财”“富”“宝”“聚”。“财”“富”“宝”这三个字说不上有什么山西特色，这在全国乡村中都被普遍地运用于人名中。而唯有这“聚”字特别：我们在读反映其他地区农村生活的中国现代文学作品时，很少发现人名中用“聚”字的，而在“山药蛋派”作品中，使用“聚”字作为人名的却很多。例如赵树理《邪不压正》中的王聚财、《三里湾》中的王小聚、《李有才板话》中的刘广聚、《“锻炼锻炼”》中的王聚海、《刘二和与王继圣》中的聚宝，马烽和孙谦《几度风雪几度春》中的彭聚才，西戎《灯芯绒》中的钱聚富，胡正《“长烟袋”》中的常聚财，等等。这么多“山药蛋派”作家在这么多作品中都将“聚”字用于人名，这绝不是一种偶然。“聚”字在山西民间生活中显然有着重要的特殊意义。

聚与俭啬是相关联的。从前面所列举的那些带有俭啬习性的人物身上，我们不难发现他们身上同时也具有喜欢聚藏的特点。例如，李成娘的破黑箱子中积攒的各式旧布；金桂小布包中所蓄藏的各种票据；以及作为财主的“长烟袋”，不管什么财物，无论是银两还是地契都喜欢埋藏起来，甚至连粮食也埋藏地下以致霉变。因此，喜欢聚藏作为山西俭啬民风民性的内容之一，其地方特性也是很明显的。人名中多用“聚”字，正是很好的证明。有关山西人喜欢“聚藏”的特点，在历史文献中也不乏记载：

《太平寰宇记》：唐地硗确，其人俭而蓄积。[1]

《宋史》：河东路……善治生，多藏蓄，其靳啬尤甚。[2]

《大明一统志》：绛州……勤稼穑，好蓄积。[3]

1　乐史：《太平寰宇记》卷四十三，清抄本，第3页a。
2　脱脱、阿鲁图修撰《宋史》卷八十六，明成化七至十六年朱英刻本，第18页a。
3　李贤、彭时等修撰《大明一统志》卷二十，明天顺五年内府刻本，第6页b。

《清异录》：汾晋村野间语曰：“欲作千箱主，问取黄金母。”意谓多稼厚蓄，由耕耘所致。[1]

《兴县志》：士闭户自守，耻干谒，农夫力穑……是以俗不奢靡，事节俭，务盖藏。[2]

“蓄积”“藏蓄”“盖藏”等，都是聚藏的意思。从上述记载看，聚藏特点正是与山西地方民风民性中俭啬特点联系在一起的。

这种聚藏的特点，在“山药蛋派”作品中不仅以人物取名的方式有所体现，而且许多人物形象的描述中也揭示了这一地方习性。例如《三里湾》中的马多寿，作品中就有一段关于他的“宝贝盒子”的描写：

菊英一见他两个人在这盒子里拿东西，便拦住他们说：“可不要翻那个盒子呀！爷爷知道了可要打你们哩呀！”说着便把十成手里拿的红缨帽夺住。满喜听见菊英这么说，扭过头来看了一眼，才知道刚才十成说那“黑布煎饼”原来指的是这顶前清时代的红缨帽。满喜说：“你们家里怎么还有这个古董？”菊英低低地指着盒子说：“这里边的古

1　陶穀：《清异录》卷上，明陶元柱修群馆刻本，第3页b。
2　程云修《兴县志》卷七，清乾隆十四年刻本，第1页b。

董还多得很！我看都是没有半点用处的，不知道老人们保存这些做什么用？”满喜这个一阵风，本来就好在糊涂涂身上找点笑话材料，听她这么一说，也凑到跟前来翻着看。里边的东西确实多得很——半截眼镜腿、一段破玉镯、三根折扇骨、两颗没把纽扣、七八张不起作用的废文书、两三片祖先们订婚时候写的红庚帖、两个不知道哪一辈子留下来的过端阳节戴的香草袋……尽是些没用东西。[1]

虽然是些没用东西，或用满喜的话说就是“烧火烧不着；沤粪沤不烂；就是收买古董的来了，也难说收这些货”[2]，马多寿却将之聚藏在家中，以为宝贝，甚至不让孙子们翻动！这种举动，也许只有从喜欢聚藏的习性这一方面才能获得解释。束为的《红契》中，也有一段关于人物喜欢聚藏的描写：

虽说笑面虎不知道他的地在哪里，但却把他的文书匣匣严严密密地藏在炕洞里，连他老婆也不叫知道。有一次，他老婆把针线包子寻不见了，就在炕角角上胡拾翻，叫笑面虎看见，照定屁股就是一脚，并且骂道：“你狗日的还想拾翻我的老底子哩，滚你的蛋！”那老婆忍住气，从炕

1 赵树理：《三里湾》，董大中主编《赵树理全集·第二卷》，第83—84页。
2 赵树理：《三里湾》，董大中主编《赵树理全集·第二卷》，第83—84页。

上跳下来，坐到院里，直骂他“老不死”。[1]

与不让孙子翻动自己聚藏的“宝贝”的马多寿一样，笑面虎对自己的聚藏物，连老婆也不让动。当然，笑面虎聚藏的原因与马多寿聚藏的原因完全不同：笑面虎聚藏是怕露财，而马多寿却是完全无目的地聚些无用的东西。但就其喜欢聚藏这一习性本身而言，他们却有相似之处。

“怕露财”是喜欢聚藏的重要动机之一，这种心理在山西农民中也绝不是少数。胡正《汾水长流》中的孙茂良，明明家中有粮，可当听说社里要向余粮户借粮帮助缺粮户度春荒时，他立即装起穷来，诈称自己是缺粮户，甚至嚷嚷得比谁都厉害。在西戎《王仁厚和他的亲家》中的王仁厚身上，也有着完全类似的表现。王仁厚家里存着五六千斤粮食，但怕干部知道了要动员他卖给国家，因而秘而不宣。这时闹春荒，村里有好几户都嚷着留粮不够吃，要求政府供应。王仁厚担心如不跟上嚷一嚷，会被人家怀疑自己有存粮，于是便也在村里叫开了缺粮。最后，那么多粮食存放家中，卖又不能卖，吃又一下子吃不完，也不能拿出来晾晒，天热了怕要生虫，弄得王仁厚心中好不为难。

“聚藏”的更深刻的原因可能与山西特殊的生存环境有关。

1 束为：《红契》，《老长工》，第130页。

山西地瘠民贫，自然灾害频发，粮食丰收没有保障，于是聚积就成了山西农民预防不测、维持生存的一个重要手段。“聚”是建立相对稳定的生活的根基，没有“聚”下足够的储备，一切都由不了自己，心中便会没着没落。这种特殊的心理状态，束为在《迟收的庄禾》中有所体现。三年困难时期，农民们吃尽了余粮，接着由政府救济，但这种救济并不能使农民心中感到踏实，用作品人物张二货的话说：“连着三年吃政府供应粮，我真不放心。领一天吃一天，领两天吃两天，我睡梦里也不安然。我家瓮里没有米，我怎么也不会放心。”[1] 这里多少揭示了山西农民性喜聚藏的或一心理依据。

与聚藏相伴而来的是患失。这种患失在形式上表现为惜物如命，害怕失去已有的东西，而在心态和思维方式上则表现为某种保守倾向。例如束为《春秋图》中的王老汉，在这样一个实打实的庄户人身上所体现的特点就是舍不得丢弃一切既成的、已有的东西，不管这种东西有没有过时，在他看来，只要是已有的，就是好的。从他头上那根竹筷子似的小辫子到他引以为豪的生产经验无一例外。对于辫子，虽然王老汉自己也说不出它的好处来，但就是不肯剪去。至于生产经验，因为曾给他带来过农田的收获，所以他更是不想改进。村上推广新的温水浸种和土地深翻的方法，

1　束为:《迟收的庄禾》,《火花》1962 年第 11 期。

王老汉拒不执行，儿女们劝他采用新方法时，他回答说:“出来了还好说，出不来呢？你们吃甚？……打不下粮食，你们去喝西北风。”[1] 这里体现出的正是一种“患失”的心态和“不求多得,但求少失”的思维方式。当然,这种心态和思维方式的根源是多方面的,但就山西农民而言，其俭啬、聚藏的民风民性显然也是一个不允忽略的方面。

总而言之，在山西民风民性中，俭啬、聚藏的特点是非常明显的,这不仅见于历史文献,而且可以证于“山药蛋派”文学作品。这方面显示出的“山药蛋派”作品内容与三晋地域文化的关系是很明确的。揭示这一关系，其作用是双向的：一方面，通过阅读作品，可以印证山西地方民风民性的特点；另一方面，将作品置于山西地方民风民性的背景之下，能够更加准确、深刻、透彻地理解和把握“山药蛋派”作品中的相关内容。

1 束为:《春秋图》,《老长工》，第79页。

第三节　其俗刚悍　其性倔赖

刚烈倔强

我们读“山药蛋派”作品时会发现，“山药蛋派”作家在形容人物性格特征时使用最频繁的词之一是“倔”（包括“倔”的同义和近义词）字。这里先略举数例：

> 饲养员老赵，是个没儿老汉，脾气倔，说不了三句话就得抬杠。[1]

> 围在门口看热闹的人，这才都敢走进来，议论起来：
> “一辈子就是这路脾气！”
> “倔毛驴，顺着毛搓，叫干什么都行，要是冲着他，天王老子也不依！”[2]

> 他的脾气很倔，好胜心又特别强，心里有一点事，就躁得睡不成觉、吃不下饭——他还没过五十岁，头发就白

1　西戎：《王仁厚和他的亲家》，《西戎文集·第二卷》，第 830 页。
2　西戎：《盖马棚》，《西戎文集·第二卷》，第 776—777 页。

了一半，背也驼了，腿也弯了，门牙也掉了。[1]

吴玉珠一进大门，就被一个倔老头拦住了："你来这里干甚？"[2]

"她怎么还没有走？"

徐为民大胆地说："以前让她走，她不走；现在快毕业了，再撵她走，她更不走了。"

徐国梁摇了摇头，无可奈何地说："那姑娘可真有股倔劲儿！"[3]

老公公虽已七十挂零，可是耳不聋眼不花，穿一身粗蓝布衣服，腰杆挺得直直价，声音又洪又亮，脾气又倔又直，见了不顺眼的事，就要动肝火。[4]

魏老仓是魏家庄有名的好社员，也是出名的倔脾气。他大公无私、嫉恶如仇，见不得一点点邪门歪道，还爱咬个死理儿。就因为他的心地太直，扭不过弯儿，常常发错

1 孙谦：《"后山王"》，《孙谦文集·第四卷》，第 2186 页。
2 孙谦：《"后山王"》，《孙谦文集·第四卷》，第 2191 页。
3 孙谦：《南山的灯》，《孙谦文集·第四卷》，第 2146 页。
4 孙谦：《拾谷穗的女人》，《孙谦文集·第四卷》，第 2225 页。

了脾气，就把好事闹个没下稍……老头子也决心要改，可是一到火头子上，常常又按捺不住。[1]

上述数例，作者是直接用“倔”字来形容人物的性格的。在“山药蛋派”作品中，用与“倔”字同义的词来表现人物性格的，就更多了。例如：

高二丑一下愣住了。他真没想到这个姑娘这么倔强，这么能坚持自己的意见。[2]

韩根生就是这么个倔强的人物……为了抢救一个负伤的同志，他受了重伤，结果把半条腿锯掉了。领导上要送他住荣誉军人疗养院，他拒绝了，转业回家参加农业生产。不知忍受了多少痛苦，他学会了架着双拐锄高粱，学会了跪在地上割豆子。自当了社干部以后，他又下决心学自行车，不知栽了多少跟头，摔了多少次跤，但终于学会了。[3]

王拴牛……就是脾气有点犟，外号人叫“老牛筋”。[4]

1 孙谦：《入党介绍人》，《孙谦文集·第四卷》，第2162页。
2 马烽：《杨家女将》，《马烽文集·第四卷》，第288页。
3 马烽：《五万苗红薯秧》，《马烽文集·第四卷》，第292页。
4 马烽：《结婚现场会》，《马烽文集·第四卷》，第340页。

老张师傅名叫张来兴，当年在亳州是一把好手，后来因为脾气刚直，得罪了东家，东家便把他辞退了。[1]

李旺身是这么个人：脾气耿直暴躁，又有些自私自利。整天闷着头在地里死受，村里的事情从来不闻不问。别人如果批评他，他或者是不理，或者是跟人硬吵，或者是把眼睛一瞪，干脆钻到自家地里不出来。[2]

这类例证，不胜枚举。从上述列举中，已经多少能使我们产生这样的印象，即“山药蛋派”作家笔下的人物中以“倔”为其性格特征的绝不在少数。其实，上面所列举的，远远不是“山药蛋派”作品中具有这类性格的人物形象的全部（后面我们还要大量引述、分析）。那么，为什么会在“山药蛋派”诸多作家的诸多作品中，如此大量、集中地出现这一类性格特征的人物？这不能不使我们将这种现象与山西地方的民风民性特征联系起来加以考察。

因其“表里山河，称为完固”[3]的地理形势，山西成为军事上的战略要地，《资治通鉴》认为：“河东山川险固，风俗尚武，土

1 赵树理:《张来兴》，董大中主编《赵树理全集 · 第二卷》，第400页。
2 胡正:《除害》，《胡正文集 · 第三卷》，第1126—1127页。
3 顾祖禹:《读史方舆纪要》卷三十九，清光绪间抄本，第33页b。

多战马，静则勤稼穑，动则习军旅，此霸王之资也。”[1] 因此，历来就有“天下之形势，必有取于山西”[2] 的说法。由于其特殊的战略位置，历史上，山西这块土地上一直征战不断，加之山西自古多有游牧民族的侵扰、融合，且颇受尚武风气影响，因而形成了剽悍刚劲的民风。早在《汉书》中就有这样的记载：“太原、上党又多晋公族子孙，以诈力相倾，务矜夸功名，报仇过直……汉兴，号为难治，常择严猛之将，或任杀伐为威。父兄被诛，子弟怨愤，至告讦刺史二千石，或报杀其亲属。钟代石北，迫近胡寇，民俗懻忮……自全晋时，已患其剽悍，而武灵王又益厉之。故冀州之部，盗贼常为他州剧。定襄、云中、五原，本戎狄地，颇有赵、齐、卫楚之徒。其民鄙朴，少礼文，好射猎。雁门亦同俗。”[3] 又《山西通志》载：“上党土广俗杂，其人大率精急，高气势，轻为奸。丈夫相聚游戏，悲欢慷慨，女子弹弦跕躧，游媚富贵。”[4] 这就是说，山西自古就有尚武传统，这种传统渗透于山西民风民性之中，形成了剽悍、刚直、勇武等特点。这里突出了山西剽悍民风与历史传统的关系。在许多历史文献中都对此有所强调，如《大明一统志》云：“经晋霸之余，人性刚悍，多勇敢。”[5] 等等。但“刚悍”“剽悍”“过

1 司马光：《资治通鉴》卷二百八十四，元刻本，第 10 页。
2 顾祖禹：《山西方舆纪要序》，《读史方舆纪要》卷三十九，清光绪间抄本，第 1 页 b。
3 班固编撰《汉书》卷二十八《地理志》，明嘉靖汪文盛等刻本，第 24 页 b。
4 王轩、杨笃等纂，曾国荃、张煦等修《山西通志》卷九十九，清光绪十八年刻本，第 19 页。
5 李贤、彭时等修撰《大明一统志》卷二十，明天顺五年内府刻本，第 6 页 b。

直”“勇敢”等民风民性特点的形成，根源可能并不止于历史传统，“风气刚柔，系乎水土”，这是有一定道理的。一地的民风民性与该地的水土、地气肯定有着密切的关系，而且，这种水土、地气还并不是指我们上述的地理形势，而是就山西地区本身的水土地气特点而言的。对于这一点，也有许多文献记载中谈到过。例如《五代史》中“潞州，山川高险，而人俗劲悍”[1]，《临晋县志》中“临土刚而燥，故其民怀急好斗”[2]，《翼城县志》中“翼城……地多刚壤，故其民武悍”[3]，这些都谈到了水土、地气特点与风气民性之间的关系。山西大部分地区海拔在一千米以上，地形以山地性高原为主，且地表破碎，起伏悬殊，地形险恶。“常临险者胆大”，生活在这种环境中的人，自然会多出一份勇武和刚强。山西的土壤条件也很特别，我们在前面引述的许多文献材料中常称山西土地“硗确”“硗瘠”，就是指山西土地坚硬、贫瘠而多石，也就是所谓“刚壤”。在这种土壤条件下讨生活，必然要付出更艰辛的劳动，也更能练就劳动者强健的体魄，并且也培养了在此地区生存的人民的顽强奋斗精神。总之，由于山西特殊的水土、地气特点，再加上特殊的历史传统，就形成了山西民风民性中的“刚”的特点。这与其他地区相比，特别是与在平原土沃多水条件下形成了以

1 欧阳修：《五代史》卷四十二，明崇祯三年毛氏汲古阁刻本，第 6 页 a。
2 俞家骥、许监观主修，赵意空、于廷梁纂修《临晋县志》卷四，民国十二年铅印本，第 17 页 b。
3 吉延彦、马毓琛纂，马继桢、邢翙桐修《翼城县志》卷十六，民国十八年铅印本，第 2 页 a。

“柔”为特点的民风民性的江南相比，正好构成鲜明的对照。即古诗所云“骏马秋风冀北，杏花春雨江南”。山西民风民性中“刚悍”的特点，世代相传，少有变化。我们从历代历史文献记载中可以看得非常清楚：

> 《隋书》：河东、绛郡、文城、临汾、龙泉、西河……其俗刚强，亦风气然乎？太原……俗与上党颇同，人性劲悍，习于戎马。离石、雁门、马邑、定襄、楼烦、涿郡、上谷、渔阳、北平、安乐、辽西，皆连接边郡，习尚与太原同俗。故自古言勇侠者，皆推幽并云。[1]

> 《太平寰宇记》：晋之人……刚强，多豪杰，矜功名，薄恩少礼，与河中、太原同。[2]

> 《太平御览》：并州，其气勇抗，诚信。韩、赵、魏谓之三晋，剽悍，盗贼常为他郡剧。[3]

> 《资治通鉴》：河东山川险固，风俗尚武。[4]

1　魏徵：《隋书》卷三十《地理志中》，元大德间饶州路儒学刻本，第20—21页。
2　乐史：《太平寰宇记》卷四十三，清抄本，第3页b。
3　李昉等辑《太平御览》卷一百六十三，清嘉庆汪昌序活字本，第9页。
4　司马光：《资治通鉴》卷二百八十四，元刻本，第10页a。

《王秋涧先生文集》：俗刚俭尚气义奄，焉有三晋余习。[1]

《宋史》：河东路……其俗刚悍而朴直。[2]

《大明一统志》：辽州，其民信实纯厚，其俗刚悍朴直。[3]

在山西各地方志中，这类记载尤多。例如，“榆次……其性刚”“文水，劲而轻生”“岢岚，其性悍”“平遥……风气刚劲”“介休……好勇义”“永宁……士多慷慨，民亦质直”“凤台……性质朴，气豪劲”等。[4]

上述文献中所谓“刚强”“强悍”“劲悍”“剽悍”“刚悍”“劲勇”等，用语虽略有差异，但大致的意思是相近的，都显示了山西民风民性中的“刚悍”的特点。

这种刚悍的民风民性，体现在山西有些地区的人身上，比较明显的外在表现是负气好斗。例如我们前面曾提及的马烽的《村仇》《谁可恶》、西戎的《两涧之间》、孙谦的《大红旗与小黑旗的故事》等“山药蛋派”作品中所写到的村与村之间、人与人之

1 王恽：《王秋涧先生文集》卷五十二，明弘治十一年车玺刻本，第15页a。
2 脱脱、阿鲁图修撰《宋史》卷八十六，明成化七至十六年朱英刻本，第18页a。
3 李贤、彭时等修撰《大明一统志》卷二十一，明天顺五年内府刻本，第31页b。
4 王轩、杨笃等纂，曾国荃、张煦等修《山西通志》卷九十九，清光绪十八年刻本，第17—21页。

间的械斗。这些作品中所写到的械斗，起因多是为了抢水浇地，但也有时仅为一点小小引子，如有时竟只是因闹社火中的争强好胜！西戎《两涧之间》中这样写道：“两村相距不到半里地，隔河喊人都能听见，可是人们总是把村与村的界限划得那么严，就连正月十五闹社火这种娱乐活动，也会发生纠纷。两家的班子碰了头，你说你的好，我的更要比你的强，为了压倒对方，鼓捣烂，锣打破，闹到最后相持不下，只要大户长辈一开口，双方便打开了架，耍刀弄棒，真叫怕人！”[1]有时一件小事或一点误解，轻易就可能会引发斗殴干架的事件，束为的《租佃之间》就有这方面的描写。一个叫二小子的佃户，因听说东家抽了自己的地转佃给另一个叫作六十八的农民，他也不问清楚事情原委，只觉得是六十八端了他的饭碗，便气愤地赶到六十八家，不容争辩地一把将对方从被窝里拉下炕来，两人便凶猛地扭打了起来。在有些村子里，打架、生事是家常便饭。马烽《村仇》中写到田村人与赵庄人之间因械斗结下的村仇，他们相互指责，田村人说：“赵庄霸道极了。”[2]赵庄人却说：“田村家可是万恶啦，人性赖。”[3]这虽是相互的恶语攻击，但多少反映了这两个村子里人们负气好斗的共性。据赵树理的二妹赵玉琴回忆，赵树理的家乡尉池村在旧社会也有

1　西戎：《两涧之间》，《西戎文集・第二卷》，第862页。
2　马烽：《村仇》，《马烽文集・第二卷》，第29页。
3　马烽：《村仇》，《马烽文集・第二卷》，第29页。

打架、生事的传统。她说：相传尉池村原称“吕窑”，后来唐朝大将尉池恭杀了人，到这里避难，打了个地窨子在那里编簸箕，从此传下了手艺，全村人几乎都会编簸箕，村名也因此改为“尉池”。每年农历十月十五日在尉池大庙举行祭典。庙里原有尉池、关公的神像，“据说，原来尉池神像在正殿，每逢晚间总有兵器响声，尉池村里的人总好与邻人打架、生事。于是，将尉池的神像挪到偏殿里，以求平安无事”[1]。马烽在《忆童年》中也有类似的回忆，说他从小在家乡常见到村与村之间、人与人之间的打架、械斗等。

不过，山西民风民性的刚悍，并不主要是表现为负气好斗，更为深入的表现是在人的习性、性格等方面。刚悍的民风民性深入到具体每个山西人的性格中时，就使山西人性格中都普遍带有一点“倔”的特点。这也正是我们在“山药蛋派”作品中常能看到以“倔”字来形容人物性格的原因。这种“倔”在不同的人身上虽然有着不同的具体表现，在总体上却大致相近，并成为共同标示“刚悍”民性特征的重要方面。

在读“山药蛋派”作品时，我们印象最深刻的山西农民的“倔”的性格是山西女性身上表现出的刚烈、倔强的特点。赵树理《灵泉洞》中的金虎娘，性格刚强，绝无旧社会一般中国农村

1　李士德：《夜深灯下叙旧事——赵玉琴忆赵树理》，《赵树理忆念录》，第 6 页。

妇女身上普遍存在着的那种逆来顺受的软弱。她的二儿子银虎是区干部，被国民党军队抓走了，金虎爹因此气得生了病。金虎娘却说："这老头就见不得事，小肠窄肚的！"她劝老头子道："醒醒金虎爹！碰上晦气事谁能不生气？可是生气又抵什么用？咱的孩子又没有杀过人、放过火！没有罪！咱的孩子跟狼叼走了一样！你醒一醒，歇一歇，咱们想个法子到狼嘴里夺咱的孩子去！"[1]金虎娘所奉行的行为准则是，事到临头，怕也怕不了，只有"顶"着上。用她自己的话说："哭抵什么事？我一辈子就不会哭！数哭没有用哩！"[2]当村上人在谈论着无恶不作、一度外逃的"杂毛狼"又随国民党军队回了村时，村上的小胖他娘不禁打了个寒战，说："娘呀！又该人家吃人了！"[3]金虎娘却临危不惧，鼓励大家说："天塌了大家顶！事到了头上怕也不算！顶着吧！割了头不过碗大个疤！"[4]一个"顶"字，将金虎娘刚强的性格鲜明地凸显出来了。与金虎娘的刚强相比，赵树理《李家庄的变迁》中的二妞，其性格更为刚烈。村上的恶霸春喜强占了她家的地皮，还偷摘她家的桑叶，她不屈服于威势，当场抓赃，并一气之下砍了树。村上的社头、恶霸们联合起来整治她家，将她丈夫叫到了村公所，二妞冲进村公所大嚷："不行！不是凭你的力气大啦！贼是我捉的，树

1 赵树理：《灵泉洞》，董大中主编《赵树理全集·第二卷》，第236页。
2 赵树理：《灵泉洞》，董大中主编《赵树理全集·第二卷》，第236页。
3 赵树理：《灵泉洞》，董大中主编《赵树理全集·第二卷》，第237页。
4 赵树理：《灵泉洞》，董大中主编《赵树理全集·第二卷》，第237页。

是我砍的！谁杀人谁偿命！该犯什么罪我都领，不要连累了我的男人。”[1]当村公所冤判她家赔偿春喜家的“损失”后，二妞不信邪，对她丈夫说：“胖孩爹！咱就到县里再跟他滚一场！任凭把家当花完也不能叫便宜了他们爷们！”并对孩子的爷爷说道：“爷爷！你不是常说咱们来的时候都是一筐一担来的吗？败兴到底咱也不过一筐一担担着走，还落个够大！怕什么？”[2]这里，在二妞身上体现了一种敢作敢为敢当，不斗则已、一斗到底的顽强精神。后来二妞和她的丈夫被春喜等一群恶霸捆起来，要往县里送，二妞的弟弟白狗抱着她的儿子小胖孩站在二妞旁边，“小胖孩伸着两只小手向二妞扑。二妞预备去摸他，一动手才想起手被人家反绑着，随着就瞪了瞪眼道：‘摔死他！要死死个干净！’口里虽是这么说着，眼里却滚下泪来”[3]。这一个细节，将二妞那种刚烈的性格表现得淋漓尽致。山西女性的那种刚烈与火爆的脾性，我们还可以在孙谦《拾谷穗的女人》中见到。王三女是王家墕的粮秣员，专门负责解决过往八路军的吃饭问题。这天马二娃护送两个日本反战同盟的朋友往军区走，马二娃让王三女给做饭，王三女一见是日本人，顿时变了脸，向马二娃说：“做饭！？你们哪里来的哪里去，我们王家墕不支应日本人！”[4]王三女把手中准备拿米的簸箕扔到

1 赵树理：《李家庄的变迁》，董大中主编《赵树理全集·第一卷》，第230页。
2 赵树理：《李家庄的变迁》，董大中主编《赵树理全集·第一卷》，第234页。
3 赵树理：《李家庄的变迁》，董大中主编《赵树理全集·第一卷》，第238页。
4 孙谦：《拾谷穗的女人》，《孙谦文集·第四卷》，第2221页。

墙角，气倔倔地坐在灶火前，不说话了。马二娃气极了，直着嗓子叫道：“你到底做饭不！？”王三女满不在乎地说：“我就不做。”马二娃说：“你不做，我毙了你！”马二娃嗖地掣起枪来，王三女蹿过来就抓住了枪杆。王三女圆睁大眼，气呼呼地说：“你也不打听打听：王家塌谁怕你这根破捅火棍！”[1]这场“争斗”当然只是一场误会，这一情节却将王三女那种火爆刚烈的脾性活灵活现地展现出来了。女性的刚烈、倔强，在赵树理《孟祥英翻身》中的孟祥英身上也非常突出。孟祥英身上有那么一股子倔强劲儿，对于来自婆婆和丈夫的欺压，她绝不屈服。婆婆无理地骂娘，孟祥英说：“我娘死了多年了，现在你就是我的娘！你骂你自己吧！娘！”[2]婆婆克扣她，不给补衣服的布，她据理争辩，使婆婆无言以对。婆婆命儿子打孟祥英，她把棍子夺了过来。“按‘老规矩’，丈夫打老婆，老婆只能挨几下躲开，再经别人一拉，作为了事。孟祥英不只不挨，不躲，又缴了他的械”，[3]为此，丈夫恼羞成怒，用镰刀把孟祥英的眉上打了个血窟窿，这也没使孟祥英屈服。她不断反抗，甚至两次自杀，又两次被救活。正是这种敢说敢干、敢于反抗的倔强性格，使她日后走上了翻身求解放的革命道路。这里还应提到的是马烽《金宝娘》中的金宝娘。金宝娘年轻时很

1　孙谦：《拾谷穗的女人》，《孙谦文集·第四卷》，第2221页。
2　赵树理：《孟祥英翻身》，董大中主编《赵树理全集·第一卷》，第208页。
3　赵树理：《孟祥英翻身》，董大中主编《赵树理全集·第一卷》，第209页。

漂亮，地主刘守忠的儿子刘贵财想勾搭她，遭到了拒绝。于是刘贵财抽回了她家的租地，又把她丈夫说成共产党关起来。金宝娘夜间扛上镢头，拿了几件衣服，从村外绕到村公所后面，刨开后墙，救出丈夫。丈夫逃出后，金宝娘上有瞎婆婆，下有小金宝，无法生活，靠乞讨过日子。但刘贵财又放出话，谁要施舍金宝娘家，谁就是他的对头，想以此逼着金宝娘就范。金宝娘为了婆婆的病，为了把金宝抚养成人，万般无奈，走了接客的路。尽管在这样的处境之下，当刘贵财送来钱财想搭上金宝娘时，金宝娘宁寻死上吊也不接待，她宣称："我宁接个狗也不接贵财，他是我家的仇人，我恨他一辈子！"[1] 金宝娘虽沦落下潦，却仍不失内在的傲骨。这里显示出的也是一种刚烈与倔强！

在"山药蛋派"作品中，像上述这类具有刚烈、倔强性格的女性形象并不少见，如孙谦《南山的灯》中的冯有梅、马烽《杨家女将》中的杨玉环、《韩梅梅》中的韩梅梅、西戎《终身大事》中的秀女等。可以说，在"山药蛋派"作品中的多数女性形象身上其实都或多或少暗含着倔强、刚烈的性格特点，她们向人们昭示的是：女人非但不等于软弱，而且简直就是刚强的代名词！

1 马烽：《金宝娘》，《马烽文集·第二卷》，第9页。

外急内仁

在“山药蛋派”作品中，山西农民“倔”的性格在男性形象身上也表现为刚烈、倔强，其程度比女性更甚，且其表现形式更为丰富。这里，首先要提起的是山西老农民中的那么一种“倔”老头：他们年纪较大，脾气暴烈，爱动肝火，性格鲜明，给人留下了很深的印象。我们先来看几例有关这类性格特点的具体描写。西戎《盖马棚》中是这样描写德厚老汉的性格的：

> 德厚老汉外号人叫“不好惹”，他一辈子身上发生的怪事，说起来叫你好笑，也叫你生气。远的不讲，譬如去年有一次，老汉下沟里去担水，走到半山坡上，忽然担钩断了，有一只水桶顺着山坡轱轱辘辘地滚了下去，老汉提了另一只水桶，在后面追赶，水桶滚到一块平地里，眼看就要停住了，老汉跳下去，伸手正要去抓，水桶正好滚在了地畔上，没有停稳，摇晃了两下，一翻身，又从山坡上滚了下去。这一下，把老汉惹毛了，站在地畔，眼看着水桶滚到了沟底，他才怒气冲冲地跑了下去，走到水桶跟前，先用手指着水桶质问道：“你再给我往下滚，怎么不滚了？”说时，弯腰从地上端起块大石头来，照着水桶砸了下去，嘴里骂道：“这一下我叫你滚！我叫你滚！”水桶被砸得粉

碎了，老汉似乎觉得心里还很痛快。[1]

在叙述完这段德厚老汉的过往历史后，作品接着写他与副社长三虎之间的一场“龙虎斗”。副社长三虎也是个犟脾气，工作不注意方式，为了解决盖马棚的木料，他未预先征求德厚老汉的同意便在会上宣布借用德厚老汉家种的几棵成材的树。这一举动引发了两个倔脾气之间的争吵。三虎指责德厚老汉“落后”，德厚老汉指责三虎“厉害”，二人眼见就要动手干仗，三虎被人拉到一边。作品这样描写接下来德厚老汉的举动：

德厚老汉的脸气青了，歪着头，挺着脖子，直往三虎那边冲，连说：“你敢打？你敢打？我今天倒要看看你孩子有多大能耐！”

多亏社长有生力气大，用臂把德厚老汉紧紧挡住，他才没有冲过去。德厚老汉退到墙根，蹲下来。今天真算气坏了，胡须在发抖，手也在抖，他抽出烟袋来抽烟，一连划了好几根火柴，总是划不着，老汉大声骂着：“人倒了霉，碰见鬼了，连洋火都跟我作对！”用力把火柴盒往地上一摔，用脚踩了个粉碎。有生在旁边，赶快从身上掏出火柴，

1　西戎：《盖马棚》，《西戎文集·第二卷》，第766页。

划着一根送给德厚老汉，德厚老汉说：“不抽了！”说时，把烟袋也一脚踩成了两截，甩在了门口。[1]

体现在德厚老汉身上的这种急躁暴烈的性格绝不是独例。我们再来看马烽《结婚现场会》中对王拴牛老汉的描写：

我问他们王拴牛是怎样的个人？他们告我说：这老汉年纪将近六十。贫农成分。抗日时期当过民兵，土改时期是积极分子。出身好，劳动强，为人正派。就是脾气有点犟，外号人叫“老牛筋”，平素少言寡语，说出话来能冲倒墙。你要他往东走，他偏要往西行。有时候还自己和自己闹别扭。有次他掏大粪，不小心溅到了裤子上几点。他火了，拿着粪勺向茅坑里猛戳，嘴里还不住地喊：“你就溅，你就溅！”结果溅了一身一脸。

他们说了好多这一类的事，很可能有些夸张，不过从中也可看出这是个脾气古怪的老头。[2]

王拴牛原先同意不要男方彩礼，让女儿女婿参加村上的集体婚礼。可就在得知县委书记来参加村上举行集体婚礼的“结婚现

1 西戎：《盖马棚》，《西戎文集·第二卷》，第 773 页。
2 马烽：《结婚现场会》，《马烽文集·第四卷》，第 340 页。

场会”时，他突然变卦，声称非要收彩礼不可，否则不让女儿参加集体婚礼。这是故意冲着县委书记以及开现场会这种“表面文章”来的。当县委书记上门做工作时，他大提意见，毫无顾忌。他女儿怕他酒多失言，不给他斟酒，劝他少喝，“老牛筋瞪了她一眼说：‘我的手也没掉了。’说着就要下炕。二兰妈忙接过酒壶来，又给他倒了半壶，并给他斟了一盅”[1]。他的老伴二兰妈听他越说话越难听，便向他连连劝酒。可他偏又向二兰妈猛发起火来，“老牛筋道：‘你想把我灌醉？我偏不喝了。’他说着把那盅酒又倒回了酒壶里。随即端起碗来喝糊糊”[2]。王拴牛老汉的这一系列举动都明确显示出了他的“犟”劲儿，其爱动肝火的暴躁脾性恰可与德厚老汉“媲美”。属于这类性格的还有西戎《王仁厚和他的亲家》中说不了三句话就得抬杠的赵大叔、胡正《除害》中脾气耿直暴躁的李旺身、孙谦《拾谷穗的女人》中见了不顺眼的事就要动肝火的马二娃的爹等。

确切地说，如果仅用“暴躁”“爱动肝火”等是并不能完全说明德厚老汉、王拴牛老汉等这类人物的性格特点的，因为“暴躁”“爱动肝火”等只是他们临事时所表现出的外在行动的特点。完整地说，只有用“外急内仁”[3]才更能准确概括他们这类人物的

1　马烽：《结婚现场会》，《马烽文集·第四卷》，第 345 页。
2　马烽：《结婚现场会》，《马烽文集·第四卷》，第 346 页。
3《太平寰宇记》卷四十三中有这样的记载：“唐地硗确，其人俭而蓄积，外急而内仁。”可见，“外急内仁”自古就是山西一些地区的民风民性。

性格特征。所谓“外急”是指爱发脾气，爱动肝火，性格倔悍；而所谓“内仁”，主要是指内在的善良。他们的“外急”的动机，常常并非出自恶意，而且一旦明白过来，改变起行动方向来也干脆利落，绝不拖泥带水。德厚老汉发脾气，拒绝出借木料，是针对三虎对他的不尊重。而当社长张有生向他解释清楚后，德厚老汉立刻“在有生肩膀上拍了一下，很痛快地说：‘好吧，既然话说到这里，跟我走！’一把拉上有生，拨开站在门口的人，往外走了”[1]，德厚老汉“不光把那四棵树借给社里用，家里准备下今年盖房子的砖瓦，也答应先借给社里盖牲口棚”[2]。王拴牛要彩礼，阻止女儿参加集体婚礼，是为了表达对当时流行的只做表面文章、不解决实际问题的风气的不满。可是当他在结婚现场会上，听到县委书记在报告中讲到了如何切实使社员们富裕起来，以真正彻底消除买卖婚姻等之后，他认为这说出了他心里要说的话，是“得劲措施”，因此出人意料地在现场会快要结束时让女儿和女婿参加了集体婚礼。人们对王拴牛老汉的评价是：“他是属鸭子的，肉煮烂，嘴也是硬的！”[3]这再形象不过地说出了人物“外急内仁”的特点。

赵树理《三里湾》中王满喜的性格特点，也是一种典型的“外急内仁”。王满喜平时也是火爆性子，外号“一阵风”。这人急公

---

1 西戎：《盖马棚》，《西戎文集·第二卷》，第776页。
2 西戎：《盖马棚》，《西戎文集·第二卷》，第777页。
3 马烽：《结婚现场会》，《马烽文集·第四卷》，第348页。

好义，爱打抱不平:“惹不起”指桑骂槐，影射菊英与满喜有嫌；对于“惹不起”这样的无赖，菊英认为不理她算了，但满喜一方面固然是因为自己受了冤枉，另一方面也是为了不连累菊英，于是，他火起性子与“惹不起”大闹一场，以“一阵风”的威风制服了别人不敢碰的“惹不起”。“常有理”“惹不起”合伙欺侮菊英，不给菊英吃饱饭，满喜作为证人，不避嫌疑，勇敢做证，并激发知情而不敢做证的有翼说出实话，让“常有理”“惹不起”当众出丑。在火暴性子的另一面，满喜又是个“好心肠的人”。“能不够”与丈夫袁天成闹翻了，袁天成要离婚，满喜虽平时不赞成“能不够”，只想让她吃亏，但他还是不忍心看到这一家子被拆散，所以在“能不够”主动让步时，他便又诚心诚意帮着她劝袁天成私下了一了拉倒；在满喜调解之下，并答应担当“保人”之后，总算成全了这对老夫妻，没有让他们闹到调解委员会去。小俊因自私、懒惰而与玉生离婚，村里人看不起她；小俊割豆子将手上刺出了血，又被父亲袁天成骂了一顿“无用”；满喜出于好心肠，劝住了袁天成，又与小俊换了活儿。用作品的原话来说，满喜是个“好说怪话、办怪事，可是又有个好心肠”[1]的人。这种特点，其实也正可以用“外急内仁”来加以概括。

山西人的“倔”里，常常隐含着一种不愿受制于人的桀骜不

1　赵树理:《三里湾》，董大中主编《赵树理全集·第二卷》，第211页。

驯的特点。例如赵树理《张来兴》中的张来兴,“脾气刚直”[1],“认理真得很,自己有理的事,连一句话也不让”[2]。在伪财政局做厨子时，有一次局长让他去给自己的汉奸干爹何老大家帮厨，但被张来兴顶了回去:“明天要摆席，今天晚上叫我一声让我马上就去，我是他家的狗？我就连边沿也拍不着一点，去干什么？我又不是他家的狗！”[3]局长火了:“反了你！一个穷厨子，摆什么臭架子？好大个厨子！就算我这个局长劳不起你的大驾，难道连何先生也劳不起你的大驾吗？你那眼里还有谁呀？”[4]张来兴毫不畏惧,“把脖子一扬，很认真地回答他说:‘局长！我姓张！’这一下差一点没有把张维（局长）气死，气得他直瞪着眼、大张着嘴，足有一分钟没有说上话来——因为他也姓张,可又是何家的干儿子”[5]。张来兴因此丢了饭碗，但他毫无悔色。再如马烽《村仇》中的田铁柱，这人身上有股子怪脾气，“看见不忿的事爱打抱不平，和谁处对了，身上的肉也愿意割给人家；和谁闹翻了，九牛也拉不回头”[6]。田铁柱给地主赵文魁家做活,“有一年夏天割麦子，田铁柱靠着地畔往前割，正巧赵文魁打着伞出来‘照畔’，低声对田铁柱说:‘往外多割上两垅！’田铁柱一听，大声说:‘往外再割就割

1 赵树理:《张来兴》，董大中主编《赵树理全集·第二卷》，第 400 页。
2 赵树理:《张来兴》，董大中主编《赵树理全集·第二卷》，第 400 页。
3 赵树理:《张来兴》，董大中主编《赵树理全集·第二卷》，第 403 页。
4 赵树理:《张来兴》，董大中主编《赵树理全集·第二卷》，第 403 页。
5 赵树理:《张来兴》，董大中主编《赵树理全集·第二卷》，第 403—404 页。
6 马烽:《村仇》,《马烽文集·第二卷》，第 18 页。

到人家地里了！’赵文魁见他大声嘈嘈，挺不高兴，骂道：‘你混蛋！’这下田铁柱也火了，把镰刀一扔说：‘你才混蛋！老子吃不了你这碗饭，咱算账！’他就真的带着婆姨回了田村”[1]。在张来兴和田铁柱这两个人物身上，都表现了一种蔑视权势，“不为五斗米折腰”的气概。过去，将他们的这种言行举止解释为“阶级情绪”或“爱憎分明的态度”等。其实他们身上所体现的就是一种具有地域特点的所谓“刚悍朴直”“质朴劲勇”“劲而轻生”的民风民性。这是他们与前面列举的德厚老汉、王拴牛老汉、王满喜等人物的一个共同之处。说白了就是，这类人身上都有这么一股别扭劲儿，吃软不吃硬，弄顺了，无事不可，惹毛了，豁出性命也毫不在乎。这正是“倔”这一性格特点最典型的表现形态。

将这种性格特点表现得比较突出的，还有赵树理《刘二和与王继圣》中的聚宝。聚宝老汉身上“有一股别扭劲，只会说一股老直理，人送外号‘碌磨锤’，理说顺了怎么说怎么应，要是惹起他的脾气来，什么难听他就说什么”[2]。作品通过一段“点戏”的细节描写，突出了聚宝老汉的“别扭劲”。聚宝喜欢听戏，也懂戏。这天村上请戏，开戏前村长让教书先生叫聚宝来点戏。先生找到聚宝，他这时恰被“派差”给戏台上点灯。既要点灯，又要点戏，惹得聚宝老汉弄了个“别扭”：

1　马烽：《村仇》，《马烽文集・第二卷》，第18页。
2　赵树理：《刘二和与王继圣》，董大中主编《赵树理全集・第一卷》，第376页。

先生见他上了台，就挤到台跟前仰起脸向他说："聚宝！你给咱点戏吧！"他说："可以！等我点上灯着！"先生站在台下等，等了一会，见他才点着了一盏，就催他说："就且点着一盏吧，村长说叫你去点戏啦！"先生就只多说了个"村长说"就惹起他的脾气来了。他说："我不管！点灯能派差，点戏可不能派差！"台下另有人劝他说："去吧聚宝！这不是派你的差，是我们大家请你去！请你给大家点几出好戏看看！"他说："你叫先生说清楚，看究竟是大家请我去呀还是村长派我去？"说罢仍然点他的灯。先生知道他素日的脾气，因为怕耽误时间，也只好说："去吧去吧，是大家请你，不是村长派你！"他也没有再说什么，仍然是先把灯点好，才跟先生去点戏。[1]

尽管只是"点戏"一件小小的事情，人物的性格却鲜明地显现出来了。聚宝老汉不是作品中的主要人物，他的出场主要也就是这段表现，作者把这个偶尔出场的人物也描写得如此生动，正说明作者对这类性格很是熟悉。这是毫不奇怪的，既然这类性格在山西乡村具有普遍性，那么作家在写作时也就驾轻就熟，得心应手了。也是在这篇作品中，放牛娃刘二和身上也有这种鲜明的

1　赵树理:《刘二和与王继圣》，董大中主编《赵树理全集·第一卷》，第376页。

“倔”劲。刘二和无故被东家的伙计打了一顿，他知道这是少东家王继圣挑唆的，于是一见到王继圣便骂道：“妄嘴说人也叫死他全家了！”[1] 东家王光祖觉得刘二和敢在东家面前骂人，太放肆了，上去“劈嘴打了重重一巴掌，打得仰面朝天倒在场里”[2]。作品写道：

二和哇地哭了一声，爬起来唾了唾嘴里的血，仍哭着辩道：“放个牛就这么下贱？想打就打？打也得说个理吧？”王光祖一瞪眼道：“你还要跟‘我’说理呀？”说着又一耳光打去，二和却跑开了。

二和这一回下了决心，就一边跑一边顶他道：“伙计、伙计不说理，东家、东家不说理，我任凭再跟我爹去讨饭也不敢给你放牛了！我还怕你们打死我啦！”说着头也不回，牛也不圈，饭也不吃，一股劲跑回自己家里去了。[3]

连小孩子也这么“倔”，可见“倔”在山西人性格中的普遍性。在“山药蛋派”作品中，这类描写是非常之多的。我们还可以再看看马烽《老社员》中的一段描写：

贺老拴就是这么个人，他要打定主意往东走，一百个

1 赵树理：《刘二和与王继圣》，董大中主编《赵树理全集·第一卷》，第 367 页。
2 赵树理：《刘二和与王继圣》，董大中主编《赵树理全集·第一卷》，第 367 页。
3 赵树理：《刘二和与王继圣》，董大中主编《赵树理全集·第一卷》，第 367 页。

人也劝得他去不了西，任你天王老爷的话，他也听不进去，除非他自己改变了主意。从前，他给潘德润当了十多年长工，一九四七年土改的时候，好多人劝他起来诉苦，揭露地主的罪恶，他不理这个茬。工作团一个姓张的同志，一连和他谈了两天，他一句话都没讲。第一次开斗争会的时候，他连会场都没进，喝了二两酒在家盖上被子睡了。那天晚上，地主婆姨偷偷给他送来了一百块白洋。第二天他就把白洋端到了会场上，跑上台去把地主痛骂了一顿，会后就领着贫雇农们去刨底财，刨粮食，丈量土地……土改刚结束不久，形势紧张了，到处在忙着备战。忽然传来一股谣言，说阎锡山的军队要来了，凡是分了地主财产的人，一律要砍头。村里有些人，暗地里把分到的财物和地契，悄悄又退给了地主。左邻右舍都劝他赶快给地主退财物，他老婆也整天哭哭啼啼劝他给自己留条后路。可是贺老拴死活不干，他说："不要说砍头，就是千刀万剐也行。要退果实，等太阳从西边出来吧！"[1]

很难将聚宝老汉对"村长说"的反感简单归结为阶级对立情绪，更难将贺老拴的举动视为一种阶级意识的觉醒。对于他们的

1　马烽：《老社员》，《马烽文集·第四卷》，第253—254页。

举止言行，也许从他们身上的倔强的性格、别扭的脾性方面去找寻解释，反而更为合理。

在山西人的“倔”中，有时还会有那么一种执拗，它不是表现为外在的刚烈和反叛性，而是表现为一种内在的执着，一种骨子里的倔强。例如，胡正《汾水长流》中的王连生，他五次要求入社，多次受阻而不灰心，终于以其执着的努力达成了自己的愿望。其执拗、内倔的特点非常明显。赵树理笔下的福贵在这方面更为典型。福贵受王老万盘剥，闹得倾家荡产，最后还被王老万诬为坏人，险些遭到活埋。家乡解放后，清算了王老万。福贵回到故乡，他认为归还被王老万夺去的土地房子都是些小事，他不求别的，只要求跟王老万“对着大众表诉表诉，出出这一肚子忘八气”[1]！在斗争会上，他执拗地要一个“说法”：

> “咱爷们这账很清楚：我欠你的是三十块钱，两石多谷；我给你的，是三间房、四亩地，还给你住过五年长工。不过你不要怕！我不是跟你算这个！我是想叫你说说我究竟是好人呀是坏人？”
>
> …………
>
> 福贵道：“老家长！我不是说气话！我不要你包赔我

1　赵树理：《福贵》，董大中主编《赵树理全集·第一卷》，第349页。

什么，只要你说，我是什么人！……我这次回来，原是来搬我的孩子老婆，本没有心思来和你算账……我想就这样不明不白走了，我这个坏蛋名字，还不知道要传流到几时，因此我想请你老人家向大家解释解释，看我究竟算一种什么人！看这个坏蛋责任应该谁负？”[1]

福贵在流浪、苦熬中活下来了，并且终于有了他说话的机会。他却并不着意于失去的财产，也未表示出强烈的报仇欲望，就只是要王老万给他一个“说法”，还他一个“清白”，其性格中的执拗更是显而易见。这种执拗在赵树理《三里湾》中的满喜身上也有表现：“在别人认为值不得贴上整工夫去闹的事，在满喜为了气不平也可以不收秋也可以不过年。”[2] 可以说，外在的敦厚隐含着内在的执拗、倔强，这也是山西农民“倔”的性格比较普遍的表现形式之一。

山西人的“倔”的显性特征，如刚烈、倔强等性格方面，常常是在临事时才表现得特别的强烈，而在通常情况下，并不显示出来，相反，有时作为性格常态的，倒是从容、平和的一面。这也是山西人的“倔”的特点之一。马烽曾说起过，“原来在抗战期间他见过黄河上摆渡的艄公，他们身上往往有一种懒散和病

1　赵树理：《福贵》，董大中主编《赵树理全集·第一卷》，第350—351页。
2　赵树理：《三里湾》，董大中主编《赵树理全集·第二卷》，第85页。

态”;“但是一遇风急浪高，险情出现，他们立即就变成另一种人，另一种性格，或性格的另一方面就展现出来”。[1]这其实很能代表相当一部分山西人的性格特点。马烽《我的第一个上级》中的老田就是如此。他平时干什么事都显得不紧不慢，连走路也是“低着头，背着手，慢慢地迈着八字步”[2]。“有一次老田下乡去了，独个住在一间房子里。半夜里起了大风，忽然房顶上‘咔嚓’一声巨响，把他惊醒了。他躺在被窝里动都没动，拿手电向屋顶照了照，只见房梁快要折断了，好像马上就要倒塌的样子。他看了看，自言自语地说：‘我就不信等不到明天！’翻了个身，又睡着了。”[3]这种从容劲儿，简直到了绝妙的程度。但在面临大堤决口的险情时，老田显出的又是性格的另外一面。大堤决口，水势凶猛，连堵几次都失败了，连堵决口专家老姜头也认为堵不住了，建议把人往下撤，早点守住护村堰，一时人心慌乱，议论纷纷。“这时只听老田大声喝道：‘别动！谁敢挪动一步，马上把谁填到水里！’他的脸色铁青，眉眼恼得怕人，语气十分坚决。大家都吓呆了，立时鸦雀无声。老田像只猛虎一样转脸对老姜头吼道：‘非堵住不可！你再胡说八道惑乱人心，我先把你填到水里！你要敢离开这里一步，我马上把你推下去！’老姜头也给吓住了，蹲在那里一句话

1　崔洪勋主编《山西作家群评传》，第 17 页。
2　马烽：《我的第一个上级》，《马烽文集 · 第四卷》，第 234 页。
3　马烽：《我的第一个上级》，《马烽文集 · 第四卷》，第 234 页。

也没敢说。”[1] 接着老田亲自带头跳下水去，一面与众人挽成人墙，挡住急流，一面指挥人们在后面打桩填土，终于保住了堤坝。在险情面前，老田充分显示出了性格中的刚烈甚至暴躁的一面。马烽《四访孙玉厚》中的孙玉厚也是如此。孙玉厚老汉做了多半辈子长工，是一个老实本分的农民。自儿子参加革命后，整天为儿子的生命安全担惊受怕。区委书记看他忠实可靠，好几次动员他参加共产党，每次他总是摇摇头说：“家里有一个在党的就行了，我参加不参加也一样给你们做事。”[2] 可以说，玉厚老汉最初只是随着儿子参加一些革命工作，并不显得特别积极。但儿子忽然被敌人抓住并杀害了，玉厚老汉性格的另一面立即显示出来：他当晚用石头砸死了敌人两个哨兵，连夜偷偷把儿子的尸体扛回来悄悄埋了，并且立马到山里去找到区委书记要求入党。此后，玉厚老汉成了远近闻名的民兵队长，“他已经是五十岁的人，可是比年轻小伙子们劲头都大，打起仗来好像一只猛虎”[3]。偶然事件激发出了玉厚老汉性格中刚悍倔强的一面，使他一改此前平和从容的性格。可以说，在老田、玉厚老汉的性格中，原本就隐含着刚悍倔强的一面，只是在平常情况下并不显露出来；而一旦到了关键时刻，在临事时，这种潜隐的性格便会被激发出来。

---

1 马烽：《我的第一个上级》，《马烽文集·第四卷》，第 243 页。
2 马烽：《四访孙玉厚》，《马烽文集·第三卷》，第 319 页。
3 马烽：《四访孙玉厚》，《马烽文集·第三卷》，第 320 页。

从上述大量的例证中，我们可以更为清楚地看出，山西人“倔”的性格的普遍性。上述所列举人物，虽各有个性，各有其对事、对人的不同方式，但在其性格深处却有着共同的特点。“倔”，的确能够准确地概括他们性格的基本方面。“倔”，从严格的字面意义上解，包含着“梗戾”、“强硬”、“不屈”、“倔强”、“性格耿直执拗”和“言语行动生硬不随和”等特点。上述人物性格的特点，基本不出这些方面。“山药蛋派”作家们能准确地抓住这个“倔”字，正说明了他们对山西人性格重要方面的准确把握。

泼悍　撒赖

山西地区刚悍的民风民性，不仅养成了山西人所特有的“倔”的性格，同时也养成了部分山西人“赖”的性格。如果说，“倔”基本上可视为刚悍民风民性的正面表现形态，那么“赖”就是其负面表现形态。所谓“赖”，也就是指怠惰、泼悍、耍赖、撒赖、胡搅蛮缠的性格特点。在“山药蛋派”作品中，有许多人物形象就明显带有这样一些性格特点。这种“赖”的性格特征的产生与刚悍的民风民性有着某种必然的联系，因此，“赖”也应被视为山西地区地方性格的一个方面。

刚悍的民风民性在多数山西妇女身上体现为刚烈、倔强的性格特点，但刚悍的民风民性也在另外一些妇女身上体现为泼悍、耍赖、胡搅蛮缠的性格特点。这类性格，在“山药蛋派”作品中也给人留下了极其深刻的印象。在“山药蛋派”作品中，体现了“赖”的性格特点的人物形象，最早的应数《小二黑结婚》中的三仙姑。作品中有这么一段描写：

> 远远听着有个女人哭，越哭越近，不大一会就来到窗下，一推门就进来了。二诸葛还没有看清是谁，这女人就一把把他拉住，带哭带闹说：“刘修德！还我闺女！你的孩子把我的闺女勾引到哪里了？还我……”二诸葛老婆正气得死去活来，看见来的是三仙姑，正赶上出气，从炕上跳下来拉住她道：“你来了好！省得我去找你！你母女两个好生生把我个孩子勾引坏，你倒有脸来找我！咱两人就也到区上说说理！”两个女人滚成一团，二诸葛一个人拉也拉不开，也再顾不上研究他的卦。三仙姑见二诸葛老婆已经不顾命了，自己先胆怯了几分，不敢恋战，少闹了一会挣脱出来就走了。二诸葛老婆追出门来，被二诸葛拦回去，还骂个不休。[1]

小二黑与小芹谈恋爱被村上的坏人捉住送到区上，小芹的母

1　赵树理：《小二黑结婚》，董大中主编《赵树理全集·第一卷》，第157页。

亲三仙姑并不是真关心自己女儿的命运，“三仙姑去寻二诸葛，一来为的是逞逞闹气的本领，二来为的是遮遮外人的耳目，其实小芹吃一吃亏她很高兴，所以跟二诸葛老婆闹了一阵之后，回去就睡了”[1]。这里，“逞逞闹气的本领”，就是典型的“撒赖”；所谓“遮遮外人的耳目”，说明她的哭闹是装出来的，虚张声势。与三仙姑相对应的二诸葛老婆，也不是等闲之辈。整个作品中写这个人物虽就这么几笔，但这个人物的性格也已现出。她敢于与三仙姑打成一团，且“不顾命了”，在三仙姑撤退后还“追出门来”“骂个不休”，其泼悍程度不在三仙姑之下，难怪三仙姑会“胆怯了几分，不敢恋战”。这段描写，一石二鸟，活灵活现地塑造出了两个具有泼悍撒赖性格的妇女形象。

不知是赵树理对这类泼悍撒赖性格的女性有着特别的表现兴趣，还是由于山西乡村这类性格特别具有普遍性，在赵树理笔下，这类性格的人物形象表现得比较多，也特别生动。例如《孟祥英翻身》[2]中的孟祥英的婆婆，《三里湾》中的“常有理”“能不够”“惹不起”，《锻炼锻炼》中的“小腿疼”“吃不饱”，等等，都属于这类性格。

孟祥英的婆婆“有个特别出色的地方，就是个好嘴。年轻时

1 赵树理：《小二黑结婚》，董大中主编《赵树理全集·第一卷》，第159页。
2 《孟祥英翻身》所写的是涉县的事，涉县今划归为河北省。历史上，涉县也在“三晋文化”的地域范围内。为慎重起见，本书凡引《孟祥英翻身》这篇作品，均不作主要论据。

候外边朋友们多一点，老汉虽然不赞成，可是也惹不起她——说也说不过她，骂更骂不过她。老汉还惹不起，媳妇如何惹得起她呢”[1]。她可以为一个笤帚把，无休止地连孟祥英的爹娘一起骂上。孟祥英说：“娘！不用骂了，我给你用布补一补！”她回道：“补你娘的×！”[2]一次，她又与孟祥英发生争辩，她眼看自己理亏，于是立即跑到地里叫她儿子：“你快回来呀！我管不了你那个小奶奶，你那小奶奶要把我活吃了呀！”[3]她召回儿子，将孟祥英痛打了一顿，以此出气。这活脱脱一个泼婆悍妇的嘴脸。

《三里湾》中，“常有理”“能不够”“惹不起”各有个性，但也有共同的特点，那便是耍赖、胡搅蛮缠。“常有理”并不是真讲理，而恰恰是有理长三分，无理搅三分，越是理亏，越要把自己说得绝对正确。“惹不起”则善于耍赖，常常胡搅蛮缠，别人很难跟她据理争辩，所以别人对她只能是惹不起躲着走。作品通过“常有理”和“惹不起”勾结起来欺侮菊英这一情节，写出了两人的“赖”性。菊英被婆婆“常有理”派去磨面，劳累了一天，可“常有理”和大嫂“惹不起”却早早吃完午饭，只给菊英和她女儿留下一点面汤。当菊英去找村干部评理时，“惹不起”居然耍赖说：“说瞎话叫你烂舌根！我给你留的没有面！”“常有理”甚至还振振有

1 赵树理：《孟祥英翻身》，董大中主编《赵树理全集·第一卷》，第207页。
2 赵树理：《孟祥英翻身》，董大中主编《赵树理全集·第一卷》，第208页。
3 赵树理：《孟祥英翻身》，董大中主编《赵树理全集·第一卷》，第209页。

词地说："大家吃什么你也只能吃什么！磨个面又不是做了皇帝了！我不能七碟子八碗给你摆着吃！"[1]当然，最后在证人的证明下，她们两人的诡计总算露了馅。"惹不起"的赖劲还可以从她与满喜的一场"交锋"中看得更清楚。满喜帮"常有理"打扫东房，以便安排下乡干部住，"常有理"不放心，怕丢了东西，让"惹不起"去帮忙，"惹不起"一向懒惰怕干活，便推说有事。"常有理"便又派菊英去帮忙。菊英四岁的女儿玲玲与"惹不起"八岁的儿子十成吵起架来，满喜劝了十成几句。"惹不起"听到了便指桑骂槐地说起荤话来："十成！你这小该死的！吃了亏还不快回来，逞你的什么本事哩？一点眼色也认不得！人家那闺女有妈！还有'爹'！你有什么？"[2]骂过这阵还不解气，索性更露骨地说："你这小死才怎么还不出来？不怕人家打死你？人家男的女的在一块有人家的事，你搅在中间算哪一回哩？"[3]这是典型的泼妇无赖的语言。接下来便是满喜与她的"交锋"：

满喜也不管她惹得起惹不起，也顾不上听菊英的劝说，便走出东屋门外来问她说："你把话说清楚一点！什么男的女的？"惹不起说："我说不清楚！除非他们自己清

1 赵树理：《三里湾》，董大中主编《赵树理全集·第二卷》，第131页。
2 赵树理：《三里湾》，董大中主编《赵树理全集·第二卷》，第84—85页。
3 赵树理：《三里湾》，董大中主编《赵树理全集·第二卷》，第85页。

> 楚一点！”满喜走过去一把揪住她说：“咱们找个地方去说！我就非要你说清楚不可！”满喜一揪她，她便趁势躺倒喊叫：“打死人了！救命呀！”这一着要是对付别人，别人就很难分辨，可是对付满喜这一阵风便没有多少用处。满喜说：“你要真死了由我偿命，没有死就得跟我走！”说着使劲儿捏住她的胳膊说：“起来！”惹不起尖尖地叫了一声“妈呀”就乖乖地随着他的手站起来，还没有等站稳，就被他拖着向大门那边走了两三步。[1]

这里揭示了“惹不起”耍赖的全过程：先是骂，专拣最恶毒的话骂；当满喜动真格的时候，她又躺倒撒泼、胡搅蛮缠；而这些招数不灵时，便开始装孙子。“惹不起”的“乖乖站起来”与三仙姑的“胆怯”“不敢恋战”颇有相似之处。耍赖的人大抵有这样的共通处：先是蛮横不讲理，虚张声势地闹，而一旦遇到真厉害的对手，便立即找寻退路，装老实。《三里湾》中，把赖劲表现得最为充分，且将撒赖加以“理论化”的要算“能不够”。“能不够”的泼悍、耍赖最为“经典”，村里人对她的评价是“骂死公公缠死婆，拉着丈夫跳大河”[2]。她的女儿小俊初结了婚时，她曾“把她做媳妇

1　赵树理：《三里湾》，董大中主编《赵树理全集·第二卷》，第85页。
2　赵树理：《三里湾》，董大中主编《赵树理全集·第二卷》，第69页。

的经验总结成一套理论讲给小俊”[1]：

> 她说：“对家里人要尖，对外边人要圆——在家里半点亏也不要吃，总得叫家里大小人觉着你不是好说话的；对外边人说话要圆滑一点，叫人人觉得你是个好心肠的人。”她说：“对男人要先折磨得他哭笑不得，以后他才能好好听你的话。”从前那些爱使刁的女人们常用的“一哭二饿三上吊”的办法她不完全赞成。她告小俊说：“千万不要提上吊——上吊有时候能耽搁了自己的性命；哭的时候也不要真哭——最好是在夜里吹了灯以后装着哭；要是过年过节存了一些干粮的话，也可以装成生气的样子隔几天不吃饭。”这两个办法她都用过，要不天成老汉也不会像现在这样听她的话。[2]

“以上还只是她一些原则的指示，后来的指示就更具体了”[3]。她挑唆小俊分家：“你犯不上伺候他们那一大群，应该跟玉生两个人分出来过小日月；不过你不要提分家，只搅得他们一会也不得自在，他们就会把你们两口子分出来；等分出来了你们一方面过着

1 赵树理：《三里湾》，董大中主编《赵树理全集·第二卷》，第69页。
2 赵树理：《三里湾》，董大中主编《赵树理全集·第二卷》，第69页。
3 赵树理：《三里湾》，董大中主编《赵树理全集·第二卷》，第69页。

自己的清净日子，一方面还可以向别人说是他们容不得人把你们分出来的。”[1] 在“能不够”的挑唆下，小俊终于闹得分开了家。“分开家这几天，能不够更抓紧时间教了小俊一些对付玉生的原则和办法”[2]。后来闹得小俊又与玉生离了婚。小俊最后是落得个鸡飞蛋打，“一头抹了，一头脱了”[3]：离开了玉生，也没有嫁成有翼。“能不够”自己最后也在天成老汉的“革命”中出尽洋相。“能不够”的“赖”，说到底与“常有理”“惹不起”等人大致相似，无非是耍泼、撒赖、胡搅蛮缠。只是“能不够”将这些上升到“理论”层面，使她显得技高一筹，不过，不论手段如何，她们的结局却都一样。

《“锻炼锻炼”》中的“小腿疼”和“吃不饱”的“赖”也是非常典型的。这两个人共同的特点是怠惰、讨巧、装病、耍赖。“小腿疼”虽才五十来岁，却定要摆婆婆架子，不仅自己不下地劳动，还要拖住媳妇在家侍候她。当有便宜可占时，她也偶尔下地，这便是在社里的麦子没割完时去捡麦子，半捡半偷。用她自己的话说是“拾东西全凭偷，光凭拾能有多大出息”[4]。后来社里发现了这个秘密，规定拾的麦子归社，按斤给她记工，她就又不干了。还有摘棉花的时候，在棉桃盛开因而每天能超定额一倍多时，她便

1　赵树理：《三里湾》，董大中主编《赵树理全集·第二卷》，第 69 页。
2　赵树理：《三里湾》，董大中主编《赵树理全集·第二卷》，第 70 页。
3　赵树理：《三里湾》，董大中主编《赵树理全集·第二卷》，第 193 页。
4　赵树理：《“锻炼锻炼”》，董大中主编《赵树理全集·第二卷》，第 327 页。

下几天地，等到超定额的可能性不大时，就又不下地了。她装称小腿疼，“不过她这‘疼’疼得有点特别：高兴时候不疼，不高兴了就疼；逛会、看戏、游门、串户时候不疼，一做活儿就疼；她的丈夫死后儿子还小的时候有好几年没有疼，一给孩子娶过媳妇就又疼起来；入社以后是活儿能大量超过定额时候不疼，超不过定额或者超过的少了就又要疼”[1]。“吃不饱”虽然年轻，但也是好吃懒做。她与丈夫恋爱期间就提出条件，结婚以后不下地劳动。她在家实行“独裁”政策，经济大权由她掌握，除做饭和针线活以外的一切劳动全由丈夫承担。自实行粮食统购以来，她便时常喊叫吃不饱。她常常在吃饭上克扣丈夫，等丈夫下地后自己在家偷着做好的吃。社里叫她劳动，她便说粮食不够吃，吃不饱不能参加劳动。与“小腿疼”一样，“吃不饱”在有取巧的机会时也偶尔下地，但便宜活做完了就仍然喊她的“吃不饱不能参加劳动”。这两人除了上述怠惰、取巧、装病等共同特点外，还有就是讳疾忌医，批评不得。当“吃不饱”知道有人贴大字报批评她们时，她的第一个反应就是去挑唆有理没理常常敢到社房去闹的“小腿疼”。“小腿疼”果然闹到社里要打架，只是在听说打架要罚款坐牢时，她才住手，嘴却不软。一次偷棉花被抓住之后，“小腿疼”最初是使撒赖的惯技，直到听说要送交法院时，她才认了错。

1 赵树理:《“锻炼锻炼”》，董大中主编《赵树理全集·第二卷》，第327—328页。

对于三仙姑、孟祥英的婆婆、“常有理”、“能不够”、“惹不起”、“小腿疼”、“吃不饱”这一类具有特殊性格的人物，在以往的研究中，主要关注的是这些人物的思想特征。从这些人物的落后思想中探寻其行为的根源，这无疑是正确的。但是，这里有一个有趣的现象被忽略了，即这些人在行为特征上为什么有这么大的趋同性？这种趋同性的根源绝不仅仅在于人物的思想意识，因为这些人物的思想意识在内容和程度上并不完全一致。而且，即使是思想内容和程度相似，在不同的人身上可能会导致完全不同的行为方式。因此，这类人物行为特征和性格上的趋同性，应视为共同的民风民性氛围下的产物。与作为山西地方性格之一的“倔”一样，“赖”也显然是山西地区的一种地方性格。这种性格所具有的普遍性，使我们不仅仅在赵树理作品中能大量读到这类人物形象，而且在几乎所有的“山药蛋派”作家笔下都能读到对具有这类性格的人物形象的精彩描写。在这里，我们可以再举数例。

西戎的代表作《赖大嫂》中所塑造的赖大嫂这个人物，在其“赖”的性格特征上也很有典型性。虽然没有实证材料能确指作者给人物冠以“赖”姓就是为了突出人物的“赖”劲，但从作品中人物的特点看，作者的这一意图是很显然的。赖大嫂在性格特征上可谓“小腿疼”“吃不饱”的天然姊妹，她也是一个具有怠惰、取巧、耍赖、胡搅蛮缠等特点的人物。作品是通过赖大嫂两次养猪的故事来展示其性格的。第一次养猪时，是队里与食品公司订了合同，规定社员养一头猪供应一百斤饲料。赖大嫂领了猪饲料以后，只过了三个月，便通知队里说她的猪突然生病死了。当要求她退回剩余饲料时，她说猪已吃完了。这样一来，她真是一举两得，既省了养猪的麻烦，又落下了猪饲料。第二次养猪时，队里规定不供应饲料，自喂自养，收入归己。这次赖大嫂仍有取巧的办法：她将小猪抓回来以后，不圈不喂，整天让小猪在场里拱麦秸垛、在庄稼地里啃庄稼。群众对此意见很大，队里召开养猪会议批评她。副业组长立柱妈“并没有敢指名赖大嫂有什么不对，赖大嫂当场就跺着脚叫骂起来：‘立柱妈，你说话说清楚，不要指冬瓜骂葫芦，你看见我的猪吃了哪里的庄稼？你们抓住了？是我的不是？嗐呀！这真是墙倒众人推，鼓破乱人捶，看见我脑袋软，好欺侮是不是？你们这么血口喷人不行！’”[1]终于有一次，赖大嫂养的猪又在啃庄稼时被民兵队长立柱逮住了，在这样铁证如山的事实面前，赖大嫂非但没有认错，反而更加施展出她的“赖”劲：

赖大嫂嚎叫着进来了。双脚刚在院里站稳，伸手指着立柱便嚷：“你们欺侮的我还能活不能！”

立柱妈本来已经躲进屋里，见赖大嫂的来势不善，忙反身出来，不等立柱张嘴，先笑脸迎上去说：“你大婶，

1　西戎：《赖大嫂》，《西戎文集·第二卷》，第929—930页。

你是寻猪的吧！我家柱子给你圈住了，他看见它在社里的地里，怕……”一语未了，赖大嫂把镰刀似的脚，连连跺了几跺，说：“谁说我的猪到了庄稼地里？到了哪块地里？为啥不把我叫出来让我看？我的猪压根儿就不会到地里！我把它喂得饱饱的，整天卧在圈里，鞭子打都打不起来，它怎就能到了地里？你们娘母打牌定计，一回一回地欺侮我，我和你家祖宗三代有了什么仇？”说罢，仰起脖颈，瞪着眼，呜呜哇哇地放声干嚎起来。[1]

立柱听得火起来了，上前责问赖大嫂到底说理不说理。面对这结实的后生，赖大嫂心中着实有点胆寒，但嘴上仍未停止撒泼：“你打，你打！反正我三十七的阳寿也活够了！”[2]赖大嫂“一面凶神恶煞地叫嚷，一面直往后退，她心里也有个主意：要真的把这个后生的火性逗起来，挨他两巴掌，够自己受的”[3]。后来，猪被立柱妈放了回去，赖大嫂还未轻易罢休，直到天黑的时候，她仍站在自己大门口，用她“那石鸡子滚坡似的高嗓门”“数数划划地在骂”。[4]这种泼悍撒赖的程度，绝不亚于“小腿疼”和“吃不饱”。

我们再来看胡正《汾水长流》中的杨二香这个人物。杨二香

1 西戎：《赖大嫂》，《西戎文集·第二卷》，第931页。
2 西戎：《赖大嫂》，《西戎文集·第二卷》，第932页。
3 西戎：《赖大嫂》，《西戎文集·第二卷》，第932页。
4 西戎：《赖大嫂》，《西戎文集·第二卷》，第933页。

好吃懒做，当她发现丈夫刘元禄并不能满足她时，便寻衅闹事，想借此离婚，以便与酒店掌柜赵玉昌私奔。作品中详细描写了她耍泼撒赖的一段精彩“表演”：

“你单知道自己吃死食，就不管管我的穿戴！收了夏你分了多少钱，也不再给我做两身衣衫！”

刘元禄一听话头不善，但还是暂时忍了一口气：

“收了夏刚给你做了一身衣衫，怎么又要做两身？”

杨二香说：“就做那么一身烂脏衣衫，我有脸穿上去城里住娘家？你不嫌丢人，我还嫌败兴呐！”

刘元禄说：“出门的好衣衫你又不是没有，结婚时就给你做了三身。”

杨二香知道讲理讲不过他，就撒赖道：

“就指望娶亲时做上几身衣衫，叫我穿一辈子？你养活不起我了，就休了我，省下你狠心地剋打我，连身衣衫也不给我做。”

刘元禄有些忍不住了：

“谁剋打你？你还活得不如意？”

杨二香就干脆耍开了无赖：

“就是你剋打我。跟上你穿不上好的，吃不上好的，整天地侍候你家那老不死的和小挨刀的，村里还要逼住我下地受苦，你们村里就没有一个好人，你们刘家也没有一个好人……我真是瞎了眼跳高高跳到疙针窝里来了。我要早知道落到这一步的话，就是老死在我娘家吧，我肯跑到这狼窝、狗窝里来？”

刘元禄听她连出恶言，就顶了她一句：

“你有话就正经说，少这样嘴里不干不净的！”

杨二香这时直想挑事生非，戳起他的火来，大闹一场，便瞪起眼问他：

“我怎么就嘴里不干净？”

刘元禄也鼓着眼问她：

“你骂谁？”

杨二香问他：

“我骂你甚来？”

“什么狗窝、狼窝、疙针窝！”

一听刘元禄也说出这话，杨二香便趁势一翻脸叫了起来：

“好，你也会编排着骂人了？我怎么是狼、是狗、是疙针？吃你来，咬你来，还是扎你来？反正我在你们刘家受死罪、熬累死也落不下好，你整天地骂我，欺侮我，我也活不下去了，走吧，今日咱们就离了婚算啦！”

…………

……看见刘元禄不但没有发火，反而坐到椅子上去，她便叫喊着一头扑到刘元禄身上，拉住他的胳膊，硬逼住他问道：

“你说吧，今日你不给我说个明白，我就不让你！”

…………

……这时候，杨二香仍是狠劲用手拉拽着他的胳膊，而且还用她那又尖又长的指甲使劲掐他。一阵疼痛使他心里一股火起，便闪手用力甩脱胳膊，杨二香也就乘势跌倒在地，而且先在地上打了一个滚，又踢倒桌旁的椅子，抓散自己的头发，随后就哭吼着爬起来，一头撞到刘元禄怀里，撞得他一阵恶心，两眼直冒火星。[1]

杨二香可算是使出了赖女人寻衅闹事的全副本领：没事可以生出事来，没由头可以找出由头，先是主动出击，然后再嫁祸于人，这是典型的胡搅蛮缠。

如果说杨二香本质上就是个坏女人，其耍泼撒赖乃是情理之中的事，那么孙谦《队长的家事》中的乔玉霞则应算是农村的好妇女了：她能干，绣一手好花，远近有名，且是劳动的好手。但即使在这样一个人物身上，我们仍看到了与本质上是坏女人的杨

1 胡正：《汾水长流》，《胡正文集 · 第一卷》，第 345—348 页。

二香相类似的性格特点和行为特征。平心而论，乔玉霞还是挺体贴丈夫的，家务事儿几乎全包了。但她在与丈夫闹矛盾时，也一样有那种耍泼、撒赖、胡搅蛮缠的本领。事情的起因是组长叫她下地劳动，但她恋着家务事儿，就是不肯出勤。组长将她劝恼了，她便发作起来，先是借打女儿撒气，后是直接将组长骂了个狗血喷头。这时，当队长的丈夫金寿回来了，也只是劝了她几句，便惹得她越发不可收拾：

乔玉霞又气了："你也气我？"

"该气的时候，就得气一气！"

"好哇，咱们不活了！"

乔玉霞端起搁在窗台上的面盆，就要往地上摔。……

…………

乔玉霞已经开始明白自己说错了话，可她又咽不下那口气去。她挣扎着恢复了勇气，撒赖地说："你厉害——你厉害把我吃了！"

她俯下身来，准备向金寿撞去。眼看着老两口要动武了，家鹤扑过来拉住了母亲："妈！妈！"

乔玉霞使劲嚷着："我不活了！我不活了！"[1]

1　孙谦：《队长的家事》，《孙谦文集·第四卷》，第2208—2210页。

从人品来说，乔玉霞与杨二香二人不可同日而语，但她们的一些行为特征又如此相似：两个不同的作家在分别描写这两个人物时，都用了一些同样的动词，如“撒赖”“撞”等。其实，当上述这类女性“赖”性发作时，她们大抵都是这类动作，大同小异而已。虽不敢说这些行为动作特征也具有地域性，但可以肯定的是，这种耍泼撒赖、胡搅蛮缠的“赖”的性格，在山西乡村妇女中绝不属于个别现象，否则，就很难理解为什么在“山药蛋派”不同作家笔下，会不约而同地出现这么多此类性格的人物形象。

“赖”的性格特点，不仅存在于妇女身上。在“山药蛋派”作品中可以看到，“赖”的性格特点在一些男性身上，甚至在一些小孩子身上也同样存在。例如马烽《三年早知道》中的赵满囤，就带有一点耍奸取巧的特点。社里让他喂牲口，他只精心喂养自家带进社里的两只牲口，对其余的则漠不关心，让它们瘦得皮包骨。让他赶大车给社里买炭，他却占用公款买私货，回来后谎称路上桥塌了。让他到农田劳动时，他的“劳动态度实在赖，碰到重活装肚疼”[1]。对于别人的批评，他不是嬉皮笑脸，就是假装“完全接受”，一整个儿“赖相”。只不过他的“赖”中缺少了前述人物形象中的泼悍而已。再如，胡正《汾水长流》中的孙茂良，这个人身上的“赖”性就更明显了。他强拉社里的牲口想去跑运输，

1　马烽：《三年早知道》，《马烽文集·第四卷》，第 194 页。

在与饲养员争夺缰绳的过程中又打破了一个饮牲口的水瓮。可当社长说要给他处分，还得赔一个水瓮时，他非但不认错，反而发起了“赖”劲：

> 他就一跳三尺高地叫道：
>
> “赔水瓮、处分我？我不受你管啦！我给你们动弹了一冬一春，你们给过我什么？就给我一个处分？哼！谁不知道我孙茂良是穷小子一名，我坐上锅连下的米都没有，拿什么赔水瓮！我一冬一春没粮吃，你管过我？吃不上盐，倒不来醋，抽不上烟，点不上油，你管过我？把处分给你留下，先让我退社吧！”[1]

这里整个儿一个“穷狠”！犯了错不认错，反而倒打一耙，这也是一种撒赖的表现。作品中评价这个人物时说：“孙茂良这人，有个叫驴脾气：顺毛摸了，怎也行；戳着他了，翻脸不认人。”[2]所谓“叫驴脾气”是山西农村特用来形容具有某类性格特征的人的，这类性格有时以“倔”的形式表现出来，有时以“赖”的形式表现出来。由此看来，“倔”和“赖”只是表现形态上的不同，内里有着某种共通的东西，它们是山西特定的民风民性的氛围之中

1　胡正：《汾水长流》，《胡正文集 · 第一卷》，第106页。
2　胡正：《汾水长流》，《胡正文集 · 第一卷》，第168页。

的孪生子。

我们在“山药蛋派”作品中还可以从一些小孩子身上看到某种“赖”劲。例如赵树理《刘二和与王继圣》中的王继圣，一个小孩子家，从小“跟他爹学会打耳光，说打谁就要打谁”，在学校里，“谁敢不顺他，小巴掌就打到谁脸上去”，平时开口闭口就是“× 你娘”。[1] 一次在野地里，王继圣先欺侮放牛娃小囤，可小囤不但不吃那一套，还要起而还击，于是继圣便开始耍赖，只躺在地上大哭大骂。“继圣这躺在地上大哭大骂，也是一种厉害——在家里他娘怕这个，在学校先生怕这个，每逢他这样一闹，总得劝半天。”[2] 从继圣这个小孩子的表现中，我们也隐约可以感到一种“赖”性的存在。再如《三里湾》中“惹不起”的儿子十成。十成欺侮比他小的玲玲，满喜只是劝了一下，“这一下惹恼了十成。十成发了脾气有点像他妈，又哭、又骂、又躺在地上打滚，弄得满喜收不了场”[3]。从十成身上可以看到，“赖”也是有“家传”的。当然，小孩子的耍赖，与其天性有关，原是当不得真的，但在“山药蛋派”作品中，这并不是一个可以随意忽略不计的方面，因为作家在表现这些小孩子的“赖”时，是强调其承袭关系的，如王继圣学他爹，十成与他妈“惹不起”脾气的相像。因而，从这些

1 赵树理:《刘二和与王继圣》，董大中主编《赵树理全集 · 第一卷》，第 357 页。
2 赵树理:《刘二和与王继圣》，董大中主编《赵树理全集 · 第一卷》，第 358 页。
3 赵树理:《三里湾》，董大中主编《赵树理全集 · 第二卷》，第 84 页。

小孩子的“赖”劲中，我们似乎也能感到，在他们的生活环境中，确有一种养成这种脾性的氛围。

在“山药蛋派”作品中，还有一类被作家称为“二流子”的人物形象。在这类人物形象身上，“赖”性是以极端的形式表现出来的。土改以后，解放区曾发起过“二流子改造运动”，当时曾面临一个如何界定“二流子”的问题。“山药蛋派”作家对这一问题是有所思考的。他们一方面为一部分被旧观念视为“二流子”的人正名，另一方面在作品中描写了真正的“二流子”的形象。例如，赵树理在《福贵》和《田寡妇看瓜》这两篇作品中写到的福贵、秋生，他们为生活所迫，染上了赌、偷的恶习，但就其秉性而言，他们并不坏，相反，他们身上常常显露出敦厚、正直的一面。因而作者对他们并无谴责，而是从理解的角度为他们说话。可以看出，“山药蛋派”作家在界定“二流子”时，人性的“赖”否是一个重要的考量尺度。他们痛恨的是农村中那样一些游手好闲、懒散怠惰、耍奸取巧、丢泼撒赖等已成秉性的人，他们认为这才是真正的“二流子”。赵树理在当时曾讲过这样的话：“每个村子里，都有一种灵活的滑头分子，好像不论什么运动，他都是积极分子——什么时行卖什么，吃得了谁就吃谁，谁上了台拥护谁。这些人，有好多是流氓底子，不止没产业，也不想靠产业过活，分果实迟早是头一份，填窟窿时候又回回是窟窿。可是当大多数正派贫雇农还不相信自己的时候，偏好推这些人出头说话，这些人就成了天然的积极分子。”[1] 类似的意思马烽、西戎等都有过表述。西戎就曾谈起他参加几个村的减租工作时的发现：“那些受剥削最重的老实农民，依然心事重重，一言不发。他们白天减了租，黑夜又悄悄地把租子送回到地主家里。追查原因，是村子里起了谣言，说八路军要走了，旧政府又要回来了，等等。经过调查了解，替地主传播谣言者，其中就有在斗争会上表现‘积极’的二流子。”[2] 这类人物在作品中比较典型的是赵树理《邪不压正》中的小旦和西戎《王德锁减租》中的赵栓儿。小旦一贯讹人骗人，被村上人视为“一大害”。地主刘锡元有势力时，小旦狗仗人势，逼迫聚财将女儿软英嫁给刘锡元的儿子刘忠做镇房。土改时，他摇身一变成了“积极分子”——原本是给躲到荒山上的刘锡元父子跑腿通风报信的，后来发现风声不对，便自告奋勇领着人把刘家父子捉了回来，在斗争会上他见到刘家势力已倒，便也积极“控诉”，并因而分得了不少果实。后来他见元孩、小昌这些过去的穷人当了干部，转而向他们卖乖献好，还要将原来由他逼嫁给刘忠的软英转说给小昌当儿媳。土改后他看到刘家的产业还留得不少，背地里又悄悄给刘忠他娘赔情。赵栓儿也是一个典型的“二流子”，他诡巧而机警，有地产但不愿劳动；土改中，他对干部先是谩骂后是逢迎；为了半块冷窝窝、两碗面汤，便可以给地主赵剥皮当

1 赵树理：《发动贫雇要靠民主》，董大中主编《赵树理全集 · 第五卷》，第216页。
2 西戎：《〈讲话〉引我走向生活》，《西戎文集 · 第五卷》，第2337页。

走狗，到处造谣生事。小旦和赵栓儿正是当时“二流子改造运动”中的改造对象。很明显，“山药蛋派”作品中的“二流子”，不是从政治身份、经济地位等方面来确定的，而主要是从人的品性和习性上来确定的。在这些“二流子”的身上，的确将“赖”的特点发展到了极致。可以说，对“二流子”的产生与地方性格的负面因素的关系，“山药蛋派”作家是有所认识的。当时专门提及改造“二流子”问题，足见“二流子”现象在当时的社会中确实比较严重。本部分开头我们所引述的历史文献中，常见所谓“盗贼常为他郡剧”等记载，不过，土改时期“二流子”的概念比古之所谓“盗贼”要宽泛。当然，不能仅仅从地方性格的角度来解释“二流子”现象，还应与山西特殊的地理条件、生存环境等方面联系起来加以考察。由于山西地瘠民贫、地狭人稠，产生了一大批失却土地者。这些人基本上属于农村浪人，成为乡村中特殊的人群。这些人在游移不定的职业、漂泊的生涯中，极易丧失本色庄户人的敦厚秉性，极易染上恶习。可以说，也正是在这些人身上，地方性格的负面因素方才更容易得到显现和泛滥。

综上所述，山西地区在深厚的历史传统和特殊的地理条件下形成了特殊的刚悍的民风民性，这种刚悍的民风民性的氛围，使得生活在该地区的人们在性格上都或多或少带有“倔”与“赖”的特性。“倔”和“赖”分别以正、负面的形态，标示着刚悍的民风民性的特征。由“山药蛋派”作品中大批人物形象所体现的

“倔”和“赖”的性格特点，正是山西特殊地方性格的投影。对具有“倔”或“赖”性格特点的人物形象的大量塑造,无疑是“山药蛋派”作品具有浓烈的地域特色的又一重要方面。同时，这也再次显示出了“山药蛋派”文学作品与三晋地域文化的不可割裂的联系。

第三章　地方民俗的热衷展示

热衷展示山西地区的民俗，这是“山药蛋派”作品的一个显著的特点。对此，研究者们早已有所察觉。早在 20 世纪 60 年代初，就有人在分析赵树理的作品时明确指出：“《登记》里的罗汉钱，玩龙灯，说媒，走娘家，给我们以多么深刻的印象！……离开了民俗，赵树理也就难以说他的故事和创造他的形象。没有阴阳八卦、黄道黑道的描写就没有二诸葛，没有摆香案、头顶红布装扮天神的描写就没有三仙姑，没有罗汉钱就串联不起小飞娥和艾艾的故事，没有‘老’字辈‘小’字辈称号的介绍就不能那么深刻和生动地表现老槐树底下的人们所处的阶级地位，没有端着碗出来吃饭的描写，《李有才板话》和《“锻炼锻炼”》的情节就得重新安排。由此可见赵树理对于民俗的描写是自然而巧妙的，民俗对于赵树理小说生活化、形象化、群众化、民族化的作用是显著而重大的。”[1] 当然，这里仅仅是从民俗描写对作品故事叙述和人物塑造的意义来看问题的。也许，在现代文学史上，没有哪个小说流派能像“山药蛋派”这样较大幅度地反映地方乡规民俗。而在以往的研究中，对“山药蛋派”作品中民俗描写的独立意义和独特价值的挖掘是很不够的。

真正属于地域性的文化特征，常常并不保存在显性的正统的文化观念之中，而是深植于民俗文化之中，是通过下层人民的日常生存方式和生活方式体现出来的。更明确地说，在风俗习惯中往往能较多地保留地域文化特色。黄遵宪早就指出：“天下万国之人，之心，之理，既已无不同，而稽其节文乃南辕北辙，乖隔歧异，不可合并，至于如此，盖各因其所习以为之故也。礼也者，非从天降，非从地出，因人情而为之者也。人情者何，习惯是也。川岳分区，风气间阻，此因其所习，彼亦因其所习，日增月益，各行其道，习惯之久，至于一成不可易，而礼与俗，皆出于其中。”[2] 这里，黄遵宪甚至将风俗习惯视为地域文化差异的主要标志。因此，我们要论及“山药蛋派”与三晋文化的关系，显然绕不开对“山药蛋派”作品中有关民俗展示的分析。

可以说，反映民俗的意识，在“山药蛋派”作家那儿是非常

1 冯健男：《赵树理创作的民族风格——从〈下乡集〉说起》，黄修己编《赵树理研究资料》，第264—265页。
2 黄遵宪：《日本国志·礼俗志》，转引自杨成志《杨成志民俗学译述与研究》，高等教育出版社，1989年版，第231页。

明确的。翻开“山药蛋派”的作品，人们不难发现里面经常出现诸如“这地方的习惯是……”“这地方的风俗是……”等的句式。赵树理的作品最为明显，例如：

> 这地方的风俗，凡是送这种对联的，酬客时候都是有酒无饭，一酒待百客。[1]

> 按地方的习惯，每逢被提升的县、区长离任的时候，地方士绅便向老百姓收一笔钱，请他吃顿饭，送些礼物。礼物是用绸缎之类的料子，写上几个恭维性质的金字，名叫“帐子”。[2]

> 这地方的风俗，人和人发生了新的亲友关系，把辈分闹错了时，往往还依旧日的称呼，这唤作“各依各”。[3]

> 农村里的青年小伙子们，爱漂亮的，常好在口里衔一个罗汉钱，和城市人们爱包镶金牙的习惯一样，直到现在还有些偏僻的地方仍然保留着这种习惯……

1　赵树理:《李家庄的变迁》，董大中主编《赵树理全集·第一卷》，第264页。
2　赵树理:《金字》，董大中主编《赵树理全集·第一卷》，第33页。
3　赵树理:《盘龙峪》，董大中主编《赵树理全集·第一卷》，第46页。

…………

第二天是大年初一，按这地方的习惯，用两个妇女搀着新媳妇，一个小孩在头里背条红毯儿，到邻近各家去拜个年——不过只是走到就算，并不真正磕头……

…………

……这地方的普通习惯，只要女家吐了口，男家的话好说，没有费多大工夫，就说妥了。[1]

乡村里留下的旧风俗是只要女方愿意，男方的话比较好说。[2]

这地方是个山野地方，从前人们说："山高皇帝远"……离区公所还有四五十里。为这个原因，这里的风俗还和前清光绪年间差不多。[3]

这地方的风俗，姐夫小舅子见了面，总好说句打趣的话……

…………

1 赵树理:《登记》，董大中主编《赵树理全集·第二卷》，第3—16页。
2 赵树理:《三里湾》，董大中主编《赵树理全集·第二卷》，第68页。
3 赵树理:《孟祥英翻身》，董大中主编《赵树理全集·第一卷》，第207页。

各个房里的人都喝着水谈了一会闲散话，就要开饭了。这地方的风俗，遇到了红白大事，客人都吃两顿饭……

吃过第一顿饭以后就该开食盒。这地方风俗，送礼的食盒，不只光装能吃的东西，什么礼物都可以装——按习惯：第一层装的是首饰冠戴，第二层……按习惯，开食盒得先烧香。[1]

这地方的风俗，孩子们多了的时候，常好按着大小叫他们“大伙子、二伙子、三伙子……”因此便把媳妇们叫成“大伙家、二伙家、三伙家……”[2]

从这种特殊句式中，我们可以看出作者对表现地方风俗和习惯的强烈兴趣。当然，这种兴趣并非赵树理独有，而是贯穿于整个“山药蛋派”的创作之中。

民俗是一个大概念，它包括民间的风俗习惯、宗教信仰和民间文艺这三大类。对此，我们在前面的陈述中已经有所涉及，例如受制于地理条件而形成的山西地区独特的日常生活习惯、特殊的自然条件下形成的求雨的习俗、特殊的水土地气养育成的民风民性等。在这里，我们还将对诸如礼仪民俗、岁时民俗、乡间娱

1 赵树理:《邪不压正》，董大中主编《赵树理全集·第一卷》，第405—410页。
2 赵树理:《三里湾》，董大中主编《赵树理全集·第二卷》，第80页。

乐形式等民俗中最为形式化、最具传承性、最具普遍性的因素做专门的论述，因为这些方面是“山药蛋派”作家们刻意表现，因而也较为精彩、较具民俗学价值的部分。

第一节 “嫁娶送死奢靡”

早在《汉书》中就有这样的记载：“太原、上党……嫁娶送死奢靡。”[1] 这种“奢靡”的特点一直保存于山西地区的婚丧礼俗之中。

就丧礼而言，山西各地方志中多有类似甚至完全相同的记载。这里略举几则[2]：

> 《泽州府志》：丧礼，俗尚侈靡，又多泥阴阳之说，淹柩不葬。自含殓以至下窆，品物刍灵，穷极华炫。民间初丧，鼓吹延六七日不绝声，积习难反。[3]

> 《沁州志》：丧礼，送死多厚于奉生，颇合慎终之义。含殓、窆赙、旌志、举翣，遵古礼者六七。惟浮屠阴阳之

1 班固编撰《汉书》卷二十八《地理志》，明嘉靖汪文盛等刻本，第24页b。
2 这里选录的是不同时代的方志中的相关记载，此中可表现出丧葬礼俗在山西的不同地区具有相同性，且多年无大变化。
3 田嘉穀纂，朱樟修《泽州府志》卷十一，清雍正十三年刻本，第6页b。

说，未能尽革。富室旧用梨园送殡，今奉严禁，皆罢。（州县同。旧俗，纸财幢幡过于侈靡，灵輀彩饰至值百金。贫者转托亲友远方借贷，务为观美。）[1]

《高平县志》：丧礼，俗尚渐侈，又多泥堪舆家说，故有淹柩甚久者。自含殓至下窆，品物、刍灵多务华炫，宴吊客，筵必丰腆；葬后行复三礼，客恒数百人，饮无算爵，最为靡费。[2]

《长子县志》：丧礼，送死多厚于养生，颇合慎终之义。含殓、窆、赙、旌、志、舆、翣，皆遵古礼。惟阴阳浮屠之说，未能尽革。[3]

《长治县志》：丧礼，送死多厚于奉生，亦合慎终之义。含殓、窆、赙、旌、志、舆、翣，遵古礼者六七，惟浮屠阴阳之说，未能尽革。[4]

《临汾县志》：慎终之礼，邑人颇知从厚。例如，衣衾、

1 姚学瑛续修《沁州志》卷八，清乾隆三十六年刻本，第14页a。
2 戴纯纂，傅德宜修《高平县志》卷六，清乾隆三十九年刻本，第2页a。
3 樊兑纂，刘樾修《长子县志》卷二，清嘉庆二十一年刻本，第12页。
4 杨笃纂，李桢、马鉴修《长治县志》卷八，清光绪二十年刻本，第47页b。

棺椁，苟粗能自给之家，莫不竭资营办。[1]

《沁源县志》：本县对于送死，颇知从厚。初死之日即殓，衣衾、棺椁，视家有无，大抵竭力购备。[2]

虽然在“山药蛋派”作品中，对丧礼的直接展示较少，但也还是多少透露出了丧葬“奢靡”的信息。山西农民素来节俭，小家人家，本也无力厚于丧葬，但处在此种风俗氛围之中，不得不以“转托亲友远方借贷”，甚至借高利贷来完成丧礼。例如《福贵》中，福贵家原本有三间房四亩地，日子也还勉强过得下去，但因母亲故世后，买棺木、请阴阳、央人送葬、缝制孝服、请人吃喝等，自此欠下了债务，落下了贫根。这里显示出的是一种民俗的支配力量。

在“山药蛋派”作品中表现较多的是婚俗。婚俗在山西乡间保留得最为完备，婚嫁礼仪也比较多。虽然山西各地方志中有关婚娶礼仪的记载比较多，但终究比较简单，远不如“山药蛋派”作品中向人们展示的那么丰富、生动和具体。将方志中的有关记载与“山药蛋派”作品中的描述对比起来看，是很有意思的。各地方志中有关婚嫁礼仪的记载很多，大同小异，这里，我们选择

---

1 张其昌纂，刘玉玑、关世熙修《临汾县志》卷二，民国二十二年铅印本，第 10 页 a。
2 阴国垣纂，孙兆熊、郭蓝田修《沁源县志》卷二，民国二十二年铅印本，第 49 页 b。

几则[1]，陈列如下：

《平阳府志》：婚礼各处不同，大约六礼之中仅存其四：问名、纳采、请期、亲迎而已。（亦有不亲迎者。）……女家勒索聘礼，男家苛责妆奁，自诗礼旧家而外，鲜有免者。[2]

《泽州府志》：婚礼，问名、纳采、请期，民间通用，惟纳吉、纳征、亲迎，则士夫行之。旧志载，行礼每较厚薄，至亲迎又择年貌相若者饰之偕行，名曰“陪婿”。[3]

《高平县志》：婚礼，问名、纳采、请期，庶民同用，惟纳吉、纳征、亲迎，则士大夫行之。[4]

《绛县志》：婚礼，凭媒说合，择吉纳采。备彩帛、钗环等物，聘金有无不等，宴媒往送，各书启为凭。纳币，衣物倍纳采，备食盒或三架五架，费金多寡不等。婚期，富者鼓吹往迎……迎妇至家，宾赞成礼。[5]

1　这里的选录，主要是从不同时代的方志中各挑出一则，按时间顺序排列。既可以看出婚娶礼俗在山西各地的共同性，又可看出其时间上的延续性、承继性。
2　孙尚任等纂《平阳府志》卷二十九，清康熙刻本，第5页。
3　田嘉穀纂，朱樟修《泽州府志》卷十一，清雍正十三年刻本，第6页b。
4　戴纯纂，傅德宜修《高平县志》卷六，清乾隆三十九年刻本，第2页a。
5　张于铸纂，刘斌修《绛县志》卷二，清光绪六年刻本，第9—10页。

《沁源县志》：初议婚时，男家或女家求亲友为媒，或亲友自动为媒，来往通言。如欲结婚，先将女家生年八字送往男家，相属无妨，然后拟议所送聘金及首饰、衣料等件，由男家择定换帖日期，令媒证通知女家。届期男家设席宴媒，将所送之聘金、采物等偕同媒证送至女家，女家亦设席宴之，谓之定亲。斯日，两亲家各立婚证书，由媒往来互换。将娶之期，男家择吉写帖，请媒送之女家，手续与定亲同，惟不易帖，在城区谓之喝汤，在北乡谓之送钱。士人通谓之纳币或纳聘。娶之日……自光绪中至现在，普通由男家备轿两乘，用乐工数名或十余名不等，婿及娶客相偕至女家，女家设宴席之。宴毕，婿及新妇乘彩舆相随至男家门外，新妇下舆或踏红毡，或由女家送客亲属等挈至院中，男女并立，先行拜天地礼，次行交拜礼，后入洞房，谓之迎亲。俗云娶媳妇……隔三四日，女家备席请婿，新妇亦随，俗谓之回面。[1]

从上述征引中，我们可以看出，有关婚嫁礼俗的记载，虽时间离现在越近便越详细，但终究过于简单、抽象，很难给人以感性的了解。能够在很大程度上弥补这种缺憾的，是“山药蛋派”

1 阴国垣纂，孙兆熊、郭蓝田修《沁源县志》卷二，民国二十二年铅印本，第49页。

的作品。

例如，上述方志中有关“问名”一项，一般均未作解释，只是在民国时期的《沁源县志》中略有陈述。从这种陈述中，我们也仅是知道了所谓的“问名”就是请媒议婚，这包括合生年八字，拟议所送聘金及首饰、衣料等，但更为具体的情况仍不得而知。而在“山药蛋派”作品中，对“问名”却有丰富、生动、详细的描述。我们先来看西戎的《谁害的》这篇作品。作品围绕翠娥的婚事，详尽地展现了“问名”的全过程以及过程中的各个细节。“翠娥长到十八岁这年，方圆好多村子的人家，都聘媒人来说。照老规矩：大凡儿子问媳妇，女子找婆家的重要标准：一是门当户对，一是人材相貌。不过一切都由父母主办。”[1] 在山西乡间，婚姻之事，直到 20 世纪 30 年代还是走“父母之命，媒妁之言”的路，少有自由恋爱而成的。据 20 世纪 30 年代的有关县志记载：“自由结婚，邑中尚少见之。两姓缔姻，大都由媒妁居中，取得双方同意，然后择日换柬，行纳采礼。”[2] 因此，在山西婚嫁民俗中，媒人和双方父母的作用是居中心地位的，尤其是在“问名”阶段。翠娥父母的考虑是带有普遍性的：她的父亲刘万财“想在这婚事上，多捞几个钱。因此每逢有媒人来探话，除了问明对方家资情况，顺便就探一探对方肯花多少钱？翠娥她妈，女婿好坏她倒很关心，不

1　西戎：《谁害的》，《西戎文集·第一卷》，第 78 页。
2　张其昌纂，刘玉玑、关世熙修《临汾县志》卷二，民国二十二年铅印本，第 8 页 a。

过她问起话来，开口就是女婿属什么的？‘属相’合不合？在她心上，无疑问‘属相’合不合，比女婿好不好重要得多”[1]。翠娥虽然已爱上喜旺，但她不好向父母明说，于是只好一面向媒人推脱自己哪里也不去，一面将父母要为自己问婆家的事告诉了喜旺。喜旺和他妈商议，请了个媒人去说。但翠娥“她爹她妈偏不愿意。她爹的理由：是嫌喜旺穷、花不起钱，当着媒人面推辞说：‘我的女子还小哩，这阵不忙问，叫她长着吧！’她妈的理由，是说翠娥是属狗的，喜旺是属鸡的，怕‘鸡狗不到头’。媒人回来一说，喜旺妈看见不行，就冷了口，又到别处给喜旺说亲”[2]。这里，虽还未写出完整的“问名”过程，但作品已经初步展示了“问名”过程中有关钱财、属相的计较，以及“问名”过程中的巧妙推脱。作品接着又写了一桩最终完成的“问名”的完整过程：

刘万财碰上他，想到翠娥的亲事，便引马贵子到小摊摊上吃了几块糕，托他给打问个头主。吃完了糕，刘万财安顿说：“女婿大小好歹不说，只要门第家资好，能使唤个百二八十就行。”马贵子得了刘万财这句话，觉得这又是个捞钱买卖，高兴得满口答应，就把主意打到“德盛源”刘掌柜的儿子刘生源身上。

1　西戎：《谁害的》，《西戎文集·第一卷》，第78—79页。
2　西戎：《谁害的》，《西戎文集·第一卷》，第79页。

…………

酒菜摆上来，两个人吃喝着，刘生源便先问："今年多大了？好看不好看？"

马贵子用拿筷子的手摆了两下，说："少东家，不是我夸口，这一道川，打上灯笼你也再找不出第二个！"他见刘生源听得出了神，便一面不放松吃肉喝酒，一面也不放松说话，吃一口，喝一口，说一句，把刘万财的翠娥怎么长、怎么短、相貌、身材、年纪、性情……说了一大堆好（其实他连一次也没有见过翠娥）。说完了，便露出了一点难意的表情，道："什么也都好，就是刘万财那老头想多用两个钱！"

说到钱，在刘生源根本不是问题，而马贵子说这句话的用意，是想自己从中也捞点油水。

刘生源问："看样子得多少彩礼？"

马贵子说："多也不多，要依我看，那么好的女子卖个二三百块，人也是抢哩，可是听那老头的口气，有个一百四五也就行啦！"

"这还难，要多少就给他多少，只要你给我把这事办成！"马贵子得了这句碗大汤宽的话，高兴得不得了。第二天，便去东土峪刘万财那面对口探话。

到了东土峪，马贵子见了刘万财，先把能出一百块钱的话说在头前，刘万财便算中了意，接着又把刘生源的家资表了一番，每句话，都离不了加一句“人家少东家”。这一溜“好”说完了，女婿好赖，只提了提，便算把刘万财说通了。剩下刘万财老婆，除了先问过女婿的属相以后，马贵子给帮忙掐算了半天，也提不出什么意见，随后便又附加了两个不行：第一，嫌岁数差下二十几年；第二，要看一下女婿的人样子。马贵子听了听，老太婆的口气并不十分坚决，意思不过是想多争点陪奁，便笑道：“你老人家不用驳，从我马贵子眼里过去的人，就没个赖的！咱们一天不见三面天不黑的些熟人，还能哄你？再说，说亲做媒，我也不是一遍两遍，你听我说，这些上头没你挑拨头，你只操心叫扯什么绸缎料子，捣什么银器吧！叫人家刘掌柜到省里办货去早些闹置！”叫他这么一说，老婆婆也便没有什么不愿意了，随口说道：“要的东西，你再来咱再见话，翠娥也不在，到她姐姐家去啦，叫她回来问一问再说！”马贵子见老两口答应下了这亲事，便又高兴得往镇上回来。

…………

……这天马贵子又来问女家要的陪奁物件，正好碰上翠娥和她妈妈生气。马贵子企图用他的巧嘴，劝一劝翠娥，因说道：“孩子，你听叔叔给你说，人活到世上，图的个什么，刘家‘少东家’人家有的字号买卖，要穿要吃，只要你张口就到。再说看人家是什么的门第，出了外头，谁见面不是离了吼‘少东家’不说话，放上福你不享，你要寻个庄户汉，整天受得灰眉土眼，受那些洋罪啦！”翠娥回嘴道：“他好是他的，我不爱！”马贵子说：“孩子，你看你在这山沟沟长了这么大，见过什么，吃过什么，将来住到那街镇地方，真是再好也不能了。人常说：住到城里，好比住到莲花盆里，住到村里，好比住到沤麻坑里，你嫌这山圪塄地方还没住够？”翠娥又道：“我嫌他年岁大，不务正！”马贵子道：“哎噫，你可说下凉话啦，岁数大了好嘛，管家领事，不用你操心，你跟上吃口现成饭还不好？你看这阵，岁数大的有多少，又不是光你这一个？再说不务正也不怕，人家有钱，你还能不叫人家抖，你嫌他有毛病，将来你去了，多劝他，娶了老婆改了性的人多的很！”翠娥见她这样说，马贵子那样对，起了火，啐了一口说：“早些滚得你远远的，不听你那些鬼话！”把门一摔出去，便找她姨姨去了。

…………

忽然，听见翠娥妈在院里叫：“姐姐，你快来，媒人来啦，你帮我给翠娥要几件东西来！”姨姨急忙把翠娥推起，说：“女子，别给姨姨哭啦，叫姨姨去问他刘家给你多要几件衣裳、好银器，就把你那难活治啦！”……

…………

……（姨姨）进门便对翠娥说：“女子，你还哭啦，快别哭了，看眼肿成什么啦，醒一醒，你妈给媒人做下了饭，快回去吃去！”……姨姨又对翠娥说：“女子，姨姨今儿可给你要了些好东西，缎子袄料四个，裤料八个，银手镯四副，银绳、文明牌、滚肚绳……东西可不少，够我娃好好穿戴一辈子哩——”……

“成媒不成媒，先跑三四回。”马贵子两头跑了有六七回，总算把这门亲说定了，闹了个三头满意：刘生源不说花钱多少，总算找了个好姑娘，满意了；刘万财两口，觉得高攀了这么个人家，也很喜欢，虽然女婿岁数有点大，但夫大妻小的事，多的很，虽然翠娥哭哭啼啼不愿意，但谁家给女子问婆家还能叫由了女子？这样一想，老两口便无忧无虑十分满意了；马贵子跑了腿，说了嘴，还从中暗暗用了三几十块钱，当然也最满意。所苦的，就是翠娥一个……

十月初三，“德盛源”送来一百块彩礼，下了喜帖，择定腊月二十三娶翠娥。[1]

1　西戎：《谁害的》，《西戎文集·第一卷》，第80—86页。

上面所征引的作品，完整地描述了“问名”的全过程：从请双方媒人议婚，到媒人在双方之间反复说合；从女方提出要求，到男方发话应答；从合生年八字，到媒人居中协调双方拟定聘金、彩礼，再到最后下帖择定婚期。整个过程丰富而具体，形象而生动，作品所提供的民俗资料的信息量远远超过了方志的记述。即如方志中记载的“女家勒索聘礼”“行礼每较厚薄”等，在作品中都有较为细致的展示，很能给人以感性的认识。作为特定婚俗产物的媒人，在“问名”中的作用，于作品的这部分描述中也有所揭示。旧社会那些巧舌如簧、坑蒙拐骗、无所不为的吃“说合”饭的媒人的形象，由此可见一斑。因此，完全可以说，从真正形象生动地展示山西婚娶礼俗的多个方面这一点来看，“山药蛋派”作品中的具体描绘能够比方志中的记载提供更加丰富、具体和生动的民俗学资料。

不仅是有关“问名”的记载和描述，在婚娶礼俗的其他事项上也是如此。例如有关“纳采”，或曰“纳币”“纳聘”的礼仪过程，在“山药蛋派”的作品中也有非常丰富而生动的描述。例如，赵树理的《邪不压正》中，河村王聚财的闺女软英跟本村财主刘锡元的儿子刘忠订了婚，刘家在这一天给聚财家送礼，作者用了近十页的篇幅来写这次“纳聘”的全过程。聚财是普通庄户人家，而刘锡元却是方圆二十里内有名的大财主。刘锡元看中了聚财的闺女软英，要娶她做儿子刘忠的填房，聚财虽心里不愿意，可又不敢得罪刘家，加上小旦这个媒人的“厉害”，所以也就只好应了这门亲事。聚财虽对这门亲事感到很窝火，但送彩礼这一天，一切都还得按当地“纳聘”的礼仪来。“聚财在头一天，就从上河村请他的连襟来给媒人做酒席，忙了一天，才准备了个差不多。”[1] 第二天一早，帮忙的亲朋好友便也陆续到了。于是东借西凑，摆开了桌椅，只等刘家送礼的上门。作品中这样记述了送礼的阵仗：

> 媒人原来只是小旦一个人，刘家因为想合乎三媒六证那句古话，又拼凑了两个人。一个叫刘锡恩，一个叫刘小四，是刘锡元两个远门本家。刘锡元的大长工元孩，挑着一担礼物盒子；二长工小昌和赶驮骡的小宝抬着一架大食盒。元孩走在前边，小宝、小昌、锡恩、小四，最后是小旦，六个人排成一行，走出刘家的大门往聚财家里来。安发的孩子狗狗，和另外一群连裤子也不穿的孩子们，早就在刘家的大门口跑来跑去等着看，见他们六个人一出来，就乱喊着“出来了出来了”，一边喊一边跑，跑到聚财家里喊：“来了！来了！”金生他们这才迎出去。
>
> 不知他们行的算什么礼，到门口先站齐，戴着礼帽作

1 赵树理：《邪不压正》，董大中主编《赵树理全集·第一卷》，第404页。

揖；进财和金生接住食盒，老拐接住担子，安发领着三个媒人，仍然排成一长串子走进去。

客人分了班：安发陪着媒人到北房，金生陪着元孩、小昌、小宝到西房，女人们到东房。[1]

作品写出了送礼阵仗的“威风”：刘家为了显阔，拼凑了一个有三个媒人参加的送礼队伍，且所送聘礼，有单人肩挑的，还有双人合抬的，六人“排成一行”，极为“规范”。此外，报信的，迎接的，对媒人和抬脚的不同安排等，也各按其礼，有头有绪，有条不紊。作者在这些描述中甚至捕捉到了那些极不显眼的细节：“不知他们行的算什么礼，到门口先站齐，戴着礼帽作揖。”这些细节在一般人眼中也许会被忽略，但深谙地方民俗礼仪的作者却捕捉到了。按地方志记载：“庆典、祀典、婚礼、丧礼、聘问，用脱帽三鞠躬礼。”[2] 这是很有意思的：刘家是大财主，讲究排场、威风，特以三媒六证之礼行聘，而刘家以及媒人们心中定是看不起普通庄户的亲家的，因而才会出现刘家的媒人一方面严格按部就班地依礼行事，另一方面又在行礼时的小节上有意无意地忽略“规范”——戴着礼帽行礼——的现象。如果说媒人们在行礼上多少表示出了对聚财家的不尊重，那么作品接着写的一段礼仪行事却

1　赵树理：《邪不压正》，董大中主编《赵树理全集·第一卷》，第408页。
2　张其昌纂，刘玉玑、关世熙修《临汾县志》卷二，民国二十二年铅印本，第10页b。

又显露出礼节所未能拘限的乡间人情：

> 各个房里的人都喝着水谈了一会闲散话，就要开饭了。这地方的风俗，遇了红白大事，客人都吃两顿饭——第一顿饭是汤饭，第二顿是酒席。第一顿饭，待生客和待熟客不同，待粗客和待细客不同——生客细客吃挂面，熟客粗客吃河落。三个媒人虽然都是本村人，办的可是新亲戚的事，只能算生客，上的是挂面。元孩小昌小宝虽然跟媒人办的是一件事，可是这三个人早已跟金生声明不要按生客待，情愿吃河落。其余的客人，自然都是河落了。小旦在后院北屋里……老拐给他送了一碗挂面。[1]

在这段文字中，作者既介绍了有关红白大事的“这地方的风俗”，同时又写了风俗所未能拘限的乡间人情。“情愿吃河落”，这并不是口味爱好的选择，而是一种人情的选择，人们不愿因“礼”而显出生分。由此可以看出，作家对乡间民俗礼仪过程的熟悉和把握是多么细致！他不仅通晓礼仪的全部过程，还善于把握礼仪过程中的人情世态，而这正是文学作品长于任何史志和方志的地方。作者对民俗展示的浓厚兴趣更集中地体现在作品中接下来反

1 赵树理：《邪不压正》，董大中主编《赵树理全集·第一卷》，第410页。

复出现的“这地方的风俗”“按习惯”等一类话题之下所做的更为具体的介绍中：

吃过第一顿饭后就该开食盒。这地方的风俗，送礼的食盒，不只光装能吃的东西，什么礼物都可以装——按习惯：第一层装的是首饰冠戴，第二层是粗细衣服，第三层是龙凤喜饼，第四层是酒、肉、大米。要是门当户对的地主豪绅们送礼，东西多了，可以用两架三架最多到八架食盒。要是贫寒人家送礼，也有不用食盒只挑一对二尺见方尺把高的木头盒子的，也有只用两个篮子的。刘家虽是家地主，一来女家是个庄稼户，二来还是个续婚，就有点轻看，可是要太平常了又觉得有点不像刘家的气派，因此抬了一架食盒，又挑了一担木头盒子，弄了个不上不下。开食盒先得把媒人请到跟前。聚财老婆打发老拐去请小旦，老拐回来说：“请不动！他说有两个人在场就行！”锡恩和小四说：“那就开吧！”按习惯，开食盒得先烧香。金生代表主人烧过了香，就开了。开了食盒，差不多总要吵架。这地方的风俗，礼物都是女家开着单子要的。男家接到女家的单子，差不多都嫌要得多，给送的时候，要打些折扣。比方要两对耳环只送一对，要五两重手镯，只给三两重的，送来了自然要争吵一会。两家亲家要有点心思不对头，争吵得就更会凶一点。女家在送礼这一天请来了些姑姑姨姨妗妗一类女人们，就是叫她们来跟媒人吵一会。做媒人的，推得过就推，推不过就说“回去叫你亲家给补”，做好做歹，拖一拖就过去了。[1]

这里从送礼的食盒，到送礼的规格，再到开盒的规矩，以及“行礼每较厚薄”的惯例，一一细细道来，其细腻的程度，可谓无以复加。作品在介绍过这些“风俗”“习惯”之后，又接着向我们描述了聚财家在聘礼上与媒人的较量。聚财家因为对这门亲事不情愿，索要的东西自然多一些。而刘家虽有势力，不怕聚财家悔婚，但一来不想为此故意闹些气，二来自己家东西现成，三来是明知将来这些东西会随娶回的媳妇带回来，所以东西“送得很像个样子”。但刘家也没有完全按聚财家所索要的一一付给，其中打了些折扣，而且绸缎衣服之类还是刘忠前一个老婆的，要给软英穿，都窄小一点。女家本来就有气，加上聘礼并未完全如愿，于是便引发了种种较量：

不论好歹吧，女家既然有气，就要发作发作：聚财老婆看罢了首饰和衣服，就向锡恩和小四说：“亲家送给的

1 赵树理：《邪不压正》，董大中主编《赵树理全集·第一卷》，第410—411页。

这些衣服，咱也没见过大市面，不敢说不好，可惜咱闺女长得粗胖一些，穿不上。首饰的件数也不够，样子也都是前二十年的老样，没有一件时兴货。麻烦你们拿回去叫亲家给换换！”话虽然很和软，可是里边有骨头，不是三言五句能说了的事。锡恩岁数大一点，还能说几句，就从远处开了口。他说：“聚财嫂！亲戚已经成亲戚了，不要叫那一头亲戚太作难。你想：如今兵荒马乱的，上哪里买那么多新东西？自然是有甚算甚。这不过是摆一摆排场吧，咱闺女以后过了门，穿戴着什么你怕没有啦？哪件不合适，咱家的闺女就是他家的媳妇，他能叫咱闺女穿戴出去丢他的人？……”他还没有说完二姨就接上话。二姨说：“你推得可倒不近！他刘家也是方圆几十里数得着的大财主，娶得起媳妇就做不起衣裳、买不起首饰？就凭以前那死鬼媳妇穿戴过的东西顶数啦？”安发老婆也接着说：“不行！我外甥女儿一辈子头一场事，不能穿戴他那破旧东西！”进财老婆拿着镀金镯子说：“旧东西也只挑坏的送！谁不知道刘忠前一个老婆带着六两重的金镯子？为什么偏送这镀金的？”金生媳妇也说：“这真是捉土包子啦！他觉着我们这些土包子没有认得金银的！”其实这几个女人们还只有她们两个见过金首饰，不过也没有用过，也不见得真认得，只是见这对镯子不是刘忠前一个老婆胳膊上那一对，并且也旧了，有些地方似乎白白的露出银来，因此才断定是镀货。[1]

既然这种“计较”是属于“惯例”性质的，当然也不会对结果有什么实质性的改变，况且，这本来就是桩不平等的婚姻，因此，计较的结果就可想而知了：

这时候，小旦的大烟已经抽足了，见小宝说外头有事，非要他不行，他就嘟嘟念念说：“女人们真能麻烦！再吵一会还不是那么回事？”说着就走出来了。女人们见他出来了，又把刚才说衣服首饰不合适那番话对着他吵了一遍，他倒答应得很简单。他说：“算了！你们都说的是没用话！哪家送礼能不吵？哪家送礼能吵得把东西抬回去？说什么都不抵事，闺女已经是嫁给人家了！”聚财老婆说：“你说哪个天生不行！照那样说……”小旦已经不耐烦了，再不往下听，把眼一翻说：“不行你随便！我就只管到这里！”聚财老婆说：“老天爷呀！世上哪有这么厉害的媒人？你拿把刀来把我杀了吧！”小旦说：“我杀你做什么？行不行你亲自去跟刘家交涉！管不了不许我不管？不管了！”说

1　赵树理：《邪不压正》，董大中主编《赵树理全集·第一卷》，第411页。

着推开大家就往外走，急得安发跑到前边伸开两条胳膊拦住，别的男人们也都凑过来说好话，连聚财也披起衣服一摇一晃出来探问是什么事。

大家好歹把小旦劝住，天已经晌午了。金生他姨夫催开席，老拐就往各桌上摆碟子。不多一会，都准备妥当，客人都坐齐……

…………

吃过酒席稍停了一会，客人就要回去。临去的时候，小旦一边走一边训话："刘家的场面还有什么说的？以后再不要不知足……"安发一边送着客，一边替聚财受训，送到大门外作了揖才算完结。[1]

作品中这段有关"纳采"或曰"纳聘"过程的描写，占了近十页的篇幅，似乎显得过于铺张了。就一篇短篇小说而言，这么铺张的描写显然多少有损于结构的紧凑和严谨，而且就小说所要表达的题旨来看，的确也看不出有什么必要对一个"纳采"的过程写得如此细致入微。出现这么长的描述，只能看作是作者浓厚的民俗展示的兴趣在起作用。然而，尽管这段描述在结构上可能稍显拖沓，但它在人物形象的刻画（尤其是对小旦这个媒人形象）

1　赵树理:《邪不压正》，董大中主编《赵树理全集·第一卷》，第412—413页。

以及对聚财一家处境的交代等方面，有着不可忽视的意义，更重要的，当是其在民俗学上的价值。

在山西婚娶礼俗中，最讲场面、最有声色的是“娶亲”的仪式。对此，“山药蛋派”作品中也多有描述。例如西戎《谁害的》中，就写到了娶亲的场面：

一会，听见街外一阵唢呐呜响，院里娃娃们嚷道：“快去看，娶亲的来了！”踢踢通通地跑出大门外边。

果然是娶翠娥的来了。鼓手吹进院里来，三乘花轿也抬进院里，来看热闹的人，男的、女的，挤得满满的。只见从前面两乘轿出来两个人，走到第三乘轿门上站了一会，从第三乘轿里才走出个人来：穿的袍褂，戴的礼帽，披的红绸，插着金花，人们紧紧地围上去看，这一定是新女婿了。[1]

通常在乡间，自然总少不了对新女婿的评头论足：

有一个媳妇指着对一个老婆婆说：“妈，看那眉眼，老的够四五十，当爹爹也差不多！”又一个说：“全是她爹

1　西戎：《谁害的》，《西戎文集·第一卷》，第87页。

爱了人家的钱！”又一个说：“害了女子一辈子，我刚才进屋里看了一眼，哭得就不像样了，到这阵头发还是一蓬着哩！”又一个说：“挑来挑去挑了个老寿星！”[1]

这是父母包办的婚姻，翠娥坚决不从，不梳头、不洗脸，一直在哭闹。于是父亲骂、母亲劝，亲戚好友说这道那，议论纷纷。这种场景是很有典型性的：由于旧时婚姻多为父母之命、媒妁之言，女儿出嫁几乎少有不哭哭啼啼的。当然，结果却是不会改变的。用翠娥她父亲的话说：“嫁出去的女，泼出的水，死活得把她填到花轿上，倒由她啦！”[2] 于是接下来的场景是：

到太阳偏西，娶亲的人，饭也吃毕了，却等不上新媳妇上轿。新女婿连声催道：“时候可不早啦，怎么还不叫起身！”……

…………

院里的婆姨女子，看见新女婿上了轿，都跑进屋里去，看翠娥怎样行动。翠娥眼成了两颗红桃，手拍着炕板，哭一声黑良心的爹，骂一声早不死的媒人，还是不穿衣裳。谁来劝就用衣裳打谁。

1　西戎：《谁害的》，《西戎文集·第一卷》，第 87 页。
2　西戎：《谁害的》，《西戎文集·第一卷》，第 89 页。

又闹了一阵，眼看着太阳就要落山，翠娥的姨姨又来了，才算打劝的答应穿衣裳。她姨姨、姐姐给脱身上的旧衣裳，脱不下，不想她在昨天黑夜，就用针把裤和袄缝到了一搭。

脱不下就没有脱，外面披上红袍，戴上凤冠，但仍不上轿，说要死去。这时候，刘万财引着长辈刘登荣来了。

长辈站在门口指着屋里喊骂道："哪里见过这么厉害的女子？给姓刘的丢人败兴，给我捆住，填到轿里！"

屋里谁也不哼声了。翠娥长出了一口气，看着满屋的妇女，哭着道："你们这么多人，就看着叫我死啦？好，我死——"跳下炕要往外走，长辈在门口举起拐棍，狠狠打了翠娥一棍，喊道："填到轿里！"有人过来卡上了花轿。

翠娥嚎，看的媳妇、女子们哭，院里吹鼓手"嘟哇嘟哇"地吹打，真把人心乱得像猫抓。

…………

千难万难，轿子总算打发起了身。村里人好像煞了戏从庙院里出来，谈着，说着，各自回去了。[1]

上述这部分迎亲的民俗描写，整个调子是凄凉的。虽作者的

1　西戎：《谁害的》，《西戎文集 · 第一卷》，第89—90页。

意图是通过描述迎亲礼俗的过程，来表现旧式婚姻中女子的不幸命运，但描述的这种礼俗过程本身，仍具有民俗展示的意义。鸣响的唢呐、挂彩的轿子、披红插花的新女婿、周围人的评头论足、新媳妇的哭嫁等，构成了一幅具有乡土气息的风俗画。在这部分描述中，我们可以获得从一般方志上难以得到的对山西地区迎亲礼俗的感性认识。

在《福贵》中，我们还能看到另一种类型的娶亲仪式。银花九岁就来到福贵家做童养媳，福贵长到二十三岁，他母亲得了病，自知将不久于人世，于是把给福贵和银花圆房的事托付给了东屋婶："给福贵童养了个媳妇在半坡上滚，不成一家人，这闺女也十五了，我想趁我还睁着眼给她上上头[1]，不论好坏也就算把我这点心尽到了。只是咱这小家人，少人没手的，麻烦你到那时候给我招呼招呼！"[2]东屋婶问了日期，答应给她尽量帮办：

> 七月二十六是福贵与银花结婚的日子，银花娘家哥哥也来送女。银花借东屋婶家里梳装上轿，抬在村里转了一圈，又抬回小院，下了轿往西屋去，堂屋里坐着送女客，请老家长王老万来陪。福贵娘嫌豆腐粉条不好，特别杀了

1　姑娘结婚前，要绞脸、盘髻，当地习惯叫"上头"。——原注
2　赵树理：《福贵》，董大中主编《赵树理全集·第一卷》，第342页。

一只鸡，做了个火锅四碗。[1]

童养媳原是养在家中的，因此出嫁这一天所采用的礼仪自然不同于一般的迎亲仪式。于是，才要“借东屋婶家里梳装上轿”，为了符合“嫁女”的规矩，银花的娘家哥哥要来“送女”，轿子还必须在村里转一圈。像福贵这样的贫穷人家，结亲时已是简单从事了的，但也还是得雇个花轿抬着童养媳，还要宴请族长和乡亲，做个火锅四碗。由此可见其民俗氛围的浓厚。

涉及娶亲礼俗的描写，在“山药蛋派”作品中比较多，除上述所举之外，还有赵树理的《登记》《李家庄的变迁》，马烽的《光棍汉》《金宝娘》，胡正的《几度元宵》，西戎的《喜事》《终身大事》，孙谦的《大门开了》，等等。例如，在《登记》这篇作品中，除写到了娶亲时的热闹之外，还写到了新媳妇拜年的礼俗：“第二天是大年初一，按这地方的习惯，用两个妇女搀着新媳妇，一个小孩在头里背条红毯儿，到邻近各家去拜个年——不过只是走到就算，并不真正磕头。早饭以后，背红毯的孩子刚一出门，有个青年就远远地喊叫：‘都快看！小飞蛾出来了！’他这么一喊，马上聚了一堆人，好像正月十五看龙灯那么热闹，新媳妇的一举一动大家都很关心：‘看看！进了她隔壁五婶院子里了！’‘又出来

1 赵树理：《福贵》，董大中主编《赵树理全集·第一卷》，第342页。

了又出来了！到老秋孩院子里去了！……'"[1] 再如，在《李家庄的变迁》这篇作品中，写到了娶亲时亲朋好友的送礼和主家酬客的礼俗：修福老汉的儿子白狗娶亲，“大家也知道他破费不起，自己也都是些对付能过的小户人家，就凑成份子买了些现成的龙凤喜联给他送一送礼；这地方的风俗，凡是送这种对联的，酬客时候都是有酒无饭，一酒待百客。事过之后，修福老汉备了些酒，在刚过了阴历年的正月初三日酬客”[2]。如此等等的描述，不一一论列。总而言之，在“山药蛋派”作品中，有关婚娶礼俗的展示是相当具体、生动的。这些描写为地域民俗的研究提供了丰富的材料，在很大程度上可以弥补史志、方志中有关记载失之简陋、笼统的缺陷。

当然，“山药蛋派”作品并未仅仅停留在对一般婚丧礼俗的展示上，透过这些礼俗，我们还能看到更多的东西。

山西民风尚俭，喜聚藏，可在婚丧嫁娶方面所显示出的特点却是“奢靡”。这看来是一种非常矛盾的现象，其实不然。正因为俭啬、聚藏习性的普遍存在，山西乡村的一般人家平时少有进取或付出钱财的机会，因此婚丧嫁娶往往就作为进取或付出钱财的一种机遇而受到特别的重视。尤其是婚姻，对于生活在贫瘠中的人们，也往往被视为一次改变自己生活与命运的机会。因此，“婚

1 赵树理：《登记》，董大中主编《赵树理全集·第二卷》，第5—6页。
2 赵树理：《李家庄的变迁》，董大中主编《赵树理全集·第一卷》，第264页。

娶重财，又有甚焉”[1]。“女家勒索聘礼，男家苛责妆奁”“行礼每较厚薄”的结果，自然是财物、场面、礼仪上的“奢靡”。在这种“奢靡”的婚俗背后，其实反映出的是山西人独特的实利性的考虑。实利性在传统的山西乡村生活的一切方面都起着重要的支配作用，即使是爱情、婚姻、家庭也不例外。有人认为“山药蛋派”作品中缺少真正的爱情描写，涉及男女关系的只有婚姻，没有爱情。这种看法虽不能说是完全准确，但多少还是有一点道理的。传统的山西乡村生活，受制于地域条件，土地贫瘠，人民贫困，使得在面对一切问题时，人们往往不得不首先屈从于吃饭和存活的需要。谈情说爱的雅致，只有在物质生活充裕的情况下才会产生。况且，在长期的婚俗中，本来就没有给男女自主的情爱设置任何机遇，传统的婚姻中“情”的成分被“利”挤压得几乎没有任何位置。从前述所引“山药蛋派”作品有关婚娶礼俗的描写中，我们可以看出，实利性的婚姻观占据着主导地位。《谁害的》中，翠娥的父母处理翠娥的婚事，就是要给翠娥寻个大户人家，结一门“高贵”亲戚，高攀高攀，同时，还想在这婚事上多捞几个钱。西戎的《终身大事》中，秀女的爹不顾亲戚们的劝阻，把秀女许给了母老虎年仅十二岁的孩子天成，他的依据是：“你们光说人家这也不好，那也不好，就不看人家家里过的啥日子，有田有地，

1　王轩、杨笃等纂，曾国荃、张煦等修《山西通志》卷九十九，清光绪十八年刻本，第 17 页 b。

有吃有穿。”[1] 并劝秀女说:“女子，过了门，怕你享福还享不尽咧!你还不情愿!”[2]

这种重实利的婚姻观即使是在新中国成立之后，仍未得到彻底改变。孙谦《伤疤的故事》中那对兄嫂的结合，完全就是实利性的，尽管女方长得讨人嫌，男方长得蛮漂亮，但由于女方带来了一份家财，于是男方不仅将其视若美妇，且娶回后奉其为上宾。赵树理的《三里湾》中，保守落后的马多寿在为儿子马有翼物色对象时，曾动过王玉梅的念头，而按照他那落后的思想，他是无论如何也不会喜欢玉梅这样的进步青年做儿媳的。马多寿所在的互助组里几个强劳力都入了社，他要坚持单干，迫切需要劳力，而玉梅在村上算得上一个能干的强劳力，因此，他才一度相中了玉梅——排斥她的思想，却接纳她的劳力。这也是典型的实利性的婚姻观。山西婚娶礼俗中所反映的婚姻的性质，说到底是一种建立在实利观上的买卖婚姻。“山药蛋派”作品在 20 世纪四五十年代主要是通过展示婚俗，有力地揭示买卖婚姻的弊端，从而达到宣传新的婚姻法的目的。直到 20 世纪 70 年代末，他们仍在继续着这样的工作。例如马烽的《结婚现场会》，所涉及的仍然是买卖婚姻的主题。在《结婚现场会》中，作者已经不止于简单地批判买卖婚姻。作者从生活中发现，20 世纪 50 年代便大反特反

1 西戎:《终身大事》,《西戎文集·第二卷》，第 613 页。
2 西戎:《终身大事》,《西戎文集·第二卷》，第 613 页。

的买卖婚姻到了20世纪70年代依然盛行。这迫使“山药蛋派”作家去思考买卖婚姻的深刻根源。作者意识到，“诚然买卖婚姻是可恶，但主要责任在农民身上吗？不从根本上解决农村问题，不想方设法使广大农民富裕起来，光凭宣传婚姻法，能解决多少问题呢”[1]？作者借人物的口说出了买卖婚姻的病根:“卖闺女，没什么稀奇。在旧社会，不要说卖闺女，卖儿子卖老婆也是常有的事。为啥？一个字：穷！”[2]“家家瓮里有存粮，信用社里有存款，谁家愿意丢人败兴要那几个卖闺女的钱呢！”[3]由此反观山西“婚娶重财”的习俗，我们似乎也可以说，这种习俗的形成正是与山西地区“土瘠民贫”的长期历史相关联的。

婚娶礼仪的奢靡，婚娶重财的习俗，还引发了乡村婚姻关系中的其他一系列问题。例如，对于一般中小农户来说，婚娶常常带来了难以承受的经济压力。曾有县志对婚娶喜事做过这样的评述:“亲友庆贺，举家欢喜，诚乐事也。惟沾沾于昏时成礼，匪朝伊夕所能蒇事。请客、款客、酬客，动辄三日，所费不赀，以致中人之家不敢轻言婚事。”[4]“不敢轻言婚事”，就是因为难以承受经济压力。在山西婚娶礼俗中，从“问名”到“纳采”或“纳聘”再到请期、迎亲，每个环节所围绕的都是花费钱财，这对贫苦农

1 马烽:《结婚现场会》，《马烽文集·第四卷》，第347页。
2 马烽:《结婚现场会》，《马烽文集·第四卷》，第345—346页。
3 马烽:《结婚现场会》，《马烽文集·第四卷》，第346页。
4 张其昌纂，刘玉玑、关世熙修《临汾县志》卷二，民国二十二年铅印本，第8页a。

民来说，娶亲绝非一件容易的事。由此，也造成了山西乡村中的“光棍阶层”。特别是在贫困的山区，这种情况尤为明显。例如马烽的《杨家女将》就这样写道：“蛤蟆滩过去是个有名的穷村子，村东是干山坡，村西是盐碱滩，全村没一亩好地。村里有五多：吹鼓手，抬轿的，做饭的，叫花子，还有一多是光棍汉。”[1]“吹鼓手”“抬轿的”“做饭的”等，都是乡村奢靡的婚丧礼俗的“副产品”：由于对婚丧礼仪的特别讲究，相应产生了这些围绕婚丧喜事的半专业人员。而光棍多，则也是“婚娶重财”的必然结果之一。筹不来钱财便娶不来媳妇，在贫困的山区，光棍汉就特别多。赵树理的《小二黑结婚》中写道：三仙姑初嫁到刘家峧时，“村里的年轻人们觉着新媳妇太孤单，就慢慢自动地来跟新媳妇做伴”[2]，吃饭的时候，“端上碗爱到三仙姑那里坐一会，前庄上的人来回一里路，也并不觉得远。这已经是三十年来的老规矩”[3]。此中便有一批成了三仙姑的“老相好们”。这里所揭示的，正是贫困山区特有的生活氛围：那些讨不着媳妇的光棍，变着法子拉拉边套，即使拉不上边套也能以“说句笑话”“俏皮”一下等方式排解排解性的苦闷。马烽的《光棍汉》则更专门地写了山区的光棍汉现象。贫穷人家，出不起聘金，娶不起媳妇，于是便有了专门贩卖女人给人

1　马烽：《杨家女将》，《马烽文集·第四卷》，第285页。
2　赵树理：《小二黑结婚》，董大中主编《赵树理全集·第一卷》，第149页。
3　赵树理：《小二黑结婚》，董大中主编《赵树理全集·第一卷》，第150页。

当媳妇的人贩子，买这样的女人当媳妇，显然要比明媒正娶地聘媳妇便宜些。但此中也出现了坑人与被坑的事情。其中所谓“放鹰”就是新中国成立前流行在山西等地的人贩子坑人的勾当。所谓“放鹰”，就是人贩子将女子卖给人家，等拿到钱后，又让女子悄悄逃回，然后再卖、再逃，反复坑人。作品中的刘官官老婆就讲过她女儿的遭遇：“牛兆泰看上了她闺女，就硬娶去顶了租子。过了一年多就卖给了人贩子，人贩子就带到绥远放了鹰，一次放鹰放给一家庄户人，人家待她很好，她不忍心坑人家，就没有逃跑，可是过了没两个月，就被人贩子暗里拉出去填到井里了。”[1] 作品主人公任命根在十三岁那年与母亲一道被人贩子卖给任长有老汉。任命根长大后，长有老汉为了让这个继子讨上老婆，父子俩省吃俭用，下死力干活总算攒下一点钱，再借上外债，结果却上了人贩子的当，买了个“放鹰”的。买来的这个女人在三四天之后，趁劳累了一天的任命根父子晚上熟睡之机，席卷任家财产逃了。任命根于是直到四十五六岁仍是一个光棍。

我们在“山药蛋派”作品中不难发现这样一个有趣的现象：与其他地区相比，在山西乡村的家庭中，一般妻子的地位似乎并不低，甚至妻子还常常会压过丈夫一头，处于家庭的支配地位。例如赵树理《小二黑结婚》中的三仙姑与于福：“于福是个老实后

1　马烽：《光棍汉》，《马烽文集·第三卷》，第181页。

生，不多说一句话，只会在地里死受”[1]；而三仙姑却不用下地劳动，将于福的脸面置于不顾，整天纠合一群年轻人在家嘻嘻哈哈。家中事全由三仙姑做主，于福一切都得听命于三仙姑，即使是区上传她去责问给女儿包办婚姻的事，她也不忘记使唤于福：“她吃完了饭，换上新衣服、新手帕、绣花鞋、镶边裤，又擦了一次粉，加了几件首饰，然后叫于福给她备上驴，她骑上，于福给她赶上，往区上去。”[2] 再如《三里湾》中的“能不够”与袁天成：“能不够”一开始就给袁天成立下规矩，她不给他场里、地里帮忙，而且还把袁天成整治得服服帖帖，非常“听她的话”。用作者的话来说：“书中的袁天成，在参加党支部会议时候接受党的领导，可是一回到家便要接受他那个‘能不够’老婆领导。”[3]《“锻炼锻炼”》中的李宝珠与张信，其关系更是异常：

> 张信这个人，生得也聪明伶俐，只是没有志气，在恋爱期间李宝珠跟他提出的条件，明明白白就说是结婚以后不下地劳动……她安排了一套对待张信的“政策”。她这套政策：第一是要掌握经济全权，在社里张信名下的账要朝她算，家里一切开支要由她安排，张信有什么额外收入

1 赵树理：《小二黑结婚》，董大中主编《赵树理全集·第一卷》，第149页。
2 赵树理：《小二黑结婚》，董大中主编《赵树理全集·第一卷》，第159页。
3 赵树理：《与读者谈〈三里湾〉》，董大中主编《赵树理全集·第四卷》，第517页。

全部缴她，到花钱的时候再由她批准、支付。第二是除做饭和针线活以外的一切劳动——包括担水、和煤、上碾、上磨、扫地、送灰渣一切杂事在内——都要由张信负担。第三是吃饭穿衣的标准要由她规定——在吃饭方面她自己是想吃什么就做什么，对张信是她做什么张信吃什么；同样，在穿衣方面，她自己想穿什么买什么，对张信自然又是她买什么张信穿什么。[1]

同样，西戎的《赖大嫂》中也是这种情况：

赖永福平素是很怕赖大嫂的。两个人的性情，完全相反，赖大嫂一天说了的话，赖永福说十天也用不完。他不爱多说话，并不是遇事没有主见。赖大嫂平日的一些作为，村里人有意见，他自己也看不惯。看不惯有什么办法？打架，赖永福不动火，打不起来；吵嘴，不管有理没理，赖大嫂张口就骂，没有他回嘴辩解的余地。因为处理家庭事务，只有赖大嫂说了算数；就连村里有关会议，光叫赖永福点头不算，还得赖大嫂说了话，这才真正合法化了。[2]

1 赵树理：《“锻炼锻炼”》，董大中主编《赵树理全集·第二卷》，第328页。
2 西戎：《赖大嫂》，《西戎文集·第二卷》，第935页。

这种女贵男贱，妻子在家庭中占支配地位的情况，“山药蛋派”作品中有较普遍的反映。这说明，这种现象在山西绝非个别也绝非偶然。这在以男尊女卑为特点的中国传统的伦理文化氛围中是很反常的。但如果细作分析，便能发现，这种妻子地位的高，其实带有很大的虚假性，因为这并不意味着人们对妇女人格的尊重，而是恰恰相反。造成妻子地位高于丈夫这一虚假现象的原因是很多的，但“婚娶重财”所导致的娶妻难，肯定是最重要的原因之一。在山西地区，本来就存在着一个不同于其他地区的特殊情况，即长期以来男女性别比例的失调，男性所占比重远远高于女性。据有关人口统计，新中国成立后，山西省的人口性别比率虽有趋向平衡发展的迹象，但男性人口数仍多于女性：1949 年，男性占 52.8%，女性占 47.2%；1957 年，男性占 53.4%，女性占 46.6%；1965 年，男性占 52.8%，女性占 47.2%；1978 年，男性占 52.5%，女性占 47.5%；1982 年，男性占 52.2%，女性占 47.8%。[1]1949 年的统计，是在经历了抗日战争和解放战争后，男性大量死亡和离家工作的基础上进行的。由此可见，男女实际比率之差，在 1949 年之前还要高得多。而具体到山西适婚年龄的青年，还应考虑到这样一些因素：女性寿命平均高于男性，因而老龄女性占女性人数的比例较大；山西向来有“小女婿”“童

1 数据引自《附录九 一九四九—一九八三年山西经济建设资料》，阎宏武主编《山西经济》，山西人民出版社，1985 年版，第 335 页。

养媳”的习俗，使适婚年龄的女性分流。这样，山西适婚年龄的青年中，男女性别比率上的差距要远远高于全省总人口性别比率的统计数字。这种特殊的情况加剧了适婚女子的“奇货可居”，加重了“婚娶重财”的砝码。这既是造成山西乡村光棍阶层的重要根源，也是造成家庭中妻子地位高于丈夫这一虚假现象的主要原因。孙谦在《大门开了》中写到主人公王石圪旦爱上一个叫田秀英的，但家中管制很严，没有与田接触的机会。后来家中为其另娶新娘，王石圪旦也心安理得地接受了，他的逻辑是“新娘不如田秀英好看，可是总是花了钱的”[1]。“花了钱”，说到了问题的要害处。一般小户人家，省吃俭用，好不容易积攒起一笔血汗钱，甚至不惜借贷，充作彩礼，聘来媳妇，真可谓历尽千辛万苦，岂有挑剔之理？得来不易，自然更害怕失去。20 世纪 40 年代在解放区推行新婚姻制度时，最有危机感的是那些已婚男子，他们最怕女方提出离婚，其原因也正在此。对妻子的迁就、忍让乃至“供奉”起来，在山西有些地区几乎相习成风。所谓迁就，就是前面所列举的，将家政大权全盘移交，甘受妻子一切方面的支配。所谓“供奉”，表现在女子未出嫁时尽可以下地劳动，但一旦出嫁做媳妇后反而常常不下地劳动。妻子不下地劳动，在山西有些地区似乎成为一种风气，在新中国成立前是如此，新中国成立后这

1　孙谦:《大门开了》,《孙谦文集・第四卷》，第 2058 页。

种情况仍然存在。前面所举的三仙姑、“能不够”、李宝珠等都是如此。在《传家宝》中，儿媳妇金桂喜欢到地里做活，这本是帮家中分担劳务的好事，可做婆婆的李成娘反倒觉得不习惯，并因此对儿媳产生了意见。孙谦的《拾谷穗的女人》中，王三女嫁给马二娃后，想下地劳动，马二娃却说：“我们这里不时兴女人种地。”[1] 马二娃因怕村里人笑话，坚持不让媳妇下地。在孙谦的《队长的家事》中也写到，队长的妻子不想下地，并因有人叫她下地劳动而引发了一场争吵。胡正《汾水长流》中副社长刘元禄的老婆杨二香不肯下地劳动，而刘元禄也只好依着她。此外，好吃好喝好穿好花地供养着老婆，男人自己却只会在地里“死受”等情况，在“山药蛋派”作品中也并不少见。例如，胡正《几度元宵》中写到的孟谷维与梁玉仙夫妇。媒人向梁家隐瞒了孟谷维的年龄和经济条件，及至梁玉仙嫁过去时，生米已成熟饭，她憋闷、气恼、后悔，却毫无办法，“于是便整天游门串户混日子，今日住娘家，明日走亲戚；哪里赶集她到哪里，哪里唱戏她都去。孟谷维憨厚老实，听她说媒人给他瞒了岁数，心里觉得过意不去，所以也不管她，把赚下的工钱全给了她，家里事一概由她”[2]。可见，这种迁就、“供奉”的背后，其实带有女子的酸辛。多数是女方条件较好，或是上了媒人的当，或是被男方用金钱买卖成婚，或

1　孙谦：《拾谷穗的女人》，《孙谦文集・第四卷》，第 2222 页，
2　胡正：《几度元宵》，《胡正文集・第二卷》，第 651 页。

是受天时地利条件影响，女性未能嫁到如意郎君等，因而女子多是瞧不起男方，因而就不会实心实意地守着男人过日子。而在这种情况下，男人先有了某种自卑，又出于害怕离婚的心理，于是对女人一般都很放任，甚至对其过分行为也能容忍。赵树理《三里湾》中的“能不够”“初嫁到袁天成家的时候，因为袁天成家是个下降的中农户，她便对袁家全家的人都看不起，成天闹气”[1]，对这一切，袁天成完完全全地忍让了，对她是百依百顺。袁天成这个“在党的”人，他之所以“在参加党支部会议时候接受党的领导，可是一回到家便要接受他那个‘能不够’老婆领导”[2]，正是这种“忍让”的必然结果。《“锻炼锻炼”》中的李宝珠，“论人才在‘争先社’是数一数二的”，她与张信虽算是自由结婚，但终觉张信“不能算最满意的人”，因而“只把他作为个‘过渡时期’的丈夫，等什么时候找下了最理想的人再和他离婚”。[3] 李宝珠在吃饭方面克扣丈夫，“张信上了地她先把面条煮得吃了，再把汤里下几颗米熬两碗糊糊粥让张信回来吃，另外还做些火烧干饼锁在箱里，张信不在的时候几时想吃几时吃”[4]。张信常发现床铺上有干饼星星（碎屑），也不断见着糊糊粥里有一两根没有捞尽的面条，只是因为一提就得生气，一生气她就先提“离婚”，所以不

1 赵树理：《三里湾》，董大中主编《赵树理全集·第二卷》，第69页。
2 赵树理：《与读者谈〈三里湾〉》，董大中主编《赵树理全集·第四卷》，第517页。
3 赵树理：《“锻炼锻炼”》，董大中主编《赵树理全集·第二卷》，第328页。
4 赵树理：《“锻炼锻炼”》，董大中主编《赵树理全集·第二卷》，第328页。

敢提，就那样睁只眼闭只眼吃点亏忍忍饥算了。这种“忍让”已属过分，更有甚者，是《小二黑结婚》中于福对三仙姑的“忍让”。李宝珠虽在观念上是将张信当作“‘过渡时期’的丈夫”，打算“等什么时候找下了最理想的人再和他离婚”，但在行动上尚未见越轨的行为。三仙姑却不同，她嫁给于福后，不几天就集合了一大群年轻人，每天嘻嘻哈哈，十分红火。直到年纪大了，“老相好都不来了，几个老光棍不能叫三仙姑满意，三仙姑又团结了一伙孩子们，比当年的老相好更多，更俏皮”[1]。三仙姑甚至与女儿小芹吃起醋来，“小二黑这个孩子，在三仙姑看来好像鲜果，可惜多一个小芹，就没了自己的份儿”[2]。所以三仙姑便“想早给小芹找个婆家推出门去”[3]。于福是个老实后生，不多说一句话，只会在地里“死受”，对于三仙姑的所作所为，他也居然“忍让”了。从上述丈夫对妻子的迁就、“供奉”、忍让等情况来看，原因都只有一个，男子怕女方提出离婚，而怕离婚的根子乃是源于钱财等实利考虑的患失心理。

女性对于男性的这种“不平等”，不仅体现在结婚后，而且似乎在结婚前就已经存在了。娶妻既属不易，男性一般也不敢挑剔，因而在婚娶方面，山西许多地方的风俗是，只要女方同意，

1　赵树理：《小二黑结婚》，董大中主编《赵树理全集·第一卷》，第150页。
2　赵树理：《小二黑结婚》，董大中主编《赵树理全集·第一卷》，第155页。
3　赵树理：《小二黑结婚》，董大中主编《赵树理全集·第一卷》，第155页。

男方没有拒绝的。赵树理在《三里湾》《登记》等作品中反复提醒了这一点："乡村里留下的旧风俗是只要女方愿意，男方的话比较好说"[1]，"这地方的普通习惯，只要女家吐了口，男家的话好说"[2]。如此这般，女子的地位显然高于男性。这种山西乡村男方的"不挑剔"，还表现在对女子贞操的要求不像其他地方那样苛刻。例如，乡间对"二婚"一般并无什么忌讳。《三里湾》中的小俊与王玉生离婚后，"能不够"想把小俊再嫁给有翼，有翼的父母也未因为小俊是二婚而拒绝。后来小俊虽被有翼本人拒绝了，在满喜那儿却得到了接纳。同样，山西乡间对女子婚前的"名声"问题似乎也并无苛求。我们在《登记》中可以看到，张木匠娶了小飞蛾这么个漂亮媳妇，觉得是得了个宝贝，虽然后来听说小飞蛾在娘家有个相好的叫保安，张木匠还因此受到了庄上小伙子的奚落，但张木匠能忍住气退一步想："过去的事不提它吧，只要以后不胡来就算了！"[3]只是后来因发现小飞蛾偷着将一只戒指送给了保安，张木匠才在母亲的逼迫下，找茬子打了小飞蛾一顿，但也并没有因此而离婚。更值得注意的是，作品中写到民事主任对小飞蛾的女儿艾艾的两种相反的评价：他一方面觉得艾艾自由爱恋上小晚，名声不好，"坏透了！跟年轻时候的小飞蛾一个样"[4]；可

1 赵树理：《三里湾》，董大中主编《赵树理全集·第二卷》，第68页。
2 赵树理：《登记》，董大中主编《赵树理全集·第二卷》，第16页。
3 赵树理：《登记》，董大中主编《赵树理全集·第二卷》，第6页。
4 赵树理：《登记》，董大中主编《赵树理全集·第二卷》，第19页。

另一方面，他又想方设法让艾艾成为自己的外甥媳妇，并对他姐姐称艾艾是“好闺女”。民事主任所谓的坏，“是指她的行为坏”，所谓的好，“是指她长得好”。[1]而且在他看来，“‘身材’是天生的，是什么就是什么；行为是可以随着丈夫的意思改变的，只要痛痛打一顿，说叫她变个什么样就能变成个什么样”[2]。这里我们且不去评判民事主任对艾艾的评价是否公正，值得注意的是，他这种对女人的评价标准在张家庄却带有某种普遍性。重视身材、长相，而轻名声、行为，这与娶妻不易，娶外貌标致的女子尤其不易的现实条件是有关的。“仓廪足而知礼节”，连老婆都讨不上，还谈得上什么其他方面的挑剔？于是，从各个方面来看，在婚姻问题上，女子的地位似乎是高于男子的。

我们之所以说山西乡村婚姻中女子地位高于男子带有某种虚假性，是因为女子的这种地位并非建立在人格被尊重的基础上，也并非基于女子能够掌握自己命运的真正妇女解放。相反，这是因为“婚娶重财”的习俗导致了一般人家“不敢轻言婚事”，于是女子作为“奇货可居”性质的买卖对象而被看重。在这里，女子实际上在经历了买卖婚姻的途径之后被相当程度地“物”化了。在山西乡村，妇女的实际社会地位其实并不高。赵树理常说旧社会妇女没地位，例如，“山西他们老家那儿，别人来访，问：‘家

1　赵树理：《登记》，董大中主编《赵树理全集·第二卷》，第20页。
2　赵树理：《登记》，董大中主编《赵树理全集·第二卷》，第20页。

里有人吗？’女人在屋里，若无男人，便答：‘没有。’只有她们在茅房（厕所）里，男人要进去，她们才说：有人”[1]。而且，与我们上述所论及的妻子支配丈夫的情况并存的，是山西乡村中“打老婆”的现象也很普遍，即如赵树理所写到的，“男人对付女人的老规矩是‘娶到的媳妇买到的马，由人骑来由人打’，谁没有打过老婆就证明谁怕老婆”[2]。将媳妇视为买来的马，任打任骑，这自然是女子的不幸，而被当作“物”“奇货”来看待时，同样是女子的不幸。“山药蛋派”作品在向人们展示特定婚俗的同时，也从一个特定的角度揭示了旧社会妇女的不幸命运。

在“山药蛋派”作品所展示的婚娶礼俗中，还有一个特别引人注意的方面，这就是媒人在婚俗中的特殊作用。既然整个婚娶礼俗都贯穿着一种实利性的考量，“女家勒索聘礼，男方苛责妆奁”，这样原本应是为有情人牵线搭桥的媒人，实际上所承担的却是调和男女方物质利益较量的责任。既然婚姻是买卖性质的，媒人便成了这种买卖中的掮客。特殊的婚俗，几乎在山西乡间的每一个地方都造就了这样一批能言巧舌、欺骗敲诈、专吃“说合饭”的媒人。对此，“山药蛋派”作品中有大量的展示。我们前面所列举的《谁害的》中的“风箱嘴”马贵子就是最典型的。用作品中的话说，“谁人不晓，马贵子这是一道川有名的吃天鬼。一年

1　李士德：《左漠野同志采访录》，《赵树理忆念录》，第 73 页。
2　赵树理：《孟祥英翻身》，董大中主编《赵树理全集・第一卷》，第 207 页。

四季指头不抹地皮，了事、说媒、当牙子，凭吃‘昧良心’钱过日子”[1]。从前面所引述的那段“问名”过程中，我们已经看到，马贵子为说合翠娥与刘生源的婚姻，以便从中搭油水，如何不惜用谎言来蒙骗：尽管他还未见过翠娥一面，便向刘生源大谈起翠娥如何长、如何短，连带相貌、身材、性情等说了一大堆；他明知刘生源人品不好，在翠娥家却对刘生源百般吹捧，欺骗翠娥的父母。在“山药蛋派”作品中，凡写到的媒人，几乎都是在作品中扮演不光彩的角色的。例如《邪不压正》中的小旦，“狗仗人势”，伴随着他的有一系列“讹人骗人的奇怪故事”。在为大财主刘锡元家保媒时，为了让聚财将女儿嫁给刘家，他所采用的几乎是威逼的手段：他“把那脸一洼”，对聚财说：“怎么？你还要跟家里商量？不要三心二意了吧！东西可以多要一点，别的没有商量头！老实跟你说：人家愿意跟你这种人家结婚，总算看得起你来了！为人要不识抬举，以后出了什么事，你可不要后悔！”[2]其态度极其蛮横。再如马烽《光棍汉》中的王楞中、西戎《终身大事》中的刁大婶，也都是以坑蒙拐骗为主要特点的媒人形象。虽然也有个人品性稍稍温和些的媒人，如马烽《金宝娘》中的顺义婶、赵树理《登记》中的东院五婶，但其保媒手段仍不出软骗与硬“劝”等。媒人现象，可以说是伴随着特定婚俗而出现的一种重要的民

1 西戎：《谁害的》，《西戎文集·第一卷》，第80页。
2 赵树理：《邪不压正》，董大中主编《赵树理全集·第一卷》，第405页。

俗文化景观。这种情况直到新中国成立以后一段时期内仍然存在。胡正《几度元宵》中就曾写到几代人受媒人骗的现象：

孟雅琴的妈妈梁玉仙，原是小山庄里一位贫苦人家的女儿。她长到十六岁时，家里因为给哥哥娶媳妇欠了一笔债，第二年，父亲又熬累病了，没有办法，母亲才托人给她寻婆家。有一个媒婆听到这消息，便来给她说媒，说的是河口镇面铺里的一个买卖人，家在杏湾村。那时候，是父母之命，媒妁之言，用不着征求女儿的同意。女孩儿家也羞于相看男人，不敢问讯这事。于是提亲、换帖、送来彩礼，然后就嫁了过去。过门后，梁玉仙才知道媒人骗了她。她男人孟谷维并不是面铺的买卖人，而是给人家足踏面罗的受苦人。媒人说他属牛，比她大三岁，实则整整瞒了一轮，比她大了十五岁……梁玉仙真觉得憋闷、气恼、后悔。她真恨那骗人、害人的媒人。但生米已成熟饭，一个小女子家，又有什么办法！……后来，她看到山村里小伙子娶媳妇困难，她又常到外村游门串户，便给人家说起媒来。她不但能去男婚女嫁的喜宴上饱吃一顿，还能得到一份谢媒的礼物。遇到男方或女家不愿意时，她就编造一套好听话。她想："媒人骗了我，我为什么不能骗别人！"于是，她受过骗，又去骗人；受了害，又去害人。[1]

而且这种循环并没有到此为止，梁玉仙的女儿雅琴也受了媒人的骗：媒人说男方是城里的正式工人，其实根本不是，他只做过几个月临时工，媒人给梁玉仙母女看的那封信是走后门开的假证明；男方结婚前所送的一只手表也是借来的，结婚后不几天就被别人要走了。梁玉仙怎么也没想到，“她年轻时被媒人骗了，她当过半辈子媒人，也骗过别人，想不到自己的亲生女儿也被媒人骗了”[2]。媒人现象的延续性，正是特定婚俗的必然结果。而媒人总是“骗人”，这与媒人在带有买卖性质的婚姻习俗中所承担的职能又是紧密联系在一起的。这便是“山药蛋派”作品在婚俗展示中所告诉我们的。当然，就媒人现象而言，并不独独山西地区存在，这在旧中国是普遍存在的现象。但就现代文学作品而言，“山药蛋派”作家之所以能最自觉地对此加以表现，这多少能说明，山西地区与婚俗相伴而生的“媒人现象”是特别突出的。女作家刘真曾这样谈到她在第一部名篇《春大姐》的写作过程中所得到的赵树理的帮助：

在《春大姐》的创作过程中，我遇到了难以克服的困难，

1 胡正：《几度元宵》，《胡正文集·第二卷》，第650—651页。
2 胡正：《几度元宵》，《胡正文集·第二卷》，第715页。

这就是，我无论如何努力，也写不好那位古老的媒婆……

……他（赵树理）向我介绍他所知道的那些媒婆们，如何地耍花招，骗人。还十分耐心地替我出主意，想办法，设计情节……

文章从赵树理老师的手中完成了，他活灵活现地替我创造了一个媒婆。[1]

刘真《春大姐》中东院王大娘的形象，其实是赵树理根据自己的生活经验帮助塑造出来的。“山药蛋派”作家对“媒人”的熟悉，正是与他们在实际生活中的习见程度相关的。唯其“媒人现象”在山西乡村婚姻生活中较为突出，才特别地引起了以表现山西乡村生活为指归的作家们特别的关注，因而，在“山药蛋派”作品中也才会出现如此多的有关“媒人”的描写。

总而言之，“山药蛋派”作品通过有关婚丧礼俗的展示，不仅能使人们对山西民俗文化氛围有一个较为丰富、生动、具体的感性认识，而且还为人们进一步分析山西乡村社会的诸如婚姻、家庭等许多社会问题提供了一种民俗学的依据。正是在这个意义上，我们认为，“山药蛋派”作品所具备的独立的民俗学的意义和价值理应得到更多的挖掘、受到更多的重视。

---

1 刘真：《怀念赵树理同志》，黄修己编《赵树理研究资料》，第69—70页。

第二节 “敬神信巫”“醮赛纷举”

“山药蛋派”作家对民俗展示的兴趣，还突出表现在他们对山西地区的各种信仰民俗和岁时民俗的描写。

有关信仰民俗，我们在前面谈到“求雨”习俗时已有涉及。山西乡村，庙宇遍布，这些庙宇多为巫神性质，如后土庙、关圣庙、观音庙、东岳庙、中岳庙、天齐庙、稷王庙、城隍庙、玉皇庙、牛王庙、三郎庙、龙王庙、风伯雨师庙、社稷庙等。从这些庙中所供奉的神灵来看，多是些与人民的生活关系特别密切的。其中，掌管雨水的神灵最多，这与山西人求雨的需要有关。此外，像管土地的、管灾病的、管丰收的、管生育的，可谓应有尽有。广大乡民敬神，并不是出于一种严格意义上的宗教信仰，而是带有一定的实利性。凡是与自己的生存和日常生活各方面关系密切的，人们往往是有神必拜，以求广获庇佑，最起码也可以避祸。赵树理认为，乡民们“敬神的缘由大概不外三种：一是本村掌殿之神的出生、逝世等纪念日，一是遇上了水、旱、瘟疫等灾情求神保佑许下的愿，而最普遍的一种则是常年和丰年秋收之后的酬神”[1]。他曾举过自己故乡地区一个村子的例子：“这里祀的神是五瘟神，神台上并排塑着五尊男像；两旁还塑着两个站像，一个拿着一本

1 赵树理：《地方戏和年景》，董大中主编《赵树理全集·第五卷》，第378页。

账簿，据说是应得瘟病各户的花名册；另一个一手提了个桶子，一手拿着一把勺子，据说是准备向应得瘟疫各户散布疫苗的。这一帮子泥人儿，人们在过去都觉着惹不起，所以要给他们维持香火。”[1] 正是出于寻求庇佑或避免灾祸的实利性考虑，在山西广大乡间里社，对祀神活动，一般人都不敢轻视。赵树理还曾在《盘龙峪》这篇作品中写到过这样的风俗：凡遇到谁家敬神的事，“邻里们平常有点交情的，往往搭伙攒凑一份香火来陪祭，名曰‘邀神’。主人也备些酒菜来酬谢”[2]。由此可以看出山西乡间对祀神的重视。

有关山西这种敬神信巫的信仰民俗，山西方志中有不少记载，例如，《沁水县志》云：“敬神信巫，少有不平，必质之神，故乡多庙祀，醮赛纷举”[3]；《长治县志》云：“俗尚巫觋”[4]；《沃史》云：“民间事少不平，辄书誓文，质诸神明。疾病，则豚蹄盂醴，办香燃纸，膜拜露祷，岌岌若狂。女妇更尚巫觋，名为‘问神’。”[5] 赵树理就曾谈起过，他从小生活在民间迷信的氛围中，因这种氛围，他很小就随祖父念“三圣教道会经”，每天吃斋，饭前打供，一日烧香四次，十七岁时又与前妻一起加入太阳教；到长治读书时，他仍比较迷信，如“不吃肉，敬惜字纸，把带字的纸收起，烧成灰，撒到河中”；直到“二十一岁才开斋吃肉，当时还怕犯

1 赵树理：《地方戏和年景》，董大中主编《赵树理全集 · 第五卷》，第 376 页。
2 赵树理：《盘龙峪》，董大中主编《赵树理全集 · 第一卷》，第 50 页。
3 赵凤诏纂修《沁水县志》卷三，清康熙三十六年刻本，第 2 页 a。
4 杨笃纂，李桢、马鉴修《长治县志》卷八，清光绪二十年刻本，第 45 页 b。
5 张奇勋纂修《沃史》卷十三，清康熙刻本，第 4 页 b。

咒语”。[1] 有关“尚巫觋”“问神”等迷信习俗的描写，在“山药蛋派”作品中也并不少见。例如，《小二黑结婚》中对二诸葛和三仙姑的描写，就都涉及了民间迷信在他们身上的体现。二诸葛“抬脚动手都要论一论阴阳八卦、看一看黄道黑道”[2]，以至于闹出“不宜栽种”的笑话。三仙姑因“邻家有个老婆替她请了一个神婆子，在她家下了一回神，说是三仙姑跟上她了，她也哼哼唧唧自称吾神长吾神短，从此以后每月初一、十五就下起神来，别人也给她烧起香来求财问病，三仙姑的香案便从此设起来了”[3]。对照地方志中有关“俗尚巫觋”“女妇更尚巫觋，名为‘问神’”等记载，我们能更深入地理解二诸葛、三仙姑的行为；透过这些人物的举动，我们也能清晰地看到特定的民间迷信的俗尚氛围。涉及这方面描写的，还有赵树理的《开渠》《三里湾》等作品。《开渠》中写到许多乡民对阴阳八卦的迷信。《三里湾》中写到了迷信禁忌：“马家的人，不论谁有点头疼耳热，都以为是中了邪……马家的规矩，凡是以为有人中了邪，先要给灶王爷和祖宗牌位烧个香，然后用三张黄表纸在病人身上晃三晃，送到大门外烧了，再把大门头上吊上一块红布条子，不等病人好了，不让生人到院里来。”[4]《开渠》和《三里湾》所写内容均是新中国成立后的事，这说明了“少有

1 赵树理：《运用传统形式写现代戏的几点体会》，董大中主编《赵树理全集·第四卷》，第584页。
2 赵树理：《小二黑结婚》，董大中主编《赵树理全集·第一卷》，第148页。
3 赵树理：《小二黑结婚》，董大中主编《赵树理全集·第一卷》，第149—150页。
4 赵树理：《三里湾》，董大中主编《赵树理全集·第二卷》，第179页。

不平，必质之神”“疾病……办香燃纸”等民间迷信作为民俗所具有的沿袭性。

与民间信仰联系在一起的是岁时行事。从山西各地方志的记载来看，几乎每月都有各种祀神、祭祖等民间节庆活动，真所谓“醮赛纷举”。在所有的民间节庆中，最受重视的大概要算一年两次较大的“报赛”或曰“社祭”：

> 《沃史》：有春秋祈报，自是古雅。惟多聚娼优，扮演杂剧，连日累夜，甚非美俗，且易启事端，多耗财货，所宜戒止。[1]

> 《直隶绛州志》：岁时社祭，夏冬两举，亦古者报啬之遗。又乡镇多香火会，扮社鼓演剧，招集贩鬻，人甚便之，然男女聚观，识者鄙焉。[2]

> 《直隶霍州志》：社祭夏秋两举，率多演剧为乐，随其村聚大小，隆杀有差。犹报啬之遗也。[3]

1 张奇勋纂修《沃史》卷十三，清康熙刻本，第4页b。
2 张于铸纂，李焕扬修《直隶绛州志》卷二，清光绪五年刻本，第19页b。
3 李培谦纂，崔允昭修《直隶霍州志》卷十五，清道光六年刻本，第3—4页。

《襄陵县志》：岁时社祭，夏冬两举，演剧献牲，随其村聚大小，隆杀有差。盖犹报赛之遗云。[1]

将上述记载与山西其他各地方志中的记载结合起来看，这两次大的“报赛”或曰“社祭”活动，在山西多数地区是指农历正月里的元宵节和农历七月的中元节。上述记载中或言“春秋”，或言“夏冬”，或言“夏秋”，可能是因记载者对时间的粗略指称所造成的，正月为冬春之交，故而有言冬言春之分；七月为夏秋之交，故而有言夏言秋之分。在“山药蛋派”作品中，对岁时民俗的描绘相较于上述记载更加丰富、具体，更加有声有色，而且，对岁时民俗的描写也主要集中在这两次大的民间节庆上。

农历七月十五，在山西地区既是道教节日，又是佛教节日，而山西民间亦以此日为“祭祖”日和“祈秋”日：

十五日：中元节。佛家作盂兰大会……汾俗以是日祀祖先，荐麻谷，亦有备香楮赴坟祭奠者。先一日挂纸马于田间，以祈秋收。[2]

中元：道家为解厄之辰，设醮禳灾。僧尼奉释氏盂兰

1　刘师亮纂，李世裕修《襄陵县志》卷四，民国十二年铅印本，第 4 页 a。
2　周超、贾若瑚、樊之楷纂修《汾阳县志》卷四，清康熙六十年刻本，第 63 页 a。

会，燃河灯，祓除厉疫。农夫以麦屑为猫虎及诸五谷之形，祭于陇亩，名行田。[1]

十五日：祀先，荐麻谷。先一日挂纸马于田间，以迎秋收。[2]

七月十五，祀神田间，以祈秋实。[3]

农历七月十五作为祭祖的节日以及传统的报穑祈收的节日，在山西乡村中受到了特别的重视。胡正在《七月古庙会》这篇小说中对此有专门的描写：

农历的七月，在农村里是多么美好的季节！炎热的夏天刚刚过去，秋天的凉风就要吹来；农民们经过了紧张的夏锄、夏收，丰盛的麦子已经收在家里，那绿油油的秋庄稼也有了指望。这时候，当人们从地里回来，吃过晚饭以后，就三个一堆，五个一伙的，在村当中，在打麦场边的树荫底下，快活地闲谈起来。谈起今年的庄稼，谈起快要到来

1 田六善纂，项龙章修《阳城县志》卷一，清康熙二十六年刻本，第 21—22 页。
2 梁栖鸾纂，李炳彦修《太平县志》卷三，清道光五年刻本，第 76 页 b。
3 邓常纂，邓必安修《孝义县志》卷十，清乾隆三十五年刻本，第 8 页 a。

的七月十五日。七月十五日是大峪口村里一年一度的欢乐的节日——古庙会。赶会时，家家都要添置些收秋的家具，再买点家常用的东西。有的就想买头牲口，或者用自己的瘦驴换个骡驹。秋天忙，冬天冷，老人们留下的这个七月古庙会是多么应时呀。赶会时，每年还要唱一台好戏。[1]

我们虽然不知道胡正所写的大峪口村位于山西何地，但从其所写内容看，肯定带有他故乡民俗的影子。胡正是灵石人，据《灵石县志》记载："七月……十五日，祭祖考，亦有拜墓者，名曰秋祭。又，是日东乡介庙香火会，演剧酬神，邻近各邑居民前往与会者，络绎不绝。"[2] 相比之下，胡正在作品中对民俗的展示要比县志记载生动得多。不只是在灵石，山西各地的乡村都普遍重视七月十五的节庆，西戎在《姑娘的秘密》这篇作品中对此也有描述：

七月十五，是红桥镇一年一度的大庙会的日子。

…………

红桥镇的街道上，十分热闹，两边卖货的小布棚，一个挨着一个。从四乡来赶会的人，有买东西的，有卖东西的，吵嚷着，拥挤着。特别是打扮得花枝一样的青年妇女，

1 胡正：《七月古庙会》，《胡正文集·第三卷》，第1185页。
2 耿步蟾纂，李凯朋修《灵石县志》卷一，民国二十三年铅印本，第22页b。

手牵着手，一面挤，一面还要“咯咯咯”地大声笑着。年轻小伙子们，也是成群的在街道上挤，在戏场里挤，挤得非常高兴。[1]

从上述两篇作品中的描写来看，农历七月十五的节庆活动主要表现为赶庙会和演戏。赶庙会和演戏，是民间“醮赛”的主要形式。不仅农历七月十五的中元节如此，其他大大小小的节庆也是如此。胡正在《汾水长流》中就写道，“杏园堡每年五月端午要赶庙会，每年庙会上总要唱一台戏”[2]。

“报赛”源于祀神、祭祖、祈收，但它同时也逐渐演变成山西广大乡村中一种不可或缺的民间娱乐形式。从“山药蛋派”作品对“报赛”的描述中，我们确实能够感受到一种乡间的欢乐气氛。对乡民们来说，“赶会、看戏，就是喜庆大事，所以人们都穿戴得齐齐楚楚，打扮得漂漂亮亮”[3]。可以说，“报赛”活动对于农人来说，既是一种酬神的活动，更是一种自我愉悦、宣泄情感的方式。鲁迅曾指出，“农人耕稼，岁几无休时，递得余闲，则有报赛，举酒自劳，洁牲酬神，精神体质，两愉悦也”，因而对“报赛”活动是不能随意禁止的，否则农人无法宣泄的情感欲望“必

1 西戎:《姑娘的秘密》,《西戎文集 · 第二卷》，第805—821页。
2 胡正:《汾水长流》,《胡正文集 · 第一卷》，第146页。
3 胡正:《汾水长流》,《胡正文集 · 第一卷》，第148页。

别有所以发泄者矣”。[1]这种对民俗问题的相当深刻的认识，是必须深入到民俗文化氛围中才能获得的。从我们前面引述的有关方志中对“报赛”的记载来看，记述者的认识存在明显的误差，他们不是认为“连日累夜，甚非美俗……所宜戒止”，就是认为“男女聚观，识者鄙焉”，这说明他们在修纂方志时，其实并未深入到地方文化氛围中去，因而也不了解“报赛”活动与广大乡村群众生活的密切关系。同样是记载这方面的民俗，“山药蛋派”作家就有明显的不同，他们都是从山西乡村社会中走来的，从小受到乡村民俗文化氛围的熏陶，因而对民俗的认识就多了一层同情和了解，在他们的笔下，对“报赛”活动的描述，总是充满着一种情趣。我们来看这段关于庙会的描写：

唱戏的消息像风一样地立刻传到附近村里，本来是赶会的日子，人们来的更多了。那些消息最灵通的小摊贩们，早在庙院周围，摆好了他们的摊子。看吧，这里有扫帚、簸箕、绳绳索索，那里有镰刀、锄头、木锹、木杈，这里是铁锹、镢头，那里又是犁铧和种麦耧，还有各种粮食和菜蔬。到会上来成交生意的，带着牛、驴、骡、马，以及猪、羊、鸡、兔等等各种大小牲畜的主人们，又是那么认真地

1 鲁迅：《破恶声论》，《鲁迅全集·第八卷》，第31—32页。

和别人捏弄着手指头，用捏手指商议着有零有整的价钱。在靠近庙院的街上，是各村来的供销社搭起的棚帐，摆着各色各样的布匹、成衣和日用杂货。在庙院跟前，在戏台旁边，是那些卖吃喝的小摊贩。看吧，戏台这面是一锅水饺、一锅肉丸子，那面又摆着西瓜、甜瓜、桃儿、果子、凉粉、灌肠和豆腐干。在卖汾酒和本地烧酒的摊子的旁边，又来了一推车熟牛肉、一推车熟驴肉……他们最好挤到人堆里凑热闹，还要卖弄他们的亮嗓子："西瓜贱卖啦，红瓤黑籽，又沙又甜！"……总之，凡是你在农村集会上看见的那些东西，都应有尽有了。在庙院当中，站着年轻的和上了年纪的男人们。小伙子们头上包着两三块花毛巾，有的竟至包了五块，显出他们那英俊的姿态。庙院周围，闺女们和媳妇子们，也有一些老大娘们，站了满满的一圈，好像全世界的花花布都摆到这里来了。而且，她们手上还拿着一把小花扇，天气热啊！于是你看吧，就像许许多多的花蝴蝶，在五颜六色的花丛上飞着。[1]

《七月古庙会》中的这段描写，如此详尽，足以体现出作者的情趣。描写中既再现了乡间庙会的盛况和乡民们对于庙会的热

1 胡正：《七月古庙会》，《胡正文集·第三卷》，第1196—1197页。

情，同时也传达出了作者对此的由衷赞赏。

与此相对应，作家们对那种妄自阻拦乡村报赛的做法则给予了批评和嘲讽。《七月古庙会》中就写道，正当大峪口村的乡民们盼望着一年一度的欢乐节日——七月十五的古庙会的到来时，工作组的魏志杰却以开展生产运动为由，要求人们放弃七月十五的赶会、唱戏。乡民们为求得这位领导的体谅，“都愿意以紧张的劳动，提前超额完成生产计划，迎接他们的古庙会”，甚至“连那些长了白胡须的老汉们，也拿起了锄头、镰刀，起早搭黑地到地里锄草、割堰畔的草，压绿肥”。[1]这样紧张地过了五天，农业社和大部分互助组都完成了生产计划，眼看就到七月十五日，村子里又嚷起了唱戏的事情。然而，魏志杰仍然不理解群众的热情和期待，再次拒绝了他们的要求。乡民们在失望之后，生气了:“春天是春耕忙，夏天是夏收夏锄忙，我们还说老人们留下的这个庙会正合农时，不想又来了个生产运动。可我们也没有耽误生产呀！再说劳动一年还在乎这两天，让赶赶会、看看戏！”[2]群众于是“埋怨、讽刺，甚至谩骂”[3]。魏志杰最后终于受到了乡民们的嘲弄：大家将一切真相瞒过了他，悄悄获得了县里的批准，背地里做好了赶会与唱戏的所有准备，直到庙会开始，即将开台唱戏时，魏志

1 胡正:《七月古庙会》,《胡正文集 · 第三卷》，第1187页。
2 胡正:《七月古庙会》,《胡正文集 · 第三卷》，第1188页。
3 胡正:《七月古庙会》,《胡正文集 · 第三卷》，第1188页。

杰仍被蒙在鼓里。听到开台锣鼓的响声，魏志杰才匆匆赶到庙院，当他还想阻拦演出时，愤怒的群众终于冲上台去，将魏志杰挤下了台，使其扭伤了脚，被送进了医院。作品一方面展示了乡民们对赛会几近狂热的兴趣，另一方面又批评了那种无视乡间民俗合理性，一概加以禁止的愚蠢做法。魏志杰之所以陷入尴尬境地，正是因为他没有能真正融入山西乡村文化的氛围，对山西农民重视赛会的程度茫然不知。

在“山药蛋派”作品中，对农历正月的元宵节庆活动有更多的描述。这是因为，在山西广大地区，元宵节庆更加普遍地受到乡民们的重视。马烽在《忆童年》一文中就曾说道，他儿时记忆最深的娱乐活动是正月的闹红火，因为除了这时能看到扭秧歌和演戏外，其他的娱乐活动就很少了。当然，“元宵”之所以受到山西乡民们的重视，不仅因为这是一次难得的自娱机会，更因为它蕴含着丰富的生活内容。

有关“元宵”节庆，在山西的各种县志中均有记载。这里选录几则[1]：

《石楼县志》：元宵，张灯结彩，献戏，各门前置红火，

1 这里从不同时代、不同地区的山西县志中选录几则有关元宵节的记载，以展示其节庆习俗的普遍性和延续性。

光焰腾灼，锣鼓喧阗，十四至十六日止。[1]

《沁州志》：元宵，张挂纸灯……十三日夜起至十六日夜止，放烟火、花爆，以茭秆搭九曲黄河，上簪油灯数百盏。童子笙歌游玩，夜分始归。或架千秋为戏，各庙赛神。（州县同）十六日，男女趋游城头闾巷，谓之“游百病”。[2]

《蒲县志》：元宵，张灯，设火树烟花，弛夜禁。十六日，男女结伴游，名曰“走百病”。[3]

《潞安府志》：上元，蒸面茧以祀蚕姑，作粘穗以祀谷神，其元宵灯火与海内同。[4]

《文水县志》：十五日，名“上元节”，祭天地，设鳌山，悬花灯，放烟火，于宽闲处埋九曲，士女竞游赏焉，聚饮弦歌，彻于三日。[5]

《沁源县志》：十五日夜，为“元宵节”，家家门前挂

1　秦燮等纂，袁学谟修《石楼县志》卷三，清雍正十年刻本，第 52 页 b。
2　姚学瑛续修《沁州志》卷八，清乾隆三十六年刻本，第 15—16 页。
3　王居正纂，巫慧修《蒲县志》卷一，清乾隆十八年刻本，第 14 页 b。
4　姚学甲等纂，张淑渠、姚学瑛修《潞安府志》卷八，清乾隆三十五年刻本，第 11 页 a。
5　阴步霞纂，范启堃、王炜修《文水县志》卷三，清光绪九年刻本，第 9 页 a。

灯，街市前放花炮，或有纸灯二三百盏，成万字形而游绕者，谓之“黄河”。青年笙歌游街，士女沿途观看。自十四日夜起至十六日夜止。维十六日，男女争趋游街，谓之“游百病”。[1]

《灵石县志》：正月十五日，为“上元”，又名“元宵节”。人民张灯鼓吹，办杂剧，所过城市村镇，皆以酒食相饷，丰俭各从其便。[2]

《翼城县志》：十五日，为“元宵节”……士女夜游不禁，至十六日亦然。此二日间，乡村男女观剧、观灯，恣意游玩，亦多来城，周历街巷，名曰“走百病”，谓此一走而百病可除也……其人民嬉戏诸技艺，昼则有高抬、柳木棍，夜又有龙灯、竹马、旱船、太平车、花鼓等，金鼓喧阗，游行街衢，观者如堵。鞭炮、起火、锅子火，各街燃放，俗谓“闹社火”。[3]

从上述记载中可以看出，“元宵”或曰“上元”，也是一个重

1 阴国垣纂，孔兆熊、郭蓝田修《沁源县志》卷二，民国二十二年铅印本，第52页。
2 耿步蟾纂，李凯朋修《灵石县志》卷一，民国二十三年铅印本，第21页b。
3 吉延彦、马毓琛纂，马继桢、邢翙桐修《翼城县志》卷十六，民国十八年铅印本，第10页b。

要的祭神日，主要是祭天地，祀蚕姑、谷神等。山西各地闹元宵的习俗虽有些许差别，但大体上都是相似的。对元宵节庆的记载，在各县志中远比其他节庆的记载更详细、具体，这多少能说明这个节庆日在山西人心目中的重要性。尽管如此，这些记载仍然显得过于笼统、机械，很难体现出山西乡民们闹元宵的生动情趣。

“山药蛋派”作品中对山西乡村闹元宵的描述，不仅为人们展现了一幅幅具体的元宵风俗画，而且洋溢着一种生动的情趣。胡正的《几度元宵》，以一年一度的元宵节为贯穿线索，描写了人物数年间的命运变迁。作品中，元宵节虽只是作为时空背景出现的，但由于作者有着浓厚的民俗展示的兴味，因而每当涉及元宵节庆时，他总是情不自禁地驻足于笔端，多用些笔墨来对节庆各方面的详情细节做出生动的描述：

杏湾村的人们遇到好年景时，总要在正月十五闹几天红火，河口公社也要在正月十五组织文艺会演……各村闹红火的队伍和看热闹的人们不等天黑，就从四面八方涌汇到镇里来了。河口镇大街两旁，挂着各式各样的花灯，大街上是一队接一队闹红火的队伍。锣鼓喧天，鞭炮轰鸣。有舞龙灯的，耍狮子的，跑旱船的，骑竹马的，踩高跷的，还有背棍、抬阁、武术、秧歌。秧歌队载歌载舞，每人手上还举着各种样式的花灯。真是灯的世界，人的海洋。闹红火的队伍在拥挤的人群中一边表演，一边走进戏场，然后便是秧歌队登台表演。[1]

这是1965年河口镇闹元宵的情景。作品还向我们展现了1936年桑峪镇闹元宵的场面：

翠叶妈的娘家在桑峪镇，离杏湾村有四十里。她十七岁那年，一九三六年正月十五夜里，大街上家家门口挂着各色各样的花灯，不宽的街道上拥挤着一层层围看红火的人群。先是一队“自乐班”吹吹打打地过来了，随后跟着一队唱秧歌的人。那时秧歌队里还没有妇女参加，女角都由男子扮演。他们都穿着旧戏曲中妇女的服装，手里敲着小锣。领头的人手中举一把旱伞，叫作“伞头”。走过每家商店字号和大户人家门前时，“伞头”就停下来，编上几句应景的吉利唱词，如买卖兴隆、大发财源，或是五谷丰登、六畜兴旺等等。再后面便是人们爱看的龙灯和旱船。她原是和邻家一位姐妹相跟着出来看红火的。当舞龙灯的过来时，人们一阵蜂拥，把她和那位相跟的姐妹挤散了。舞龙灯的过去后，紧接着跑旱船的又过来了，围看的人们

1　胡正：《几度元宵》，《胡正文集·第二卷》，第620页。

有的往前涌，有的往后挤，她的左足被人踩住，眼看着就要跌倒了。忽然间过来一个人，把挤压她的人们扛住，她才站稳了。[1]

作品还分别写到了 1976 年和 1979 年的元宵节，而且每次对元宵节闹红火的热闹场面都做了不厌其详的生动详细的描述。可以说，在《几度元宵》这一篇作品中，所描述的不同村镇、不同时期的元宵节庆的场面和过程，就远比我们前面引述的方志中有关元宵民俗的全部记载都要丰富。而其生动、具体、富有情趣的描绘，则更是方志记载中所不可能有的。

赵树理的《登记》中，也有一段描写涉及元宵节：

张木匠一家就这么三口人——他两口子和这个女儿艾艾……今年阴历正月十五夜里，庄上又要玩龙灯，张木匠是老把式，甩尾巴的，吃过晚饭丢下碗就出去玩去了。艾艾洗罢了锅碗，就跟她妈相跟着，锁上院门，也出去看灯去了。后来三个人走了个三岔：张木匠玩龙灯，小飞蛾满街看热闹，艾艾可只看放花炮起火，因为花炮起火是小晚放的。艾艾等小晚放完了花炮起火就回去了，小飞蛾在各

1　胡正：《几度元宵》，《胡正文集 · 第二卷》，第 659—660 页。

街道上飞了一遍也回去了，只有张木匠不玩到底放不下手，因此他回去得最晚。[1]

从作品内容来看，这段描写本无关宏旨，只是在交代人物时偶然提及了正月十五这个日子："小飞蛾生了个女儿叫'艾艾'，算到一九五〇年阴历正月十五元宵节，虚岁二十，周岁十九。"[2]然而作者却忽然将笔锋转向"正月十五"这个日子，生出了这么一段玩龙灯、看热闹、放焰火的富有情趣的节庆行事的描写，这也足以看出作者浓厚的民俗展示兴趣。

"山药蛋派"作品在描述山西农村中元宵节庆的闹红火（或曰闹社火）时，除了具体介绍了舞龙灯、扭秧歌、放焰火等项目外，还介绍了在许多地方盛行的一种被称为"背铁棍"的项目。胡正《盲女乔玉梅》中写道：

我们村里每年春节闹红火，有一种红火叫背铁棍，把村里最好看的女女打扮起来，绑到铁棍上，年轻人们背着闹红火。谁家的女女能够上铁棍，提亲的人就能挤坏她家的门。[3]

1 赵树理：《登记》，董大中主编《赵树理全集 · 第二卷》，第4页。
2 赵树理：《登记》，董大中主编《赵树理全集 · 第二卷》，第4页。
3 胡正：《盲女乔玉梅》，《胡正文集 · 第三卷》，第1241页。

在《汾水长流》中，对此介绍得更为具体：

她(杜红莲)长到十五岁，村里人们都夸奖她长得漂亮。正月十五闹红火时，就选她上了“背棍”。这地方最时兴“背棍”。就是一个男人在背上背一根铁棍，把一个女孩子绑在上面，铁棍由双方的衣服遮掩着，因此看不出来。有时，铁棍从男人伸起的袖子里伸出去，再经过一把扇子或一把旱伞和上面女孩子的裙子的遮掩，就好像女孩子站在扇子或旱伞上一样。男女双方扮演的角色，大都是当地流行的戏曲或秧歌节目，如《打金枝》《宝莲灯》《四姐挑菜》《五哥放羊》等。在挑选扮演者时，背铁棍的男子要身强力壮，会扭；“背棍”上的女子则要聪明漂亮。每年正月十五闹红火，村里总要挑选几个最好看的女子上“背棍”，而谁家的女子如果上了“背棍”，开春以后，媒人就会踏烂谁家的门槛。那年正月十五选上杜红莲上“背棍”，让她装扮了一位玉堂春。[1]

这段有关“背棍”的描述，原是为介绍人物而设的，但作者写人物时仅用了两句话，而介绍“背棍”这种红火风俗时却用了

1 胡正：《汾水长流》，《胡正文集·第一卷》，第8—9页。

十倍于人物介绍的文字，真可谓不遗余力。

闹红火，有玩龙灯、“背铁棍”的把式，当然也就有观赏的人群。孙谦的《大门开了》专门就观赏者的情况做了具体描述：

> 以前，王家庄有个不成名文的规矩：每逢元宵节就让那些青年男女们“自由”三天。在这三天的晚上，那些闺女和小媳妇们成群结队地去观灯，去打秋千，去看社火，而那些年轻的小伙子们总是跟在妇女们的后边。人家走，他们也走；人家站下，他们也站下。你靠我，我推你，想法子卖弄气力。等到那些年轻女人走进了没有灯光的小巷子里，那些年轻小伙子便像发了疯似的冲了过去；紧接着，那些年轻女人们就又叫又笑地逃跑了。[1]

这段描述，恰好印证了方志记载中“男女趋游城头闾巷”“男女结伴游”“男女争趋游街”的景观和“士女夜游不禁”等规定。通过这段描写，我们还多少能够理解，为什么元宵节在乡间如此受欢迎。作者紧接着上面这段描述发了这样两句感慨：“哪个小伙子不想过那奇妙的夜晚？哪个小伙子也盼望元宵节早日到来。”[2]《大门开了》具体写到了在元宵“自由”的三天中发生的一段短

1 孙谦：《大门开了》，《孙谦文集·第四卷》，第2056页。
2 孙谦：《大门开了》，《孙谦文集·第四卷》，第2056页。

暂的“情话”。小说主人公王石圪旦长成了一个小伙子，像牛一样壮实，“一脸粉刺疙瘩，全身是力气，好奇，爱热闹，很想跟那些年轻人同伙结伴，去听戏，去看秧歌，去和闺女们厮混”[1]。但是，平时他很少有这样的机会。等到了元宵“弛禁”时，“王石圪旦像挣断了缰绳的烈马，开头有点胆怯，不久就尝到了‘自由’的味道。他尽着性子这里跑那里钻，兴奋得连饭也吃不下了。在那三天里，他一直跟着一个名叫田秀英的姑娘。那姑娘也不怎么避讳他——看样子，还有点喜欢他。果然，在‘假期’的最后一个晚上——正月十六晚上，那姑娘约他明天晚上——十七晚上，在奶奶庙后边的枣树林里会面”[2]。然而，过了正月十七，一切又恢复了原样，这段“情话”在王石圪旦一生中只是死水中的微澜。胡正的《几度元宵》中也有类似的“情话”：翠叶妈十七岁那年的正月十五去看红火，被拥挤的人群冲倒了。一位同是来看红火的年轻人却早已“在这看红火热闹的人海中一眼看见她，就挤到她跟前，扛住踩压她的人群，把她救了出来”[3]，接下来便是男女幽会，山盟海誓。当然，结局也是可以预见的。受制于“父母之命，媒妁之言”，婚姻不能自主；受制于生活环境和生活条件，青年男女平时较少有“接近”“厮混”的机会。正因为如此，人们才

1　孙谦:《大门开了》,《孙谦文集 · 第四卷》，第 2056 页。
2　孙谦:《大门开了》,《孙谦文集 · 第四卷》，第 2056—2057 页。
3　胡正:《几度元宵》,《胡正文集 · 第二卷》，第 660—661 页。

更加重视、珍惜元宵节庆那无拘无束的生活，于是便有了无数的佳节情话。

从“山药蛋派”作品所展示的岁时民俗行事过程来看，在山西的乡间，诸如“元宵”“中元”等源于“敬神信巫”的“醮赛”活动，其实已逐步脱离了这些节庆原先的含义，而变成了乡村人民自娱的一种重要形式。下层人民对生活的热情，在岁时节庆中得到了最大程度的体现。也正是在这些节庆中，包蕴了人们无数的期待、愿望和美好的回忆。因此，人们对节庆的重视，并不体现其信仰程度，而主要是体现了一种生活的态度。胡正的《七月古庙会》中，人们是那么眉飞色舞地谈起快要到来的七月十五，那个名叫李兰花的，给自己赶缝一件淡绿色的短袖上衣，是为了在七月十五那一天，趁赶会、看戏的时机能会见春耕后已经半年未见面的“她的好人——未婚夫”。《汾水长流》中，郭春海与杜红莲的爱情故事起始于七月十五的庙会上，“他们除了正月十五闹红火，除了五月端午、七月十五赶庙会时见见面，说话的机会就不多了”[1]。西戎《喜事》中的海娃和小秀将结婚的日子定在正月十五，是因为这一天“全村都在闹红火，吃好的，能好好高兴几天”[2]。胡正《几度元宵》中的主人公翠叶和薛安明经过艰苦卓绝的斗争，终于在正月十五这一天，获得了自由结婚的权利。“那些

1　胡正:《汾水长流》,《胡正文集·第一卷》，第10页。
2　西戎:《喜事》,《西戎文集·第一卷》，第46页。

羡慕自由恋爱、渴望婚姻自由的男女青年”，组成了闹红火的队伍来到薛安明家门前，“他们要表示对于沈翠叶和薛安明结婚的庆贺。他们又扭起了秧歌，舞起了龙灯。锣鼓声更响了，有人还燃放了鞭炮”。[1] 所有这些，都能让人们透过节庆去感觉到一种生活的温馨、甜蜜和美好。由此可见，“山药蛋派”作品对岁时民俗的热衷展示中，其实正包含了作家们揭示劳动人民积极的生活态度的目的以及他们自己的浓厚的生活情趣。

第三节 “敛资演戏，四时不绝”

如前所述，山西乡村庙宇遍布，这反映了山西乡村的尚祀风俗。在山西乡间的庙宇中多设有舞亭或戏台，供祀神、赛会演戏之用。在祀神、赛会时总要“多聚娼优，扮演杂剧”，因此随着“醮赛纷举”而来的是山西乡间演剧活动的兴盛。赵树理曾在《地方戏和年景》一文中谈到过这一情况，他还曾具体说到他故乡地区一个叫“嘉峰”的村子，“村里在每年的端阳节都起一次庙会，并且要演戏祀神”[2]。因此，谈论山西民俗，不能忽略山西乡间的戏剧演出活动，以及戏剧在山西人民生活中的位置和影响。

1　胡正：《儿度元宵》，《胡正文集 · 第二卷》，第 723 页。
2　赵树理：《地方戏和年景》，董大中主编《赵树理全集 · 第五卷》，第 376 页。

戏曲艺术在山西地区有着悠久的历史。宋金元时期，是我国戏曲艺术从形成到成熟的重要历史阶段。而在这个阶段，山西地区凭借长期的历史发展中积淀而成的祀神演剧的技艺和各种歌舞表演的传统，率先繁荣了本地区的戏曲艺术，从而为我国戏曲艺术的成熟起了推动作用，并成为我国戏曲艺术的摇篮之一。到了明清时期，山西的戏曲演出活动更加繁荣，不断繁衍出新的剧种，并对其他地区的剧种产生了巨大的影响。据《泽州戏曲史稿》所述，泽州（今晋城一带）的各种戏曲歌舞活动甚至可以追溯到北魏时期。当时，山西境内是古代道教活动的重要地区之一，道教建筑比比皆是，道教祀神的同时也传播了中国古代音乐文化。唐玄宗李隆基笃信道教，即位前曾任潞州别驾，经常出入这里的道观，与演奏法曲的道士们频频接触，对道教法曲了如指掌。做了皇帝后，他曾把这些法曲引入宫廷，设立“法曲部”，发展音乐歌舞，后来竟成为梨园的始祖。上党戏曲界一向供奉他为戏神“老郎爷”，甚至在“梨园之乡望城头”，艺人们集资修建祭祀唐明皇的“开元宫”。山西泽州地区远在北宋年间，就建有“佾舞亭”“舞亭”“舞楼”“乐楼”等砖木建筑，金元之际的乐楼、舞亭、舞楼建筑也留存多处。至于明清时期的舞台、戏楼建筑，确似星罗棋布。民间街头百戏，或在迎神赛会中活动，或在元宵灯会表演，始终兴盛不衰。

山西地区戏曲艺术的繁荣，是与祀神、赛会有着密切关系的。

据《迎神赛社礼节传簿四十曲宫调》记载，山西农村迎神赛社时上演的曲目、剧目有245种。[1]在山西的许多地方志中，也有大量对祀神、赛会与演戏活动的记载。例如：

《隰州志》：神庙中，集乐户歌舞神前，曰赛。[2]

《赵城县志》：惟尚淫祀，村必有庙，醵钱岁课息以奉神，享赛必演剧。[3]

《怀仁县新志》：至士子祀先师、文昌，农夫祀龙神，市人祀城隍、财神，各从其类。然多敛资演戏，四时不绝。[4]

《临晋县志》：邑俗，族必有庙……惟大族祠庙，多建戏台，祭祖日恒演剧，且竟有用之坟茔者。[5]

《翼城县志》：邑俗迷信鬼神，由来已久，村各有庙，户各有神。其最普通者，为岁首之祭，而结社迎神，演戏

1 参见《迎神赛社礼节传簿四十曲宫调》（明万历二年手抄本）。
2 钱以垲纂修《隰州志》卷十四，清康熙四十八年刻本，第2页b。
3 杨延亮纂修《赵城县志》卷十八，清道光七年刻本，第3页a。
4 姜利仁纂，李长华修《怀仁县新志》卷四，清光绪三十二年刻本，第3页a。
5 俞家骥、许监观主修，赵意空、于延梁纂修《临晋县志》卷四，民国十二年铅印本，第14页b。

赛会之事，平时多有行之者。[1]

正因为演戏活动几乎是与祀神活动共生的，而山西又淫祀成风，于是村各有庙，庙中多建戏台，乡间演戏活动也因此而连绵不断。到了清乾隆年间，山西全境已几乎是村村有戏台，甚至一村二台、三台，并且动辄演戏，不仅是祀神，凡节庆、婚丧寿喜等均不放过演戏机会。据《定襄县补志》记载，乾隆庚子科举人樊先瀛上《保泰条目疏》，以乡间演戏过繁为患，提出“裁演剧，止夜唱”，并建议“大村每岁戏止一台，中村则二年一台，小村则三年一台，每台戏止三日”，神戏则“各庙分年献之”，至于无故而唱的“亮戏”、“因事酬神”的“愿戏”和贺喜祝寿的“乐戏”则一概禁绝。[2]但戏剧在山西地区已与广大群众的生活紧密地联系在一起了，因此是禁而不绝的。直到近现代，演戏活动在山西乡间仍历久不衰。赵树理曾这样讲述过自己家乡地区的一些演戏习俗和惯例：在新中国成立前，“这地方演戏还没有卖票制，只演敬神的戏——哪个村敬神由哪个村包场，外村人看戏则是白看”[3]；“这地区演戏的习惯是每日两场——下午的一场似乎是专给老年人和小孩子们演的，青壮年只看夜场”[4]；“在过去演酬神戏的时候，

1　吉延彦、马毓琛纂，马继桢、邢翔桐修《翼城县志》卷十六，民国十八年铅印本，第7页b。
2　邢澍田纂，郑继修、王仲焘修《定襄县补志》卷十二，清光绪六年刻本，第41—42页。
3　赵树理：《地方戏和年景》，董大中主编《赵树理全集·第五卷》，第378页。
4　赵树理：《地方戏和年景》，董大中主编《赵树理全集·第五卷》，第377页。

往往贴着这样的通告：‘兹以三时无害，万宝告成，皆赖神圣之灵，风雨之助。报恩崇德，人所应然。本村谨择于 × 月 × 日起，洁治樽俎、虔修牲馔，兼督俳优，献戏三日，以酬圣泽，而明感戴……此项费用，按以地亩均摊——每亩耕地，应摊 × 角 × 分，仰阖村居民，于三日之内如数扫缴，以光神事！执事维首 ××× 等白。’……看明之后，就须在三日之内，出卖新谷，了此冤债”。[1] 赵树理这里所讲述的，正应了前述有关“敛资演戏，四时不绝”等的方志记载。正因为演戏活动与山西乡间的酬神以及娱乐等密切联系在一起，深深植根在乡间里社，有着广大的群众基础，因此可以说，演戏活动实际上已成为山西地区的一个重要地方习惯和民俗现象。

因为山西地区的演戏活动原本是与祀神醮赛连在一起的，因此我们在上一部分介绍“山药蛋派”作品对山西醮赛民俗的展示时，其实已经或多或少涉及了演戏的相关内容。例如，元宵闹红火时的扭秧歌、旱船、花鼓、二人抬等，都算戏曲之一种表现形式；一些重要的古庙会，如“七月古庙会”和“端午庙会”，更是必演戏剧。当然，“山药蛋派”作家对演戏民俗的展示远不止这些，他们在展示乡间演戏活动的同时，还注重揭示演戏对民众生活的影响。

1 赵树理：《地方戏和年景》，董大中主编《赵树理全集·第五卷》，第 378—379 页。

戏曲的演出，在山西乡间有着广泛的群众基础，人们对演剧活动抱着极大的热情，这种热情既体现在“看戏”方面，也体现在“演戏”方面。在山西乡间，除了有各种形式的专业化戏曲班社外，更多的是村社中组建的以自演自娱为主的“自乐班”。赵树理曾在一篇文章中回忆起他家乡村子里的一个“自乐班”：

> 我生在农村，中农家庭，父亲是给“八音会”里拉弦的。那时“八音会”的领导人是个老贫农，五个儿子都没有娶过媳妇，都能打能唱，乐器就在他们家，每年冬季的夜里，和农忙的雨天，我们就常到他家里凑热闹。[1]

这里的“八音会”就是一种“自乐班”性质的组织。赵树理还曾在《盘龙峪》这篇作品中更详细地介绍了“自乐班”的演出、自娱情况：

> 小松道：“今天晚上咱先唱咱的戏吧？”
>
> 安泰道：“一定要唱，要不是图唱戏的话，我磕了头就走了。”
>
> 原来盘龙峪的几十个村庄，每庄都备有一套唱梆子戏的乐器，爱玩的人每庄各组成一会，就名为“某村（或某

1　赵树理：《回忆历史 认识自己（摘录）》，董大中主编《赵树理全集 · 第五卷》，第418页。

庄）自乐会”。他弟兄十二个，都是西坪庄自乐会的会员，就中安泰最好唱，唱得也最好。小软爱唱旦角。不过他们只是坐着连打带唱，并不化装登场。

小松道：“先吃！吃了再唱。”

大家因为要唱戏，吃得很快。不等大家吃完，小松却早把乐器安排好了。

他们唱得最熟练的一本戏，是平话本《精忠传》里泥马渡康王的故事……

…………

渡康王唱了半本，邀神的来了，就从半本上打了“尾声”煞了戏。邀神的上了香，又催他们唱……安泰问在北岩社戏的好坏，去看的人说还不如自乐会唱得好，不过几件衣服还新鲜。[1]

在《福贵》中，作者也写到了“自乐班”的情况：“村里有自乐班，福贵也学会了唱戏——从小当小军（跑龙套），长大了唱正生，唱得很好。”[2]每年正月十五或是庙会，“自乐班”都要演戏。福贵是每次必演，银花是不论怎样忙，总想去看看。福贵这年受穷，饿得心慌，演不动戏，“叫别人顶他的角，台底下不要”，甚

1　赵树理：《盘龙峪》，董大中主编《赵树理全集 · 第一卷》，第 50—51 页。
2　赵树理：《福贵》，董大中主编《赵树理全集 · 第一卷》，第 341 页。

至有人表示“抬也得把他抬来”![1]从《盘龙峪》和《福贵》的描述中可以看出，乡村“自乐班”的演出不仅比较正规，而且还会产生群众所喜爱的“大把式”。《三里湾》中的袁小旦被村上的姑娘戏称为“小女婿”，是因为他在村里演戏时候扮演过“小女婿”这个角色。《李有才板话》中的李有才，显然也是村上“自乐班”的“大把式”，这从他与小福的表兄的一段对话中可以看出：

> “我是十六晚上在这里看戏，见你老叔唱焦光普唱得那样好，想来领领教！”有才笑了一笑又问道：“你村的戏今年怎么不唱了？”小福的表兄道：“旱了赁不下箱，明天才能唱！”有才见他说起唱戏，劲上来了，就不客气地讲起来。他讲：“这焦光普，虽说是个丑，可是个大角色，唱就得唱出劲来！”说着就举起他的旱烟袋算马鞭子，下边虽然坐着，上边就轮打起来，一边轮着一边道：“一出场，当当当当当令 × 令当令 × 令……当令 × 各拉打打当！”[2]

看得出，李有才是个演戏的行家老手。成年人有自己的“自乐班”，儿童也有自己的演戏活动。例如，在赵树理的《刘二和与王继圣》中就写到一群放牛的小孩子在野地里的演戏游戏：大

1　赵树理：《福贵》，董大中主编《赵树理全集·第一卷》，第 344 页。
2　赵树理：《李有才板话》，董大中主编《赵树理全集·第一卷》，第 166—167 页。

家把牛赶到坪上后，都各自找了些有蔓的草，盘起来戴在头上，连起来披在身上当盔甲，又在坡上削了些野桃条和高粱秆当枪刀，在地上画个圈子当戏台，嘴里念着“冬仓冬仓……”地演起罗成戏、张飞戏等。从这种儿童的游戏中，也多少可以看出山西乡间演戏活动的普及程度。

山西乡间有演戏的热情，更有看戏的热情。胡正《汾水长流》中展示了这样一个看戏的场景：

> 开戏了，庙院当中挤满了年轻的和上了年纪的男人，一个紧挨一个站着，严严实实，密密层层。谁想动一动也费劲；那些打扮得漂漂亮亮的姑娘、媳妇子们，还有那些老太婆们，就站在庙院的后边和左右两廊的台阶上，好像一个半圆形的花花绿绿的包围圈。[1]

大家都爱看戏，这里面固然有许多仅是凑个热闹，但在长期戏剧环境的熏陶下，乡民中也确有不少是真正懂戏、会欣赏戏的。例如《刘二和与王继圣》中写到的聚宝：

> 这聚宝原来是个破磨子的石匠，可是很懂戏——也会

1　胡正：《汾水长流》，《胡正文集 · 第一卷》，第151页。

看也会唱。他磙起磨来也是手里磙着嘴里唱着，锤就是他的梆子，磙得慢了唱流水，磙得快了唱垛板。附近几个戏班子里都有他的熟人，哪一班唱什么戏得手他也都知道，因此本村每逢唱戏，大家都愿意请他来挑……不大一会，戏点出来了，戏牌挂在台口柱子上，正本戏是《天河配》，搭戏是《铡美》《下南唐》《杀狗》，大家都很满意。[1]

"大家都很满意"，便道出了乡间民众的整体欣赏水平。如果他们对戏剧一无所知，只是凑热闹，也许就无所谓满意不满意。在"山药蛋派"作品中，有许多可称得上是"戏迷"的人物形象。例如马烽《老社员》中的贺老拴：

老社员是有名的戏迷，不过他只迷两个人：从前迷的是毛毛旦。毛毛旦死了以后，他好多年很少进过戏场，解放以后不知怎么一下又迷上了牛桂英了。不管从前还是现在，只要是这两个人唱，即使家里着了火，也得等看完戏再救；不说别的，谁敢在他面前批评这两个角色唱得不好，他不和你打架也得吵一场，至少是给你个难看——把脖子一挺说："你懂个甚？滚远点吧！"[2]

1　赵树理：《刘二和与王继圣》，董大中主编《赵树理全集·第一卷》，第376页。
2　马烽：《老社员》，《马烽文集·第四卷》，第248页。

孙谦《元老社员》中的岳成龙，也是一个“戏迷”。只要是周围村里有个唱戏赶会的，岳成龙总要登上新车子去瞧热闹。胡正的《七月古庙会》中更是写到了群众普遍爱戏、迷戏的情况，人们普遍地喜爱戏剧、熟悉戏剧，平常在田间劳动时也以演戏为谈资：

> 人们又谈起了那一年是谁来唱的戏，唱的如何如何，你说这一个唱的好，他说那一个演的强；你说今年还要请这家来唱，他说今年一定要请那家来演，于是，又引起一场愉快的争论。[1]

人们不仅喜欢谈论戏剧，而且还特别喜欢在田间地头时不时唱上那么一段。《三里湾》中就写到，这个村里的农民在地里劳作时，嘴里都好唱几句戏：

> 何科长和张信又走了不多远，便听见在这柳树林边另一块地里割谷子的青年妇女们，用不高不低的嗓门，非正式地唱着本地的“小落子”戏，另有个十五六岁的小男青年，用嘴念着锣鼓点儿给她们帮忙。[2]

1 胡正：《七月古庙会》，《胡正文集·第三卷》，第 1185 页。
2 赵树理：《三里湾》，董大中主编《赵树理全集·第二卷》，第 111—112 页。

马烽《光棍汉》中的任命根老汉，脾气很倔，平时“不爱说话，爱一个人生闷气，可是高兴的时候，就拿烟袋敲着炕沿，哼几句山西梆子”[1]。由此可见，在山西乡间，无论男女，无论老幼，高兴时哼几句戏文都是常有的事，这多少反映了戏剧在民众生活中的深入程度。更有甚者，像马烽《饲养员赵大叔》中的赵大叔，受戏曲影响，连其言行都明显带有“戏曲化”的特征，一举手、一投足都是戏中“架势”，一开口、一对话便是戏文唱腔：

> 他一进门就对着社长直嚷嚷：
>
> “我不干了，要到太原另找工作去！辞职，准不准？说话！”
>
> “不准！”甄明山满不在乎地说。
>
> 这老汉马上把帽子脱下来，举在手上，唱道：
>
> “听他言不由人怒发冲冠，好一似烈火上又把油添，好恼，呀，呀，呀……”他一面唱，一面还学着须生的架势：又吹胡子，又甩袖子。引得我们都大笑了。女会计用手绢擦着笑出来的眼泪，说道：
>
> “赵大叔，你每天要来捣一阵乱，把人的头都吵昏了！”
>
> “怎么？秀英，昏了！”赵大叔连忙坐到椅子上，闭

1　马烽：《光棍汉》，《马烽文集·第三卷》，第178页。

起眼睛，学着旦角的腔调，呶声呶气地唱道：“我昏昏沉沉一梦中，耳缝里忽听有人声……”

……赵大叔搓了搓手，又用指头在两只眼上摸了一下，继续唱道：

“……我强抖精神睁开眼……得啦切，光光光……啊！这是哪里来的客人？”他忽然看到了我，问社长。

甄明山忍着笑对我说：

“这是赵大叔，哦，哦……赵吉成老汉，人们都称他赵大叔。我们社里的饲养员。”又回头对赵大叔说，“这是县上来的，老马同志。”

赵大叔听了，连忙和我打了打招呼，扭头又冲着甄明山说：

“不干了，何必在这里受人的气！非到太原去不可，听见了没有？我马上就卷铺盖走啦！”

甄明山笑着说：

“随便，那是你的自由权。”

“好！得令。马来。”赵大叔拱了拱手，口里响着锣鼓乐器，迈着台步向外走去。[1]

1　马烽：《饲养员赵大叔》，《马烽文集·第四卷》，第136—137页。

对于人物的这种言行举止，也许只有放到普及戏曲有着相当程度的民俗氛围中，才可以理解。

此外，从“山药蛋派”作品中一些人物的外号上也能看到戏曲对普通民众生活影响的痕迹。例如，我们前面提及的《三里湾》中的袁小旦，他那“小女婿”的外号就是由演戏而来。再如《登记》中的“小飞蛾”也是一个鲜明的例子。作品中，张家庄的张木匠娶亲，庄上人都去看热闹，“当新媳妇取去了盖头红的时候，一个青年小伙子对着另一个小伙子的耳朵悄悄说：‘看！小飞蛾！’那个小伙子笑了一笑说：‘活像！’不多一会，屋里，院里，你的嘴对我的耳朵，我的嘴又对他的耳朵，各哩各得都嚷嚷这三个字——‘小飞蛾’”[1]。作品还专门用一段文字交代了“小飞蛾”三个字的来历：

> 原来这地方一个梆子戏班里有个有名的武旦，身材不很高，那时候也不过二十来岁，一出场，抬手动脚都有戏，眉毛眼睛都会说话。唱《金山寺》她装白娘娘，跑起来白罗裙满台飞，一个人撑满台，好像一只蚕蛾儿，人都叫她“小飞蛾”。张木匠娶的这个新媳妇就像她——叫张木匠自己说，也说是“越看越像”。[2]

1 赵树理：《登记》，董大中主编《赵树理全集·第二卷》，第5页。
2 赵树理：《登记》，董大中主编《赵树理全集·第二卷》，第5页。

于是，“小飞蛾”这一外号取代了张木匠媳妇儿的本名。又如《三里湾》中“糊涂涂”这一外号，其来历也与戏曲有关。“糊涂涂”本不会唱几句戏，但自从不知道跟谁学了一句“糊涂涂来在你家门”之后，便隔一会唱一句，并因此给自己带来了“糊涂涂”的外号：

> 有一次，他在刀把上犁地，起先是犁一垄唱两遍；后来因为那块地北头窄南头宽，越犁越短，犁着犁着就只能唱一遍；最后地垄更短了，一遍唱不完就得吆喝牲口回头；只听他唱“糊涂涂——回来”“糊涂涂——回来”，从那时候起，就有人叫他“糊涂涂”。[1]

从上述取外号的情况中，也可以看出戏剧的普及给山西乡间带来的生活情趣。作为一种文化传统，作为一种生活方式，演戏活动与山西人的生活确实是非常紧密地联系在一起的。

综上所述，在文学作品中对山西地区的诸如婚丧礼俗、岁时祭祀、演戏风俗等民俗现象的深入展示，显示了“山药蛋派”作家浓厚的民俗兴趣。这种民俗展示，不仅给他们的作品增添了浓烈的地方色彩，而且也使作品具有了一种特殊的民俗学的价值。

---

1 赵树理：《三里湾》，董大中主编《赵树理全集·第二卷》，第89页。

鲁迅曾呼吁有志于文化革新和社会改革的人们，“必须先知道习惯和风俗”，“因为倘不看清，就无从改革”。[1]鲁迅之所以强调这一点，是因为一般人的文化审视的眼光往往只关注正统的经典的文化这一文化范式，而忽略了更广泛地左右着普通人的生活方式的其他文化范式；人们往往比较注重文化的显性方面的东西，而忽视了隐性方面的东西；过多地重视那些可以用现成理论来分类、界定的思想意识，而忽略了更为丰富复杂的、以民俗文化的方式（即风俗、习惯）影响着人们的亚思想意识。这种文化审视眼光的偏颇，足以使“较新的改革”“著著失败，改革一两，反动十斤”。[2]因而，鲁迅认为：“倘不深入民众的大层中，于他们的风俗习惯，加以研究，解剖，分别好坏，立存废的标准，而于存于废，都慎选施行的方法，则无论怎样的改革，都将为习惯的岩石所压碎，或者只在表面上浮游一些时。”[3]鲁迅的这种呼吁，可以说在“山药蛋派”作家那儿得到了积极的回应！赵树理曾明确说过：

我们的农村，在土改之前，地主阶级占着统治地位，一切文化、制度、风俗、习惯，或是由地主阶级安排的，

1　鲁迅：《习惯与改革》，《鲁迅全集·第四卷》，第229页。
2　鲁迅：《习惯与改革》，《鲁迅全集·第四卷》，第229页。
3　鲁迅：《习惯与改革》，《鲁迅全集·第四卷》，第229页。

或是受地主阶级思想支配的，一般农民，对地主阶级的压迫、剥削尽管有极其浓厚的反抗思想，可是对久已形成的文化、制度、风俗、习惯，又多是习以为常的，有的甚而是拥护的，思想敏锐的人们即使感到不合理，也往往是无可奈何的……合作化以后，从生产资料的所有权方面看，农村的阶级是消灭了，可是由旧的文化、制度、风俗、习惯给人们头脑中造成的旧影响还没有消灭，因此人们对人对事的认识，就不一定完全符合于最大多数人最长远的利益。[1]

这段话体现了“山药蛋派”作家对民俗问题的深刻认识。从“山药蛋派”作品对民俗的展示来看，作家们确实是深入到了民众的大层中，充分地研究、解剖了他们的风俗和习惯，而且对“于存于废”都有所思考。对于奢靡的婚娶礼俗，“山药蛋派”作家不仅通过民俗展示显示其弊端，而且还进一步探究其与山西特殊的地理环境、经济条件的关系，并从而提出了要从根本上废除这些婚姻陋俗，必须使广大乡民真正从贫瘠的生活状况中解脱出来；对于诸如求雨、拜神等民间迷信，作家们在对其嘲讽和批判的同时，也或多或少地分析了它们得以产生的根源；而对于那些充满

1　赵树理:《随〈下乡集〉寄给农村读者》，董大中主编《赵树理全集·第四卷》，第 563 页。

了乡间生活情趣、给人们带来身心愉悦的赛会、演戏等民俗活动，作家们则以一种特有的热情努力加以弘扬，并对那些无理取缔赛会、演戏等民俗活动的行为给予了批评。毫无疑问，即使从民俗学的角度来看，“山药蛋派”作品的价值，也理应得到较高的评价。

第四章　与三晋大地割不断的联系

第一节　与生俱来的乡土情趣

此前所述，主要探讨了“山药蛋派”作品在题材内容方面的地域性特征。就题材内容本身而言，还只是较为表面的东西，它较易展示出显性的地域特征。但“山药蛋派”作为一个以地域性为主要特征的文学流派，其地域特点显然不仅仅是靠题材内容来实现的。事实上，在“山药蛋派”作家之外，无论是与其同时代还是在此前此后的时代，都有大量反映山西地区的生活内容的作品出现，而且这些作品中有许多在表现山西地区的人和事时，也多少涉及了具有地域性文化特征的风土、民情、俗事、景物等。例如，吴奚如的长篇小说《汾河上》，刘白羽的短篇小说《在黄河的一个弯上》《五台山下》，柳青的短篇小说《地雷》《牺牲者》

《误会》《一天的伙伴》，魏伯的短篇小说《多多河》《战斗线外》《何二扁担》，萧红的短篇小说《黄河》《孩子的讲演》，碧野的短篇小说《黄河的奔流》《儿童队员之死》，于黑丁的短篇小说《火场》《野祭》《母子》，康濯的长篇小说《水滴石穿》和短篇小说《我的两家房东》，贾植芳的短篇小说《嘉寄尘先生和他的周围》《我乡》，等等。这些作品，虽然都以山西地区为背景，直接或间接地表现山西人民的生活，甚至有些作品还刻意追求山西的地方情味，但是，在这些作品中，我们却很难体味到“山药蛋派”作家笔下那种地道的山西风味和自然成趣的地域情调。显然，文学作品的地域特征并非仅仅通过作品的表现对象就能达到。

吴奚如的《汾河上》是一部反映山西人民抗战斗争的长篇小说。作品所写的人物活动的中心地区是山西的几个村庄，作者努力将这些村庄置于山西全省的人文、地理、历史的大背景中。作品勾画了汾河的景色，描绘了山西的地理、形势、交通和物产，精练地概括了山西的方方面面，包括其文史掌故与民俗风情。例如，作品写到山西的闭塞与关税保护；写到山西许多地区的各自为政，以至于名目繁多的纸币通用于某镇某县境内地区，而一旦跨出这些区域，这些纸币便一文不值；甚至还写到山西人对经商的重视和对金钱的珍惜，征引了反映山西人性喜聚藏的格言“少用一个，就等于多挣两个”等。可以说这些元素在一定程度上展现了山西地域文化的一些重要特点。但这些描写只是作为一种背景出现的，在整部作品中所占比重较小，而且这些涉及山西地域文化的描述都较为抽象、概括，缺少对表现对象的更为深入细致的把握。更重要的是，作者在描述这一切时，明显缺少“山药蛋派”作家那种对山西地域文化的特有情趣，缺少那种“同情之理解”的笔调。因此，在这部作品中我们并不能体味出像“山药蛋派”作品那么浓烈的地方味道。刘白羽的《五台山下》，描写了一个山西农民在抗战中的成长历程。小说中对事件和人物心理的刻画都很逼真。例如，作品这样写到主人公山虎子第一次离开村子，跟随螺子队运送军用物资时的情绪：他从小囿于小天小地，从未出过村子，因而在刚离村子后就有一种失落感，他烦闷、焦躁，无缘无故跟人斗气、骂架、拿牲口出气。这种描写不可谓不真实细腻。作者显然也在刻意追求生活的原生态，甚至于在作品中多用符合人物身份的粗话。尽管如此，从作品的表述方式和情调上看，仍不免常表现出过于文人化的倾向，缺少一种自然天成的土味。例如，作品写山虎子的心境：“现在，黄昏里，他心上更烦躁，他找不到两棵松树的温暖。”[1] 这种因黄昏而引发伤感，执着地回味着“松树”这一作为家乡象征物的温馨的情感，显然带有作者在不经意间流露出的文人情调。这种描写方式在由务实的三晋文化养育出的较为拘实的“山药蛋派”作家笔下，是很少出现

1　刘白羽：《五台山下》，王巨才主编《延安文艺档案 延安文学・第三十五册》，太白文艺出版社，2015 年版，第 81 页。

的。我们前面所列举的非“山药蛋派”作家写山西的多数作品都是这种情况。曾有人认为,康濯的作品是比较接近“山药蛋派”的,这种观点其实并不准确。的确,康濯虽出身于湖南湘阴,但长期在晋察冀边区工作,并且在题材、语言上自觉追求与当地生活的贴近。他曾说过,自己“写过反映山西人民生活的散文、报告文学、短篇和长篇小说。长篇《水滴石穿》就是写河北、山西交界地带人民生活的一幅斗争图和风俗画;《我的两家房东》这个短篇的生活依据是两个真实的故事,其中一个也就发生在山西盂县。山西人民养育过我,繁峙人民救过我的性命。特别是我从山西人民身上还受到了无穷尽的思想、生活、智慧以及艺术爱好、语言等等珍贵的哺育,我的整个生活和文学工作是同山西分不开的”[1]。尽管如此,我们在读康濯反映山西生活的作品时,仍能明显感觉到它与“山药蛋派”作品在“山西味道和晋阳气息”上的巨大差异。康濯的作品既无对三晋文化内容,诸如山西地域风土、民性、生活俗事等的刻意展现,也未显示出“山药蛋派”作品中那种地域性的浓烈情趣。因此,尽管康濯的作品反映了山西地区的某些生活现实,但在整体上并未呈现出鲜明的地域文化特征。李健吾和贾植芳的作品也写到了山西地区的生活,并且这二人都为山西籍作家,但由于他们从小就离开了山西,或留学国外,或在大都

1 康濯:《序》,崔洪勋主编《山西作家群评传》,第1—2页。

市接受教育、以写作为生，因而在他们的作品中也早已见不到地道的山西味了。李健吾早期的《终条山传说》描写到了山西南部的中条山，作品把远古樵夫的传说与近代农夫偶遇清朝光绪皇帝的传说交织在一起，通篇弥漫着一层神秘的色彩。这种写法，以及作品内容，很难说有什么地域文化特征。贾植芳的《我乡》是一篇自传式的作品，写自己回乡的一段短暂的经历，主观色彩较浓，作品的内容特点和表达方式都显然是非乡土化的；而他的《嘉寄尘先生和他的周围》虽是篇纪实性小说，但在这篇小说中也未让人感到有什么地方色彩和乡土气息。上述作品缺少的，正是“山药蛋派”作家那种与生俱来的乡土情趣。

“山药蛋派”作家的作品与上述所列举作品在展示山西地域文化特征方面有着明显的差异。这种差异并不在于是否反映了山西地区的生活事件和人物，而是与作家独特的生活经历以及其所受的地域文化养育密切相关。“山药蛋派”作家大多是在山西地区土生土长的，他们独特的乡土情趣是与生俱来的，加之长期受到山西地域文化的滋养，这就使他们在创作时能够轻而易举地表现出带有浓烈山西味道的乡土情趣和地方色彩。而上述其他作家，基本上都不是在山西地区土生土长的，在来到山西、描写山西生活之前，他们早已被另一种文化氛围所塑造。因此，对“山药蛋派”作家来说，许多无须刻意追求就能轻而易举获得的诸如山西地方色彩、乡土气息等元素，对于非土生土长或非山西籍作家（包括从小离开本土的山西籍作家）来说，尽管他们可以努力去追求对具有山西味的生活现象的再现，但从根本上来说，非山西地域文化养育下亦已形成的观照问题的角度、艺术思维的方式等，都使得他们事实上不可能真正像“山药蛋派”作家那样在作品中如此自然天成地呈现出山西地域文化的特征。这可谓“血管里流出的都是血”。

上述比较，所要说明的问题是，“山药蛋派”作品所呈现的地域文化特征，并非仅仅因为它们反映了山西地区的生活。也就是说，仅仅靠题材内容，还不足以说明“山药蛋派”具有鲜明的三晋地域文化特征的全部根源。我们还必须从作家的生活经历、所受的地域文化的养育，以及由之形成的思维方式、艺术观念以及作家具体处理题材的方式方法等多方面来探讨“山药蛋派”与三晋文化的关系。

第二节　得益于乡土文化的滋养

强调“山药蛋派”作家的土生土长，这对了解他们与三晋文化的关系极为重要。[1] 马烽、孙谦在回答为什么二人能够长期合作

1　这里，“山药蛋派”中的束为是一个例外。他虽是山东平县人，但早在少年时期就加入了“山西少年抗日先锋队”，并在后来的岁月里长期在山西生活和工作。这使得他在各方面都对山西文化和生活产生了深深的认同。当然，也正因为这种“例外”，他在“山药蛋派”成员中并不具备代表性。因而在下面的论述中，我们也较少提及他。

搞创作这一问题时，认为这应归结为他们的出身、经历、爱好和兴趣。他们说，“因为我俩都生长在山西农村，又长期活动在山西农村”，因而“尽管我俩的创作风格各异，但在农村问题上却有共同语言，观点也比较一致”。[1]共同的“出身、经历”，培养了他们共同的“爱好和兴趣”，才使他们在合作时显得那么配合默契、得心应手。文学创作，本质上是属于一种个体性的精神劳动，能长期合作，的确需要双方有生活经历、思维方式、性情趣旨的相同与相通。“山药蛋派”作家们共同的土生土长于山西农村的经历，确实是形成这个流派共同特点的重要基础。也许正因为如此，在“山药蛋派”的许多作家之间，都有合作创作的历史。例如，孙谦与西戎等人合写过《王德锁减租》《秀女翻身记》，孙谦与胡正等人合写过《大家办合作》，西戎与马烽合写过著名的《吕梁英雄传》和电影剧本《扑不灭的火焰》，等等。西戎在《〈吕梁英雄传〉写作前后》中说：

首先要感谢生活对我们的恩赐。我和马烽都出生在农村，马烽虽然出身官门，因父亲早逝，家庭破落，从小就和母亲相依为命，靠种地糊口。我出身农民家庭，从小放牛、放羊、拉耧、牵耙干农活，战争爆发，我目睹了旧军

1　马烽、孙谦：《后记》，《马烽、孙谦电影剧作选》，中国电影出版社，1988年版，第531页。

队的溃退、日军的暴行，在家里四处逃难，待不下去才弃家参加了抗日团体。到革命队伍里，行军、打仗、做群众工作、减租、反霸、反奸、反扫荡，各种生活的浪涛，都在我们身上留下冲击的痕印。没有想到这一段坎坷的生活经历，都成了我写这部作品时不可缺少的生活积累。[1]

在强调"山药蛋派"作家的"土生土长"背景时，首先引起我们注意的应是他们的文化教养问题。这批作家中，除赵树理之外，大多数人在从事创作之前只接受过高小或更低水平的教育，因此在他们的文化修养中，正规教育的比重很小，而实际生活的经验和地方通俗文化、民间文化艺术的熏陶等所占比重却很大。

西戎曾多次说起过自己及他人的文化程度问题："我文化程度不高，只上过高小。参加革命后，在宣传队里自学文化，也学其他。"[2]"我和马烽同龄，当时都是二十四岁（马烽生日比我大半年）。都是刚念完高小就离家抗日的小青年，都在部队里当过兵，演过戏，写过标语。"[3]胡正也曾这样说起过自己的经历："一九三七年卢沟桥事变时，我在县城高小读书"，为宣传抗日，"我和一些同学便组织了业余剧团"，"不但在本校、本村演出，还到外地演出"，

1 西戎：《〈吕梁英雄传〉写作前后》，《西戎文集·第五卷》，第2374—2375页。
2 西戎：《我迈出的第一步》，《西戎文集·第五卷》，第2348页。
3 西戎：《〈吕梁英雄传〉写作前后》，《西戎文集·第五卷》，第2373页。

第二年便“参加了牺盟洪赵中心区吕梁抗战剧社”。[1]

“山药蛋派”作家的文化程度问题，早就引起了一些研究者的关注。这里略举两段：

> 山西的好些作家在他们没有参加革命之前，都是小学或者初中的文化程度……在文化这一点上说，他们几乎是一张白纸……他们生于农村，抗日战争、人民解放战争期间，又长期在农村工作，全国解放以后，依然和农村、农民保持着密切的联系。他们熟悉农民的生活，理解农民的思想感情、愿望要求……因此，他们的作品有着浓郁的乡土气息，新农民所特有的健康的幽默感，农民读得上口、听得进耳的生动朴素的语言。[2]

> 由于他（赵树理）所受到的资产阶级学校教育的影响较轻，又从小就和劳动人民有密切联系，因而改造起来较快……也比其他作家较早地写出了为老百姓喜闻乐见的通俗作品。这并非单靠个人的聪明才智所能奏效，而是由客观环境条件促成的。[3]

---

1 胡正：《胡正自传》，《山西师院学报（社会科学版）》1981 年第 3 期。

2 陈笑雨：《写下最新最美的诗篇》，《文艺报》1958 年第 11 期。

3 刘泮溪：《赵树理的创作在文学史上的意义》，《山东大学学报（语言文学版）》1963 年第 1 期。

上述两段评论，都注意到了“山药蛋派”作家的正规教育程度问题，并且试图探寻这与其创作特点的关系。应该说，文化程度相对较低的确是“山药蛋派”作家们的一个共同特点，而且这也确实与他们创作特点的形成有着一定的联系。但何以文化程度低，就一定会使创作具有了“乡土气息”呢？何以“受到的资产阶级学校教育的影响较轻”就一定能写出“为老百姓喜闻乐见的通俗作品”呢？其中还有一个重要的因素被忽略了！这批作家从“学历”上看，文化程度确实不高，但他们都有着受教育、汲取文化养分的另一途径，那就是民间乡土文化、文学的教育。而且又由于他们所受“正规”教育少，更使得这种民间乡土文化、文学的教育在他们全部教养中所占比例更为突出，甚至占据了主导的地位。这才是形成他们作品的地域文化特征的关键所在。

“山药蛋派”作家们都或多或少地谈到过自己所受的民间乡土文化的滋养。赵树理十一岁（九周岁）入村私塾读书，次年便辍学在家，随父习农活。这个年纪正是一个人求知欲最强，心理结构、思维方式开始成型的阶段。也正是在这个阶段，赵树理最大程度地汲取着民间乡土文化的养分。赵树理后来在多处回忆起这段生活经历。例如，在《与青年谈文学》一文中，就谈到他儿时对地方戏从内容到形式上的热爱；在《新食堂里忆故人》一文中，谈到村上一家姓吕的非常“爱好民间音乐，八音会的乐器长期存在他们家里”，赵树理本人的“爱打打锣鼓大半也是在他们家学会的”，赵树理还在这个村里人“聊闲天”的场所经常听到种种故事、传闻等。[1] 这些经历对赵树理养成了乡土性的情感、眼光、心态、语言和趣旨等都是具有重要意义的。马烽在《忆童年》一文中也曾谈到他儿时所受的乡村民间文化的熏陶。由于他母亲乐于助人，他家就常有乡民们来“闲聊天，说笑话，讲故事”，而且他母亲本人“也能讲些神、鬼、狐狸一类的神话”；在他的记忆中，听讲故事，“比在学堂里念那些不懂的书，更有趣得多”，也更受教益。[2] 马烽还曾谈到村里的“正月里闹会会、唱秧歌”，以及“流浪艺人”的“打着莲花落说快板书”等，他的童年的兴趣就曾被这些民间艺术深深地“吸引住了”！[3] 这一切显然极大地影响了马烽后来的文学创作，在 20 世纪 40 年代，他就曾专门创作和整理了许多民间故事和传说。类似的回忆还见于其他“山药蛋派”作家，如胡正，他在“自传”中就也曾谈到过乡村民间文化对他的影响，他说：“母亲常给我讲一些民间故事，我上小学后，母亲又常让我念一些话本给她听。母亲还喜欢听说书、看戏，这些都对我有一定影响。有一次一个戏班来唱了七天七夜戏，我竟然逃学七天。”[4]

民间故事、地方戏剧、乡间传说等乡土文化艺术的熏陶，几

1　赵树理：《新食堂里忆故人》，董大中主编《赵树理全集 · 第五卷》，第 343 页。
2　马烽：《忆童年》，《马烽文集 · 第七卷》，第 13—14 页。
3　马烽：《忆童年》，《马烽文集 · 第七卷》，第 16 页。
4　胡正：《胡正自传》，《山西师院学报（社会科学版）》1981 年第 3 期。

乎是“山药蛋派”作家们的共同经历。当然，在中国作家中，为数不少的人都有过接触民间乡土文化的经历，但由于在其他方面的教育占更主导的地位，或由于主观上对此的放弃，真正像“山药蛋派”作家那样在作品中显示出如此之深的乡土文化影响痕迹的并不多见。我们之所以强调“山药蛋派”作家们的“土生土长”，是因为这批作家长期生活在山西乡村，与外界的真正接触较少，所接受的“正规”教育不多，因此在他们的知识结构中才得以长期地、较多地保留了地域文化的特征，在他们的艺术素养和所写作品中才得以更多地保留了民间乡土文化艺术的因素！

第三节　难以更改的乡土习性

束为曾这样谈到包括他自己在内的这批山西作家的乡土性问题：

> 山西的一些搞创作的同志，常常谈到“土”不“土”的问题。大家认为作品有点“土”味是好的。如果不把“土”当作土包子理解，而把它当作乡土味、生活气息去理解，那就越“土”越好。作品中的乡土味的浓淡是和作者深入群众生活的深浅成正比例的。作者对于群众生活体验得越

深，他的作品的乡土味也就越浓厚……

山西的好些作家都是在解放区土生土长的作家……他们都有和解放区群众同吃同住同劳动同生死的生活经历……

我们山西著名作家赵树理同志工作很忙，但是他每年都要回到山西来住几个月，他永远留恋他生活了几十年的本乡本土。[1]

这段话中有两点是值得注意的：第一，山西的这批作家都自觉地追求作品中的“乡土味”，以“土”为荣；第二，这批作家不仅有着共同的“土生土长”的经历，而且永远留恋“本乡本土”。这两点都昭示了这批作家所共同具有的深厚的乡土情结。

其实，与其说这些作家在刻意追求“乡土味”，还不如说他们自身从内到外并没有脱掉“土”气。“山药蛋派”作家们的一生的经历几乎都可以用“土生土长”“离土不离乡”“离乡不离土”这三个阶段来概括。这批作家在走向工作岗位之前一直生活在山西乡间，即所谓“土生土长”；工作后在较长时间内仍始终没有离开过山西乡村，虽然工作性质使他们脱离了直接的土地劳动，但其工作、生活的范围并未脱出自己的故乡，这就是所谓“离土

1　李束为：《永远和人民在一起》，《文艺报》1958 年第 11 期。

不离乡”，用马烽的话说，“我本来是农村里土生土长的，参加革命以后，一直也是生活在山沟里”[1]；新中国成立前后，他们中的多数都曾陆续离开山西到北京等地工作，但他们都未能融入新的生活环境，始终保持着那股来自山西乡野的“土”气，这就是所谓“离乡不离土”。最终，他们还是抵挡不住家乡的诱惑，又都先后回到了山西。赵树理下面这段自述，很能代表“山药蛋派”作家乡土习性的难以更改的特点：

> 我从小曾锻炼了一个消化小米的胃口和两条爬山的腿，这两种生理的性能，我将永远不让它退化。也许有人认为将来物质条件提高了，再用不着吃小米和爬山，可我想即使是那样，有爬山的习惯，吃炒小米捞饭的嗜好，也没有什么不好。
>
> 田园风趣固然使我留恋，但更值得留恋的还是和我们长期共过事的人……当我在一九五一年重新到了在抗日战争时期我们的机关驻扎过的一个山村的时候，庄稼长得还像当年那样青绿，乡土饭吃起来还是那样的乡土风味。[2]

这种对乡土的执着“留恋”，其背后是乡土养育成的习性的

1 马烽：《写自己熟悉的生活》，《马烽文集 · 第八卷》，第 187 页。
2 赵树理：《下乡杂忆》，董大中主编《赵树理全集 · 第五卷》，第 361—362 页。

难以更改。

在赵树理身上，乡土习性的难以更改，不仅体现在他本人明确意识到并执意固守的诸如“吃小米和爬山”等生活习惯上，还常常潜藏在他自己并未明确意识到的一些生活小事上。例如，由于山西缺水，赵树理养成了不洗衬衣的习惯，买一件衬衣穿脏了，挂起来，再买一件，挂个十来件，然后再从头穿起，直到穿得不能再穿了才扔掉，这种习惯并未随着环境的变化而改变。[1] 再如，“他买香烟一般只买1、3、5的，不买2、4、6的。什么意思？就是好买……1角多钱的烟。买不到这类烟，就买3角多钱的烟。3角多的烟也买不到，就买5角多的。但不买2角多、4角多或6角多的烟，他说不对口味。”[2] 所谓“不对口味”其实是一种借口，这1、3、5和2、4、6的数字中很有名堂。赵树理幼时曾随祖父学过算卦、占卜之类，1933年他为生活奔波流浪时，也曾一路上打扮成一个算卦人，靠给人占卜、看病等凑集盘缠。在数字八卦符号中，奇数代表阳，偶数代表阴。赵树理年轻时曾一度很迷信，后虽丢弃迷信，但这买烟只买1、3、5而忌2、4、6的举动，显然是他迷信筮数时期的习性的遗留。从这些生活小事中正可以看出赵树理对既成习性的固守程度。赵树理固守其乡土习性的事例，我们从有关他的报道、回忆录、传记中可以找到许多许多。这里

1　李士德：《用写小说来为人民服务——王中青同志忆赵树理》，《赵树理忆念录》，第116页。
2　李士德：《弟子回首下乡时——田安法同志忆赵树理》，《赵树理忆念录》，第161页。

再举几则：

三年前的五月间，我从晋冀鲁豫解放区的前方回到后方，在重回前方之前，特地花了两天功夫，赶了四十里路，去看了赵树理。

他住在一家老百姓家里，剃着光头，穿着青色的中式对襟衣服，衣领敞开着，这正是北方农民的习惯，他们的第一个纽扣是照例不扣的。他的脸色黄中透黑，表情很朴素，很忠厚善良，看起来也像一般农民那样，似乎并不聪明。总之，从外表上看，这是一个纯粹的农民，是一个从俗流的眼光看来的十足的乡巴佬。要不是有人介绍，即使你已经知道这个多彩的作家就住在这屋子里，你也不会想到眼前这个农民是一个应该穿制服的"公家人"，更不会想到他就是这位作家自己。[1]

老赵的确好像一个地道的农民——一个知识分子化了的典型农民，因为他不仅懂得农民的思想感情、生活习惯，而且他自己的生活和一举一动，也活像一个农民一样（他有时穿一身老百姓衣服，腰里束着一根腰带，脚上扎了一

1 李普：《赵树理印象记》，黄修己编《赵树理研究资料》，第17页。

副腿带，嘴里衔着一根烟袋，手里拿着一块打火石），因此，当他每到一个村庄的时候，农民都和他接近起来和攀谈起来了（我记得我们住的那个村子没有一个不知道“老赵”这个名字的），所以他最容易了解农民的真实情况，而且也最容易写出农民的真实的故事来。[1]

他完全是一个山西的普通农民模样：上身穿一件黑布对襟的小棉袄，下身是农村常见的棉裤，戴一顶棕色的小毡帽，脸色有些苍黄，丝毫没有一点知识分子的样子，甚至也不像一个普通的农村干部。

…………

……他是如此真诚地热爱、熟悉、愿意为农民服务的作家，其实他自己也就是一位朴素的农民。[2]

老赵又说：“不过在北京吃卤面，总不如咱沁水乡下的。以后你去沁水下趟乡，那里好小麦好芝麻好花生，叫老关给你做一顿本地白面、香油的真正好卤面吃。”又笑笑说：“还可以介绍几个我家乡的农村‘百事通’给你，叫你也

1　陈艾：《关于赵树理》，黄修己编《赵树理研究资料》，第 14 页。
2　陈荒煤：《〈赵树理小说人物论〉序》，高捷编《回忆赵树理》，山西人民出版社，1985 年版，第 241—242 页。

见识见识我们那儿地地道道的风土人物。”[1]

尽管他这时已名重一时，也曾出入高楼大厦，见过灯红酒绿的场面，出国访问，享受过贵宾待遇；但是始终不忘做一个“文摊”作家的平生素志，始终不丢弃全身上下的乡土气味。他接触了古今中外各种各样的艺术门类，但爱听爱唱的仍然是上党梆子，爱写的仍然是李有才体的新诗。他招待从太行区来的老同志，拉着客人挤进一家矮小简陋的小吃店，尝一尝几分钱一碗的老豆腐，甚感乐在其中。自己有了房子，摆起了沙发，但是公鸡和母鸡们仍可以挺着胸脯旁若无人地徜徉其间。[2]

赵树理对乡土习性的执着固守，在“山药蛋派”作家中也许是最突出的，但乡土习性的难以更改，远不只体现于赵树理一人身上。也正因为如此，他们中的多数人在新中国成立初期短暂地离开山西之后，便又都回到了山西，那种难以更改的乡土习性使他们难以认同和适应山西乡土之外的生活环境！

乡土习性的难以更改，不仅体现于生活琐事上，而且明显地反映在作家的审美偏好上。最突出的例子是赵树理对家乡上党梆

1 康濯：《根深土厚》，黄修己编《赵树理研究资料》，第 65 页。
2 黄修己：《赵树理评传》，江苏人民出版社，1981 年版，第 152 页。

子戏的偏爱，这种偏爱逐渐演变成一种地方偏见，以至于他对其他剧种和唱腔几乎产生了一种本能的排斥。赵树理在《初看蒲剧的时候》一文中曾坦率地承认过自己的这种地方偏见：

> 山西沁水县在古来属泽州，与蒲州为邻，东半县是上党梆子的流行区，西半县才是蒲州梆子的流行区。我的家乡在东半县，因而从小只看过上党梆子，对于别的剧种，虽说也还有些偶然能看到的机会，只是在当时我的地方偏见过深，很不容易看进去。在二十二岁那一年，我到了蒲剧流行区当教员，因为那地方除了蒲剧再没有别的戏可看，所以才变成蒲剧的观众。[1]

蒲剧毕竟还是属于山西地方戏，赵树理初看蒲剧时虽“难免有点看不惯”，“往往故意找几个别扭的‘地方字眼’学一学，讽刺一番”，但最终还是“被他们的好戏征服了”。[2] 但对山西以外的剧种和唱腔，赵树理就很难改变其拒斥心理，他对芭蕾舞以及美声唱法的不理解或不接受就是显著的例子。据赵树理的子女回忆：

> 爸爸不愿听女高音独唱，打开收音机一听播女高音，

1 赵树理：《初看蒲剧的时候》，董大中主编《赵树理全集 · 第四卷》，第 380 页。
2 赵树理：《初看蒲剧的时候》，董大中主编《赵树理全集 · 第四卷》，第 380 页。

立即关上。说："你要听，等爸爸买两只鸡给你杀杀。"他爱唱上党梆子戏，吃完饭，拿着筷子，对着饭桌或碗，就是一顿敲打，嘴里伴唱着上党梆子腔。[1]

这种难以认同异地文化的地方性偏好，对"山药蛋派"作家的文学创作是有影响的。这首先体现在他们对山西乡土之外的文学题材难以认同。乡土习性的难以更改和一定程度的地方偏见，妨碍了"山药蛋派"作家去熟悉、了解和表现异于山西乡土的其他生活内容，他们甚至难以鼓动起熟悉异地生活的热情，即使偶尔心血来潮或受命去了解或表现这种生活，也常常是无功而返。马烽曾多次谈到他的这类经历和体会：

一九四九年全国解放之后，我离开农村到了北京，在北京文艺圈子里一连待了七年。这七年当然大部分时间并没有浪费掉，也没有忘记"生活是创作的源泉"这句话……但作品却越写越不如以前了，好像是掺多了水的酒，味道越来越淡了……

…………

我这近年来所写的一些作品中，究竟缺少点什么呢？

1　李士德：《老屋新话赤子情——赵三湖忆赵树理》，《赵树理忆念录》，第30页。

我觉得主要是缺少一种饱满的真实的情感；缺少一种浓厚的生活气息。[1]

全国解放初期，我被调到北京，一时心血来潮，竟然想写反映城市生活的作品。倒是也写了几篇，还发表了一篇，题目叫《红姑娘》。内容是描写旧社会妓女所受的苦难……不熟悉城市生活，对于妓女这类人物更加生疏。完全是靠听来的故事胡编。结果受到好多朋友的批评，我认为这些批评是正确的，于是我把另外的两篇干脆烧了火。下决心还是老老实实去写自己比较熟悉的农村生活……我在北京待了将近七年，深深感到住在北京城里写山西农村生活，不是个办法。“京华虽好，终非久留之地。”后来就下决心卷上铺盖搬回了山西。[2]

赵树理也同样谈到过这种体会：

到了北京之后，我曾担任过一点地方性工作。在这期间，我也曾想就地熟悉一些地方情况，把北京作为我新的根据地，可是略一试验，便觉得写作上的根据地不那么容易创造。

1　马烽：《千万不要脱离生活》，《马烽文集·第八卷》，第165—166页。
2　马烽：《写自己熟悉的生活》，《马烽文集·第八卷》，第187页。

不易办到的事，多加努力自然也可以成功，不过我觉着放弃一个自己已经熟悉的地方，再去熟悉一个不太容易熟悉的地方，事倍功半，无大必要，因此才又决定下乡。[1]

赵树理的这段话是有感而发的。1949 年 1 月，《人民日报》上曾发表一个工人的来信，信中说赵树理的作品工人非常爱看，希望他也写一些工人的东西，以满足工人群体的需要。于是赵树理便决定去工厂住一段时间，以便描写工人。但下厂一个多月，他到工人的生产车间，观察工人劳动，找工人谈话等，最终还是一无所获。他无法融入工人生活的氛围中。他业已形成的观察问题的方法和角度、思考问题的方式、审美趣味和语言习惯等，都使他只能固守山西乡村题材。赵树理意识到，他如果去写山西乡村之外的生活，是“舍己之田，耘人之田”[2]，于是下决心坚守与自己各方面特点、条件相融洽的太行山区这一创作的根据地。这种困境孙谦也有过。孙谦曾应山西省委负责同志的要求，“写个反映煤炭战线的电影剧本”，“他先后去过三个矿区，阅读了许多有关资料，访问了不少矿工、工程技术人员以及领导干部”，“跟着矿工下井，到掌子面、采空区参观。花费了好几个月时间，结果是：

1　赵树理：《下乡杂忆》，董大中主编《赵树理全集·第五卷》，第 361 页。
2　赵树理：《做生活的主人——在广西壮族自治区文艺创作座谈会上的发言》，董大中主编《赵树理全集·第四卷》，第 542 页。

情况了解了不少，人物形象没有。只好打了退堂鼓”。[1]

乡土习性的难以更改，使得在创作上只能局限于山西乡土题材，缺少对山西乡土之外的生活的亲和力，这是“山药蛋派”作家的一个重要特点。从某种意义上，这可以被视为一种狭隘的乡土观念，而且在事实上这也确实导致“山药蛋派”创作中出现了题材狭窄、视野不够宽广等不足之处。但也正因为如此，这为“山药蛋派”较完备地保留地域性特征提供了相当有利的条件。由此，我们也才能真正理解，与其他写山西题材的非山西作家相比，为什么同样的题材，“山药蛋派”的作品总是在乡土情味和地方色彩方面显得更为浓烈。

总之，“山药蛋派”作家“土生土长”的经历和其难以更改的乡土习性，使他们将自己与三晋大地牢牢地拴在了一起。对于“山药蛋派”作家与三晋大地难以割裂的血肉联系，孙犁曾以诗一般的语言做了精彩的评述：

从山西来到北京，对赵树理来说，就是离开了原来培养他的土壤，被移置到了另一处地方，另一种气候、环境和土壤里。对于花木，柳宗元说：“其土欲故。”

他的读者群也变了，不再完全是他的战斗伙伴。

1　马烽：《写自己熟悉的生活》，《马烽文集·第八卷》，第190页。

这里对他表示了极大的推崇和尊敬，他被展览在这新解放的，急剧变化的，人物复杂的大城市里。

不管赵树理如何恬淡超脱，在这个经常遇到毁誉交于前，荣辱战于心的新的环境里，他有些不适应。就如同从山野和旷野移到城市来的一些花树，它们当年开放的花朵，颜色就有些暗淡了下来。

…………

……他想起了在抗日根据地工作时，那种无忧无虑，轻松愉快的战斗心情。他经常回到山西，去探望那里的人们。

他的创作迟缓了，拘束了，严密了，慎重了。因此，就多少失去了当年青春泼辣的力量。[1]

这虽然是针对赵树理一个人而言的，但同样适用于其他“山药蛋派”作家。他们那难以更改的乡土习性，将他们与三晋大地紧紧地捆扎在一起，离开了乡土，也就意味着他们文学生涯的绝境。

1 孙犁:《谈赵树理》，高捷编《回忆赵树理》，第33—34页。

第五章　未能超越的地域文化精神

“山药蛋派”作家受三晋文化的养育，形成了一种根深蒂固的地域性文化观念，这对于构成“山药蛋派”创作的地域性特征是至关重要的。如果说，“山药蛋派”作品在题材上反映了三晋文化内容，这还只是属于表层性的东西的话，那么，作家自身受三晋文化影响而形成的独特的思维方式、观照问题的角度、评判事物的价值标准以及具体的处理文学题材的方式等，则是更为深刻的东西。

第一节　崇“实”的地域精神

三晋文化在本质上是一种崇“实”的文化，诚如我们在前面论及过的，历代有关山西地域特点的记载，不外是“务实勤业”“其民信实纯厚”“人性朴实”“敦厚质实”等。[1]三晋地区的崇“实”文化，甚至可以追溯到战国时期。三晋地区在战国时期是法家思想的盛行地，战国时期著名的法家人物大多出生或活动于这一区域，如处子（赵国人）、李悝（在魏国变法）、申不害（在韩国变法）、慎到（赵国人）、韩非（韩国人）等。战国时期主要的法家人物与三晋地区都有着或多或少的联系（包括商鞅，最初在魏国做魏相公叔痤的家臣；吴起也曾在魏国为将）这一事实，多少说明三晋诸国有施展他们才华的环境。侯外庐先生在《中国思想史纲》中指出，“各个学派的流传分布，往往也有其地域的特点”，“法家主要源于三晋”，这与三晋有适宜法家思想生长的土壤有关。[2]法家思想中有一种“务实”的精神，法家人物一般都很重实际而不重经典，重物质利益而不讲玄思夸饰。这种特点，作为山西民风民性的重要组成部分一直得以保持。我们在“山药蛋派”作家那儿，可以找到许多与法家思想相通的地方。例如，“山药蛋派”作家身上那种重实际、重实情、讲实效的观照问题的角度，与韩非的“参验”（用实际来对比、查验问题）在思维上有一定的同构性；再如，“山药蛋派”作品中常用的解决问题的方式——“从上级解决问题”“靠计谋解决问题”等，在思想方法上与法家思想中的“势”

1　参见本书第二章“系乎水土、地气的民风民性”。
2　侯外庐主编《中国思想史纲·上册》，中国青年出版社，1963 年版，第 59 页。

（威势）、“术”（权术、计谋）多少也有相通之处。虽然，我们没有确切的材料来证明“山药蛋派”直接受到过法家思想的影响，但作为一种地域性精神传统，法家思想已深深融合在三晋地区的地域文化氛围之中。“山药蛋派”作家既然是在三晋地区土生土长且深受这种文化氛围的熏陶，那么在他们的文化观念中也必然会在不自觉中承继一些地域性精神传统。在“山药蛋派”作家的文化观念中，我们的确能清晰地看到那种深烙下的崇“实”的地域精神的印记。

说真话，不说假话，这几乎是“山药蛋派”作家们的共性。当然，并不能将实事求是、“说真话不说假话”等品质简单地归结为某一地方的特点，但“山药蛋派”作家身上确实具备了这一秉性，不能说这与地域文化的熏陶和影响没有关系。类似的品质，我们在山西的一些地方先贤身上也能找到，例如山西历史上伟大的史学家司马光就以崇实著称。据《宋史·刘安世传》载，刘安世问司马光，待人律己最重要的是什么，他回答：就是一个“诚”字。再问他从何做起，他说：从不说假话做起。[1] 所以，朱熹在《三朝名臣言行录》中称司马光为“脚踏实地人也”[2]。从司马光到“山药蛋派”，我们看到了三晋大地上不同时代的文化人身上一脉相承的“脚踏实地”的地域精神。

1 参见脱脱、阿鲁图修撰《宋史》卷三百四十五，清光绪元年浙江书局刻本，第1页b。
2 朱熹：《三朝名臣言行录》卷七，民国二十五年商务印书馆影印本，第167页。

崇“实”精神并不仅仅是指脚踏实地、待人以诚、不说假话等方面，它表现在不同的文化层面上，相关的一系列概念包括务实、实干、实际、实效、实利、实用、现实、平实、拘实等。就“山药蛋派”作家及其创作而言，他们文化观念中的崇“实”精神也正是在不同的文化层面上多层次、全方位地得以体现的。

第二节　拘实性艺术思维

“山药蛋派”作家的崇实精神表现在艺术思维上，就是过于“拘实”。我们在“地域的实指性与敏锐的地理感”一节中，对“山药蛋派”作品注重表现内容（人、事、物等）上的实指性和摒弃虚构、绝少想象的特点已经做过举证和论述，其实这种追求实指性、摒弃虚构、绝少想象的特点，正是拘实性艺术思维所导致的。

拘实性思维给“山药蛋派”作品带来的积极意义是，作品中所写的人物、事件都有牢靠的现实基础，因而在现实主义的真实性方面达到了较高的水准。正因为注重这种真实的现实基础，“山药蛋派”作家在把握作品中的人物特性时，往往能够恰到好处，多能做到准确、切实。

“山药蛋派”作家在创作上大多持一种严谨的态度，这与他们的“拘实”性艺术思维确实是有关系的。

拘泥于真人实事，势必要从自己所熟悉的生活中取材，这在客观上杜绝了脱离实际的胡编乱造的弊端。赵树理在谈到写作素材问题时，曾这样说过:“在生活中，在工作中碰来碰去，你就会觉得哪个人好‘共事’, 哪个人别扭；你喜欢哪些人, 厌恶哪些人；哪些人该批评, 哪些人该表扬, 这就提供了你写作的素材。”[1] “我们要用欣赏的态度多听一些，乡下人叫‘耳满’了，写起东西来也不知是从什么地方就受了影响……多听、多看、多读，日久天长, 对自己自然就有了影响, 这样, 拿起锯来就有树可锯。”[2] 赵树理还说起过，自己创作的“材料大部分是拾来的，而且往往是和材料走得碰了头, 想不拾也躲不开”[3]。也就是说, 创作素材必须是从自己亲身体验所获来的材料中选取的，否则，仅仅是“从别人那里听来的, 就是再生动我也不敢作正面描写”[4]。赵树理写《孟祥英翻身》的过程就充分体现了他上述的见解。作者原想写一个作为生产渡荒英雄的孟祥英，但他发现，那样一些事迹，自己体会不深，难以下笔，于是改换了写作重心。据孟祥英回忆，当时赵树理找她谈过两次话:“我把自己怎样组织全村妇女和带动邻村妇女进行生产渡荒活动的情况谈得很细，他默默听着，似乎不太感

1　赵树理:《在北京市业余作者短篇小说创作座谈会上的发言》，董大中主编《赵树理全集·第四卷》，第520页。
2　赵树理:《在北京市业余作者短篇小说创作座谈会上的发言》，董大中主编《赵树理全集·第四卷》，第523页。
3　赵树理:《也算经验》，董大中主编《赵树理全集·第四卷》，第207页。
4　赵树理:《在〈三千里江山〉讨论会上的发言》，董大中主编《赵树理全集·第四卷》，第282页。

兴趣。他反复打听的倒是我怎样受婆婆气，挨丈夫打，又怎样不屈服、闹翻身等方面的详情。”[1] 作者这种写作重心的选择，正是依据他对写作内容的熟悉程度来决定的。赵树理曾说：“我写东西，只能是自己经历过的，如《孟祥英》里的生活，虽不是我自己的生活，可是《孟祥英》中所写到的事，普遍存在于当日的社会中，而是我所见惯了的。”[2] 赵树理没有“经历过”渡荒生产，所以未敢作正面描写，但他对旧社会妇女受婆婆气、挨丈夫打等遭遇却见得很多，因此在写孟祥英时，他未突出人物作为英雄（组织妇女、带动群众渡荒生产）的一面，而是重点写了人物受欺压而不屈服，反抗、闹翻身的经过。这种取材方式不是偶然的，而是他坚持“写熟悉的生活”的必然结果。

当然，拘实性艺术思维也给“山药蛋派”的创作带来了负面影响。用赵树理的话说，“自己有个熟悉农村的包袱”[3]。这里所谓的“包袱”，含义是广泛而深刻的。“山药蛋派”作家的确都背着这样一个“包袱”，这首先体现为他们以“是否熟悉”作为评判作品所写事物准确与否的标准。例如，赵树理做编辑时，曾力主发表了一篇题为《金锁》的作品，这篇作品后来颇遭非议，赵树理在对此事的“检讨”中承认，他因为“觉着其中写到的事物有

1　李士德：《太行山麓忆华年——孟祥英同志采访录》，《赵树理忆念录》，第107页。
2　赵树理：《不要急于写，不要写自己不熟悉的》，董大中主编《赵树理全集·第四卷》，第546页。
3　赵树理：《对〈金锁〉问题的再检讨》，董大中主编《赵树理全集·第四卷》，第241页。

不少地方和我自己观念中已有的事物都相差不多，因此就说它是‘比较现实的作品’，还要叫给别人做个参照”[1]。不管应如何来客观评价《金锁》这篇作品，仅仅以个人“熟悉”的程度作为评判标准，这总是比较狭窄的。过分注重亲身的经历和实际的经验，执守自己所熟悉的事物，而对超出自己经验、经历范围的事物，对自己不太熟悉的生活持拒斥心理，这导致了赵树理自己所承认的“两个毛病”：第一，对自己熟悉的“具体的地方因为爱之过切，就容易产生本位主义”，即偏狭的地方观念；第二，“因为只深入一点，就容易以偏代全，据以推测广大地区的情况”。[2] 我们前面所述及的，“山药蛋派”作家执守于山西乡土，而对山西之外的其他地区的生活却绝少表现，甚至在其他地方生活数年后在创作上对该地区生活仍缺乏亲和力，这一方面源于他们的乡土习性、乡土情感，另一方面也是由他们的拘实性艺术思维所致。

强调直接经验，凡未亲历的事情便难以下笔，直接经验过什么就写什么，对生活的认识凭经验、艺术处理上凭经验，其结果必然是导致创作题材、主题和技巧的狭窄化。关于“山药蛋派”创作的艺术视野不够广阔的问题，早就有人指出来了。曾有人认为，赵树理等人的“着眼点往往在基层”，他们试图“解剖小生产的狭隘眼界和习惯势力”，但由于局限于一定区域的狭小范围

1 赵树理：《对〈金锁〉问题的再检讨》，董大中主编《赵树理全集·第四卷》，第 241—242 页。
2 赵树理：《谈“久”——下乡的一点体会》，董大中主编《赵树理全集·第四卷》，第 475 页。

内，局限于自身的实际经验，而“缺乏正确的对社会基本矛盾的认识并从总体上加以把握，就使他的作品缺乏一种近于史诗般的宏伟规模。赵树理及其流派笔下的社会生活的图画虽然不失自成体系的完整的艺术世界，但仍不免显得局促和不够广阔”。[1] 康濯在总结赵树理的创作经验时，也曾非常明确地指出：

> 有这样一种看法，认为赵树理的艺术道路固然具有珍贵的意义，但也未免狭隘了一些；说他对农民尽管满怀强烈的热爱和深厚的感情，却又显然是过分偏爱，以至自己也常有了农民的狭隘性，自己的艺术道路甚至还有点狭隘得近于固执了。这种看法或许不无道理，我也认为老赵有点狭隘、片面和偏爱……我认为他怕也难免于狭隘、片面和偏爱之嫌，只是感到在他所特有的艺术气质和本色的基础上，他的独异的光辉还可以进一步发展得更加广阔和多姿多彩……他这种广阔多姿的发展显然还很不够。[2]

只相信自己实际经历过的事，只注重自己已有的经验，对自己熟悉的事物有特殊的偏爱，以至于将自己封闭起来，限制了自

1　楼肇明、刘再复：《赵树理创作流派的历史贡献和时代局限》，黄修己编《赵树理研究资料》，第308页。
2　康濯：《写在〈赵树理文集续编〉前面》，高捷编《回忆赵树理》，第237—238页。

己向更广阔多姿的方面发展，这的确是赵树理等“山药蛋派”作家存在的不足之处。这在赵树理身上表现得更为突出。他自己就曾谈到这样一件事：“胡乔木同志批评我写的东西不大（没有接触重大题材）、不深，写不出振奋人心的作品来，要我读一些借鉴性作品，并亲自为我选定了苏联及其他国家的作品五六本，要我解除一切工作尽心来读。”[1] 但对这类劝告，赵树理是不大听得进去的，“据说他拿到胡乔木为他选定的几本书以后，只读了几页，读不下去，就借故下乡去了”[2]。对自己因拘泥于熟悉的真人实事而带来的创作上的局限，赵树理自己是有所认识的，他说：

> 同志们、朋友们对我所写的作品的观感是写旧人旧事较明朗，较细致，写新人新事较模糊，较粗糙，完全正确。其所以那样，就决定于这全部养料……我和我写的那些旧人物（自然不是那些个别的真人），到田地里做活在一块做，休息同在一株树下休息，吃饭同在一个广场吃饭；他们每个人的环境、思想和那思想所支配的生活方式、前途打算，我无所不晓。当他们一个人刚要开口说话，我大体上能推测出他要说什么——有时候和他开玩笑，能预先替他说出或接他的后半句话。我既然这样了解他们，自然就能描写

1 赵树理：《回忆历史 认识自己（摘录）》，董大中主编《赵树理全集·第五卷》，第 413 页。
2 董大中：《赵树理评传》，百花文艺出版社，1986 年版，第 278—279 页。

他们。对新的人物，大半是在会议时间碰一碰头，如何能发现每一个人的思想性格和各个人各个阶级各种关系的全貌呢？……那绝有把握的、能像我对旧人旧事那样了解得面面俱到，可以尽情描写的新人新事，可以说更少得很。所以在一个作品中同时新旧都有的时候，新的方面便相形见绌。[1]

这里，赵树理将自己新人物写得不够好的原因归结为所接受的“养料”的局限，这自然是对的。但“养料”本是可以不断加以汲取的，而恰恰是因为拘泥于已有的经验，拘泥于已经熟悉的真人实事，背着“熟悉生活的包袱”，这才使他未能在不断汲取新的“养料”的过程中实现从“狭隘”走向“广阔”。这一切是不能忽略拘实性艺术思维的定式所起的作用的。

第三节　过于务“实”的创作动机

“山药蛋派”作家的崇实精神表现在创作动机上是注重“解决现实问题”，他们注重对实际而具体的问题的提出和解决，很

1　赵树理：《决心到群众中去》，董大中主编《赵树理全集·第四卷》，第278—279页。

少出于探讨重大理论问题的兴趣而进行创作。

赵树理早就说到过自己的创作主题是为了解决工作中的问题：

> 我在做群众工作的过程中，遇到了非解决不可而又不是轻易能解决了的问题，往往就变成所要写的主题。这在我写的几个小册子中，除了《孟祥英翻身》与《庞如林》两个劳动英雄的报道以外，还没有例外。如有些很热心的青年同事，不了解农村中的实际情况，为表面上的工作成绩所迷惑，我便写《李有才板话》；农村习惯上误以为出租土地也不纯是剥削，我便写《地板》（指耕地，不是房子里的地板）……[1]

后来，赵树理甚至很干脆地将自己的作品称为"问题小说"，这更表明他创作的动机很实在，仅在提出和解决具体的"问题"。他这样说：

> 我的作品，我自己常常叫它是"问题小说"。为什么叫这个名字，就是因为我写的小说，都是我下乡工作时在

1 赵树理：《也算经验》，董大中主编《赵树理全集·第四卷》，第208页。

工作中所碰到的问题，感到那个问题不解决会妨碍我们工作的进展，应该把它提出来。例如我写《李有才板话》时，那时我们的工作有些地方不深入，特别对于狡猾地主还发现不够，章工作员式的人多，老杨式的人少，应该提倡老杨式的做法，于是，我就写了这篇小说……又如写《三里湾》时，我是感到有一个问题需要解决，就是农业合作社应不应该扩大，对有资本主义思想的人，和对扩大农业社有抵触的人，应该怎样批评……再如《“锻炼锻炼”》这篇小说，也是因为有这么个问题，就是我想批评中农干部中的和事佬的思想问题。[1]

为提出和解决现实中的实际问题而创作作品，因而每篇作品基本上都是围绕一个具体的“问题”来展开的，在“山药蛋派”作家这儿大抵如此。马烽也曾这样谈起过自己的作品：

我的作品大部分是一些“头痛医头，脚痛医脚”的东西。互助组吵架了，就单纯来解决吵架的问题；天不下雨了，就写担水点种的好处，“打了盆说盆，打了罐说罐”。另外还有一些是跟在工作后边做记录，土改以后农民分到

1 赵树理：《当前创作中的几个问题》，董大中主编《赵树理全集·第四卷》，第436页。

> 土地了，就写农民分到地的喜悦；二流子改造了，就写二流子改造的经过。[1]

这似乎已成一种创作的套路，用孙谦的话说，“创作总是脱不出这条路子，我的作品的主题常常是着眼于具体问题的解决和具体政策的解释上”[2]。

这里需要突出强调的是，“山药蛋派”作家们的着眼点是具体的实际的小问题，因而他们作品中绝少对重大斗争、重大场面的描绘，也绝不直接涉及对重大理论问题的探讨。例如，早就有人指出过，赵树理的作品常常是在写到生产时，“人物就更有光彩一些”，赵树理特别喜欢也特别擅长“把人物放在日常的生活、劳动中去表现，较少写政治斗争，已经写到的一些也不是很严重，很激烈的。因此，他的作品像风俗画，多是日常人情世俗的描写，乡土味十足，调子轻松愉快”。[3] 这种概括其实也适用于整个“山药蛋派”的作品。这种着眼于具体的实际的生产、生活而提出的问题，当然绝非没有重大意义。它也有可能产生以小见大、从小现象小事物提出大问题的结果，但作家主观上的出发点却仅在于“小”而不在于“大”，即所谓“头痛医头，脚痛医脚”。“山药蛋派”

1 马烽：《坚持为工农兵的方向》，《文艺报》1952 年第 10 期。
2 崔洪勋主编《山西作家群评传》，第 90 页。
3 黄修己：《赵树理研究》，第 149 页。

的“问题小说”也正是在“具体”“实际”“小”上面显示了自己的特色。

问题提得越具体越实际越小，就越有现实针对性，从而可以避免不切实际、大而无当的空发议论。但是，如果仅仅着眼于“具体”“小”“实际”等方面，有时也会带来狭隘性。马烽曾对此做过反省，他认为，自己写这些小事件并非不应该，但由于过于务“实”，过于拘泥具体的“现象”，“透过所写的事件，看不出与整个社会变革的密切联系。从创作思想上来说，实质上是一种狭隘的农民观点，就事论事，只看到眼前的问题和眼前的利益，缺乏明确的远大的目的性，因而对现实生活也就缺乏强有力的指导作用”。[1]这里所谓“缺乏明确的远大的目的性”，正是指创作动机的过于务“实”。赵树理也曾这样检讨过自己的创作，他说自己有时是“小天小地钻在农村找一些问题叽叽喳喳以为是什么塌天大事”，而对于一些“震动世界的大事反而注意不够”；他认为“这是从前的个体农民小手工业者眼光短浅、不识大体的思想意识的表现”。[2]这里也是道出了创作中过于注重具体的小问题、过于务“实”的特点。

如果满足于就具体问题谈具体问题，满足于就现象论现象，而缺少对“问题”的深入的理论性探讨，那么，即使是从实际工

1 马烽：《坚持为工农兵的方向》，《文艺报》1952年第10期。

2 赵树理：《回忆历史 认识自己（摘录）》，董大中主编《赵树理全集·第五卷》，第418页。

作中提出的问题，有时问题也有可能被提偏。例如赵树理的《“锻炼锻炼”》，其创作动机仅在“想批评中农干部中的和事佬的思想问题”[1]。农业社中，群众生产积极性不高，是由于政策、经济体制上的弊病，还是因为“和事佬”干部纵容了像“小腿疼”“吃不饱”这样的人物？作者意图揭示的是后者。但从作品中所描写的事件及过程来看，似乎问题远不是“和事佬的思想问题”。作为“和事佬”王聚海的对立面，受作家肯定的杨小四等人，利用计谋让“小腿疼”“吃不饱”做出了“偷”的行为，然后当场抓住狠狠整治了他们一番，这完全是作弄人的把戏。虽然作者也并未完全肯定这种具体做法，但作品中毕竟还是通过这种做法达到了问题的“解决”。群众生产积极性不高，果然靠杨小四等人的做法就能彻底解决吗？在创作这篇作品之前，作家也曾在给长治地委负责同志的信中提到，农村工作中的重要问题之一是“有些干部的群众观念不实在——对上级要求的任务认为是非完成不可的，而对群众提出的正当问题则不认为是非解决不可的。又要靠群众完成任务，又不给群众解决必须解决的问题，是没有把群众当成‘人’来看待的”[2]。本来在《“锻炼锻炼”》所描写的事件和生活现象中，理应包含这样一些问题的提出，但由于作家缺少理论探讨的连贯性，在创作时着眼点太“小”、太“具体”，这样便把本来可以深

1　赵树理：《当前创作中的几个问题》，董大中主编《赵树理全集·第四卷》，第 436 页。
2　赵树理：《给长治地委 ×× 的信》，董大中主编《赵树理全集·第五卷》，第 291 页。

入发掘的具有普遍意义的问题做了简单化、肤浅化的处理。

这种创作动机上的过于务“实”，还表现在“山药蛋派”作家们自觉自愿地为了“赶任务”而创作上。许多“山药蛋派”作家都谈到过自己为“赶任务”而创作的情况。西戎在自己的小说集《姑娘的秘密》的《后记》中说:“编完了这个集子，回想一下，收在这里面的九篇小说，差不多都是在‘赶任务’的情况下写成的。”[1] 马烽在谈到自己的作品《韩梅梅》的创作经过时，也承认这是“赶任务”之作，他说:

> 一九五四年春天，《中国少年报》和《中国青年报》约我写一篇反映高小毕业生参加农业生产的小说……特别是我在报上看到了有关这一问题的指示和社论以后，使我更进一步认识到向高小毕业生进行劳动教育，是一项很重要的政治任务……这就是说写《韩梅梅》是先有了主题，先有了一个政治概念，然后才进行创作的。[2]

赵树理对“赶任务”是最表赞同的，他甚至认为，“赶总比不赶好，只要没有大错误，赶得多总比赶得少好”，“写出来不好

1 西戎:《〈姑娘的秘密〉后记》，《西戎文集·第五卷》，第2384页。
2 马烽:《关于〈韩梅梅〉的复信》，《马烽文集·第八卷》，第361页。

还不是最大的失败，写总比不写好”。[1]赵树理还以自己的创作为例子，说他的“有些创作在写的时候就与当时任务统一，有的是写完之后与任务碰上了头，有的则是‘赶任务’赶出来的”[2]。从表面上看，“赶任务”的做法似乎与“山药蛋派”作家向来注重的从具体问题入手的原则是相矛盾的，然而，在务“实”的创作动机上，它们其实是统一的：注重从实际、具体问题出发，目的是通过文学创作来提出和解决这些问题；心甘情愿地“赶任务”，目的也是在于以文学作品来反映问题、宣传解决问题的方针和政策。这二者同出于社会功利的考虑。

当然，在“山药蛋派”作家那里，即使是“赶任务”，也还有一个重要的前提条件，即这种“任务”必须与作家所熟悉的生活和所了解的现实问题相吻合。用马烽自己的话说，那些“赶任务”的作品“我所以能够写出来，是因为其中所写的人和事，以往我就接触过”[3]。赵树理对此更有明确的阐释，他说：

因为没有跟群众生活在一起，对英雄人物的品质、生活、形象，不熟不懂，上级有什么号召，就去找什么材料。这种赶任务的办法，往往是写不出好的作品的。有一位领

1 赵树理：《谈“赶任务”》，董大中主编《赵树理全集·第四卷》，第268页。
2 赵树理：《谈“赶任务”》，董大中主编《赵树理全集·第四卷》，第268页。
3 马烽：《关于〈韩梅梅〉的复信》，《马烽文集·第八卷》，第362页。

导同志谈“赶任务”问题时候说：人离开了群众，才有赶任务的问题，不离开群众就不会出现这个问题。因为上级作为任务而提出来的号召，都是在群众中早已存在的问题，不过这时只是由领导把它总结出来，再普遍号召下去。如果自己生活在群众中间，自己也出过一份力量，那你只要把自己亲身感受到的新鲜事物写出来，就会和上级的号召相吻合，不致感到突然，也不致感到在赶任务。[1]

赵树理曾将自己的作品分为“自动写的”和“半自动写的”两类。所谓“自动写的”，是指完全与“赶任务”无关；而所谓“半自动写的”则是为“赶任务”或“任务”找到他头上，同时“自己也愿意写”的。赵树理的《登记》就是这种“半自动写的”典型例子。马烽在《忆赵树理同志》一文中谈到过这篇作品写出的经过：

一九五〇年夏天，正是大力宣传婚姻法的时候，刊物急需要发表反映这一题材的作品，但编辑部却没有这方面的稿子。编委会决定自己动手写。谁写呢？推来推去，最后这一任务就落到了老赵头上。这是命题作文章，也叫作

1 赵树理：《当前创作中的几个问题》，董大中主编《赵树理全集·第四卷》，第433—434页。

> “赶任务”。一般的说来是“赶”不出什么好作品来的。老赵却很快“赶”出了一篇评书体的短篇小说《登记》……老赵为什么能够在短时间内“赶”出《登记》来呢？最根本的原因还是他生活基础雄厚。脑子里早就形成了那些呼之即出的人物。就连那些“罗汉钱”、张木匠用锯梁打老婆之类的细节，也不是临时去“搜集资料”所能搜集起来的，而是作者长期深入农村生活的积累。[1]

康濯也认为，“小说《登记》就是脑子里早有了生活原料并给不断提炼过的，只是在当时政治任务的启发下写成罢了”[2]。正是在这个意义上可以说，赵树理所写的“也就仅仅是他家乡的《登记》”，“这些方面的所谈所讲，也仍然离不开他的家乡”。[3]

可见，即使是“赶任务”，作者仍然注意贴近现实，注重在“任务”与实际的具体的生活现象之间找寻吻合点。尽管如此，既然是“赶”任务，因而作品有时就不免显得仓促。诚如赵树理自己所说，“在一个作品中按常规应出现的人和事”，因暂时“脑子里还没有”，又“往往因为要求速效”，来不及去熟悉和了解以补足这种脑子里的缺漏，“结果成了有多少写多少”，这严重影响了

1 马烽：《忆赵树理同志》，黄修己编《赵树理研究资料》，第 44 页。
2 康濯：《根深土厚——忆赵树理同志》，黄修己编《赵树理研究资料》，第 58 页。
3 康濯：《根深土厚——忆赵树理同志》，黄修己编《赵树理研究资料》，第 58 页。

作品艺术的完整性。[1]有时为敷衍“任务”，作品无法严格遵循人物活动的逻辑和人物性格的逻辑，结果便出现了“重事轻人”的“缺点”。

对于“赶任务”可能带来的艺术上的风险，“山药蛋派”作家并非不清楚，他们甘冒这种风险，是因为他们在根本上所秉持的功利主义务“实”的文艺观在起作用。赵树理说过这样的话：

> 俗话常说：“说书唱戏是劝人哩！”这话是对的。我们写小说和说书唱戏一样（说评书就是讲小说），都是劝人的……说老实话：要不是为了劝人，我们的小说就可以不写。[2]

赵树理还说过，“社会上有些矛盾用一般方法去解决不太灵。条件允许者，可用文艺形式，收效快，活跟扎‘火针’一样，一下就把思想扎通了”[3]。很显然，这是视文艺为工具，对工具的要求重在实用、收效快。只要是能够“劝人”，“老百姓喜欢看，政治上起作用”[4]，那么创作目的也就达到了，其他方面对这批作家来说则是次要的。为了主要目的的实现，即为了能“劝人”“政治上

1 赵树理：《〈三里湾〉写作前后》，董大中主编《赵树理全集·第四卷》，第305页。
2 赵树理：《随〈下乡集〉寄给农村读者》，董大中主编《赵树理全集·第四卷》，第563页。
3 杨森：《忆赵树理艺术生活片断》，《汾水》1980年第6期。
4 陈荒煤：《向赵树理方向迈进》，黄修己编《赵树理研究资料》，第200页。

起作用”，即使冒一点艺术上的风险，在他们看来也是值得的。

第四节 重实轻名的价值标准

“山药蛋派”作家们的崇实精神体现在价值评判的标准上，是“重实轻名”。这种价值标准在“山药蛋派”作品中的两种主要人物类型身上得到了明显的展现。“山药蛋派”作品中的理想人物或肯定性人物，多是实干、务实、重实际、踏踏实实、能解决实际问题、干事有实效的人物，如潘永福（《实干家潘永福》）、陈秉正（《套不住的手》）、老杨同志（《李有才板话》）、三喜（《小经理》）、赵大叔（《饲养员赵大叔》）、孙玉厚（《四访孙玉厚》）、周英（《一篇特写》）、贺老拴（《老社员》）、任淑芬（《平凡的岗位》）、安明（《几度元宵》）、朱克实（《新来的县委书记》）等；而批评对象或否定性人物则常常是不切实际、尚空谈、不脚踏实地的空头理论者、取巧耍奸者、想入非非者、好高骛远者，如“小腿疼”和“吃不饱”（《“锻炼锻炼”》）、章工作员（《李有才板话》）、贾鸿年（《卖烟叶》）、刘正（《互相鉴定》）、卫治国（《伍二四十五纪要》）、赖大嫂（《赖大嫂》）、赵满囤（《三年早知道》）等。在对这两类人物的褒贬态度上体现出了作家们的“实干”“务实”“不慕虚名”的人格理想。赵树理在回顾自己从20世纪50年代末到

20世纪60年代中期的创作时，将《实干家潘永福》视为自己八年所写小说中唯一一篇“自动写的”的作品，他说写这篇小说的目的是“提倡不务虚名，不怕艰苦，千方百计认真做事的精神”[1]。可以说，重“做事”（实干）和“不务虚名”，是“山药蛋派”作家对人、事进行价值评判的两个重要的标准，概括地说，也就是“重实轻名”。

我们在陈述山西民风民性时，曾突出强调过山西民性中的“重实轻名”的价值观念。这种观念对主要是接受山西地域文化养育的“山药蛋派”作家来说，无疑产生了深远的影响。如前所述的“山药蛋派”作家的直接功利性的创作动机和作品中所表现的人格理想等，都昭示了这一点。

山西民性中“重实轻名”特点的重要表现形式之一，是“重利轻文”的价值取向。而这种“重利轻文”的价值取向在“山药蛋派”作家身上也有显著的体现。具体表现之一是他们虽然身为作家，却对文学的独特价值缺乏足够的认识，甚至认为可以用干实际工作来取代文学创作。例如，赵树理就曾这样说过：

> 我下乡以后就把写作暂且搁过，一心参加工作。我这样想：虽然暂时不能写出东西来，但在另一方面还是做了

1 赵树理：《回忆历史 认识自己（摘录）》，董大中主编《赵树理全集·第五卷》，第417页。

些工作，这对建设社会主义也有帮助。假如我们下到那个公社，因为我们和群众一道做了工作，找着了增产关键，粮食多打了几万斤，我觉得这不是件小事；虽然这时没有写出精神食粮，生产出来物质食粮也不错。[1]

这里，赵树理忽略了作为作家所应具有的独特的社会职能和独特的社会责任，完全是从实利的角度去看问题的。这种认识的进一步发展，必然是以干实际工作来消解文学创作。事实上赵树理明确讲过：

写一篇小说，还不定受不受农民欢迎；做一天农村工作，就准有一天的效果，这不是更有意义么！可惜我这个人没有组织才能，不会做行政工作，组织上又非叫我搞创作；要不然，我还真想搞一辈子农村工作呢！只怕那样我能起的作用，至少也不会比搞写作小！[2]

这就是最典型的“重利轻文”的价值取向。这种轻文的观念，在其他“山药蛋派”作家身上也或多或少是存在的。例如，西戎就曾将抓到“好”材料写“名著”、当“作家”等视为“小资产

1　赵树理：《当前创作中的几个问题》，董大中主编《赵树理全集·第四卷》，第434页。
2　康濯：《写在〈赵树理文集续编〉前面》，高捷编《回忆赵树理》，第238—239页。

阶级的‘美丽’的个人幻想”。[1]

有一段时间，赵树理曾集中撰写了诸如《谈课余和业余的文艺的创作问题》《“出路”杂谈》《不要这样多的幻想吧？》《青年与创作》等多篇文章，“规劝”青年知识分子（以中学生为多）放弃作家“梦”。例如，他对一位文学创作爱好者这样说道：“你应该好好学习，毕业后好好就业”，“就业之前要仍以写作为目的，那不但作不好业务，而且也不会有正确的足以供给写作的真情实感”。[2] 这种规劝，对于引导青年学生全面掌握文化知识、端正学习和创作动机等有一定的积极意义，但赵树理在这种“规劝”和“引导”中所依凭的却是典型的“重利轻文”的价值观念。这里面有着农民式的狭隘眼光和顽固的土地观念的遗存。在赵树理看来，青年人只应学习出来后“好好就业”，不应有过多理想或幻想，尤其是农村青年，更应该安心回到农村当农民。这种观念在赵树理早些时候给他女儿赵广建的信中就有体现。他在信中希望女儿直接参加生产，并以为若答应她“找生产以外的工作”，便是一种对其不健康思想的“迁就”；他女儿喜欢写写文章，赵树理便一再提醒她“爱业务的精神应该超过爱写作的精神好多倍”。[3] 在赵树理的价值天平上，文学、作家的分量太轻了，相比之下，他

1　西戎：《谈文学青年的生活与创作》，《西戎文集·第五卷》，第 2208 页。
2　赵树理：《不要这样多的幻想吧？——答长沙地质学校夏可为同学的信》，董大中主编《赵树理全集·第四卷》，第 352—353 页。
3　赵树理：《愿你决心做一个劳动者》，董大中主编《赵树理全集·第五卷》，第 307 页。

更关注物质生产这类实利性的职业。所以他明确表示：

> 有好多参加农业社的青年知识分子给我来信说，他们立志要当个作家，我不同意……农业社参加的这种人多了，也许会把社变成小的作家协会，只是不容易把社办成个模范社。[1]

担心当作家的人多了，会影响农业社的生产，这作为反对一些青年“立志要当个作家”的理由，显然站不住脚。关键还是因为赵树理自身的重利轻文的价值取向，他才产生了如此的担忧。赵树理写于其后的《互相鉴定》和《卖烟叶》两篇作品，都是以做过作家梦的青年知识分子为批评对象的。《互相鉴定》中的刘正，是一个回乡的知识青年，热衷于写诗。但他的这一爱好遭到了调侃，他的喜欢幻想和梦想做大事业等，被批评为“自命不凡，坐卧不安，脚不落地，心想上天”[2]。作品中与刘正相对应的、受作者肯定的陈封等人，却是以没有什么理想或幻想，能安心于农业劳动等为主要特征的。《卖烟叶》中的贾鸿年，在其人品和思想上确实存在诸多值得非议之处，但作者却在贾鸿年的生活道路上安排了一个“创作忙”的情节，说他在学校时作文写得好，很受语

1　赵树理：《愿你决心做一个劳动者》，董大中主编《赵树理全集·第五卷》，第307—308页。
2　赵树理：《互相鉴定》，董大中主编《赵树理全集·第二卷》，第424页。

文教员的赞赏，后来他写了一部长篇小说，没能出版，而正是这段经历使贾鸿年个人主义恶性膨胀，以致最后走上了“犯罪道路”。这两篇作品都多少表现出了作家对那些喜欢幻想、向往大事业的青年知识分子的厌恶之情。这种情感倾向不能不归结为作家所持的重利轻文的价值取向。

重利轻文的观念，在“山药蛋派”作家那里，不仅体现在对待文学、作家、文学青年的“非文学”的态度和认识上，而且还更广泛地体现为一种“非文化”的倾向。据康濯回忆：“老赵性格有些孤僻，对知识分子气味较浓的文化人有成见，不愿接近。”[1] 类似的回忆和记述是很多的，例如有这样一则记载：

有一次北京市文联委员在全聚德会餐，半路不知赵树理跑到哪里去了。会餐结束后，市文委书记李伯钊坐车回市委，在霞公府巷口一家回民小吃店门前看见赵树理了，他正坐在长条板凳上喝老豆腐哩，只见他一边喝，一边还跟其他顾客闲唠……李伯钊认为，赵树理作为党员作家，作为市文联副主席有责任通过各种方式去团结党外的知识分子出身的作家，他这种怪癖的做法是失职，就严肃起来了，说：“老赵，你有时不大愿意跟知识分子作家们在一

1　李士德：《康濯同志采访录》，《赵树理忆念录》，第 123 页。

块吃吃饭、聊聊天，可不大对头哇！”赵树理笑着连连嗯嗯点头。[1]

这种明显的与“知识分子”格格不入的倾向，也许仅在赵树理身上显得比较突出，但对知识分子的低看，在“山药蛋派”作家中却是具有普遍性的。用西戎的话来说，他们是“真正认识了知识分子的无知识”[2]。正因为如此，在“山药蛋派”作品中，我们很少看到对知识分子的肯定性描写，即使有，所肯定的也基本上不是知识分子之所以为知识分子的那些方面，而恰恰是他们在某种程度上“放弃”了知识分子的立场、特长或特点时，才会受到肯定性评价。马烽在谈《韩梅梅》的创作过程时讲道，他因为看到“好些高小毕业生都不愿意参加农业生产，都要求继续升学。每个人都有一个理想，不是要当工程师就是要当科学家”，于是才萌发了写这篇作品的念头。[3] 作品赞扬了像韩梅梅这样的安心于农业生产的有知识者，而批评了不安心农业劳动的青年知识分子张伟。这里，韩梅梅之所以受到赞扬，主要是因为她没有那种“继续升学”的“要求”，也没有“要当工程师”和“要当科学家”的“理想”，而是从此断绝他想，一心一意地当个农民。我们前

1　高捷、刘芸灏、段崇轩、郜忠武、任文贵：《赵树理传》，山西人民出版社，1982年版，第130页。
2　西戎：《谈文学青年的生活与创作》，《西戎文集·第五卷》，第2212页。
3　马烽：《关于〈韩梅梅〉的复信》，《马烽文集·第八卷》，第362页。

面列举过的赵树理的《互相鉴定》和《卖烟叶》也是这方面的明显例子。即使是像《三里湾》这样的并非专门写青年知识分子的作品，赵树理在对两个青年知识分子马有翼、范灵芝的角色处理上，也很能说明问题。作家没有让这两个最有文化的青年结合，并且对范灵芝最初曾产生过的嫁给马有翼的念头有所批评，认为是有“等级思想”；而对范灵芝的肯定，是在于范灵芝终于做出了嫁给普通农民的选择。范灵芝的选择，是重利轻文价值观念的胜利。可以说，范灵芝在作品中不是作为知识分子被肯定的，而恰恰是在她淡化了对知识分子独特价值的过分看重，更多地认识到知识分子必须老老实实向农民学习之后，才得到了作者的肯定。孙谦《演戏的故事》中，这种重利轻文的倾向也很明显。作品的“戏中戏”很明白地道出了故事的中心：“三个在乡知识青年，两个是男的，一个是女的。男青年甲的文化程度最高，也最有文才，可他经受不起困难的考验，开头是不安心生产，后来就打定主意要往外跑……”[1]这个“男青年甲”就是作品中的贾得富。“贾得富本想念完高中念大学，念完大学当专家，可偏偏他今年没有考上大学，只好回到村里来。”[2]贾得富的不安心农村劳动，被认定是“因为他的文化程度最高”，因而多有幻想。他常说，“现在生产粮食的方法太落后，应该让有知识的人，发明创造高分子合成食物”；

1　孙谦：《演戏的故事》，《孙谦文集·第四卷》，第2240—2241页。
2　孙谦：《演戏的故事》，《孙谦文集·第四卷》，第2244页。

“要是有飞机，有干冰，立刻就能沛然下雨”，也用不着人工苦力担水浇苗。[1] 这样一些幻想，被视为是唱“高调”，是“隐藏着他那见不得人的坏思想；他轻视体力劳动，老想吃现成饭；他最怕吃苦，却最看不起最能吃苦的劳动农民”。[2] 作品所要否定的，恰恰是贾得富身上这样一些与“文化程度最高”相联系的诸如想“凭智力吃饭”“想当专家”的种种想法。这里的非知识化倾向是很明确的。

所谓“知识分子的无知识”，这的确反映了“山药蛋派”作家看问题的独特角度。在他们看来，也许只有那些能见出实效、取得实利的知识更牢靠一些，这正是重利轻文的价值取向所决定的思路。当然，不能排除“山药蛋派”作品中的上述描写和处理，是受制于当时普遍的“知识分子改造”的思想背景的，是“赶任务”的产物。但也正如前面所强调的，这批作家特别注重“任务”与自己生活经验和情感态度的一致性，否则他们是敢于“顶风”的。马烽在谈《韩梅梅》这篇作品时说过，“就拿高小毕业生参加农业生产这个问题来说吧，并不是在一九五四年春天报上发表了指示和社论，才发生了这样的问题，而是在现实生活中早就存在着的”[3]。早在“一九五一年冬天，我在乡下工作过一个短时期”，“我

1 孙谦:《演戏的故事》,《孙谦文集 · 第四卷》，第 2244 页。
2 孙谦:《演戏的故事》,《孙谦文集 · 第四卷》，第 2244 页。
3 马烽:《关于〈韩梅梅〉的复信》,《马烽文集 · 第八卷》，第 364 页。

从乡下回来以后，这些事情经常在脑子里缠来绕去”。[1] 因此，只能说，这是作家们自身的生活经验、价值取向与当时的思想背景的一种契合。况且，像赵树理那样的对知识分子的“成见”，若是也归结为当时的思想背景，那就不免显得牵强。

第五节　求实求真的审美情趣

“山药蛋派”作家的崇实精神体现在审美情趣上，是求实、求真、重实用、讲实利。这在“山药蛋派”作品的景物描写和爱情描写中体现得最为突出。早就有人指出过，赵树理作品的“爱情描写是没有爱情的”，景物描写则“缺乏自然美，太‘实用’了”。[2] 其实，这种情况在“山药蛋派”的多数作品中是一个普遍现象，这与他们受崇实精神影响，追求本色的、实用的审美情趣有关。

赵树理在《李有才板话》中这样向人们展示阎家山的景貌：

> 阎家山这地方有点古怪：村西头是砖楼房，中间是平房，东头的老槐树下是一排二三十孔土窑。地势看来也还

1　马烽：《关于〈韩梅梅〉的复信》，《马烽文集 · 第八卷》，第 362—363 页。
2　黄修己：《赵树理评传》，第 320—321 页。

平，可是从房顶上看起来，从西到东却是一道斜坡。[1]

这在《李有才板话》中大概是唯一可以算得上景物描写的文字了。但这里几乎无任何自然美可言。这段文字过于实用，作者是为了借景物的“古怪”来宣示其背后隐藏的贫富悬殊。在《三里湾》中，也有几段景物描写，体现的也是作者那种“实用的”“实利的”审美观。作者所认为美的，是那些与实际生活利益联系在一起的物事，诸如满地的瓠子、丝瓜、茄子、辣椒，白肚的扁豆荚，金黄色的金针花，喷发着香气的甜瓜等，这里绝非欣赏纯粹自然美的雅兴。尤其是画家老梁应王玉生的意图所作的画，如“三里湾开了渠”、渠道纵横使“上下滩都变成水地，庄稼比现在的更旺”，[2] 这也就是作家要表现的景物美。正是这种与实用、实利联系在一起的审美情趣，使赵树理作品的景物描写中绝无那些相对超越于实实在在的生活之上的春花秋月之类的东西。

关于赵树理的景物描写，评论界曾出现过这样两种截然相反的观点。一种观点认为，赵树理的作品中根本缺乏对自然景物的描写，“不管看赵树理的任何一部作品，都没有一行是描写自然景物的”[3]。自然景物可分为两类，一是作为观赏对象的自然景物，

1　赵树理:《李有才板话》，董大中主编《赵树理全集・第一卷》，第163页。
2　赵树理:《三里湾》，董大中主编《赵树理全集・第二卷》，第137—138页。
3　桧山久雄:《赵树理》，转引自今村与志雄《赵树理文学札记》，黄修己编《赵树理研究资料》，第478页。

一是作为人物生活的绝对条件的自然景物，“赵树理连后者的景物也不描写”[1]。另一种观点则认为，“赵树理描写了自然景物，只是描写方法不同而已”，这种方法的特点“在于风景是通过作品中人物的眼光来描写的”。[2] 其实，这两种观点都有其合理之处。第一种观点中起码有一半正确，赵树理确实没有描写过作为“观赏对象的自然景物”；但“作为人物生活的绝对条件的自然景物”，在赵树理笔下并不少见，如我们前面所举的《李有才板话》和《三里湾》的例子。恰恰是这类描写凸显了作者那种重实利、重实用的审美倾向。第二种观点中所谓赵树理作品中的“风景是通过作品中人物的眼光来描写的”，起码也是指出了赵树理景物描写的特点：景物只是作为人物活动的环境来设置的，是人物眼中的景物，而非具有独立的自然美价值或独立的观赏意义的景物。

马烽的作品也是如此，在他作品中很少有景物描写，即使偶尔出现一两处，也是为了实用——交代背景和环境的需要。例如《村仇》的开头所写：

> 山西北部有条无名小河，小河南面有两个村庄：西边那个大村子叫赵庄，东边那个小村子叫田村。两村相距不

1　桧山久雄：《赵树理》，转引自今村与志雄《赵树理文学札记》，黄修己编《赵树理研究资料》，第478页。

2　桧山久雄：《赵树理》，转引自今村与志雄《赵树理文学札记》，黄修己编《赵树理研究资料》，第478—479页。

到五里地，又都在平川里，站到这个村边上瞭望那个村，房上的烟囱都看得一清二楚。[1]

像这样的描写，至多只能算是陈述环境。但这样的描写也不多见。在《四访孙玉厚》中有一段难得的写景文字：

走近孙家寨地界，景象完全变了，谷子、高粱等庄禾渐渐多起来了，穗子很饱满，沉甸甸的。有些地里也种着金皇后，苗苗都很稀，只有靠河边的坪地是密植的，棒子长得挺大。看起来这里真是丰收了。[2]

这段写景，仍然过于具体实在，缺少情韵。映入作家眼中的，仍只是些与生活、劳动等联系在一起的事物，其实用性审美趣味也是很明显的。

这种情况，在其他“山药蛋派”作家的作品中也同样存在。如孙谦《“后山王”》中有一段描写景物的文字：

坡上有一些像挂在梢林里的梯田，沟里有一些条条缕缕的水地——地边地堰都是用河石垒成的，想当年可

1　马烽:《村仇》,《马烽文集 · 第二卷》，第 16 页。
2　马烽:《四访孙玉厚》,《马烽文集 · 第三卷》，第 336 页。

真费了不少劲呢。在向阳坡上，有一些没有门窗的窑洞，新生的杂草和小树已经长得很高，把窑门都封锁了。坡下有一片空地，那是打谷场。场上堆着两大堆早熟的绿豆和豇豆蔓。[1]

这段描写也是非常具体实在的，描绘的是属于“人物生活的绝对条件”的景物，涉及的对象都是与生产、生活密切相关的。而且从语言运用上偏重于“叙述”，而弱于“描写”，缺少自然美的情味。尽管如此，这样的景物描写，在孙谦的作品中也并不多见。

在“山药蛋派”的作品中，明显有一种叙事的“紧张”，作家的实用目的、主题意识过于强烈，因而无暇对景物进行悠闲的描写，偶尔出现景物描写，那也完全是为了交代人物、事件的背景和环境。而且，对于这些必须出现的景物，作者也多以冷静客观的口吻进行陈述，很少进行生动的描摹，更少有作家主观情感的投射，因而缺少一种自然美的情韵。这种状况在短篇小说中尤为明显。在长篇小说中，如赵树理的《三里湾》和胡正的《汾水长流》等作品中，由于篇幅较长，确实相对多了一些景物描写，但这些描写也因其过于实在、过于实用（与生活联系过紧），仍难以让人从中领略到某种灵性和情致。说它们“缺少自然美”，

1　孙谦：《“后山王”》，《孙谦文集·第四卷》，第2178页。

同样不为过。

这种求实、求真、重实用、重实利的审美情趣，在“山药蛋派”作品中的爱情描写上也体现得较为充分。与缺少情致的景物描写一样，在“山药蛋派”作品对爱情、恋情的描写中，也很难让人感受到那种“爱”与“恋”的情热。例如，马烽在《结婚》中对春生和小青这对热恋中的情人的“恋情”描写，就可以说是一点“爱情”味也没有。这两个人的恋爱过程，作者用简单的几句话就交代过去了:“春生和小青以往谁也没见过谁，去年春节，全区村剧团在一起会演的时候才认识，一认识就恋爱上了，两个人经常书来信往，很快就成功了。”[1] 显然，作者不想在表现“恋情”上多花笔墨。作品主要是写两个恋人如何为了生产、为了学习，一次次推延婚期，而且在一系列行为上两人的思想认识惊人地一致，没有任何情感上的波澜。从这对恋人的“爱情”中，我们看不到“情”，看到的只是纯粹的理性的考量。再如，胡正《摘南瓜》写到的一对恩爱夫妻，在写他们的“恩爱”时，作品是这样交代的:“李忠旺和他老伴到一个家里过活，已经四十多年了。”[2] 话很实在，强调的是在一起“过活”，几乎不带一丝感情色彩。又如孙谦的《腊月二十九》，写了一对自由恋爱的恩爱夫妻，但整个作品用于描写这对夫妻的笔墨很少，在本来可以大写特写的、蕴含了丰富的

1　马烽:《结婚》，《马烽文集·第四卷》，第 93 页。
2　胡正:《摘南瓜》，《胡正文集·第三卷》，第 1141 页。

抒情因素的二人恋爱经历面前，作者却似乎故意回避了。也许是作者不擅长写这种恋情，也许是作者对此种描写不感兴趣，作品只用一笔就将这些轻轻带过了："他们在这一天恋爱，在这一天结婚；也在这一天闹过离婚，也是在这一天复归于好……"[1] 作品没有正面写出这种富有传奇色彩的恋爱经历，而且所做的侧面介绍也过于冷静，缺少必要的激情。

可以说，"山药蛋派"作家长于叙事、短于抒情的特点在爱情描写上表现得尤为突出。那种变幻莫测、相对虚幻飘逸的情爱，在"山药蛋派"作家看来远不如能"过到一起"来得更实在、更牢靠。因此，他们在作品中凡涉及爱情描写，总是尽可能多地融入一些理性的、实利性的因素。在这方面，赵树理《三里湾》中对灵芝与玉生两人"爱情"的描写是最典型的。作品这样写他们的恋爱过程：

> 她打算去找玉生谈判，又觉着事情发展得总有点太快。她起先想到"和一个人的交往还不到二十天，难道就能决定终身大事吗"？随后又自己回答说："为什么不能呢？谁也没有规定过恋爱的最短时间。况且玉生是村里人，又和自己是一个支部的团员，老早就知根知底，也不是光凭这

1 孙谦：《腊月二十九》，《孙谦文集·第四卷》，第2085页。

二十天来了解全部情况的。”想到这里，她便鼓足了勇气去找玉生。

…………

……“我也问你一个问题：你觉着我这个人怎么样？”玉生想：“你怎么问了我这么个问题呢？团支委、初中毕业、合作社会计、聪明、能干、漂亮，还有挑剔的吗？不过你为什么要让我评议一番呢？你又不会爱上了我！”玉生只顾考虑这些，忘记了还没有回灵芝的话。灵芝说：“你怎么不说话呀？”玉生一时想不出适当的评语来，只笼统地说：“我觉着你各方面都很好！”灵芝见他的话说得虽然很笼统，可是从眼光里露出佩服自己的态度来，便又紧接着他的话说：“我再问你一个问题：你爱我不？”“你是不是和我开玩笑？”“不！一点也不是开玩笑！”“我没有敢考虑到这个事！”“为什么不敢？”“因为你是中学毕业生！”……她笑着说：“以前没有考虑过，现在请你考虑一下好不好！”玉生说：“我的老师！只要你不嫌我没有文化，我还有什么考虑的呢？”玉生伸出了双手，灵芝把自己双手递过去让他握住，两个人四个眼睛对着看，都觉着事情发展得有点突然。[1]

1　赵树理：《三里湾》，董大中主编《赵树理全集·第二卷》，第183—185页。

"事情发展得有点突然"，但绝不是那种双方一见钟情式的突然。玉生几乎是在"不知"的状况下突然得到了一种"爱情"的恩赐，而灵芝爱上玉生，也说不上是情之所至。在此之前，作品中有一段是写灵芝在有翼和玉生之间的抉择，支配这种抉择结果的，完全是一种理性的、实利的考量。她承认自己与有翼"历史上的关系总还有一些，在感情上也难免有一点负担"[1]；而且有翼有文化，玉生没有文化。但当她从实用的角度去思考"文化"问题时，终于发现"有翼这个有文化的又做了点什么呢"，"可是玉生创造了好多别人做不出来的成绩"！[2] 接着，她又比较了两人的家庭情况，最后决定，"就凭这些附带条件，也应该选定玉生、丢开有翼"[3]。可以看出，灵芝的抉择不是出于"情"，而是基于理性的、带有实利性的考虑，为了一系列实利性的条件和附带条件，她才使自己从对有翼的"感情上的负担"中摆脱出来。作者是肯定灵芝的这种选择的，在这种"理"胜于"情"的选择中其实也折射出作家自身的审美倾向。

有人认为，"山药蛋派"作品中缺少爱情描写，是因为他们不擅长此道，因此刻意避短。其实，与其说是不擅长，还不如说是他们不愿意在这方面多费笔墨更准确些。"山药蛋派"作家那

1 赵树理:《三里湾》，董大中主编《赵树理全集 · 第二卷》，第 183 页。
2 赵树理:《三里湾》，董大中主编《赵树理全集 · 第二卷》，第 182 页。
3 赵树理:《三里湾》，董大中主编《赵树理全集 · 第二卷》，第 183 页。

种求实的、实利性的审美趣味，使他们无意在“情”的世界里漫步，他们更关注那些与现实生活相关联的方面，这在男女之间的爱情问题上也不例外。正因为如此，我们常能在“山药蛋派”作品中发现，作者们每每在最动“情”之处，反倒非常吝惜笔墨。例如赵树理的《李家庄的变迁》中写道，二妞与胖孩从国民党军队手中逃出，历尽艰难，一路要饭过活，好不容易遇到了参加了八路军的丈夫铁锁，但部队有任务，他们匆匆见了一面便又要分别，此后铁锁投身战斗生死难卜，而二妞还得继续带孩子要饭、流浪。写到这个通常最易生发抒情的地方，作者只用了一句话：“队伍休息了一会就开动了，铁锁和二妞母子们就这样分了手——二妞跟小胖孩一直看着队伍下了山。”[1] 显然，作者并不想多用笔墨来作“情”的抒发。

与此相关，作家们在对一些女性形象进行审美评价时，也显示出了求真、求实的趣味。在“山药蛋派”作家笔下，凡受到肯定性审美评价的女性，多是本分、实际、能劳动、会持家的，而受到否定性审美评价的多是那些不安分守己、不本色、中看不中用、不会劳动不能持家的。例如在《小二黑结婚》中，赵树理将三仙姑的好打扮，讥为“偏爱当个老来俏”“好像驴粪蛋上下了霜”等，[2] 可见其对有些农村妇女的爱打扮，尤其是年龄偏大的女性的

1　赵树理：《李家庄的变迁》，董大中主编《赵树理全集·第一卷》，第314页。
2　赵树理：《小二黑结婚》，董大中主编《赵树理全集·第一卷》，第150页。

爱打扮，所持的是一种明显的反感态度；再如《汾水长流》中写到的杨二香，作者对她的反感也是很强烈的。这里也多少能昭示出作家们的求真、求实、重实用、重实利的审美情趣。

第六章　地域性文学传统的承续

第一节　一脉相承的地域性文学精神

从山西地区长期的文学发展的历史来看，的确形成了一种具有地域性特征的文学传统，这种传统就是追求文学的平民化、通俗化、现实性的文学精神。在跻身中国文学史上著名文学家之列的多数山西籍作家身上，我们可以明显看到这种文学精神的传承。在历代山西籍作家中，占极大比重的作家在创作上都有这样一些共同特点：注重文学与现实的联系，具有较强烈的现实主义精神；在文学形式上注重向民间文学学习；在文体选择上倾向于采用历来被称为俗文学的体裁和样式，如乐府、传奇、散曲、杂剧、小说等。[1]这在其他地区是很少见的现象。这里，我们不妨对有关山西历代作家的创作情况做一简单罗列，从中不难看到隐伏着的一脉相承的文学精神。

战国时期的荀子，赵国（今山西安泽县）人，晚年写成的《成相》篇，为了用平民喜闻乐见的形式表达自己的政治主张，作品多取当时的民歌形式，从而创造了一种歌谣诗体。南北朝乐府诗人鲍照，祖籍一说上党（今山西长治市一带），以乐府诗闻名于诗坛，其代表作《拟行路难》十九首（一作十八首），在内容上继承和发扬了汉魏乐府的现实主义传统精神，在形式上采用了当时被文人视为“体小而俗”的、主要在民间流传的七言歌谣体式；所拟《行路难》，本是北方牧竖的歌曲，鲍照大胆采用了这种一般文人视为鄙俗的形式，为中国七言诗的确立与发展开拓了道路。隋唐间传奇小说家王度，祖籍太原祁县（今山西祁县），后迁绛州龙门（今山西河津），唐代传奇小说家白行简，原籍太原（今山西太原西南），这二人都曾热衷于将民间流传的故事写成小说。唐代诗人王勃，绛州龙门人，他在诗歌创作上，敢于与当时流行的宫廷诗相背离，在内容、形式上大胆革新，有些诗（如《采莲曲》等）承袭了乐府民歌，摆脱了齐梁浮华补假的习气。唐代大诗人

1　这里所谓的“极大比重”，是基于几部权威的《中国文学史》著作中写到的山西籍作家的情况进行的大致统计得出的。另外，在《山西古代文学家》（水天生、孙安邦编著）一书中，所收录的作家中超过一半的情况符合我们上述所论述的特点。

白居易，其先太原（今山西太原西南）人，在文学上强调诗歌的“美刺”精神，注重实用性，即所谓“歌诗合为事而作”[1]，要诗歌能“补察时政”“泄导人情”[2]；在艺术形式和表现手法上注重平民化、通俗化，要求文学作品平易通俗，周详明直，“系于意，不系于文”[3]；注重从民歌民谣中汲取艺术养分，采用群众喜闻乐见的民歌形式，汲取流传于民间的语言。他的“老妪解诗”被传为文坛佳话。晚唐诗人聂夷中，一作河东（今山西永济西南）人，在创作上自觉继承中唐新乐府“惟歌生民病”[4]的现实主义精神，形式上多用乐府古题，追求语言的平易浅近和风格的朴实自然。金代文学家元好问，秀容（今山西忻州）人，诗歌注重表现现实，多写战争的残酷和劳动人民的苦况，情感真挚，语言朴实，常采用民歌形式。在元代，山西更涌现了一批著名的杂剧和散曲作家，如关汉卿、白朴、郑光祖、乔吉等。元杂剧最初在北方民间流行，但由于一大批作家不畏世俗，将创作杂剧视为自己的事业，视为“安身立命”之本，以严肃的创作态度，使元杂剧成为我国戏剧史上的一个高峰。元杂剧在内容上注重反映下层人民的生活，在艺术上追求与普通观众的沟通，在语言上多吸收当时群众的口语。如果说，文学体裁有“雅”“俗”之分，那么，元杂剧在较大程度上体现

1　白居易：《白氏长庆集》卷四十五《与元九书》，明万历三十四年马元调刻本，第4页a。
2　白居易：《白氏长庆集》卷四十五《与元九书》，明万历三十四年马元调刻本，第2页b。
3　白居易：《白氏长庆集》卷三《新乐府序》，明万历三十四年马元调刻本，第1页a。
4　白居易：《白氏长庆集》卷一《寄唐生》，明万历三十四年马元调刻本，第13页a。

了平民化、通俗化的特点。元散曲也是如此，它是在“俗谣俚曲”基础上发展起来的，是向民间文学学习借鉴的产物。在山西地区，一下子涌现了数量众多且非常重要的杂剧和散曲作家（元曲四大家中，有三位是山西籍），这是一个非常奇特的地域性现象。据钟嗣成《录鬼簿》记载，在元杂剧作家中，属于山西平阳籍的就有郑光祖、石君宝、于伯渊、赵公辅、李行甫、狄君厚、孔文卿等七人。此外，最著名的剧作家关汉卿的籍贯一说是在平阳解州（今山西运城市西南）。[1] 除了平阳元杂剧创作群体，在山西中部还有白朴、乔吉、李寿卿、刘庚卿、李务等；在山西北部有吴昌龄（山西大同人）等杂剧作家。元杂剧在山西地区特别兴盛，这绝非偶然现象，这与山西的地域性文学艺术传统息息相关。三晋地区凭借长期积淀的歌舞表演的艺术素养和在宗教祭祀活动中献演各种伎艺的传统，为诸种表演艺术融合为戏曲艺术，并最终使成熟的戏剧形式——元杂剧在山西地区得到繁荣，提供了适宜的土壤。例如，诸宫调这一说唱形式对元杂剧的诞生曾有过重要的意义，钟嗣成即认为诸宫调开了元杂剧的先声，而对于戏曲艺术的成熟有着如此重要作用的诸宫调，相传是由北宋中期的泽州（今晋城一带）人孔三传创造的。“现存的两部诸宫调巨著，一是《刘

1 清姚之骃《元明事类钞》卷二十三引朱右《元史补遗》云：“关汉卿，解州人，工乐府，著北曲六十种。”《元史类编》、雍正年《山西通志》、乾隆年《解州志》均持此说。因为关汉卿曾在大都居住过相当长的时间，并在大都加入“玉京书会”，从事创作和演出，因此一说他是大都人。解州与大都，可能是原籍和寄籍的差别。

知远诸宫调》（残），写的是山西人在山西的故事（刘知远是山西孝义人），虽然已不知何人所作，但推断其作于山西当是不误的；另一本董解元《西厢记诸宫调》，是写发生在蒲州普救寺（在今永济县西北）的故事，作品中存在着大量的晋南方言，由此看来，董解元为山西籍的可能性很大。”[1] 这些都说明，山西出现如此众多的杂剧作家，以及元杂剧在山西地区的繁盛，是与地域性文学艺术传统分不开的。而且，从这么多作家心甘情愿地为这种通俗文学形式花费毕生的精力这一点上，我们也能看出那种平民化、通俗化的地域文学精神的潜在影响力。元末明初，山西还涌现出一位重要的大作家，这就是文学家罗贯中（山西太原人）。他在民间传说及民间艺人创作的话本、戏曲的基础上，创作出了影响深远的《三国志通俗演义》这部初具长篇小说规模的“平话”。在作品中，他吸收了传记文学的语言成就，并加以适当的通俗化处理，同时还注意汲取方言口语来叙述人物。书名冠以“通俗演义”，其艺术上的通俗化追求已显而易见。

郑振铎在《中国俗文学史》一书中给“俗文学”下定义时认为，“俗文学”从体裁上说，主要是指那些“不登大雅之堂的戏曲、小说、变文、弹词等等”，从性质上说，“‘俗文学’的第一个特质是大众的。她是出生于民间，为民众所写作，且为民众而生存的。她是民众

1　冯宝至：《三晋文化》，第 156 页。

所嗜好、所喜悦的；她是投合了最大多数的民众之口味的。故亦谓之平民文学。其内容，不歌颂皇室，不抒写文人学士们的谈穷诉苦的心绪，不讲论国制朝章，她所讲的是民间的英雄，是民间少男少女的恋情，是民众所喜听的故事，是民间的大多数人的心情所寄托的”。[1]如此来看我们上述列举的一系列山西籍作家的创作情况，可以说，他们都有一种向“俗文学”靠拢的趋向，无论是从体裁、文体的选择，还是从内容和形式等方面看，都的确显示了一种共同的追求平民化、通俗化、现实性的文学精神。

这样一种地域性文学精神的传统，对主要受山西地域文化、文学艺术养育的“山药蛋派”作家来说，不可能不产生深刻的影响。一方面，既然作为一种传统，它本身就必然会对后来者施以影响力，而“山药蛋派”作家又多是爱乡土、敬先贤的，因此，这种传统势必会在他们身上得到或多或少的继承；另一方面，一种地域性传统得以形成，必然是有赖于适宜这种传统的地域性文化土壤的，“山药蛋派”作家既然也生活在这块土壤上，因此，即使他们不去自觉地关注这种传统，也仍然会融入这种传统，成为传统长链中的一环。曾有人将白居易与赵树理这两个“文学史上著名的现实主义大师，通俗派的泰斗”进行比较研究，找出了他们之间的许多共通之处。例如对文艺功能的认识、执着于现实的态

1　郑振铎:《中国俗文学史 · 上册》，作家出版社，1954 年版，第 2—4 页。

度、深受民间文学影响以及艺术处理等方面，就都有着相似性。[1]这些共同点的把握，当然是准确的，但仅止于对二者之间共同特点的罗列，并不足以说明更多的问题。如何来解释这些共同点之间的根源呢？因为我们并未发现赵树理受白居易影响的直接材料！如果我们注意到二者之间相联系的是一种地域性文学传统，那么我们便是找到了这两个不同时代作家之间的真正的纽带。一种地域性文学传统在该地区不同时代作家之间理应有一种贯穿和承续，这可以是后代作家对以前历代作家的自觉师承，也可能根本就是一种不自觉的产物。地域性文学传统，也许是我们可以找到的在白居易和赵树理这两个相隔千百年的作家之间具有诸多相似点、共同点的真正根源。

确实，我们在“山药蛋派”作家的创作中，能明显感觉得到那种追求平民化、通俗化、现实性的文学精神在延续。

关于文学的“现实性”追求，我们在上一章反复强调的“山药蛋派”创作中所显示的实利的文学观，以及作品中注重对现实问题的提出和解决等，其实都是对“现实性”的最好说明。重视现实问题，强调文学的社会功利，这作为山西地区古今作家们的共同艺术追求，是与山西地区的务实性文化氛围分不开的。

强调从民间文学中汲取养分，注重民间文艺的传统，作为山

1 参见戴光宗:《白居易与赵树理》,《华东师范大学学报（哲学社会科学版）》1982 年第 1 期。

西地域性文学精神的重要内容，在“山药蛋派”作家那儿也得到了很好的继承。赵树理曾指出，“中国文艺仍保持着两个传统：一个是‘五四’胜利后进步知识分子的新文艺传统（虽然也产生过流派，但进步的人占压倒性优势），另一个是未被新文艺界承认的民间传统”[1]。他明确认为，不能“用一个传统消灭另一个传统”，“经过‘五四’所创之统是宝贵的，是应该继承的”，但“为更多数人所熟悉所喜爱之统”同样“应继承”。[2]他强调“把民间传统继承下来是有必要的”。[3]敢于为“未被新文艺界承认的民间传统”争地位，这本身就显示出了“山药蛋派”作家们对民间文艺传统的重视。不仅如此，他们还有诸多对这种继承民间传统的更具体的阐释。赵树理曾说，“我觉得我们的东西满可以像评话那样，写在纸上和口头上说是统一的……评话便是我们传统的小说，如果把它作为正统来发展，也一点不吃亏。它是广大群众都能接受的”，“我对评书一贯抱着学习的态度，我也在学习着写。我推崇这个东西……在曲艺中，有些形式比较迎合城市上层人士的趣味……另一些形式是直接从乡里来的”，而后一种形式“好像能更直接一些表现劳动人民的感情。就这两类形式的发展趋势说，我觉得应该偏重乡里来的东西，它比前者朴素，更具有民间

1　赵树理：《“普及”工作旧话重提》，董大中主编《赵树理全集·第四卷》，第373页。
2　赵树理：《“普及”工作旧话重提》，董大中主编《赵树理全集·第四卷》，第374页。
3　赵树理：《“普及”工作旧话重提》，董大中主编《赵树理全集·第四卷》，第374页。

的本色。我们应该重视这一类东西。不论语言上、感情上，它都比前者更有生活气息，值得学习的地方更多”。[1]不仅在理论上有所认识，“山药蛋派”作家在实际的创作中，事实上也在较大程度上得益于对民间文艺养料的汲取。我们从“山药蛋派”每个作家的作品中都不难找到其在叙述方式、人物类型、表现技巧等方面受民间文学影响的痕迹。

向民间文艺学习，目的在于“能更直接一些表现劳动人民的感情”，也在于能让更多的普通老百姓看懂、听懂。这种平民化、通俗化的倾向正是“山药蛋派”文学的最显著的特征之一。有人将他们称为“农民文学”流派，也有人将他们称为“通俗文学”流派，其实都是看到了“山药蛋派”的这一重要特征。马烽曾多次谈到自己在创作中所追求的“让群众能读懂、能接受”的艺术效果。他曾这样说起他写作《懒汉回头赛如牛》的情况：“事前我访问了各个有关人物，把他们的原话记录下来，经过整理写成了这篇通讯。我读给他们听，大家都很高兴，没有一句听不懂的。”[2]马烽在写《张初元的故事》时，情况也是如此：

> 一九四四年，我把边区特等劳模张初元的事迹，写了一本通俗故事，写好之后，首先拿到张初元村里让群众审

1　赵树理：《从曲艺中吸取养料》，董大中主编《赵树理全集·第四卷》，第420—424页。
2　马烽：《我是怎样学习写作的》，《中国青年》1950年第44期。

> 查，他们不仅在事实本身给了很多订正和补充，而且在语言文字上也给了不少帮助。这篇东西曾获得边区的文艺奖金，得到群众的一些赞扬。这对我是一个莫大的鼓舞，也更加坚定了自己从事通俗化工作的决心和信心。[1]

像这种情况，在马烽那儿是经常性的，他经常“就把稿子读给驻地的农民听，请他们帮助修改”[2]。将自己的作品拿到群众中去征求意见，以群众能否读懂、听懂来衡量自己作品的质量，这种情况在赵树理以及其他“山药蛋派”作家那里也并不鲜见。赵树理说他“在写《小二黑结婚》时，农民群众不识字的情况还很普遍，在笔下就不能不考虑他们能不能读懂、听懂”[3]。赵树理甚至声称，自己所写的小说，“只注意让群众能听得懂、看得懂，因此在语言结构、文字组织上只求农村一般识字的一看就懂，不识字的一听就懂，这就行了”[4]。据说，赵树理的作品不仅在中国农村能让一般识字的一看就懂，不识字的一听就懂，甚至在赵树理的作品被翻译到日本后，也能使日本“农村里六十多岁的老太太和小学生每天晚上性急地等着别人一章一章地给他们朗读”[5]。这与我

1　马烽:《坚持为工农兵的方向》,《文艺报》1950 年第 10 期。

2　马烽:《坚持为工农兵的方向》,《文艺报》1950 年第 10 期。

3　赵树理:《做生活的主人——在广西壮族自治区文艺创作座谈会上的发言》，董大中主编《赵树理全集 · 第四卷》，第 543 页。

4　赵树理:《戏剧为农村服务的几个问题》，董大中主编《赵树理全集 · 第四卷》，第 574 页。

5　参见《文艺报》1953 年第 4 号“国外文讯”栏。

们前述的白居易的“老妪解诗”的佳话简直有异曲同工之妙。这种不同时代作家在行为方式和创作追求以及社会效果等方面的同构性，正说明他们之间有一种内在相通的文学精神。

要真正能使自己的作品让普通群众读懂、接受，就要了解和研究群众的欣赏要求和趣味。马烽说过，他们为了“力求通俗易懂，在语言文字上也比较下工夫，常常为了稿件中的一两句话，都要钻研半天”，并且将“研究民间文艺；搜集群众语汇；研究农民的喜好和接受能力等等”作为自己“业务学习”的主要内容。[1] 赵树理对此也有较为具体的研究和明确的认识，他认为，“知识分子的兴趣与群众的兴趣是两个来路。还以音乐为例，知识分子一听钢琴响，就进入了这个钢琴的艺术环境，群众一听锣鼓响，就进入了这个锣鼓的艺术环境，来路不同，兴趣各异”[2]。只有认识到农民群众兴趣的独特性，才能进而为群众创造一种能使他们“进入”的“艺术环境”。赵树理之所以在作品中很少用直接的人物心理描写和景物描写，正是为了给群众创造一种能使他们进入的“艺术环境”。他说：

我过去所写的小说如《小二黑结婚》《李有才板话》《李家庄的变迁》等里面，不仅没有单独的心理描写，连单独

1　马烽：《坚持为工农兵的方向》，《文艺报》1950 年第 10 期。
2　赵树理：《当前创作中的几个问题》，董大中主编《赵树理全集 · 第四卷》，第 439 页。

的一般描写也没有。这也是为了照顾农民读者。因为农民读者不习惯读单独的描写文字，你要是写几页风景，他们怕你在写什么地理书哩！[1]

我们通常所见的小说，是把叙述故事融化在描写情景中的，而中国评书式的小说则是把描写情景融化在叙述故事中的……因为按农村人们听书的习惯，一开始便想知道什么人在做什么事，要用那种办法写，他们要读到一两页以后才能接触到他们的要求，而在读这一两页的时候，往往就没有耐心读下去。他们也爱听描写，不过最好是把描写放在展开故事以后的叙述中。[2]

这里，作者正是从民间说书形式中借鉴了能让群众进入“艺术环境”的成功经验。赵树理的作品很少用长句子，其出发点也是如此，因为他认为，“劳动人民说话不爱用长句子。长句子说起来误事，句子要短些”[3]。如此等等，可以明显地看到“山药蛋派”作家们对文学的平民化、通俗化的自觉追求，而这种追求也正可视为对山西历代文学家所共有的文学精神的承续。

1　赵树理:《做生活的主人——在广西壮族自治区文艺创作座谈会上的发言》，董大中主编《赵树理全集·第四卷》，第544页。

2　赵树理:《〈三里湾〉写作前后》，董大中主编《赵树理全集·第四卷》，第301页。

3　赵树理:《生活·主题·人物·语言》，董大中主编《赵树理全集·第四卷》，第535页。

这种承续，我们还可以从文学样式的选择上来看。与我们前述的山西历代作家相似，“山药蛋派”作家们所取的主要是说故事式的小说、戏剧、曲艺、说唱等较为平民化、通俗化的体裁和文体。赵树理除了写小说外，还涉足戏曲、鼓词、快板、评书等领域；马烽除小说创作外，还发表过收集整理的民间故事和民间传说，创作过鼓词、小歌剧等；西戎、孙谦、胡正等人也都写过歌剧、话剧、鼓词等。这里须特别引起注意的是，“山药蛋派”作家几乎都从事过戏剧的创作，这与山西历史上一直非常繁盛的戏剧演出活动和频繁出现重要的戏剧作家这一地域传统也显然是有关系的。同时，“山药蛋派”作家对戏剧这一文学样式的重视，又显然是他们平民化、通俗化、现实性艺术追求的必然结果。赵树理曾反复强调过戏剧对于群众的重要性。他说，“我常跑农村，比较了解戏剧在农村生活中所占的地位”，“我们说文学可以分为四个方面——小说、诗歌、散文、戏剧。农民对诗歌、散文不论古今中外都有一定隔阂；小说也接触得少；戏剧这个形式就成为最接近农民的了。尤其咱晋东南的群众，有欣赏戏剧的传统习惯，每年总要看上几次”。[1] 当然，赵树理这里所说的“戏剧”是特指的，他认为，戏剧“有两种来源：宫廷与民间”[2]，他所谓的群众喜欢欣

1 赵树理：《戏剧为农村服务的几个问题》，董大中主编《赵树理全集·第四卷》，第574—575页。
2 赵树理：《若干问题的解答——写戏、改戏的标准》，董大中主编《赵树理全集·第四卷》，第594页。

赏的戏剧，是指来自民间的地方戏。他指出，“地方戏有地方戏的好处。《白毛女》是好戏，但群众也还反映说它比不上古装戏那么够味道。有点地方戏剧知识的人，看了也感到不够味道”[1]。赵树理还曾谈到过戏剧对于普通群众的吸引力以及其潜移默化的作用。赵树理自己来自山西乡村，对此有切身的体会。他说他“小时候晚上跑十五里到湘峪去看戏，看完戏回家天就明了”；直到有了一把年纪，“没这么大劲儿了，但还跑四五里去看”。[2]就在这种观戏中，人们既得到了娱乐，又受到了教育。他仍以自己为例说，“我小时候去驮煤，走过两个河滩，三五个小孩就你扮罗成、我扮张飞打起架来，这就是同我小时候看戏联系起来了。剧中人对我起了作用。这就是戏剧潜移默化的作用”[3]。可以说，赵树理对戏剧的重视，一方面是认为这种艺术形式“最接近农民”，另一方面是认为戏剧有影响人心的作用，可以用来向农民群众进行宣传教育。正因为如此，赵树理甚至觉得自己“应该是一个戏剧家，而不应是一名小说家”[4]。他对晋东南地区上党梆子剧院的建设所付出的精力和财力，在山西是众所周知的。事实上，他投入戏剧创作上的时间和精力也并不亚于小说创作，他曾用“生于《万象楼》，死于《十里店》”[5]来概括自己的创作生涯，这不仅揭示了他

1　赵树理：《生活 · 主题 · 人物 · 语言》，董大中主编《赵树理全集 · 第四卷》，第536页。
2　赵树理：《戏剧为农村服务的几个问题》，董大中主编《赵树理全集 · 第四卷》，第578页。
3　赵树理：《戏剧为农村服务的几个问题》，董大中主编《赵树理全集 · 第四卷》，第578页。
4　王中青：《赵树理作品论集》，第251页。
5　董大中：《赵树理评传》，第111页。

创作活动始于戏曲、终于戏曲这一事实，也恰当地突出了他的文学生涯与戏曲的共其始终的关系。

客观地说，“山药蛋派”作家对戏剧形式的偏爱、重视，并不全是出于理性的考虑，而是与生俱来的地域文化氛围熏陶的结果。赵树理认为，因为自己“出生于农村，对民间的戏剧、秧歌、小调等流行的简单艺术形式”“颇熟悉”，才养成了“欣赏戏剧”的“兴趣”与“习惯”。[1] 与农民一样，他也常常是“一听锣鼓响，就进入了这个锣鼓的艺术环境”。据赵树理的妻子回忆，赵树理“听到锣鼓响，浑身都动弹……晚上回家还讲故事，变戏法，用饭碗敲打一阵子，唱一通上党梆子，整天老是唱唱咧咧，不知哪里来的那股精神头儿”[2]。类似的回忆还可见于他的其他亲人和同事好友的描述中。赵树理时刻不忘家乡戏，即使是出国参观，“人家跳舞，他不会，说来个民间舞蹈，他就做上党戏的‘起霸’动作，代替舞蹈。据说，还得到了观众的喝彩”[3]。

这种对戏剧的偏好，普遍存在于“山药蛋派”作家们的身上。例如西戎，也曾谈到过与赵树理类似的经历：他也是从小就酷爱戏剧，逢年过节或者农闲，邻村请来了戏班子，他总是不管路远路近，场场必到，而且还总是早早到场，以避免因自己个头小而

1 赵树理:《回忆历史 认识自己（摘录）》，董大中主编《赵树理全集·第五卷》，第409页。
2 李士德:《不思量，自难忘——关连中忆赵树理》，《赵树理忆念录》，第4页。
3 李士德:《用写小说来为人民服务——王中青同志忆赵树理》，《赵树理忆念录》，第116—117页。

被挤到人堆后边，并且是锣鼓不停不离场，有时一连看上几个晚上也不觉得累。他喜欢欣赏地方戏，也会唱上几句干梆戏，还能用熟悉的地方剧形式从事创作。例如，他曾用自己熟悉的郿鄠调与孙谦等人合写过大型秧歌剧《王德锁减租》。此剧在吕梁区受到了群众的热烈欢迎，被贺龙赞赏为“对当时的群众运动起了推动作用”，并获晋绥边区组织的“七七七”文艺奖金征文活动戏剧类甲等奖。此后，他又创作了《刘栓栓参军》《夫妻转变》等剧。新中国成立后，他还写过话剧《圈套》《青春的光彩》等。孙谦也有不少戏剧作品，他除了与西戎等合写过秧歌剧《王德锁减租》外，还写过《闹对了》《闹嘴舌》《红手帕》等秧歌剧，并与胡正等合写了秧歌剧《大家办合作》。马烽也创作过一些小歌剧，如《送夫参军小唱》《光荣花》等。值得一提的是，这些作家在喜爱乃至直接创作戏曲之外，还或多或少都与电影有些缘分，这是因为，电影与戏剧都属综合表演艺术，是两种特别相近的文学样式。在“山药蛋派”作家看来，电影与戏剧一样，都是大众化、通俗化的艺术形式。而且，在“山药蛋派”作家所创作出的电影剧本中，也显然保留了浓厚的戏剧创作痕迹。电影剧本的创作在“山药蛋派”作家那儿是大量的：马烽创作过《我们村里的年轻人》，还与西戎合写了《扑不灭的火焰》，与孙谦合写了《山花》《高山流水》《新来的县委书记》等；孙谦除与马烽合写的电影剧本外，自己还单独创作了《农家乐》、《光荣人家》、《陕北牧歌》、《葡萄熟了的时候》、《夏天的故事》、《谁是被抛弃的人》、《春山春雨》、《伤疤的故事》、《谁是凶手》（改编）等，还与其他人合作写了《丰收》、《未完成的旅程》、《万水千山》（改编）等；西戎与他人合写了《兴业春秋》；胡正与他人将自己的《汾水长流》改编为电影文学剧本；就连赵树理也为创作电影剧本而草拟过“电影故事”《表明态度》。他们对于戏剧文学的特别偏爱，由戏剧而兼及电影，这种文学样式上的选择，正体现了一种平民化、通俗化的倾向。

综上所述，就山西地区的文学历史来看，确实存在着一种一脉相承的文学精神，这便是对文学的平民化、通俗化和现实性的艺术追求。其突出表现形式是：重视民间文艺传统，注重从民间文艺中汲取丰富的养分，选择与民众紧密联系的传播方式，并借鉴通俗化的艺术手段、技巧和语言等。在“山药蛋派”作家的身上，我们可以清晰地看到这种地域性文学精神的延续。从上述论述中，我们特别注意到山西地区特有的“戏剧”传统，以及“山药蛋派”作家及其创作与民间戏剧的密切关系。这是一个非常引人注目的现象，因此，这也必然是了解“山药蛋派”作家作品与地域性文学传统之间关系的一个最重要的窗口。

第二节　小说创作的“戏剧化”倾向

“山药蛋派”作家作品深受山西地方戏剧的影响，这种影响不仅体现在作家们直接的戏剧或电影的创作上，更是渗透到了各个方面。“山药蛋派”虽是以小说著称的文学流派，但他们的小说中带有明显的“戏剧化”倾向，这从更深刻的方面昭示了地方戏剧对他们潜移默化的影响。

关于“山药蛋派”小说的“戏剧化”倾向，很早就有人从个别的方面提出来过。例如，李广田在1948年撰写的《关于戏剧》一文中曾发表过这样的见解：

> 正当我阅读莎士比亚悲剧之际，恰好有机会看到了赵树理先生的《李有才板话》。那时我这样想：《李有才板话》的快板部分，在其立场、作用这一点上，酷似莎士比亚悲剧中歌队（the chorus）说唱的快板，两者都是反映人民大众的意见的。[1]

此后，日本学者今村与志雄也认为，“赵树理作品中，利用民间文学形式表现得最明显的是《李有才板话》”，“小说中的主

1　李广田：《关于戏剧》，转引自今村与志雄《赵树理文学札记》，黄修己编《赵树理研究资料》，第472页。

人公李有才（作者借用他的口）即兴所作的快板，确实应该看作是戏剧风格”。[1] 这里，李广田和今村与志雄都是就《李有才板话》中的快板的戏剧风格而言的，而我们所要强调的“山药蛋派”小说的戏剧化倾向，是就更为广泛的方面而言的，它涉及“山药蛋派”小说的叙事方式、人物类型、结构方式、审美取向等诸多方面。

人们通常很容易地就能指出，“山药蛋派”的小说作品总是以完整的故事和生动的情节见长，这些作品不注重场面的描写、外形的刻画和内心的雕镂。一般认为，这主要是接受了中国传统的评书艺术的影响，这当然是毫无疑问的。但同时，这与“山药蛋派”的“戏剧化”眼光也是有关系的。例如注重“故事”，赵树理就曾讲过，“我写的东西，一向虽被列在小说里，但在我写的时候却有个想叫农村读者当作故事说的意图”，是有意识向“‘说故事’这种文娱活动形式”“方面努力”。[2] 这里强调故事的能“说”，可见作者预设的服务对象不是靠“读”来接受，而是靠“听”来接受的。这种预设的接受方式，使作品自然而然地要向表演艺术的戏剧靠拢。赵树理也曾说过，戏剧上的一个重要的要求是“故事的结构务求集中，在短时间内达到最多的效果”[3]。如果小说的主要目的不是让人细细地去解读，而是要让人一听便全然明白，那

1　李广田:《关于戏剧》，转引自今村与志雄《赵树理文学札记》，黄修己编《赵树理研究资料》，第471—472页。

2　赵树理:《卖烟叶》，董大中主编《赵树理全集·第二卷》，第425页。

3　赵树理:《运用传统形式写现代戏的几点体会》，董大中主编《赵树理全集·第四卷》，第588页。

么自然也要像戏剧一样，力求故事结构的集中。为了实现这种“听”的效果，“山药蛋派”的小说其实是多少借鉴了传统戏剧“对付”观众的经验的。赵树理曾研究过戏剧的剧场效果问题，他认为在观众很少的小剧场中演出的小剧种，常常是声调柔和但音量较小，颜面表情多、粗放动作少；而在乡村露天剧场演出，台下观众多，人声嘈杂，观众精力不易集中，且多数观众缺少细细品味的兴趣，因而要求台上所演的戏必须是动作粗放、声调强烈的。赵树理指出，“传统剧种对付这种场面似乎都有点经验，我们的话剧下乡演出或者在农村成立话剧团，须得先对这种场面拟出对策”[1]。面对农村观众时，特殊的戏剧要求包括动作粗放、不求精细、故事性强等，这种“经验”事实上也被“山药蛋派”运用到小说创作中，即注重小说作品的故事性、较少细致刻画、人物行为的描述一般较粗放。茅盾就曾指出马烽、西戎的《吕梁英雄传》中，“人物描写粗疏”，“未能恰如其分地刻画了人物的音声笑貌”。[2] 也曾有人认为赵树理“对于故事情节只是进行白描”，“作品中所描写的都是些事件的梗概”。[3] 这些批评，其实都是从严格意义的“小说”这一文体出发所提出的，但“山药蛋派”作家们并未将小说当作纯文学意义上的小说来对待，乡村中戏剧的传播与接受方式，显

1　赵树理:《戏外话》，董大中主编《赵树理全集·第四卷》，第 571 页。
2　茅盾:《关于〈吕梁英雄传〉》，《中华论坛》1946 年第 2 卷第 1 期。
3　[美] 杰克·贝尔登:《赵树理》，黄修己编《赵树理研究资料》，第 40 页。

然在他们的小说创作过程中起着潜在的影响作用。

“山药蛋派”小说不注重场面的描述和景物的描写这一特点，其实与作家们的“戏剧化”眼光也是有关的。早就有学者指出，赵树理作品中较少写景，是因为他“从传统戏曲中受到教益。他看到旧戏舞台上并无布景，一张桌子可以当作城楼，又可以当座山。所以他也不为写景而写景，他描绘地方风光是为了给故事一个特定的范围，或者为了情节发展的需要”[1]。这正是指出了赵树理小说中少有景物描写是受传统戏曲影响这一事实。当然，这不仅止于受旧戏曲舞台布景的启发，这里还涉及学习戏剧的叙述方式的问题。戏剧的叙述方式不同于小说，戏剧没有直接的“叙述人”，一切都必须让人物用自己的行动、对话表现出来。“山药蛋派”小说不对人物心理和场面景物等作单独冗长的叙述与描写，而是注重通过人物的行动将其个性与心理表现出来，这实际上是在有意无意间降低乃至取消作为小说叙述人必须承担的直接描述的作用，这正体现出一种向戏剧叙述方式靠拢的倾向。在戏剧剧本中，过多的描述往往是多余的，因为描述性的东西作为“舞台提示”是可以的，但它与直接的舞台展示有很大距离。写戏剧的人，不可能不时时考虑戏剧的演出和舞台效果，必须关注到所有的内容如何最终转化为观众眼中的景象。因此，对于写剧本的人来说，

1 黄修己:《赵树理评传》，第 311 页。

必须时时有“观”者在,必须写能够“观”得到的东西。“山药蛋派”作家写小说时，实际上心目中也是时时设置“观”者的，他们只写那些能被观者“观”到的东西，而不写那些非直观性的心理活动和那些细腻的风景、情致。赵树理就曾说过，他“写风景往往要从故事中人物眼中看出，描写一个人物的细部往往要从另一些人物的眼中看出”[1]。对于“山药蛋派”小说的这一描写特点,早在20世纪40年代，陈荒煤、茅盾等人都曾指出来过。陈荒煤认为，赵树理的小说，“不论人物、风景都不作单独冗长的叙述与描写，都是夹杂在行动中来叙述描写。人物的心理与个性也是在自己的行动中来表现，或者通过旁人的观察（有阶级性的）来表现人物的形象、心理与行动”[2]。茅盾也指出,马烽、西戎的小说“力求简易通俗”，而忽略了“刻画细腻”，“对于每一场面的氛围的描写亦嫌不够”[3]。这些评价有褒有贬,但都确实抓住了“山药蛋派”小说描写上的特点。他们还注意到了这种特点与“民间形式”的关系，不过他们所谓的“民间形式”仅止于评书，而事实上还应包括民间戏剧。如果我们注意到“山药蛋派”小说对戏剧叙述方式的自觉吸收,那么,我们也许不会仅仅站在“小说”的立场上来对“山药蛋派”作品中的描写特点加以批评，所做的评价也许还会更为

1　赵树理:《〈三里湾〉写作前后》，董大中主编《赵树理全集・第四卷》，第301页。
2　陈荒煤:《向赵树理方向迈进》，黄修己编《赵树理研究资料》，第199页。
3　茅盾:《关于〈吕梁英雄传〉》,《中华论坛》1946年第2卷第1期。

中肯一些。

“山药蛋派”小说在叙述方式上的“戏剧化”追求，就使得这些小说具有很强的可表演性、可“观”性。也正因为如此，他们的小说极容易被改编为戏剧或电影。事实上，“山药蛋派”小说很轻易地就被改编成了戏剧和电影，其改编率之高，是中国现当代任何一个小说流派都难以比拟的。仅从《赵树理研究资料》一书中所收《根据赵树理作品改编的其他文艺品种目录》来看，赵树理的小说被改编为各类戏剧和电影的就有三十多篇次，这些统计还不包括那些未正式发表的、难以计数的地方小剧种的改编（例如《小二黑结婚》发表后，当时就被编成落子腔、中路梆子、武乡秧歌、襄垣秧歌等各种曲调的戏曲，因为这些改编有的未留下剧本，有的未正式发表、出版，所以难以统计）。[1]

给人物取用外号，这在“山药蛋派”小说作品中是一个很引人注意的现象。赵树理在这方面最为突出，仅《三里湾》这部作品，就有“糊涂涂”“常有理”“惹不起”“铁算盘”“能不够”“翻得高”“一阵风”“小反倒”等。其他作品中诸如“三仙姑”“二诸葛”“小飞蛾”“小腿疼”“吃不饱”等都是广为人知的人物形象。在“山药蛋派”其他作家的小说中，这种用外号的情况也是常见的，如“三年早知道”（《三年早知道》）、“伍参谋”（《伍二四十五纪要》）、

1 参见黄修己编《赵树理研究资料》，第701—706页。

“长烟袋”（《“长烟袋”》）、“后山王”（《“后山王”》）、“活财神”（《村东十亩地》）、“笑面虎”（《红契》）、“老婆嘴”（《老婆嘴退租》）、“风箱嘴”（《谁害的》）等。赵树理在《老定额》这篇小说的开场白中有这样一段话：“和我接近的同志们常劝我在写人物的时候少给人物起外号。我自己也觉着外号太多了不好，准备接受同志们的意见，只是这一次还想写一个有外号的人物，好在只用一个，对其他人物一律遵照同志们的忠告。”[1] 作家明知多用了外号“不好”，但在一边“接受”意见的同时，仍忍不住再次使用外号，这又是为什么呢？赵树理曾对给人物取用外号做过这样的解释和说明：

> 外号啊！有人说太多了。不过我想外号这个东西很好，它便于人们记忆……外号常常是人物性格的标志……我不过是把这些人物每人配了一顶合适的帽子罢了！[2]

可以看出，作者给人物取用外号，其实是为了简练地概括出一个人的特点，提示给读者，便于读者记忆，同时也融入了作者的褒贬评价。这与中国传统戏曲中的“脸谱”所起的作用是相同的。戏曲中的“脸谱”和给人物派定角色行当，这本身就是对人物身份地位的一种“规定”，作用也是便于让观众一眼看出人物特点

1 赵树理：《老定额》，董大中主编《赵树理全集·第二卷》，第 345 页。
2 赵树理：《谈〈花好月圆〉》，董大中主编《赵树理全集·第四卷》，第 362 页。

的主导方面，以利记忆，同时也在派定角色行当时，糅入作者对人物的定性评价，实际上也就是给“每人配了一顶合适的帽子”。“山药蛋派”小说中的取外号，与戏曲中的“脸谱”和派定角色行当，在思维上有一致性。取用外号也好，运用脸谱也好，都无非是将人物类型化了。这带来的长处是“人物性格的标志”很明显，有利于读者和观众的理解与把握；但缺点是将人物性格过于单纯化、固定化。“山药蛋派”小说中的人物，都带有类型化的特点，人物性格也基本比较单一，这是许多研究者都明确指出过的。

在“山药蛋派”小说中，那些最生动、最有色彩的人物，常常是最“戏剧化”的人物。例如，我们在《李有才板话》中的李有才、《饲养员赵大叔》中的赵大叔、《有准备的发言》中的田云山、《伍二四十五纪要》中的伍二四十五、《宋老大进城》中的宋老大等人物身上，可以看到民间文艺中常出现的谐趣式人物的影子。他们是乡间的智慧、正义感、谐趣和幽默的集合体。这类人物常常是被戏剧化了，一招一式，一言一行，一举手一投足，都带有很强的表演性质。这些人物在作品中常常是最能给作品增添声色、趣味、笑料的，但其性格特征也缺少多面性和丰富性。从形象塑造的角度看，这些都属于类型化的扁平人物。这些人物，不管作者是否给他们取用外号，事实上已在不自觉中给他们“每人配了一顶‘帽子’”，给了他们一张“脸谱”。因此，说到底，取用外号绝不仅是一种技巧的运用问题，而是体现了“山药蛋派”作家的“脸谱”化思维或曰类型化思维。

在“山药蛋派”小说中，我们常能发现有一种正反对应的对比性结构。例如，《汾水长流》中，与刘元禄和杨二香的不幸婚姻生活相对应的是郭春海和杜红莲的美满爱情生活；与赵玉昌那拉人下水的小酒店相对应的是促人进步的农业社的庙院；与周有富家的个体劳动中一家四口各怀心事、情绪低落、劲头松散相对应的是农业社的集体劳动中社员热情高涨、欢歌笑语、劳动竞赛的场面。《几度元宵》中，主要是以雅琴与沈翠叶不同的婚姻态度和后果的对比来建构作品的故事情节的。《韩梅梅》中，为突出韩梅梅，特地设置了张伟这个人物作为一种对比。《四访孙玉厚》中为证实孙玉厚的求实精神，安排了柳庄农业社与孙家寨农业社农田庄稼的对比。《卖烟叶》中贾鸿年与王兰的对比是作品结构的主干。《登记》中小飞蛾与艾艾母女俩的命运构成鲜明对比，这种对比无论从故事结构还是从主题表达来看都是举足轻重的。《赖大嫂》中立柱妈与赖大嫂在性格、人品、明理等各方面都构成对比。《宋老大进城》中宋老大代表的农业社与单干户王发祥在卖粮的遭遇上的对比，很有说服力地表达了作者的褒贬态度。如此等等，不胜枚举。对比性结构是戏剧中最常用的一种结构方式。戏剧在某种意义上可以说是一种结构艺术，它要求在结构中形成一种张力，而对比，正是形成这种张力的有效手段之一。此外，戏剧作为表演性艺术，作者在表达对于事物、人物是非曲直的褒贬评价时，作者无法跳到舞台上发表意见，如果借用剧中人作为作者的传声筒，又可能会破坏人物形象的完整性。于是，也不得不借助于对比的手段，通过比照不同人物的不同命运、通过对比不同行为的不同后果，让这种价值评判自然显现，让观众在“观”的过程中，能够立即理解和接受这种评判。在“山药蛋派”小说中大量出现这种对比性结构，显然与作家们对传统戏剧结构方式的汲取是有关系的。

除了对比性结构外，我们还注意到，在“山药蛋派”小说中还常常出现类似于戏剧中的结构性串线人物或结构性道具。赵树理曾经说过，《邪不压正》中的“小宝和软英这两个人，不论客观上起的什么作用，在主观上我是没有把他们两个当作主人翁的”，两个人的恋爱故事“是套进去的”，作品中“把它当作一条绳子来用——把我要说明的事情都挂在它身上，可又不把它当成主要部分。我在写《李有才板话》的时候，曾以这样的态度来用李有才，这次又用了一下软英和小宝。这种办法，我没有多见别人用过，我也不敢自以为是一种什么手法，只是为了方便起见”。[1] 这种方法确实如赵树理所说，在一般的小说中并不多见，但这在戏剧中却是一种常用的结构手段。在中国传统戏剧中，常有一类人物，他们虽是剧中人，却不承担剧情的主要部分，甚至也不

1 赵树理:《关于〈邪不压正〉》，董大中主编《赵树理全集 · 第四卷》，第 223 页。

对戏剧主要内容和主题思想的表达构成多大影响力，而主要只是起着结构上的作用，即为剧情的发展起串线（绳子）的作用。赵树理是自觉或不自觉地借鉴了这种戏剧的结构方式。有时，在戏剧中起串线（绳子）作用的不仅可以是人物，也可以是某种道具。这种道具，我们在“山药蛋派”小说中也能见到，例如《登记》和《传家宝》。《传家宝》中李成娘的箱子，《登记》中的罗汉钱，都起了结构作品的作用，许多“要说明的事情都挂在它身上，可又不把它当成主要部分”。《登记》发表后曾被改编为多种戏曲，一个值得注意的现象是，几乎所有的改编都不用原来的《登记》为题名，而都改用《罗汉钱》为题名。这正说明，戏剧家们的眼光是看准了罗汉钱对结构戏剧的作用，抓住了它，实际上就抓住了串起整部“戏”的“绳子”。这也该说是“为了方便起见”。这类结构方式在“山药蛋派”小说中其实并不少见，如马烽《野庄见闻录》中的邹老二、西戎《两涧之间》中的吕茂森和李小兰，在作品中都属于结构性串线人物；西戎《灯芯绒》中的灯芯绒、《一头骡子的故事》中的骡子，在作品中都起着结构性串线道具的作用。

我们曾论述过的“山药蛋派”作品中很少涉及爱情描写，即使有，也是“没有爱情”的爱情描写。这一特点除了我们已经论列的原因外，其实也与他们受地方戏曲影响有关，最起码，这在赵树理那儿可以找到确证。赵树理酷爱的上党传统剧目中，多为武戏，“古代的农民英雄、忠臣良将抵御外侮或者同内奸、投降派作斗争的。这可以说是这个剧种的‘脊梁’。其中最负盛名的是表现杨家将、岳家军的几个连台本戏……《闯幽州》和《三关排宴》可以算作这类剧目的代表”[1]。而赵树理本人就曾参与整理改编过《三关排宴》。上党戏重武戏，不善于表情，例如“北路梆子的《金水桥》和上党梆子的《彩仙桥》是一个题材。《金水桥》的‘三哭殿’写得缠绵悱恻，入情入理，令人赞叹不已。上党梆子不善于这样表现，就避开了这一场，加了一场‘拿府’（须生重点戏）和一场‘金殿’，让程咬金用斧来劈不听劝谏的唐太宗”[2]。总之，上党梆子的特点是重武不重文，重趣不重情。赵树理曾这样强调过，“根据古代戏曲、小说改写剧本，也要适合本剧种特点才行。上党戏不适合于表现爱情戏，所以《西厢记》质量虽然很高，全国各剧种都有移植的，上党传统戏就没有”[3]。在赵树理的小说中，我们也看到了这种重趣不重情的特点。很显然，赵树理小说不重爱情描写，与他受上党戏的熏陶是有着某种内在联系的。

赵树理在一篇谈曲艺的文章中说，他总觉得自己所写的作品赶不上传统的曲艺，“拿戏曲来说，古人把古人的生活歌舞化了，而今人还没有把今人的生活歌舞化，或者说化得不足”[4]。这段

1　栗守田、马天云：《活跃在太行山区的上党梆子》，山西省文化局戏剧工作研究室编《山西剧种概说》，山西人民出版社，1984年版，第121页。
2　栗守田、马天云：《活跃在太行山区的上党梆子》，山西省文化局戏剧工作研究室编《山西剧种概说》，第122页。
3　赵树理：《对上党戏曲的继承传统与整理改编的看法》，董大中主编《赵树理全集·第四卷》，第486页。
4　赵树理：《从曲艺中吸取养料》，董大中主编《赵树理全集·第四卷》，第417页。

话，其实也代表了他的某种艺术追求。事实上，我们在赵树理以及其他“山药蛋派”作家的小说中可以明显找到受戏剧影响而将生活“歌舞化”或曰戏剧化的痕迹。例如，赵树理的《小二黑结婚》是依据一个真实的事件改编的，但原事件的主人公岳冬至是因争取自由恋爱而被人杀害的，作者改变了岳冬至案件的悲剧结局，代之以喜剧的结尾。这显然是将生活“歌舞化”、戏剧化了。这种结局的处理，似乎与“山药蛋派”作家那种拘实性艺术思维不相吻合，却与他们接受的中国传统戏曲的某种思维定式相一致：中国传统戏曲的“团圆”式思维在“山药蛋派”小说中得到了较大程度的体现。赵树理明确表示：

> 有人说中国人不懂悲剧，我说中国人也许是不懂悲剧，可是外国人也不懂团圆。假如团圆是中国的规律的话，为什么外国人不来懂懂团圆？我们应该懂得悲剧，他们也应该懂得团圆。[1]

赵树理《小二黑结婚》的结局处理，其实正体现了“大团圆”这种传统戏曲的思维定式的影响。对此，早在20世纪40年代就有人指出来了：

1 赵树理：《从曲艺中吸取养料》，董大中主编《赵树理全集·第四卷》，第423页。

原故事的结局，赵树理觉得太悲惨了，他认为既然写反封建的东西，就应该给正面人物找下出路，照那个原来的结局，正面人物是被封建习惯吃了的，写出来不能指导青年和封建习惯作斗争的方向。可是当时是革命的初期，群众性的胜利，例子还不多，光明的萌芽，还仅仅是自上而下地支持着的（当时的村长大部分是上面委派的，所派的人还不一定是本村的人），除了到上级去解决，赵树理没有想到其他的办法。所以才由区长、村长支持着弄了个大团圆。[1]

所谓“给正面人物找下出路”，无非就是将事件经“歌舞化”（或戏剧化）处理，将“悲惨”的结局改为“团圆”的结局。

这里，值得注意的是，现实中“例子还不多”，“光明的萌芽”还缺少群众基础，于是作家所能找到的解决问题的办法，便只能是“到上级去解决”。这几乎成了赵树理以及“山药蛋派”小说中解决问题的一种套子。赵树理在谈他的《十里店》时曾说过这样的话：

《十里店》的领导力量本来是可以写出来的，但是因

1　董均伦：《赵树理怎样处理〈小二黑结婚〉的材料》，黄修己编《赵树理研究资料》，第212页。

为在形式上不愿意落套，就写不出——第一不愿落“支书不在”之套（在就不能太强，强了就没有“和平演变”）。支书去受训或养病，村里出了问题，等到他回来把问题解决了也是一法。第二是不愿落从上级解决问题的套……不采取常用办法，而采取怪办法，是这个戏的致命伤。[1]

这虽是谈《十里店》这部戏的创作，但对理解作者的小说创作也是有意义的。赵树理认为这个戏的“致命伤”是因为未“采取常用的办法”，“不愿意落套”。这就是说，他在以前的创作中，确实是存在着这么一种“套”的。所谓“支书不在”或“从上级解决问题”，其实在思路上是一样的，都是因为现实中没有群众自身解决问题的基础，只能靠来自上面的压力来解决，而这个“上面”更具体地就落实在“支书”和“上级”身上。这是一种为解决问题而解决问题的退路：现实中没有提供解决作家所提问题的成功的“例子”，而作家受“团圆”式思维定式的支配，又执意要将问题“解决”，最后自然就只能由“支书”、由“上级”出面，“支书”和“上级”成了作者解决一切问题的承担者。这种“套子”，在赵树理的小说《李有才板话》《邪不压正》《登记》《三里湾》中就很明显。《李有才板话》中，阎家山的问题，是靠县里

1 赵树理:《回忆历史 认识自己（摘录）》，董大中主编《赵树理全集·第五卷》，第417页。

派下来的农会主席老杨同志最终给解决的。《邪不压正》中，下河村土改中的问题最后是来了工作组才得以解决；软英与小宝的婚事，几经波折，最后还是区长出面做出答复，问题才得以解决。《登记》中，民事主任看不惯自由恋爱，拒绝给艾艾等两对自由恋爱的青年开结婚介绍信，于是他们的婚事久久难以解决，最后是婚姻法的公布和区委书记的支持，艾艾等人的“登记”结婚的问题才得到解决。在《三里湾》中，支部书记王金生对范登高的“思想问题”缺少斗争精神（是所谓“支书不强”的“套”），最后还是县委刘副书记来到三里湾组织了一次“小整党会议”才使范登高的思想多少有了转变。这类解决问题的套路，在其他“山药蛋派”作家的小说中也并不少见。例如《盖马棚》（西戎）：社长不在家，社里发生了矛盾，几乎到了不可收拾的地步，最后是社长回来了，问题于是得以解决；《行医事件》（西戎）：牛先生乡间行医，遭到不明事理的黄工作员的刁难，乡长也无力解决，最后是由乡长去找县委书记解决问题；《一篇特写》（马烽）：记者周英讲真话的稿件发表后，遭团县委刁难，最后是省里出面调查做了处理，才使问题得以解决——弄虚作假的团区委书记被撤职；《七月古庙会》（胡正）：工作组的魏志杰为抓生产，对群众一年一度的古庙会横加阻拦，魏与群众的矛盾僵持不下，最后是“从上级解决问题”——乡支书到县委请示，由县委书记的一纸信函解决了矛盾；《几度元宵》（胡正）：发生在翠叶与薛明身上的一系列难以解决的问题，最终都是靠巧遇地革委苗主任而得到一次次解决的。

如果说，“从上级解决问题”，其思路是依靠一种“势”（威势）的话，那么在“山药蛋派”小说中还有一种解决问题的套路，其指导思想则是依靠“术”（计谋）。这两种套路的关系是，解决问题时，大问题靠“上级”，小问题靠“计谋”。例如《三里湾》中，解决范登高的“思想毛病”这样的带有“方向性”的问题，是靠县委，而解决“刀把地”风波，却是靠计谋。三里湾扩社和开渠的一大障碍是“刀把地”掌握在抵制入社的马多寿手中，马多寿搞假分家，企图以此地已分给在外地当了干部的老二为由，拒绝与社里换地，干部们将计就计，利用这种假分家，来个弄假成真，让当了干部的马家老二献出了这块地，矛盾于是迎刃而解。《“锻炼锻炼”》中，杨小四采取了布置圈套的办法让“小腿疼”“吃不饱”自投罗网，然后又用“上法院”吓唬住她们，使她们就范，终于“解决”了农业社落后分子拖农业社生产后腿的问题。《杨老太爷》中，杨老太爷要扣留在外当干部的儿子铁蛋，村干部来个调虎离山计，把杨老太爷骗出家门，让铁蛋乘机溜走，从而解决了这一矛盾。《孟祥英翻身》中，孟祥英的婆婆不让孟祥英当妇救会主任，工作员利用孟祥英的婆婆“当村干部是件危险的事，早晚是要被四十军枪毙”这一糊涂认识，对孟祥英的婆婆说：“她干不了你就干！”孟的婆婆怕让自己干，便只好同意让孟祥英干，问题于是得以解决。[1]

无论是靠“势”还是靠“术”来解决问题，都只是事件的暂时结束，而并非问题的根本解决。这一点，“山药蛋派”作家们并非不清楚，但他们只能如此处理！他们过于追求对所提问题的解决，而在他们看来，新中国成立初期，人民政权刚刚建立，农民群众还普遍缺少觉悟，许多问题事实上也只能是自上而下地来解决；另外，在农村基层干部文化理论水平普遍低下的状况下，这些干部在处理许多具体问题时常常不是依据政策，而是靠某种民间智慧或计谋。因此，“山药蛋派”小说中采用的“势”和“术”的解决问题的方式，应该说是有当时的现实依据的。这里，我们所特别关注的是，这种“势”和“术”的套路，都显然带有中国传统戏曲影响的痕迹。在中国传统的“清官戏”“公案戏”中，这种“势”和“术”的解决问题的套路是最常见的。即以山西历史上的戏剧家关汉卿为例，他也常在剧作中采用这两种方式。例如他的《窦娥冤》就是一种“从上面解决”问题的套路：为窦娥申冤的是已做了大官的窦娥之父，是不是窦娥之父并不重要，重要的是为官的身份；他的《救风尘》是典型的靠计谋解决问题的套路：赵盼儿使计救出宋引章。这种套路的背后隐藏了一种中国传统戏剧的思维定式：有些问题在历史发展的特定阶段并无根本解决之可能，

1　赵树理:《孟祥英翻身》，董大中主编《赵树理全集 · 第一卷》，第 212 页。

而为了求得某种“团圆”的结局，以满足普遍的求“团圆”的欣赏心理，于是只能借助外力，这种外力常常就是以“上面”或“计谋”的面目出现的。“山药蛋派”小说中多用靠“势”和“术”解决问题的套路，显然是与中国传统戏曲的思维定式有着内在的联系的。

第三节　文学语言的通俗化追求

前面，我们着重强调了“山药蛋派”小说对地域性戏剧传统的继承。正因为山西地区有着特殊的演戏传统，因而传统戏曲本身对于最广大的山西群众来说就是属于最大众化、最具通俗性的文学样式。“山药蛋派”小说中所表现出的戏剧化倾向，从根本上来说，正是体现了一种文学的平民化、通俗化的追求。

在“山药蛋派”小说的语言使用上，也明显有一种戏剧化的倾向。赵树理曾说过：“我是喜欢用语言来表现人物的性格的。我不善于描写农民，是借助于语言，通过性格化的语言来表达他们对待事物的不同态度。”[1] 从语言角度看，戏剧因为是表演艺术，因此更重视人物语言，而对小说来说，人物语言并不是唯一的手段，它可以通过描述来表现人物，相对戏剧而言，描述是小说的重要

1　赵树理：《生活 · 主题 · 人物 · 语言》，董大中主编《赵树理全集 · 第四卷》，第 536—537 页。

手段。“山药蛋派”舍弃了小说可以通过描述这一长处，而特别重视人物语言，这也多少能体现出一种“戏剧化”的倾向。不仅如此，即使是在非人物语言中，“山药蛋派”小说也是尽量少用描述性很强的形容词，尤其是色彩形容词，而较注重动词的选用，使整个小说语言具有了很强的动作性。例如《传家宝》中写金桂搬箱子的动作：

> 金桂仍是笑嘻嘻地答应了一声“可以”，就动手把箱子一拖拖出床沿，用胸口把一头压低了，然后双手抱住箱腰抱下地去，站起一脚又蹬得那箱子溜到床底。[1]

仅仅一个搬箱子的动作，就用了“拖”“压”“抱”“蹬”四个动作性很强的词汇！戏剧是最注重语言的动作性的，“山药蛋派”小说语言的较强动作性，显然与作家追求戏剧化效果有关。戏剧在语言方面对“山药蛋派”作家的影响是潜移默化的，他们从小接触戏剧、酷爱地方戏，后来又多少从事过戏剧创作，因而在语言使用上难免留下戏文词的印痕。例如赵树理《三里湾》中的“糊涂涂来在你家门”[2]，“社里的‘政治组’和井南边的互助组

1 赵树理：《传家宝》，董大中主编《赵树理全集·第一卷》，第443页。
2 赵树理：《三里湾》，董大中主编《赵树理全集·第二卷》，第88页。

共同休息在井台附近”[1]等，将动词前置、介词结构后移的句式，就是典型的戏文词常用的句式。戏文词有时甚至会出现在他们的非文学的文章中，例如赵树理在《回忆历史 认识自己》一文中，讲到反复修改《十里店》耗费了许多时间时，用了这样一句话：“《十里店》一剧真害死我也。”[2]这句话极具“戏”味，在一篇非常严肃的总结自己创作生涯的文章中使用这种“戏”味很浓的语调，多少有些不合适，这也许是作者受戏文词影响太深，一时不留心而滑落出来的吧。赵树理使用语言词汇方面的戏曲化特征有时还体现在平时的说话和言谈之中。例如，上党梆子传统戏多为忠奸斗争，赵树理协助改编的上党梆子传统戏《三关排宴》就是一出忠奸戏。“忠奸斗争”给赵树理的影响甚至在语言词汇的使用上也有体现。在他写于1941年的《保全忠孝》一文中，就是借用传统的“忠孝”概念，并赋予其新的内容。据赵树理的亲友回忆，赵树理平时讲话，也常用“忠孝”这一类词语，他曾对他妹妹说过：“我在外边尽忠，你在家里尽孝！”[3]同样的说话方式也常体现在如沁水、阳城、晋城、平顺一带晋东南山区的农民身上。这种语言方式，明显带有一种旧传统戏戏文词的味道。而在这方面，赵树理与同样受地方传统戏曲熏陶的农民是毫无二致的。

---

1 赵树理：《三里湾》，董大中主编《赵树理全集·第二卷》，第109页。
2 赵树理：《回忆历史 认识自己（摘录）》，董大中主编《赵树理全集·第五卷》，第426页。
3 李士德：《王海宇采访录》，《赵树理忆念录》，第158页。

从语言使用的角度来看“山药蛋派”作家对地域性文学精神的承续，探讨“山药蛋派”作品的地域性特点，这无疑是一个非常重要的方面。当然，这就不仅仅是一个受地方戏曲影响的问题了。

山西历代文学家们，他们共同的平民化、通俗化的艺术追求体现在文学语言的采用上，走的几乎都是向民间口语学习、汲取流布群众之口的活的词汇这一路子。“山药蛋派”作家在这方面也有着高度的自觉意识。马烽早在 1946 年就曾作文专门谈过“学习群众语言”的问题，他系统地阐述了群众语言的明确生动、丰富形象、比喻贴切、形容鲜明等特长，强调学习群众语言的重要性，并明确表述了自己的追求：“就是要用群众自己的语言，写群众自己的事情，给群众看”，力求作品的“尽量通俗”。[4] 西戎也曾在专谈文学语言的文章中指出，“必须熟悉群众的生活和群众的思想情感”，并从而“掌握群众的语言”，他认为，有时群众的语言更能达到“形象准确、简练地表达事物”的目的，比如秋天下连阴雨这件事，“知识分子叫绵绵细雨，农民说是罗面雨，后一种比前一种既简练又形象”。[2] 有关学习民间的口语，汲取流布广大群众之口的活的词汇的论述，在赵树理那里更为详尽、系统，他每当谈及群众化、通俗化问题时，都要涉及语言问题，足见语言的

4　马烽：《漫谈学习群众语言》，《马烽文集 · 第八卷》，第 157—159 页。
2　西戎：《语言问题漫谈》，《西戎文集 · 第五卷》，第 2225 页。

通俗化是文学平民化、通俗化的关键。看得出来，从理论到实践，从情趣到理性，各个方面，赵树理都特别注意语言的通俗化。他曾这样说起自己与群众口头语言的不可割裂的关系：

> 我的语言是被我的出身所决定的。我生在农村，中农家庭，父亲是给“八音会”里拉弦的。那时“八音会”的领导人是个老贫农，五个儿子都没有娶过媳妇，都能打能唱，乐器就在他们家，每年冬季的夜里，和农忙的雨天，我们就常到他家里凑热闹。在不打不唱的时候，就没头没尾地漫谈。往往是俏皮话连成串，随时引起哄堂大笑，这便是我初级的语言学校。
>
> 我在学生时代也曾学过五四时期的语体文（书报语，不能做口头语用）和新诗（语言上属翻译语），而且有一度深感兴趣，后来厌其做作太大，放弃了。[1]

这样一种特殊的经历，养成了赵树理对群众语言的偏好。他满带情感地说过：

> 我似乎对农民有些偏爱，总觉得农民的语言比较丰富、

---

1 赵树理：《回忆历史 认识自己（摘录）》，董大中主编《赵树理全集·第五卷》，第418—419页。

粗野、生动。到农村，声音有多大就喊多大，到城市讲文明，有些话就不好讲了。[1]

赵树理在新中国成立初期毅然离开居住多年的北京，回到自己的故乡，很大原因也是在于对故乡语言等方面的热爱。他说："到晋城的目的：……是语言、风俗都和自己的家乡接近，便于深入群众。"[2] 这里，可以看出，群众语言对"山药蛋派"作家来说，本就是他们最熟悉的语言环境。

语言与思维和心理是密切联系在一起的，语言方式常常标示出讲这种语言的人们的思维方式。而地域性群众语言则常常较多地积淀了地域性思维和心理特点。"山药蛋派"作家对"群众语言"的关注，一方面是为了便于表现群众的生活，另一方面他们自身也是在这种语言环境中孕育出来的，坚持使用这种语言，有利于他们思考问题，有利于他们自身思维方式的发挥，也更符合他们已形成的心理结构。或者用赵树理的话来说就是："熟悉的语言、熟悉的地方风趣是有助于使感情深刻化的。"[3]

"山药蛋派"作家在写作时所使用的"群众语言"，主要源自他们从小所生活的那个具体的语言环境。这些语言的获得和采用，

1　赵树理：《生活・主题・人物・语言》，董大中主编《赵树理全集・第四卷》，第 535 页。
2　赵树理：《回忆历史 认识自己（摘录）》，董大中主编《赵树理全集・第五卷》，第 424 页。
3　赵树理：《戏外话》，董大中主编《赵树理全集・第四卷》，第 570 页。

对他们来说，其实已不是一个需要多加探讨的理论问题，而是一种伴随着他们自身的生活经历而来的近乎必然的事。作家的语言方式往往是环境所造就出来的。赵树理这样说过：

> 我既是个农民出身而又上过学校的人，自然是既不得不与农民说话，又不得不与知识分子说话。有时候从学校回到家乡，向乡间父老兄弟们谈起话来，一不留心，也往往带一点学生腔，可是一带出那等腔调，立时就要遭到他们的议论，碰惯了钉子就学了点乖，以后即使向他们介绍知识分子的话，也要设法把知识分子的话翻译成他们的话来说，时候久了就变成了习惯。说话如此，写起文章来便也在这方面留神——“然而”听不惯，咱就写成“可是”；“所以”生一点，咱就写成“因此”；不给他们换成顺当的字眼儿，他们就不愿意看。字眼儿如此，句子也是同样的道理——句子长了人家听起来捏不到一块儿，何妨简短些多说几句：“鸡叫”“狗咬”本来很习惯，何必写成“鸡在叫”“狗在咬”呢？[1]

赵树理曾举过这样一个例子，来说明群众对过于书面化的语言方式的拒斥力。他说：“在太行时，群众把‘自由之神在纵情歌

1　赵树理：《也算经验》，董大中主编《赵树理全集·第四卷》，第 208 页。

唱’唱成‘自由之神在宗清阁上’。因为他们不懂得‘自由之神’和‘纵情’是什么东西。”[1] 类似的例子马烽也列举过，他说，曾有一位同志参加革命以后，以抒情笔调给农村的老母亲写了封信，信中表达了自己革命的决心和克服困难的勇气，但信中的语言却过于书面化了：“我——你的亲爱的儿子——要像暴风雨中的雄鹰一样，在那布满浓云密雨的天空中展翅飞翔。任狂风猛烈地吹吧！任骤雨倾盆地下吧！我将要不顾一切地冲向前去，迎接那灿烂的阳光……”[2] 老母亲不识字，请乡村一位老先生给读。老先生看了半天，不明白是什么意思，只好把上边那段原话念给她听。老母亲听后非常伤心，说：“天爷，这是出什么事了，为啥要变鹰？还偏偏要在大风大雨里飞。唉！这孩子一点也不注意身体，就不怕着了凉？”[3] 面对这种群众对书面语言的拒斥力，“山药蛋派”作家在语言使用上的选择余地其实是很有限的。他们虽然作为乡村知识分子，曾受过书面语的教育，在语言使用上原本是可以多一种选择的，但他们自身是农民出身，后来又几乎一直工作在农民群众之中，他们所处的生活环境和语言环境的影响力又是难以抗拒的，或者说他们压根儿就未曾想抗拒，正因为如此，在语言使用上他们更多地是被环境所造就的。

---

1 赵树理：《在文风座谈会上的发言》，董大中主编《赵树理全集·第四卷》，第 395 页。
2 马烽：《不要忘了读者对象》，《马烽文集·第八卷》，第 167 页。
3 马烽：《不要忘了读者对象》，《马烽文集·第八卷》，第 167 页。

上述情况可以很好地用来说明“山药蛋派”作品在文学语言上的地域性特征。非山西作家在写山西生活时，虽然也可以有意识地采用一些山西地区的群众语言，但终究难达到炉火纯青的地步。一种语言只有在被同一环境生成的语言使用者所使用时，它才能与语言使用者的思维方式和心态融汇在一起，而显得贴切、融洽、自然。否则，虽然在词汇、语句上的模仿能达到逼真的地步,但在说话的“方式”上（与思维方式和心理结构的特点相关联）却难以达到神似的境界。赵树理曾指出过：

> 学语言不能只凭记录，因为不论说话和作文，要是查着记录来拼凑语言，那只能证明他的语言还没有学到足够应用的程度……我们学语言一定要学到见景生情，要甚有甚。[1]

这段话用来说明地方性语言的学习和运用也是很合适的。要想对地域性群众语言的使用达到“见景生情，要甚有甚”的境界是极不容易的，这必须是“每天在这些人群中生活，那些好话和那些好的说话风度、气魄就会填满我们的记忆”[2]。就山西地域性语言在作品中的使用而言，“山药蛋派”作家无须刻意追求，就能轻而易举地达到“见景生情，要甚有甚”的境界，而对非山西籍

1　赵树理:《语言小谈》，董大中主编《赵树理全集·第四卷》，第450页。
2　赵树理:《语言小谈》，董大中主编《赵树理全集·第四卷》，第450页。

作家而言，这实在不是一件易事。我们之所以在读非山西籍作家表现山西生活的作品时，难以感受到“山药蛋派”作品中那么浓烈的地方风味，语言的使用是一个重要的原因。

当然，我们不能将“山药蛋派”作家对山西地区群众语言的使用仅仅看作一种生存环境和语言环境的被动结果。“山药蛋派”作家在文学语言的使用上是自觉追求大众化、通俗化的，虽然他们囿于自身的经历，在谈论所谓“群众语言”时，心目中的具体的“群众语言”必然是具有山西地域特性的，但他们追求的方向似乎并不局限于山西地方语言这一狭窄的范畴。因此，他们对文学语言的大众化、通俗化的理解具有了更广泛的意义。赵树理曾反复讲过：

> 在用地方语汇时，也得照顾到不妨碍广大读者的欣赏。比如说：山西农民说话很风趣、生动、准确，是书本上找不到的，但全用这种山西方言写作，别的地区、风土人情各异的读者群就会看不懂，所以也最好不用。[1]

> 我是山西人，说话非说山西话不可，而写书则不一定都是山西话，适当用一点是可以的。作品中适当用方言，

1　赵树理：《做生活的主人——在广西壮族自治区文艺创作座谈会上的发言》，董大中主编《赵树理全集·第四卷》，第543—544页。

使作品有地方色彩，乱用了也会搞糊涂的。[1]

马烽、西戎也分别说过类似意思的话：

写文章要尽量通俗，但要尽量避免用过于偏僻的土话。因为那样，反使好多地区的人看不懂。[2]

有些写作者，常常在自己的作品中喜欢运用方言、土语。对于方言土语，如果用得合理得当，表现事物传达思想，也准确生动，并为广大读者所能理解，当然可用，否则不可滥用……有些方言土语，用在文学作品中局限性过大，怪里怪气，用了之后，也并不能使作品增色，读起来也非常费解。[3]

很显然，“山药蛋派”作家在文学语言使用上所追求的是一种广泛的通俗性，是为了使更多的群众能够读懂。立足于语言的地域特性，又不局限于此，这正可以说明，“山药蛋派”作家是在更高的层面上承续了山西地区文学传统中的平民化、通俗化的文学精神。

1　赵树理：《生活·主题·人物·语言》，董大中主编《赵树理全集·第四卷》，第536页。
2　马烽：《漫谈学习群众语言》，《马烽文集·第八卷》，第159页。
3　西戎：《语言问题漫谈》，《西戎文集·第五卷》，第2226页。

第七章　地域性文化特征与文学流派的命运

如前所述，“山药蛋派”作为一个文学流派，其最为显著的特征就是地域特性。这种地域特性对于“山药蛋派”作为文学流派的确立、发展乃至消亡等都具有十分重要的意义。

文学流派的命运，是与它的主要特征紧密联系在一起的。如果说，一个文学流派得以确立的主要原因在于有一群具有共同艺术追求的作家，创作出了一批具有共同特点的文学作品，并以群体的力量产生了相当的社会影响的话，那么，“山药蛋派”作为文学流派得以确立的最主要的原因就是：有这么一批三晋地域文化养育而成的作家，他们无论在生活经历还是在文化精神、文学传统等方面，都与这种地域文化有着难以剥离的联系，同时，他们又都共同自觉地去努力将这种地域文化内容表现在作品中，创作出了一批在表现对象、观照事物的角度、审视问题的眼光、审美情趣乃至表达方式上都打上地域性烙印的作品，而且这批作品在其时以及其后都曾产生过巨大的社会影响。当然，一个文学流派能否得到充分发展，也必然系于流派所呈现的特点上，即作为该流派赖以确立的主要特征到底在多大程度上适应了时代对文学的要求。“山药蛋派”作为一个文学流派的命运，它的产生、发展乃至消亡，其主要的根源也理应从“山药蛋派”所赖以确立的地域文化特征方面去加以考察，即注重从“山药蛋派”所呈现的地域性文化特征于不同时期在全国的整体性文化趋向中所处位置来看“山药蛋派”作为一个文学流派的历史命运。

孙犁曾这样谈起过赵树理，他认为，赵树理“如果没有遇到抗日战争，没有能与这一伟大历史环境相结合，那么他的前途，他的创作，还是很难预料的”[1]。虽然在学校他就是一个文艺爱好者，但“按照当时一般的规律”，他毕业后“可以沉没乡塾，也可以老死户牖。即使他才情卓异，能在文学上有所攀登，可以断言，在创作上的收获，也不会达到我们现在所能看到的高度”，“这一作家的陡然兴起，是应大时代的需要产生的。是应运而生，时势造英雄”。[2]这段话对评价整个“山药蛋派”都是适用的。的确，这个流派的“陡然兴起”，是与抗战时特殊的“历史环境”密切相关的。但问题是，抗战时期人们为什么特别青睐这批山西籍作

1　孙犁:《谈赵树理》，黄修己编《赵树理研究资料》，第294页。
2　孙犁:《谈赵树理》，黄修己编《赵树理研究资料》，第294页。

家？在各个抗日根据地中为什么主要只是催生了这样一个以山西地域文化为其主要特征的文学流派？“山药蛋派”作家的作品出现后，很快便开始走红，这与山西地区在抗战时期的重要位置有关，也与山西地域文化内容的许多方面较大程度地顺应了抗战时期的文化取向有关。

“山西表里山河，称为完固”的地理形势，使山西成为军事上的战略要地；加之，山西自古多有游牧民族的侵扰与融合，受到颇多尚武精神的影响，形成了剽悍、刚劲的民风民性。这种地理形势的特点与人文特点，使得山西在中国历史上，尤其是在政治、军事史上占有特别重要的地位。因此，自古就有“天下之形势,必有取于山西”的说法。“中国历史上有三个分裂动乱的时期，即春秋战国、十六国北朝、唐末五代，在这三个时期中，山西地区都形成了一些割据势力或局部政权，对于黄河流域的中原地区，乃至对于全国的政治、军事局势,居于举足轻重的地位”[1]。正是由于山西这种特殊的地理形势和尚武劲悍的人文条件，因而在抗日战争时期，山西也必然地要在政治、军事上占据十分重要的战略地位。事实上，中国共产党领导的四个主要抗日根据地中，与山西有关的就占了三个。正因为如此，山西在当时成了人们关注的重心之一：山西的现实情形、那里的斗争形势以及人民的生活状

1　冯宝至:《三晋文化》，第 72 页。

况等，这一切都可能引起人们一种普遍的兴趣。“山药蛋派”作家，主要是写自己身边发生的山西人民的斗争和生活，恰恰由于山西处在大时代冲击圈的中心地带，因而他们即使是写身边发生的事情也往往具有较大的典型意义，其作品引起人们的注意也是理所当然的事。虽然，其时写山西生活的并非止于“山药蛋派”作家，但“山药蛋派”作家独特的经历，使他们更能够“同身边的战士，周围的群众，休戚与共，亲密无间”[1]。他所“要写的人物，就在他的眼前，他要讲的故事，就在本街本巷。他要宣传、鼓动，就必须用战士和群众的语言，用他们熟悉的形式，用他们的感情和思想”，而这些东西就在“山药蛋派”作家的“头脑里，就在他的笔下”。[2]“如果不是这样，作家是不会如此得心应手，唱出了时代要求的歌。”[3]因此，可以说，是抗战这样一个特殊的时代给予了“山药蛋派”作家所需要的“用武之地”，他们“遇到了最广大的场所，最丰富的营养，最有利的条件”。[4]可以设想，如果不是山西地区独特的战略地位，如果这批作家当时并不是生活、工作在山西这几块抗日根据地，那么他们也许不会这么得心应手地写出这么多引人瞩目的作品。

不仅如此，更为重要的是，山西地域文化内容的许多方面，

---

1 孙犁：《谈赵树理》，黄修己编《赵树理研究资料》，第295页。
2 孙犁：《谈赵树理》，黄修己编《赵树理研究资料》，第295页。
3 孙犁：《谈赵树理》，黄修己编《赵树理研究资料》，第295页。
4 孙犁：《谈赵树理》，黄修己编《赵树理研究资料》，第295页。

恰好顺应了抗战时期的文化取向。前述的山西所具有的毅武倔强的人文特点，这首先就是反侵略战争中所必须提倡的一种民族精神。山西民性中的质朴俭啬的特点，在抗战时期的物质贫困和斗争险恶的形势下，也是一种需要张扬的品性。尤其是从文化价值的取向看，三晋文化中的“崇实”精神，重实干、重实利、重实轻名、重利轻文的取向等，与解放区的文化发展的总趋向也恰恰是相一致的。

战争，最直接表现为一种物质的、军事的人与人之间的对抗，因此，物质力量和血肉之躯的人的力量等被提升到了受高度重视的地位。相比之下，与直接的抗战无关的，或看似无关的方方面面，都有可能被忽视。在一切为了抗战、一切服从抗战的思路下，整个文化的价值取向也必然要向作为抗战主体力量的、直接从事物质创造和生产的、直接投身于抗战军事斗争第一线的兵民倾斜，正是在这样的背景下，整个抗战时期在文化趋向上明显带有一种重实轻名、重利轻文的倾向。知识分子、作家诗人们在抗战中唯一能显示其价值的，就是放弃原先熟悉的在精神世界遨游的习性，彻底地与抗战的一切实干性、实利性要求相契合。又由于解放区更明确地是以工农政权为旗帜的，因而也更明确地强调以工农（更确切地说是农民）的价值取向为主导，所以在解放区，重实轻名、重利轻文的文化倾向在当时几乎成为一种风尚。延安文艺整风运动以及当时明确提出的工农兵方向，其实都是这种文化价值取向的重要体现。既然这种文化价值取向原本就是三晋文化的重要组成部分，那么，在整体的文化发展趋向中，三晋地域文化实际上也处在中心位置。

上述情况，对“山药蛋派”作家来说，确实是一次难得的机遇：他们在作品中所反映的是自己熟悉的山西地域性文化内容，但因为这种地域性文化内容在整体文化趋向中处于中心位置，他们的作品也因此获得了更加广泛的全局性意义。同时,“山药蛋派”作家自身所具有的地域文化特征，也使他们在当时的文化时尚之下成了时代的宠儿。当一大批来自全国各地的知识分子和作家诗人们汇聚在陕甘宁边区，苦苦地探索着文艺的大众化道路（从价值取向到艺术形式）时，深受三晋地域文化崇实精神熏陶的土生土长的“山药蛋派”作家们，凭借其原所固有的（伴随着自身经历而来的）务实性价值取向和对通俗化艺术形式的追求，在最大程度上满足了解放区文艺大众化的需求。于是，他们的创作一下子就具有了方向性的指导意义。

赵树理在创作《小二黑结婚》时，并没有读到《在延安文艺座谈会上的讲话》，这一点他生前曾多次讲过。早在20世纪30年代，赵树理就已“发下洪誓大愿，要为百分之九十的群众写点东西”[1]，用赵树理自己的话说:“我有意识地使通俗化为革命服务

1 荣安:《人民作家赵树理》，黄修己编《赵树理研究资料》，第30页。

萌芽于一九三四年,其后,一直坚持下来。”[1]陈荒煤在1947年写《向赵树理方向迈进》一文时也明确指出:

> 十五年前,赵树理同志就有过这样的思想,也曾做过这样的写作:要“夺取封建文化阵地”。他感到中国当时的“文坛太高了,群众攀不上去,最好拆下来铺成小摊子”……赵树理同志早先从事写作的目的就是如此。[2]

陈荒煤在提出“向赵树理方向迈进”时,一方面认为“赵树理同志的创作就是最朴素,最具体地实践了毛主席的文艺方针,因此他获得如此光辉的成就”,但另一方面又承认,“这是他在生活、思想情感与创作准备各方面都早已成熟,又经过长时间实事求是的奋斗与努力的结果”[3]。因此,与其说是赵树理等“山药蛋派”作家在追随延安文艺整风后提出的文艺大众化的方向,还不如说是当时理论上倡导的文艺大众化方向在赵树理等“山药蛋派”作家那里找到了实践性的范本。如果说赵树理的创作受到了延安文艺整风运动的影响,那么这种影响主要体现在赵树理等人的创作恰好顺应了解放区文艺整风后所倡导的文艺大众化方向,因此他

1 赵树理:《回忆历史 认识自己(摘录)》,董大中主编《赵树理全集·第五卷》,第419页。
2 陈荒煤:《向赵树理方向迈进》,黄修己编《赵树理研究资料》,第200页。
3 陈荒煤:《向赵树理方向迈进》,黄修己编《赵树理研究资料》,第200页。

们获得了创作上的广阔空间。没有文艺大众化方向的提出，以赵树理为代表的“山药蛋派”创作自然难成气候，但同时也正因为有了赵树理等人的创作，当时的文艺大众化的口号才得以落到实处。解放区文艺大众化方向最后几乎就被具象化为“赵树理方向”，这绝不是偶然的。作为一种方向性的范本，赵树理等人的创作在解放区一度成了文艺工作者们“反复热烈讨论”的对象，“赵树理的创作精神及其成果”也被一致视为“边区文艺工作者实践毛泽东文艺思想的具体方向”，[1] 成为“衡量边区创作的一个标尺”[2]。陕甘宁边区汇聚了那么多来自全国各地的知识分子、作家诗人，他们最先接触到《在延安文艺座谈会上的讲话》的精神，却未能最先创作出具有方向性范本意义的作品，也未能形成一个像“山药蛋派”那样具有大众化特点的文学流派，其原因也许正在于文化价值的取向以及与之相应的审美取向的转变并非一件轻而易举的事。“山药蛋派”作家的成功，正得益于他们在三晋文化氛围中早已形成的文化价值取向和审美取向。

可以说，地域文化在整体性文化趋向中的地位、命运，在一定程度上也决定了以该地域文化为主要特征的文学流派的命运，“山药蛋派”文学得以“陡然兴起”的原因也正在于此。在新中

---

1 《进一步明确创作方向交流经验 文联召开文艺工作座谈会 一致认为应向赵树理创作方向学习》，《人民日报》1947 年 8 月 10 日第 2 版。

2 陈荒煤：《向赵树理方向迈进》，黄修己编《赵树理研究资料》，第 197 页。

国成立初的十多年间，由于三晋文化的许多方面，如倔强、勤俭、务实、重实干等文化精神，与在“一穷二白”基础上建设国家所需的国民精神的主导方面相契合；那种重实用、重乡土的审美取向，与新中国成立初期人民中普遍存在的民族、乡土情绪（对当时所谓的国际压力的反映）相吻合；那种重实轻名、重利轻文的文化价值取向，也与新中国成立后持续进行的知识分子思想改造运动的基调相协调。如此等等，才使“山药蛋派”这样一个以地域文化为主要特征的流派继续得到了充分发展的历史机遇。但随着时代的变迁和社会的发展，像山西这样自古以来就属利于武功而未必利于文治的地域，在全国工作重心发生转移、工业化起步、文化朝着更广阔方向发展的情况下，其地域文化的重要性也必然由中心位置走向边缘地带。如果山西地域文化的许多方面已不再像以前那样对全国具有指导意义和普遍的提倡意义，那么以这种地域文化为其主要特征的“山药蛋派”也必然不会再像以前那样受到来自各方面的大力扶持和推崇，“山药蛋派”曾经享有的“最广大的场所”和“最有利的条件”也将随之失却。这样，以山西地域文化为主要特征的“山药蛋派”作为一个流派的继续发展，理所当然地会变得十分困难。借用孙犁在《谈赵树理》一文中的话说：“每个时代都有它自己的歌手。但是，歌手的时代，有时要成为过去。这一条规律，在中国文学史上，特别显著。”[1]“山药

1　孙犁：《谈赵树理》，黄修己编《赵树理研究资料》，第295页。

蛋派”作为一个文学流派，起始并兴盛于20世纪40年代，直到20世纪50年代还依然保持着发展的势头。20世纪50年代后期到60年代初，又先后出现了刘怀德、韩文洲、李逸民、义夫（孙思义）、田东照、杨茂林、草章等作家，他们多是在“山药蛋派”老作家的发掘、扶持和影响下成长起来的，他们的创作在风格特征上与“山药蛋派”老作家们有所趋同，有人将他们称为“第二代”的“山药蛋派”作家。但他们在各方面对“山药蛋派”的发展并无新的贡献，最多只是在作品的量上为该流派增加积累，而且看得出来，他们作品中的地域文化味已显然不如“山药蛋派”老作家们作品中的那么浓烈。其实“山药蛋派”也就到此为止了。尽管有人出于良好的愿望，指称还有“第三代”“山药蛋派”作家，但这些被称为“第三代”的作家已大多失却了“山药蛋派”的原味（关于这一点，我们后面还要论及）。还有人提出要通过“改造”来发展“山药蛋派”的主张，但如果“改造”的结果是改变了作为流派的最主要的特征，那么该流派自身实际上就已经在这种“改造”中被消解了。

应该说，以三晋地域文化为其主要特征的“山药蛋派”作为一个文学流派，它的确立、发展和消亡的命运，都与三晋地域文化自身的命运息息相关。这还不仅仅是指三晋文化在整体文化发展趋向中所处位置的变化这一情况。事实上，随着新中国成立后的各项事业的快速发展和深刻变革，山西地域文化的变异性也是非常大的，那种原先由于交通闭塞、教育落后等原因而保存完好的独特地域特性，在经济、交通、文化、教育等条件得到根本改善后迅速发生变异。尽管山川风貌属相对稳固的自然因素，但随着不断的资源开发、铁路公路的修建、各种现代化建筑设施的崛起等，山西的自然景观已发生了较大的变化；原有的人情、乡俗，虽从形式看还有若干存留，如岁时祭祀礼仪、婚丧嫁娶的排场等，但民风民性的变化还是很大的，如俭啬之风已有所淡化等；即使是语言，随着广播电视的普及，普通话不断给人们以熏陶，以及教育的普及，尤其是全国统一教材的使用等，都使山西人在语言方式、用词和构句上有了较大的变化。总之，“山药蛋派”笔下的三晋文化内容的许多方面都已发生了变化，许多地方性因素正在全国各地文化的交流、渗透、融汇中发生变异，并因而淡化了地域特性。因此，在文学作品中即使仍是反映山西生活，也已不可能再像20世纪四五十年代“山药蛋派”作品那样能以特异的“山西味道和晋阳气息”引人瞩目。对于“山药蛋派”那批老作家来说，他们在20世纪七八十年代的创作中或许还能多少凭借既往的生活积累去表现一些带有原汁原味的三晋文化内容（事实上，赵树理在20世纪70年代初就已离世，其他作家如马烽、西戎、孙谦、胡正等在新时期虽有不少新作，且艺术上更加成熟，但其乡土味已很难与他们20世纪四五十年代的作品相比），但对更年轻的山西作家来说，对此却已难以为继。粉碎“四人帮”以后，赵树理故乡沁水的青年作者潘保安写出了《老二黑离婚》，描写二诸葛、三仙姑、小二黑（已成老二黑）、小芹和他们的子女，三代人在“文革”中的经历、遭遇。作品发表后，引起了热爱赵树理作品的广大读者的兴趣。但这里的“兴趣”仍是冲着赵树理的《小二黑结婚》来的。《老二黑离婚》是因为“续”了赵树理作品中人物的命运而沐了《小二黑结婚》的余泽。事实上，作品除了从人物名字上能使人们回忆起赵树理的作品外，其他方面却难以让人领略到赵树理作品中所特有的丰富的三晋文化的内蕴。从以地域文化为其主要特征来看，作为文学流派的“山药蛋派”，随着山西地域文化独异性的丧失，事实上也必然走向消亡。

随着文化的发展，读者的审美情趣也发生了很大的变化，即使是向来被称为“平民”“大众”的那一层次的读者也不例外。赵树理等作家一再声称，自己的作品是为不识字或识字少的农民们而创作的，因而为了使作品适应这样的读者对象，他们在通俗浅显上面狠下了功夫。经新中国成立后数十年的发展，全国人口的文化程度得到普遍提升，包括占人口多数的农民的文化水平也有了大幅度的提高。就山西而言，1949 年以前，全省教育事业极端落后，文盲占总人口的 90% 以上；但到了 1982 年，全省文盲、半文盲人数占总人数的比例降为 17.98%。[1] 随着文盲数量的减少

1　山西经济年鉴编辑委员会编《山西经济年鉴 1985》，第 181—182 页。

和文化水平的普遍提高，广大群众有了更多的机会接触到各种各样的文学艺术，他们的欣赏视野逐渐开阔，欣赏品味也有所提升，因此单一的浅显通俗也许已不能满足广大群众的需求。同时，随着工业化的发展，全国人口的城乡构成也发生了变化。仍就山西而言，1949 年，山西乡村人口占全省人口总数的 92%；到 1982 年，全省乡村人口数占比下降到 79%。[1] 到了 20 世纪末，由于乡镇企业的发展以及农民大量加入劳务大军，纯粹意义上的农民人口更是大幅度下降。更重要的是，即使是农民，也早已改变了传统意义上的日出而作、日入而息、自给自足、节奏缓慢的生产方式和生活方式。生产、生活方式的改变，自然会在较大程度上改变人们的审美趣味和欣赏需求，“山药蛋派”当年为适应农民欣赏特点而形成的一整套艺术方式和艺术风格，也多少难以适应现代农民，尤其是青年农民对于艺术多样化的更加广泛的需求。

随着山西文化的发展和社会条件的改变，事实上也难以产生主要受三晋地域文化熏陶、养育的土生土长的纯“山西化”的作家了。新中国成立后，教育普及率显著提高，文化教育内容在全国范围内越来越趋于一致，同时各种传媒工具也越来越发达，在这种全国趋于一统的文化教育氛围中成长起来的作家，很难再像“山药蛋派”作家那样，在精神文化上完全认同并主要受三晋乡

1　张维邦主编《山西省经济地理》，新华出版社，1987 年版，第 47—48 页。

土文化养育。因此，即使有作家还想从内容到形式、风格上自觉继承“山药蛋派”的创作，但在思维方式、观照问题的角度和处理题材的方式上，都不可能真正回到“山药蛋派”的轨道上去了。新时期在山西涌现出了一大批有成就的青年作家，如成一（王成一）、韩石山、张石山、王东满、柯云路、李锐、郑义等，他们曾被文坛惊呼为“晋军”的新崛起。有人试图将这批作家归属为“山药蛋派”的“第三代”作家。如果仅仅将这批作家看作“山药蛋派”这一具体文学流派的延续，那就是极不科学的。对这批作家与“山药蛋派”的关系与区别，康濯在《山西作家群评传·序》一文中曾做过较为准确的评价，他说：

> 新时期以来，山西的中、青年小说家更是澎湃而出，并在旧有传统的基础上新潮迭起。如果说赵树理、马烽等开创的传统颇有点土气，即太行、汾水的黄土情浓；那么新时期山西的小说创作则既葆有土气，又反映了经拨乱反正而为过去不可想象但却确凿无疑和眼目一新的生活，以及改革、开放和人们思想上的变革、解放，更在艺术上带有崭新的时代精神和现代意识……在艺术选择和表现手法上更以多方位、多层次的新鲜、洗炼的特色，而令人感到他们既弘扬了山西前辈小说家的土气，尤为重要的是又比

前一发展时期有着更引人注目的变化和发展。[1]

即使是这批作家自己的自觉意识中，也没有在文化观念和艺术上认同于“山药蛋派”。例如，“生于赵树理的故乡，长在‘山药蛋派’的老家”的王东满，曾被认为是青年一代作家中受“山药蛋派”影响较大的一个，但他也曾明确表示:“我的这些作品，虽然有些‘师承’，但也未必尽是‘山药蛋’味。”[2]王东满虽“特别有幸得到”过“山药蛋派”几位老作家的“教诲与鼓励”，但他视这种“教诲与鼓励”为自己创作上奋发自励的动力，而并未因此在艺术上认同“山药蛋”味。[3]韩石山曾被一些评论家看作“山药蛋派”的传人，而事实上韩石山在艺术主张和情趣上都有大违于“山药蛋派”根本创作宗旨的方面，例如，“山药蛋派”那种“群众看得懂，政治上有用”的实利性创作动机，韩石山就很不以为然，他“对政治又不抱热情”，常认为应该“提倡一下为艺术而艺术”；他甚至表示自己写上几年小说就专事于散文、评论的创作，因为他认为“文学就是表现自我，小说不利于表现自我，散文、评论可以直接和读者对话，写起来更得心应手”，这与“山药蛋派”作家舍散文而就小说、戏剧的文体选择恰好是相反的；

1 康濯:《序》，崔洪勋主编《山西作家群评传》，第6—7页。
2 崔洪勋主编《山西作家群评传》，第256页。
3 崔洪勋主编《山西作家群评传》，第256页。

而且，人到中年的韩石山日渐向文人情趣皈依，日渐欣赏起“中国传统的知识分子的典型的气质”，“在中国古代作家中，他最欣赏苏东坡的文人气质”等，从这一切都可以明显看出，韩石山在根本上就与“山药蛋派”大异其趣。[1] 韩石山说过：“孩子不能老吃母亲的奶，每个人都有自己生活的时代，都有自己叫红的年月，时过境迁，如果固守传统，就要落后，但这种创新和进步，并不是说孩子就已超过母亲，只不过是各领一代风骚罢了。”[2] 话虽说得很谨慎，但显然韩石山对“山药蛋派”的态度不在认同，而是志在超越。再如张石山，他虽然喜欢赵树理的风格，但对赵树理笔法也只是“偶一试之”[3]。与“山药蛋派”不同的是，张石山除写农村题材外，还写了不少都市生活的作品；即使是写农村题材，他也很少去揭示农村现实中的“问题”，而主要是写自己童年时的乡村生活经历，其中不乏诗意的抒情的笔调。在山西这批作家中，更有许多原本就不是在山西土生土长的，例如成一，他出生在河南，后迁居山西太谷县城，家中以做鞋为生，不是地道的农民，之后他去到南开大学读书，1968 年才又回到山西原平县委当干事，这种经历使他在思维方式、文化教养等方面与三晋地域文化的联系并不深厚。再如柯云路、李锐、郑义等人，都是从北京到山西

1　崔洪勋主编《山西作家群评传》，第 219—220 页。
2　杨士忠：《我省小说创作的新势头》，马烽、李束为主编《山西文学艺术评论选（1979—1989）》，北岳文艺出版社，1991 年版，第 151 页。
3　崔洪勋主编《山西作家群评传》，第 222 页。

农村插队的知识青年，在真正了解和熟悉山西乡村生活之前，他们在文化观念、思维方式和心理结构等方面都已大致成型，因此，即使他们在作品中反映山西生活，但他们的视角不可能完全像山西本地人那样看待山西生活，也不可能完全认同受三晋文化养育的“山药蛋派”作家们观照问题的角度和处理题材的方式。成一在作品中最为突出的特点是使用心理描写的艺术手法，他不同意“山药蛋派”作家那种认为心理描写不适合于表现农民的见解。他认为，农民的心理也是非常丰富的，放弃了描写农民心理，“实在是丢掉了许多极富表现力的东西”，“特别是这些年，农民……更缩回到内心世界里去了”，因此他致力于将笔“直接深入到这个世界”。[1] 李锐也同样，他特别注重新的美学追求，运用心态描写、散文化的手法、放射型的结构等，在艺术表现上可以说是与“山药蛋派”作家毫无共同之处。其他诸如柯云路、郑义等人的作品，在表现内容、表现形式、艺术手段等各方面，也都与“山药蛋派”大相径庭。李锐、郑义以及其他后来被称为“寻根派”的一些作家，在作品中也着力挖掘过较为原生态的山西乡土民情和风俗习惯，但在思维方式和评判角度上与“山药蛋派”作家对乡风民性的展现完全不同，他们摆脱了那种仅限于再现、过于务实（贴近事实、现实）的表达方式，更注重从哲学意蕴上去加以把握。同是以乡

1 成一：《跟着生活探索》，《人民文学》编辑部编《作家文牍》，陕西人民出版社，1986 年版，第 183 页。

风民俗为表现对象，如果说“山药蛋派”是重具体、重现实问题的解决，那么“寻根派”则是重抽象、重人类生存状况的哲学性思考。山西“寻根派”作家所表现出的思维方式、处理题材的方式以及观照、评判问题的角度，已很难看出“崇实”的三晋地域文化精神影响的痕迹。而且“寻根派”作品中所写的山西生活（包括乡风民俗），只是作家寄托自己对人、对人类生存状况进行哲学思考的载体，因而作品所呈现的主要特征是很难用地域文化来加以概括的。将山西“寻根派”作家作品与“山药蛋派”作家作品做进一步详尽的比较研究，是一个十分有趣的大题目，已不属本书的论述范围，有兴趣者可以另作专门研究。这里要强调的是，所谓“第三代”的“山药蛋派”作家，他们事实上并未延续作为文学流派的“山药蛋派”的生命，而恰恰是在某种意义上起着消解“山药蛋派”特征的作用。

总而言之，随着时代的变迁和文化的发展，此后或许再难以出现像“山药蛋派”这样纯粹受三晋文化熏陶、养育的土生土长的“纯山西化”的作家了；即使有这样的作家，恐怕也难以创作出像“山药蛋派”作家笔下那样原味原汁的以三晋文化内容为表现对象的作品了；即使有这样的作品，恐怕也难以拥有像“山药蛋派”当年那样广大的读者群了。作为文学流派，“山药蛋派”已成为历史，但它作为中国现代文学史上的一个重要现象，毕竟曾经辉煌过，曾经独领风骚，曾经代表过一个文学时代。现在的读者可以选择不读或不喜欢读“山药蛋派”的作品，但文学史不会遗忘他们。尤其是作为中国现代文学史上独树一帜的以地域文化为标志的文学流派，它为文学史研究提供了一个难得的标本，提供了一个极具研究价值的研究对象。“山药蛋派”作为文学流派虽已终结，但它所具备的文学史意义和文化史意义都会是相当长久的。

后记

进行“‘山药蛋派’与三晋文化”这一课题的研究，对我来说既属偶然又有必然。说它偶然，是因为自己对该课题做系统研究的直接原因是受二十世纪中国文学与区域文化丛书编委会的约请，如果不是这次受约，最起码我不会在近期内放下手中的其他研究工作来专事于这一课题的研究。说它必然，是因为自己向来对中国现代乡土文学研究充满兴趣，并在这方面发表过一些研究文章。但“三晋文化”对我这样一个非山西籍人来说，毕竟是一个全新的领域。也许，这个课题由山西人来做更得心应手一些？但我又确信：研究地域文化，也许有时由此地人研究彼一地域更合适，最起码，在眼界方面可能更开阔一些，在界定其地域特性、进行价值评判等方面会多了一个参照系，因而也更具有理性的色彩，不会被研究对象所囿。当然，这也未必尽然。现在，这一课题的研究总算告一段落，堪可自慰的是，从材料收集到具体研究，我确实是投入了大量的时间和精力，总算是尽了自己主观上的努力。

“‘山药蛋派’与三晋文化”这一课题，注重的是关系研究，而所谓“关系”的找寻、发现和界定，必须是基于实证的。在“关系”研究中，最忌讳也最容易犯的弊病是泛泛而论，仅凭印象式的把握。结论应该落到实处，这里，材料的收集和发现有着重要的意义。本书在撰述过程中，我时时提醒自己，务求以材料说话，力避结论的牵强，在一些特别的情况下，不惜罗列材料，目的只有一个：在“山药蛋派”与三晋文化之间所搭起的必须是坚实的桥梁。“少一些哲学，多一点史学”的警言，是伴随全书撰述的始终的，我坚信，对于本课题的研究，非如此不可。研究成果一旦面世，作为一种社会存在，便评说不由己了，我期待着同行专家、学者们的批评和指正。

在本课题的研究撰述过程中，我有幸得到了有关专家的热情指导和支持鼓励。1992 年 9 月，在湖南长沙召开的二十世纪中国文学与区域文化学术研讨会上，我提交了本书的提纲，并做了发言，得到了与会专家的诸多鼓励。严家炎先生称这个发言“用丰富的材料，在系统、深入、中肯的论证中，把‘山药蛋派’的研究提高到一个新的水平线上，表现出很强的开拓精神”。我将这一评价视为对我的鼓励和鞭策。当时与会的钱理群、陈平原、赵园、吴福辉、凌宇、罗成琰、颜雄等诸位师友以及日本学者中岛碧先生，都对我的这份提纲提出了许多鼓励和极有价值的建议。这一切对我最终完成此书起了重要的作用。全书的主体部分是在北京大学做访问学者期间完成的，严家炎先生作为我访学的指导教师，对我完成本课题的研究给予了极大的关心和多方面的指导。陈平原先生更是从全书体例到研究进度以及资料线索等方面与我进行了多次具体的讨论。此间，在与国内著名现代文学史研究以及赵树理研究专家黄修己先生的通信求教中，也获得了他给予的许多鼓励、支持和中肯的意见。北京大学图书馆和北京图书馆的丰富藏书，为我完成本课题的研究提供了查找资料方面的有利条件。国家社会科学基金委员会将本课题列为国家社科基金资助项目，这为本课题研究的顺利进行提供了重要的保障。值此书出版之际，我谨向上述各位师友和单位致以诚挚的感谢！

1993 年 10 月

再版后记

《“山药蛋派”与三晋文化》一书完成于 1993 年 10 月，在书稿完成后，部分章节曾以论文形式陆续在学术刊物上发表，全书被列入“二十世纪中国文学与区域文化丛书”于 1995 年 8 月由湖南教育出版社正式出版。

该课题的研究，缘起于二十世纪中国文学与区域文化丛书编委会的邀约。我欣然接受这一邀约，则是因为我此前对文化与文学关系的研究已有一些关注和思考，对中国现代乡土文学研究有着浓厚的兴趣，并在这些方面取得过一些研究成果。早在《从文学的“方法热”到“文化热”》一文中，我对 20 世纪 80 年代中后期正兴起的“文化热”进行了思考，对当时“看似轰轰烈烈的‘文化热’背后，充满着真正的‘文化’困惑和理论的混沌”等状况进行了分析，并提出了不能“仅仅满足于大造‘文化’声势”，要“注意切实的文化研究工作”，要“以研究实绩来显示‘文化学’‘文化视角’的实践效用”。此后有一段时间，我尝试着从文化视角研究鲁迅。在《文化视角与鲁迅研究》一文中，我认识到“文化视角”“独特的功能”“是在于，一方面它便于把研究对象置于更为广阔的背景中加以考察，在纷繁的文化关系中加以解释，另一方面又可以把对现象的研究引入到更深的层面，用以揭示出隐于现象背后的深层意识、深刻的文化根源和精神实质，从而在更为本质、更为真实的基础上对研究对象做出评价”。尤其是“对于那些文化特征特别明显，舍弃文化研究、文化视角，就很难准确地加以解释和把握的研究对象，‘文化视角’的采用就成了接近研究对象本质的至关重要的途径”。“将鲁迅作为一种文化现象，从‘文化视角’来加以审视，这是基于鲁迅的明显的文化特征的考虑”。我发表的从文化视角研究鲁迅的系列论文后来集成专著《历史转换期文化启示录——文化视角与鲁迅研究》正式出版。我还尝试从文化视角研究中国现代乡土文学，发表了《三十年代乡土小说的文化意蕴》（《中国社会科学》1993 年第 5 期）等系列论文。可以说，上述研究和思考使我在完成“‘山药蛋派’与三晋文化”这一课题的研究时有了一定的理论和方法上的准备。

每一个具体的文学研究的对象，都有其最为适用或较为适用的研究方法和研究途径，任何一种研究方法和研究途径都不可能完全适用于所有的研究对象。“文化研究”或“文化视角”之于文学研究也是如此。对一些文学现象来说，这可能是最佳的方法和视角，但对另一些文学现象来说，也许就不太适用。这一方面取决于文学研究对象所具有的文化特性，另一方面取决于研究者对作为研究视角的独特文化形态、文化侧重面的选择。其关键要看作为研究视角的“文化”与作为研究对象的“文学”的契合度。“文化研究”或“文化视角”的有效性，只能在对适用对象进行实际有效的研究时才能体现出来。我选择从“三晋文化”的角度研究“山药蛋派”文学，是基于对“山药蛋派”文学的文化特性和对“三晋文化”独特地域文化形态的认知。“在中国现当代文学发展史上，也许没有哪一个文学流派比‘山药蛋派’更具有地域文化的特征和意义了。这不仅是指‘山药蛋派’的作品在题材上的地域性，即表现了三晋地区的地域性物事、人情、风俗、民性等，而且是指，在这种特殊的地域文化养育下这批作家所形成的相对一致的审美意识、主题思维以及处理题材的方式方法等，而所有这些又往往是其他区域的作家作品中所不具备或并不突出、并不明显的。可以说，从地域文化的角度来研究‘山药蛋派’，不仅可以从更广阔的范围来探讨‘山药蛋派’的成因，而且还能够以更多的渠道来揭示‘山药蛋派’的特征；同时，还有可能在对‘山药蛋派’作品的意义和价值的评估上有新的进展。”我在撰写《“山药蛋派”与三晋文化》一书的过程中，的确感受到了研究方法和研究途径的便利与有效。

我在运用“文化视角”来具体研究“山药蛋派”文学时，始终将研究的出发点和最终目的落在“文学”上。我认为,“文化研究”或“文化视角”之于中国现代文学研究，既是一种手段，也是一种目的。手段使用是否得当、是否有效，关键是看其研究的目的是否能够实现。在面对具体的文学研究对象——“山药蛋派”这一文学流派时，我注重从“文化”的角度加以审视：一是便于将文学现象置于更为广阔的文化背景中加以考察，在纷繁的文化关系中对其加以解释；二是可以把文学现象的研究引向更深层面，用以揭示出隐于文学现象背后的深刻的文化根源和精神实质，从而在更为本质、更为真实的基础上对该文学现象做出中肯的评价；三是能够对文学所包蕴的文化内涵加以探究，对文学的文化意义进行阐释，对文学的文化价值予以揭示，以便从文学中找寻更多的文化的启示。可以说,上述研究目的在《“山药蛋派”与三晋文化》一书中基本达到了。在研究中，我始终将重点落实在对文学现象的解释、对文学的文化意义的阐释、对文学的文化价值的评判上；谨防将手段当目的，力避借“文学”来泛谈“文化”。我不是把现代文学的现象仅作为泛谈文化时随时随地任意取用的资料，也不是对作为具体研究对象的“山药蛋派”文学进行肢解性地呈现，更不是将“山药蛋派”文学任意纳入某一“文化研究”的理论体系或用来图解某一“文化”问题。我始终坚持以“文学”的问题为出发点，最终回答的或解决的是“文学”的问题，并力图在最大程度上系统性地完成对“山药蛋派”文学自身所蕴含的文化价值的发掘。

在“文化”与“文学”关系的确认中，最忌讳也最容易犯的弊病是泛泛而论、仅凭印象式的把握，这种人为随意地建构起来的“关系”，缺乏令人信服的基础。对“关系”的找寻、发现和确认，必须是基于实证的研究。这里，材料的搜集和发现有着特别重要的意义，唯其如此，才能在“文学”与“文化”之间搭建起坚实的桥梁。在以往一些研究成果中，我们也看到一些过于随意的做法，这些研究常常是仅凭感觉去指认某某文学现象与某某“文化”有某种关系，对“文学”与“文化”二者进行简单比附，其结果是不仅未能使“关系”昭然，而且也根本无法借助这种关系去加深对文学现象的理解和把握，更无益于得出科学的学术结论。我在“‘山药蛋派’与三晋文化”这一课题的研究过程中，时时提醒自己，务求以材料说话，力避结论的牵强，在一些特别的情况下，不惜罗列材料。从材料收集到具体研究，我确确实实是投入了大量的时间和精力，目的只有一个：在“山药蛋派”与三晋文化之间所搭建起的必须是坚实的桥梁。

文学有地域性，不同地域的文学、不同的文学现象，各有其独特的特征。要想用统一的角度来统括不同地域的文学和不同的文学现象，即便不是徒劳无功，也很可能会是以牺牲某些地域性文学的独特性为代价。从地域文化的角度来揭示文学流派的主要和重要的文学特征有着不可忽视的重要意义，尤其是那些在特定的地域文化条件下形成的文学流派。在既往的“山药蛋派”文学研究中，人们在谈论“山药蛋派”文学（包括谈论其他乡土文学作品）时，“地方色彩”“乡土气息”是使用较多的概念，但常常止于印象式、感悟式地把握，未能深入地从地域文化来探讨这一问题，未能将“地方色彩”“乡土气息”真正落到实处。我在这一课题的研究中，紧扣“山药蛋派”文学的地域文化特征，从“‘山西味道和晋阳气息’”“系乎水土、地气的民风民性”“地方民俗的热衷展示”“与三晋大地割不断的联系”等方面作深入分析，努力通过更细致的实证性分析揭示出“山药蛋派”文学地方色彩和乡土气息的确指性内容。

“地域性”文学史不同于一般的“地区性”文学史。我们常见的大量地区性文学史，往往是将全国性文学史在区域性范围上缩小，而在涉及作家作品以及对文学现象记载详略上进行放大，但在揭示特征和得出整体研究结论方面，很少能对一般的全国性文学史有大的突破。地域文化之所谓“地域”，不是简单的行政区划，而是更多地带有历史沿革和文化界分的意味。它作为一种相对成形的地域文化类型，深深地打上了该地域历史文化的烙印。正是这种历史文化的积淀所形成的独特的地域文化精神，决定了该地域文学发展的特异性，这里蕴含了该地域文学的独特意义和价值。要将地域的界分与一般的行政地区划分区别开来，关键在于找寻到“地域文化”之地域界分的内在依据。在空间区域的厘定上，我强调“三晋文化”的概念，确立“三晋文化”的基本范畴，把握三晋地域文化得以形成的特殊地理环境，梳理三晋文化发展的历史脉络，努力使山西地区的地域文化特征更加清晰可见，使“地区”范围内的文学所独有的文化精神和所独有的审美底色得以彰显。

独特的地域文化精神和独特的地域审美底色作为独特的艺术资源，对“山药蛋派”文学和作家所产生的独特影响，在很大程度上决定了“山药蛋派”作家们独特的思维方式、情感表达方式以及选择题材的角度、处理题材的方式和方法等。将“山药蛋派”文学置于“三晋文化”环境中来加以考察时，文学作品的三晋文化审美底色就凸显出来了，作家那种“独有的优势”也就得到了更好的揭示。“山药蛋派”文学作品中所具有的强烈的个人原创性和所独有的地方色彩，如果离开了“山药蛋派”作家所独有的山西生活体验，离开了他们视作自己精神家园的三晋文化氛围，离开了地域文化生活所养成的独特的思维方式和看问题的角度，他们的“独有优势”就难以获得合理的解释。

我对三晋地域文化精神给予特别的关注，从“三晋乡土文化养育”“三晋地域精神的濡染”“地域性文学传统的承续”等方面对“山药蛋派”文学发展的特异性做出了较为深入的揭示。与既往对山西地区文学史研究所不同的地方，就在于我是从地域文学的特殊性出发，选择从地域文化精神这一角度来审视“山药蛋派”文学的发展，从而发现了一些从一般地区性文学研究中所难以发现的问题。这使得对“山药蛋派”文学的地方特色和乡土特性的发掘和揭示真正成为可能，并得出了一些从一般文学史中对该对象研究所难以得出的研究结论。

研究地域性文学史时，有一个重要的问题是难以回避的，那就是地域性文学与全国性整体文学潮流之间的关系问题。地域性文化精神和地域性文学传统赋予了地域性文学发展的特异性，但地域性文学的发展不可能是在孤立的境况中进行的，它必须面对整体文学潮流的冲击和影响，并随时代变迁而发生转型。我在研究“山药蛋派”文学时，对此给予了较多关注。我从“山药蛋派”所赖以确立的地域文化特征方面去考察它作为一个文学流派产生、发展乃至消亡的主要根源，特别注重从“山药蛋派”在不同时期所呈现的地域性文化特征在全国整体性文化趋向中所处的位置来探讨其作为一个文学流派的历史命运。在“地域性文化特征与文学流派的命运”一章中，我就三晋地域文化在全国整体性文化发展中地位的变化，如何决定了以三晋地域文化为其主要特征的“山药蛋派”文学流派的命运等问题，进行了分析和阐述。

总之，《“山药蛋派”与三晋文化》一书主要是从地域文化的角度研究中国现代文学史上重要文学流派“山药蛋派”。其基本思路是：通过系统地梳理“山药蛋派”文学发展与三晋文化之间的复杂关系，具体地分析和研究三晋文化对“山药蛋派”文学的产生和发展所起到的直接制约作用和间接影响作用，研究和揭示三晋地域文化到底以何种方式、在何种程度上直接或间接地影响了“山药蛋派”文学的基本走向，以及如何导致了“山药蛋派”文学的基本的甚至是主要的状况和特征的形成。在进行该课题的研究中，我注重系统性和具体性的结合，即从天文地理、人文历史、文化变迁、风土民情、民俗风物，特别是地域文化精神等方面，具体地看待三晋文化对“山药蛋派”作家、作品和各种文学现象所产生的实际影响作用，通过把握“山药蛋派”文学特点，分析文学特色形成的重要根源，揭示其文学贡献，总结其历史经验和教训，并由此从地域文化这一特殊的角度去探寻中国现代文学流派形成、发展的重要艺术规律。

该书出版后在学界产生了不小的影响，获得了一些著名专家的好评。兹选摘如下：

北京大学中文系教授、“二十世纪中国文学与区域文化丛书”主编严家炎先生认为：

朱晓进同志的《“山药蛋派”与三晋文化》，是一部学术质量相当高的著作。作者从区域文化的角度透视以赵树理、马烽等为代表的“山药蛋派”，考察了这个独特的文学流派与三晋文化的深层次联系，不仅注意研究“山药蛋派”作品所包蕴的三晋文化内容，而且深入研究三晋文化在哪些方面、在何种程度上决定或制约着作家们的思维方式、价值标准、艺术观念、审美趣味。全书资料丰富，论析细密，言必有据，注意将论点建立在牢靠的实证基础上，得出的结论令人信服。三晋文化原是一个很大的题目，与文学挂起钩来研究更有难度，但由于作者持严谨的科学态度，既反复阅读“山药蛋派”的众多作品及有关作家的传记资料，又认真查考了山西地区的大量地方志和许多历史文献，准确把握三晋文化的特有内涵，因而在学术上实现了重要突破，写出迄今研究“山药蛋派”文学的最好也最有深度的著作。

除扎实的实证功夫外，本书在研究区域文化与文学流派的方法上也有创造和贡献。它恰到好处地选取作品体现区域文化的内容作为切入口；然后深入到作家思维与艺术审美的领域，探索区域文化对文学的渗透和影响，使人们常说的“地方色彩”与“乡土气息”落到实处,并阐明“山药蛋派”文学的重要成就、历史贡献和局限不足；最后再论析文学流派的历史命运：既时时扣紧从文学出发，又处处联系到区域文化，它在方法上具有某种示范的意义。作者站在改革开放的时代高度，坚持以现代意识考察历史问题，从而正确地总结文学乃至文化发展的经验，给读者以丰富的启示。

本书的出版，标志着学术界对“山药蛋派”与三晋文化的研究达到了一个新的水平。

中国社会科学院文学研究所樊骏先生认为：

本书详细论证了“山药蛋派”（不限于赵树理）与三晋文化的多方面联系，既说明了这一流派所受到的地域文化的影响，也突出了它的地域特征；所涉及达到的广度与深度，比已有的成果有进步与提高，是这类研究的可喜收获。

该著的确避免了以往这类研究中相当普遍存在的失之空泛笼统甚至想当然等弊病，广泛掌握运用山西地方志等文献资料，细致分析赵树理、马烽、西戎、孙谦、胡正等人的作品；大到三晋文化的历史积淀，小到作家个人的用语造句，都加以具体的印证比较，发掘梳理其中的关系；有关风土习俗的部分，尤见功力。切实详尽的实证，是本书的最大特点，也是它具有较高学术品格、能够超越前人的关键所在。这种朴实学风，更值得称道。

在大量实证工作的基础上，作者对一些问题做了认真分析，提出自己的见解与判断。如“山药蛋派”作家一般都很少写到（或者是不善于描写）爱情情节与自然景色，他们又往往自觉地以“赶任务”为己任等，过去的论者虽已多有提及，但本书的建树在于进一步联系山西地区历史形成的“崇实”精神加以解释，即把它们归结为地域文化影响的具体表现。这类分析，大多能言之有据并有理，从而深化了对有关文学现象的理解，并能给读者以多方面的启迪。如果说本书的前几章重在实证工作，那么后几章还显示出思辨的色彩，两者结合得不错。

国家社会科学规划组文学组成员、中国赵树理研究会副会长黄修己先生认为：

过去对赵树理的研究较多，但对“山药蛋派”这样一个有影响的流派，相对研究不足。本书是对这一流派做具有真正科学意义的研究的第一部。

本书在文学与地域文化的关系研究上，做了深入的、认真的尝试性的实践，过去这个关系的研究很少有人实践，本书在这方面创造了经验。它把这一研究向前推进了一大步。

本书提供了一种重实证、平实、朴素、扎实厚重的学术风格。文学研究既可以是印象式的，饱含读者阅读中的主观艺术感受（这类型以往不少）；也可以像其他社科部门，完全是客观、冷静的（这类型以往少），这种科学化的风格照样有助于人们对文学作品的认识，写得好，也不乏趣味性、艺术性。本书的出现，增添了后一种风格的影响力。另，本书对方志的大量使用也是一种开辟。

本书达到的水平，在目前国内同类著作中是较高的。

北京大学中文系教授陈平原先生认为：

“山药蛋派”作为一个曾经风行一时的文学流派，从政治倾向和审美选择解读，其实都难入堂奥；朱晓进从“三晋文化”角度切入，借地域文化解读文学流派的盛衰，是个绝佳的角度。

“地域文化”是个相对广泛的概念，既要顾及千百年来的文化积淀，又得注意当代民众的生存状态，还得尽量弥合大小传统的距离。朱晓进在把握三晋民俗风情时着力挖掘其悠久传统，超越了一般的采风与素描，进入真正意义的历史研究层面，使得著作显得沉潜厚实。

此课题研究最易陷入摭拾若干民俗比附文学创作的通病，朱晓进因在文化史上下了功夫，用“三晋文化”解读文学流派时显得游刃有余。尤其是“文化”与“文学”互相诠释时没有生硬之感，这点不容易。

作为一个流派，其兴起与衰亡都有许多值得品味的特殊性。朱著论及新时期“山药蛋派”的必然衰落时，能具“同情之了解”而又不失史家的识断。

朱著能发挥其治学认真严谨的一贯优势，论述时细针密线，持论平实可信。再加上作者选取的角度较新颖，史料的选取和甄别又是其所长，故写来得心应手，不失为一部有较高学术质量的专著。这部著作的出版，将对小说流派与地域的研究起良好的作用。

中国赵树理研究学会会长、著名赵树理研究专家董大中先生认为：

这是一本研究“山药蛋派”的扛鼎之作，过去没有过这类著作，以后再有同类著作，要超越本书，亦有很大的难度。

本书根据矛盾的普遍性与特殊性的辩证关系，把“山药蛋派”放在整个中国新文学中来考察，细心搜剔它的特殊性所在，为“山药蛋派”做出了科学的界定，使人感到，作者笔下的“山药蛋派”就是这个样子，而和别的同类作品有明显区别。过去有人把“山药蛋派”的主要特点归结为：一、民族化、群众化；二、表现解放区新的人物、新的世界；三、农民文学。这都不确切，因而也不科学，因为其他许多作品都具有这样的特点。本书真正抓住了“山药蛋派”的特殊性。

作者把“山药蛋派”所由产生的山西的地域特色作为视角，这是作者的聪明选择和处理。在论述上，本书紧紧扣住地域文化特色，从“山药蛋派”作品的显性表现和作家的隐性特征，与地域文化特色相印证，具有极大的科学可信性与说服力。

本书注重实证的关系研究。作者以一个外省籍学者的眼光，以客观主义的态度，“务求以材料说话，力避结论的牵强”。作者用很多时间和精力查阅山西的方志资料和其他有关文献。我粗略统计，本书中引用的书目在114部以上。其中引用县志40余种，接近山西县（府）一级行政单位的一半。有些引用的书目是罕见的。在作品与作家举例上，也同样摆出大量事实。这是真正在做学问。这种精神十分值得称道。全书立论严谨，观点与材料达到高度统一。

福建师范大学教授、著名赵树理研究专家席扬先生认为：

对“区域文化”和“审美世界”的关系思考，是这部著作的学术重心所在。我以为，这种研究至少在以下几方面具有新意和开拓性：一是山西文化区域渊源的梳理。在过去的研究中，“区域文化”的概念被广泛使用，但其具体内容到底是什么，许多研究者是不甚了了的。此书在这方面可以说是填补空白之作。朱晓进从大量的地方志、实物性文化遗留中，不仅理出了“文化”的历史，而且概括出了“文化”的质点所在。第二方面则表现在“文化”在审美中的表现方式。这涉及“文化”与“审美”的双向渗入和共同创造的问题。作者从创作主体的精神构成、心态式样等入手，凸现“文化”在他们身上的恒性积淀和“活”性存在，从而揭示在时代因素制约下“山药蛋派”对“文化”的创造性化合。第三方面，作者回答了山西作家何以全方位地体现了“讲话”所倡导的“延安艺术理性”这一难题——这就是他们基于区域文化的精神构成和起始于民间文艺的审美观念之于“讲话”精神的一种耦合结果。

其次，这本书在对“山药蛋派”进行全面深入研究方面有了新的开拓。自50年代末研究界提出“山药蛋派”概念以来，对这一流派的研究几十年来一直处在似有若无的状态之中。研究的零散、缺乏力度、表面化和重复是其主要弱点。50年代末那场讨论是开头，80年代初的讨论也只是“旧话重提”，未能在理论上更进一步。因为很多研究者只是把“山药蛋派”当作中国式现实主义文学的一个方便而有力的“佐证”而已，它的“例证”价值盖过了它的潜在的理论开发价值，远没有进入“科学研究”的范畴。朱晓进在这部著作中，从对“山药蛋派”的研究历史的梳理开始，分别就“山药蛋派”作品的文化表现、民性、民风、民俗的展示，作为流派的命运及其局限等等，进行了广泛、深入、全面的探索。比如对于“乡土气息”的形成及鲜明性表现，都颇有新意，在地域文化与作家关系的分析中，作者认为，“山药蛋派”作品所反映的“三晋文化内容”是属于“表层性的东西”，而作家自身受三晋文化养育而形成的独特的思维方式、观照问题的角度、评判事物的价值标准以及具体地处理文学题材的方式，“才是更为深刻的东西”——这探寻到了文化对审美影响的深层的、隐秘的方面，即“文化对人的塑造方式”。作者从文化心态构成和审美情感类型来剔析“三晋文化”对“山药蛋派”作家们的影响，的确抓住了实质和根本。

再次，这部著作在对“山药蛋派”作家作品整体研究中的细部个案考察也是很有特点的。例如在“‘山西味道和晋阳气息’”这一章里，作者对“山药蛋派”作品中的“圪”字的研究就是最为突出的一例……作者认为，这“圪”字词组的广泛使用,既“突现了山西方言中的一个重要现象”,同时“也多少证明了‘山药蛋派’文学与三晋地域文化的难以割裂的联系”。因为“圪”字积淀了山西独特的地理环境特点。再如本书中对“山药蛋派”作品中大量出现的“旱象”笔墨,人物性格类型的“文化渊源”,主题升华的区域价值观念的制约等,不仅说明了本书的新意,而更重要的是展示了研究者本人严谨、踏实、注意实证、力避空疏的治学态度。

…………

……朱晓进先生这本专著的学术品位是令人钦敬的。是一部“集成”以往,启迪未来,有力度有深度,既展现了研究者个人风采,又对所研究的对象推进了一步的学术著作。

《“山药蛋派”与三晋文化》自 1993 年 10 月完成,至今已经 30 多年了。如今 60 多岁的我,回看自己 30 多岁完成的研究成果,感慨良多。我感谢那个改革开放的时代,感谢那种开拓进取、鼓励创新的整体学术氛围,感谢那时诸多师友们对我的学术研究给予的关心、支持和帮助。同时,也为自己能够潜心向学、秉持探索精神和严谨的治学态度而感到欣慰。

为了不破坏该书自成体系的结构布局和研究思路,也为了较完整地保留该书原有的学术面貌，我没有对此书做大的修改，仅对部分观点做了修正，按规范对一些提法进行了调整，对个别文献资料作了勘误，并对一些用词用句进行了推敲改定。

朱晓进

2023 年 8 月

补记

《“山药蛋派”与三晋文化》1993 年完成，1995 年由湖南教育出版社正式出版。1997 年获得江苏省第五届哲学社会科学优秀成果奖一等奖，1998 年获得教育部高等学校第二届人文社会科学研究成果奖三等奖。

其间其后，曾以书中部分章节主要内容为基础，整理发表了数篇学术论文：

1.《从地域文化的角度研究“山药蛋派”》，《中国现代文学研究丛刊》1994 年第 1 期。

2.《从地域性特征看“山药蛋派”的历史命运》，《山西师范大学学报》1994 年第 3 期。

3.《“山药蛋派”小说的“戏剧化”倾向》，《南京师范大学学报》1995 年第 1 期。

4.《“山药蛋派”与地域性文学传统》，《山西师范大学学报》1995 年第 4 期。

朱晓进

2023 年 12 月补记

附录

研究《“山药蛋派”与三晋文化》这一课题，与作者向来对中国现代乡土文学研究的兴趣有关。早在读硕士研究生期间，作者主要研究的课题就是20年代乡土小说和30年代左翼农村题材小说。此后,作者又专门对30年代乡土小说进行过较系统的研究。“山药蛋派”研究是作者对上述研究工作的一个自然延续。

本书附录的《略论“五四”时期的“乡土文学”》一文，是作者读硕士研究生期间的第一篇读书报告，后经删改发表。《30年代乡土小说的基本范型和主要作家群落》一文，是作者30年代乡土小说系列研究中的一部分，这一部分曾单独发表。《40年代解放区小说创作》是作者为《中国现代文学史（1917—2000）》（朱栋霖、朱晓进、龙泉明主编，北京大学出版社2007年出版）撰写的上册第十九章的内容。附录上述三篇，略为呈现作者研究中国现代乡土文学的连贯性。

略论“五四”时期的“乡土文学”

“五四”时期的“乡土文学”，主要是指当时一批远离自己的故乡来到大城市的乡村和小城镇青年知识分子，以自己回忆中的故乡为题材所写下的文学作品。鲁迅指出，“用笔写出他的胸臆来的人们，无论他自称为用主观或客观，其实往往是乡土文学”的作者。从某种意义上来说，这种“乡土文学”就是一种“侨寓文学”，不过“侨寓的只是作者自己，却不是作者所写的文章”。[1]

当时在“乡土文学”创作方面较有成就的作者有徐玉诺、许钦文、王鲁彦、潘漠华、王任叔、许杰、彭家煌、蹇先艾、黎锦明、台静农等。这些作者一方面是受“五四”运动的激励，另一方面又是为生活所迫，“被故乡所放逐，生活驱他们到异地”来的[2]。他们离开自己的故乡，到迅速发展的大城市谋生，现代城市生活的价值观与传统的乡土生活价值观之间的冲突，生活的坎坷和经常所处的困窘境地，使他们产生了对往日时光的依恋之情，

1　鲁迅:《中国新文学大系・小说二集导言》,《中国新文学大系・小说二集》，上海良友图书印制公司，1935 年版，第 9—10 页。

2　鲁迅:《中国新文学大系・小说二集导言》,《中国新文学大系・小说二集》，第 9 页。

因此，他们以回忆中的故乡为题材进行文学创作，并且在这些作品中常常“隐现着乡愁”[1]。他们亲身经历过乡村生活，对乡村社会的动荡不安尤有真切的感受；在对故乡生活的回忆中，动荡乡村生活的画面又成了他们心头抹不去的阴影。他们将自己所熟悉和理解的一些乡村社会生活直接描绘出来，往往能引起读者的共鸣。“五四”时期“乡土文学”的出现，曾给“五四”初期的新文坛带来一股生气；他们的创作实践为“五四”新文学的发展提供了一些新的东西。

“五四”时期的“乡土文学”是否构成一个文学“流派”尚可讨论，但对这个文学群体进行整体性研究，有助于我们较全面地把握“五四”时期文学发展的整体状况。将这批被称为“乡土文学”的作家作为一个群体来研究，是基于这样一些考虑：（1）从创作时间来看，这群作家大多是于“五四”退潮期出现在文坛上的，即他们的创作主要都是始于1922年以后；（2）从作家成分来看，他们都是来自乡村或小城镇的青年知识分子；（3）从他们创作的题材来看，主要是写自己故乡农村的人和事；（4）从艺术风格上看，他们的作品都较注重抒情气氛的渲染，多少倾注了作者的乡愁，并都带有浓烈的地方色彩和乡土气息。

1 鲁迅：《中国新文学大系·小说二集导言》，《中国新文学大系·小说二集》，第9页。

一

茅盾曾指出:“现在我们回顾民国六年（1917）到民国十年（1921）这五年的期间（这是中国新文学史上第一个“十年”的前半期），总会觉得那时的创作界很寂寞似的。作者固然不多，发表的机关也寥寥可数，然而我们再看看那时期的后半的五年（1922 到 1926），那情形可能就大不同了。从民国十一年（1922）起，一个普遍的全国的文学的活动开始来到。”“乡土文学”主要就是产生于这“普遍的全国的文学的活动开始来到”的时期，“乡土文学”的作品和其他作品一道,“使得新文学史上第一个‘十年’的后半期顿然有声有色”[1]！

“乡土文学”产生于这个时期，绝不是偶然的，它是应着新文学发展的必然要求而出现，因着广泛的社会原因而产生的。回顾新文学史上第一个十年的前半期，那时的文坛不仅寂寞而且单调。仅从题材上来看，大多是“说家庭的痛苦”“或是叙恋爱的事实，千篇一律，不仅思想有些相同，就是事实也限于极小的范围。情绪也不深沉，读者看了以后，只觉得平凡，只觉得浅薄，无余味，丝毫没有深刻的印象留在脑中”[2]。茅盾曾根据 1921 年四、

1　茅盾:《中国新文学大系·小说一集导言》,《中国新文学大系·小说一集》，上海良友图书印制公司，1935 年版，第 5、8 页。
2　郑振铎:《平凡与纤巧》,《小说月报》，1921 年第 20 卷第 7 期。

五、六三个月中间发表的小说一百二十余篇，统计了它们在题材上的分野："属于男女恋爱关系的，最多，共得七十余篇；农村生活的只有八篇；城市劳动者生活的，更少了，只得三篇；家庭生活的，也不过九篇；学校生活的，五篇；一般社会生活的（小市民生活），约计二十篇。"而写一般社会生活的二十篇，实际上大多还是把恋爱作为中心，而描写家庭生活的九篇，也仍是描写了男女恋爱，所以，"竟可说描写男女恋爱的小说占了全数百分之九十八"[1]。造成这种状况的原因是，"当时的青年作家大多是生活单调的学生，生活以及由生活产生的他们的意识，一方面限制了他们的题材，另一方面又限制了他们觅取题材的眼光"[2]。他们对于农村和城市劳动者的生活缺乏了解，这就使他们不可能去写以农村和劳动者为题材的作品。再则，由于"五四"运动前后，出于反封建的需要，形成了"个性解放"的思潮，这使许多文学作者把注意力集中在这个方面，而当时"个性解放"的内容在很多人眼中就是"性的解放"，于是大量恋爱小说的出现是不足为怪的。由于这种认识上的局限性，好多作者不去注意全般的社会现象，只是感兴趣于恋爱，其结果，当然使创作界显得单调和肤浅。新文学发展的要求，呼唤多种题材，尤其是反映社会全般现象的各种题材的创作的出现。"乡土文学"正是在这种情况下应运而生的。

1 郎损：《评四五六月的创作》，《小说月报》，1921 年第 12 卷第 8 期。
2 茅盾：《中国新文学大系·小说一集导言》，《中国新文学大系·小说一集》，第 11 页。

“乡土”小说取代恋爱小说有其必然性。从当时恋爱小说自身的状况来看，它已经出现了危机，形成了被别种题材的创作代替其主要地位的条件。假如说，恋爱小说最初作为封建“载道”文学的反叛而出现时，还曾给人以新奇的感觉，给人以震撼心灵的力量的话，那么，千篇一律的恋爱作品的大量出现，已经使人们失去了对它的新奇之感；而且由于这种作品粗制滥造，它那感人心的力量也逐渐丧失。在当时，“最多的恋爱小说不是写婚姻的不自由，便是写没有办法解决的多角恋爱。然而两者有一个共同的毛病——观念化”[1]。恋爱小说所创造的人物都是一个面目，人物的思想、举动、到何种地步说何等话都是一样的，“这样的恋爱小说实在比旧日‘某生某女’体小说高得不多”[2]。正如茅盾当时所指出的那样，“如果文学是人生的反映，创作家是直接从人生中取材料来的”，那么这些恋爱小说“创作一定不是作者自身经历的结晶，都是模拟的伪品”。当然，“婚姻问题的确是青年们目前的一大问题，文学上多描写岂得谓过？但这样的把它看作全部生活中最主要的一部分也不嫌轻重失当么？而且许多的婚姻描写创作中又只是一般面目……不也嫌无味么”？因此，他提出：“表现社会生活的文学是真文学，是于人类有关系的文学……应该注

1　茅盾：《中国新文学大系·小说一集导言》，《中国新文学大系·小说一集》，第10页。
2　郎损：《评四五六月的创作》，《小说月报》，1921年第12卷第8期。

意这社会背景。”[1]

“乡土文学”的作家们“在争写着恋爱的悲欢、都市的明暗的那时候，能将乡间的生死、泥土的气息移在纸上”，为文坛带来了新的色彩[2]。作为流行的恋爱小说的反拨，这一点对于“乡土文学”的作家们来说，是自觉的。他们凭借着自己生活的实感，明确表示自己“对于恋爱小说起了极大的厌恶”，他们觉得流行的恋爱小说只不过是“用灰尘水似的旧酒填入新酒瓶的滑稽剧”[3]。他们甚至在一些作品中辛辣地讽刺了当时的恋爱小说，王鲁彦在《一篇抄袭的恋爱故事》这篇小说中写一个十六岁的学生和一个女同学的恋爱故事，他们的全部恋爱生活——等待、会面、赠花、谈情、接吻、拥抱、发誓，全是从某些小说中模仿出来的：“感谢小说家们，凡他们教给我们的，只要我们记得，我们都一一地学着做了，一一地学着说了。”除此之外，他们的爱情生活也就一无所有了。针对这种状况，“乡土文学”的作家们认为，与旧文学相区别，新文学的目的不能“把‘也哉乎矣’化为‘的吗呢了’便算满足”，他们希望新文学“有更其现代的东西产生”。[4]这种更其现代的东西就是应该将“人间的酸辛和痛楚”，“耳边所听到的、目中所看见的”不堪事实，用“心血细细写出”，而不必“能够

1　郎损：《社会背景与创作》，《小说月报》，1921年第12卷第7期。
2　鲁迅：《中国新文学大系·小说二集导言》，《中国新文学大系·小说二集》，第16页。
3　王任叔：《题于〈监狱〉之后》，《监狱》，光华书局，1927年版，第3—4页。
4　王任叔：《题于〈监狱〉之后》，《监狱》，第4页。

献给我们同时代的少男少女以伟大的欢欣”。[1] 于是，“乡土文学”作家们从自身的生活经验出发，不去进行那些“太普遍了”的“以都市的生活来作材料的创作”，而试图“换一个新的方面来写”。[2] 这些新的方面便是“从民间取材”[3]。应该说，这样的创作无论从题材内容还是从创作思想上看，在当时都是具有很重要的社会意义的。

以乡村为题材的“乡土文学”是顺应20年代中期的社会发展动向而出现的。20年代中期，反封建思想斗争已显示出由要求个性解放向要求社会解放转化的迹象。“五四”初期，在俄国十月革命和西方人道主义思想的综合影响下，中国曾兴起“劳工神圣”的社会思潮，这种思潮影响于文坛，便产生了一批以人力车夫为题材的文学作品。人力车夫是当时的作家所能够接触到的“劳工”，而即使对于人力车夫的接触也是较肤浅的，他们并没有真正了解人力车夫的生活，因此也只能在作品中泛泛地表达一点人道主义的同情。这些作品并没有写出中国真正的“劳工”形象。李大钊很早就指出：“我们中国是一个农业国，大多数的劳工阶级便是那些农民，他们若是不解放，就是我们国民全体不解放，他们的苦痛，就是我们国民全体的苦痛。”[4] 可见，唤起农民的觉悟，

---

1 台静农：《〈地之子〉后记》，《地之子》，未名社，1928年版，第255页。
2 蹇先艾：《我的作品稀少的原因》，《我与文学》，上海书店，1934年版，第160页。
3 台静农：《〈地之子〉后记》，《地之子》，第255页。
4 李大钊：《青年与农村》，《晨报》，1919年2月20—23日。

使他们争取自身的解放，是整个社会解放的重要组成部分，这就要求致力于思想革命和社会改革的人们必须重视中国农村的状况和农民的作用。与旧文学相区别，为了适应中国革命的特点和要求，在文学作品中表现农民、反映乡村生活就变得非常重要。鲁迅第一个把普通农民引进了文学领域；他怀着深厚的同情心描写农民所受的深重的阶级压迫，也极为痛心地描写了他们受着封建思想毒害而麻本生活的情景，这是辛亥革命前后的农村状况的真实写照。但除了鲁迅的几篇农村题材的作品，整个创作界还不免岑寂。当“乡土文学”大量出现时，中国“五四”前后的农村社会，才真正在文学作品中得到了多方面的展示。

“乡土文学”的出现，在当时有着广泛的社会基础。社会的动荡、“五四”运动的激励、乡村的急剧破产与衰败，使得从乡村流落到城市的青年知识分子的人数日见增多。大批乡村的知识分子，带着满身的乡土气息登上了文坛，他们经历过乡村的生活，他们所熟悉的是自己的故乡，这使以回忆中的故乡农村为题材的作品，一时间非常地繁盛起来。翻开当时的期刊或杂志，我们便看到：徐玉诺带着从乡村来的满身的泥土气息，“写着匪祸兵灾的剪影”；许杰“以憎恶然而同情的心情”描写了农村的原始性丑恶；潘漠华写出了农村衰败下的艰苦生活；王任叔写出了农民挣扎了一生而一无所得的辛酸；彭家煌平实地写出了农民的无知和被拨弄；台静农以深沉的笔调写出了农村下层人民不堪的苦痛；蹇先艾以简朴的笔调“展示了‘老远贵州’的乡间习俗的冷酷”；王鲁彦以辛辣的笔调写出了乡间的世态炎凉；黎锦明“精致而明丽地述说儿时的‘轻微的印象’”；许钦文执着地怀念着“失去了的‘父亲的花园’”。“乡土文学”的作品大量产生，终于“在两三年中把‘文坛’装点得颇为热闹了”[1]。

文学作品中，现代中国的形象，是由众多作家在不同的作品中从不同的角度去共同塑造而成的。这里各种题材的作品都做出了自己的贡献。而从不同侧面去反映“五四”前后中国农村的状况，“乡土文学”的贡献是独特的。他们的作品展示了当时中国乡村的真实图画，描述了乡村下层人民的悲惨命运；这除了在当时能将人们的视线引向中国社会的乡村，以唤起人们对变革乡村现状的注意，在今天仍有很大的认识意义，为我们从农村这个角度去认识当时中国的社会状况无疑提供了较为丰富的历史材料。

二

地方色彩和乡土气息，是“乡土文学”给文坛带来的独特贡献。“乡土文学”的作家们来自不同地方的乡村，他们把各地乡村的泥土气息表现在作品里，向人们展示了中国不同地区的农村风景

1　茅盾：《中国新文学大系·小说一集导言》，《中国新文学大系·小说一集》，第12页。

画和农村生活的风俗画。

“乡土文学”作品中，确有许多对富有地方色彩的农村风景的描写。“一道道平常的山谷，清水在谷底曲折地潺潺地流着；两岸并没有什么树林，直到山脚起，被浓密的森林所遮蔽处，看不见为止，尽是一阶一级的红薯地，在这山谷的中部，临着一个深潭……”[1] 这就是徐玉诺故乡的风景。“湘山寺的傍晚的斜阳”，“松林河乱石深处的垂钓”，“缈远隔岸无限的春色”，“远村外箫声凄婉”，以及“碧篱的村墟炊烟袅远”，这是蹇先艾故乡的景色。[2] 那种宁静与美好的乡村景色，的确能够给人以性情的陶冶。尤其是在都市生活的人们，被喧嚣的生活环境和高强度的生活节奏所困扰，这些优美的乡村景色，多少能够给人们带来一种心理上的抚慰。

但是，“乡土文学”的作家们并不以表现农村风景为目的，他们作品中的浓郁的地方色彩主要不是靠渲染自然景色所取得。他们更注重向人们展示不同地区农村生活的风土人情和世态习俗。在“乡土文学”中我们看到的是一幅幅各具地方色彩的风俗画。例如潘漠华在作品中向人们展示浙江宣平地区农村的“一味朴素的生活”[3]，作品中有浓郁的田园气息，有乡间的哀愁，还有着

1 徐玉诺:《往事一闪》,《小说月报》，1924 年第 15 卷第 1 期。
2 蹇先艾:《旧痕》,《小说月报》，1925 年第 16 卷第 1 期。
3 潘漠华:《雨点集 · 自序》,《雨点集》，上海亚东图书馆，1929 年版，第 1 页。

乡间纯朴的风土人情；王鲁彦在作品中反复述说着带有浓厚的宁波农村地方色彩的生活故事，具体生动地展示着浙东的民间风俗；黎锦明在作品《出阁》中表现了湘中农村婚嫁民俗的风味和情趣；许钦文的《老泪》写到了农村落后迷信的风俗；台静农的《烛焰》写到了农村普遍存在的“冲喜”的愚味习俗；许杰的《惨雾》更以广阔的背景写出了他故乡农村的特殊的野蛮习俗——原始的械斗，《赌徒吉顺》向人们描述了“典妻”的野蛮习俗；彭家煌的《怂恿》以浓厚的地方色彩写出朴质善良而无知的乡民怎样被拨弄而串出的一出闹剧，《活鬼》则写出了封建子嗣观念与迷信愚昧嫁接而生发出的一场喜剧；徐玉诺的《晋家媳妇和任家老婆》写出了乡村人情的冷漠；蹇先艾的作品更是向人们“展示了‘老远贵州’的乡间习俗的冷酷”[1]。如此等等，不一一列举。

“乡土文学”作家对各自乡村风景画和风俗画的展示，无疑给他们的作品带来了浓烈的地方色彩与乡土气息。鲁迅曾说过：地方色彩能增加作品的“美和力”，“自己生长其地，看惯了，或者不觉得什么，但在别地方人，看起来是觉得非常开拓眼界，增加知识的……而且风俗图画，还于学术上也有益处的”。[2] 鲁迅是非常重视文学作品的地方色彩的。他认为在文学艺术中，“有地方色彩的，倒容易成为世界的，即为别国所注意”。然而，可惜

1 鲁迅：《中国新文学大系 · 小说二集导言》，《中国新文学大系 · 小说二集》，第 8 页。
2 鲁迅：《书信 · 331226 致罗清桢》，《鲁迅全集 · 第十二卷》，第 308 页。

的是“中国的年轻艺术家，大抵不以为然”[1]。鲁迅还指出了地方色彩对于文学艺术的重要性：“环境不同，艺术上也必须有地方色彩，庶不至于千篇一律。”以此看来，“乡土文学”特具地方色彩的作品的大量出现，给当时文坛带来了怎样的清新风气，其对“五四”文学发展所做的贡献是显而易见的。

茅盾曾指出，“单有特殊的风土人情的描写，只不过像看一幅异域的图画，虽然引起我们的惊异，然而给我们的，只是好奇心的餍足。因此在特殊的风土人情而外，应当还有普遍性的与我们共同的对于命运的挣扎”[2]。“乡土文学”的作家们在描写着农村风俗画的同时，也在描述着人们共同的对于命运的挣扎。他们有大量的作品通过描写乡间习俗的冷酷，揭示了乡村艰难的生存条件和落后的生活氛围，以及相伴而生的农民麻木愚昧甚至野蛮的精神状态。鲁迅就曾指出蹇先艾的作品所展示的“乡间习俗的冷酷”，“贵州很远，但大家的情境是一样的”。[3]这“情境”应该就是指“人们共同的对于命运的挣扎”。“描述着人们共同的对于命运的挣扎”，这应该是“乡土文学”更加重要的文学价值之所在。

1 鲁迅：《书信·340419致陈烟桥》，《鲁迅全集·第十二卷》，第391页。
2 茅盾：《关于乡土文学》，《文学》，1936年第6卷第2期。
3 鲁迅：《中国新文学大系·小说二集导言》，《中国新文学大系·小说二集》，第8页。

三

在“乡土文学”中最多的是直接反映农村社会现实的作品，在这些作品中，我们可以看到农村社会状况多方面的投影。中国地域广阔，农村的发展也不平衡，但有一点是共同的，即当时中国农村普遍处于动乱之中，在不断加剧的各种矛盾之中，在普遍的乡村经济社会衰败之下，农民在痛苦地挣扎。

对于农村的衰败，鲁迅在《故乡》这篇小说中已经涉及了。闰土在生活的重压下变得麻木了。作品点明他的景况：“多子、饥荒、苛税、兵、匪、官、绅都苦得他像一个木偶了。”但这还仅仅是从侧面来揭示农民痛苦的或一根源，至于农村的衰败和农民痛苦挣扎的具体状况，却由于作者所选定角度的需要而未正面展示。这种正面的展示，我们在其稍后的“乡土文学”中却可以清楚地看到。

由于“乡土文学”的作家们自身的经历，他们对于农村生活的变迁有着特殊的敏感，他们对于进入现代以来中国农村的急剧破产，不仅首先敏锐地感觉到了，而且也在作品中首先给予了较为全面的揭示。潘漠华最先在《乡心》中“喊出了农村衰败的第一声悲叹”[1]，他稍后发表的《人间》，则更是将农村衰败视为“家

1　茅盾：《中国新文学大系·小说一集导言》，《中国新文学大系·小说一集》，第27页。

乡全般生活底本质”，他这样向人们发出慨叹：“无千无万的乡人，都被物质生活追逼着，使他们苦恼于衣食住的鞭下，只有颓唐，凄楚……各自各离开，消磨生命与苦作之间……最流行的，却是小偷窃，谁人底田里白菜被人拔去，谁人屋前衣裳被人收去，却日夜有得听闻了。天呀！这是我家乡底生活。”这是一幅农村衰败的速写图，它画出了整个中国乡村的缩影！在蹇先艾的《家庭访问》《到家》、许钦文的《这一次的离故乡》、台静农的《弃婴》、徐玉诺的《祖父的花圈》等作品中，我们都可以看到农民在生活的逼迫下所做的痛苦挣扎，即使是一些小康之家，也在农村衰败的大背景之下，生活逐渐败落，乃至陷入困顿。

农村衰败是当时中国农村中的一种普遍现象，“乡土文学”作家们没有止于对此作现象的展示，而且也在探究着造成这种状况的种种原因。

在揭露兵匪战祸给人们带来的灾难和苦痛方面，最早也最有影响的是徐玉诺。他的《一只破鞋》《在摇篮里》《到何处去》等作品，都写到了兵灾匪祸，作品向人们展示了一幅幅由枪声、哭声、悲叹声、烈焰、尸体、鲜血相交织的惨烈图景，被难者的无地逃命与无尽凄楚，都跃然纸上。这些作品在当时起到了振聋发聩的作用，从发表在《小说月报》上的几则读后感中可以见出当时一般读者对于徐玉诺这类作品的感想：

> 我看了《小说月报》几年，素来是没有流过泪的，现在阅读了徐玉诺君的这篇，我的热泪直湿沾了我的双颊，悲哀的印象深深地镂刻在我的心坎里！他把土匪扰乱的情形，描写得非常凄惨。[1]

> 徐玉诺君的《到何处去》，我才读了两句，就使我浑身颤抖，鼻腔微酸。还没有读完，竟洒了满书的眼泪，不禁叫了一声："徐君真是为社会鸣不平的人啊！"读完此篇的时候，我的心血好像被什么燃烧着似的，顿时就想把污秽的社会刷新一番！[2]

像这样的读后感在十四卷八至十二期的《小说月报》上，几乎每期都有几篇，徐玉诺的这类小说被认为是"如猛浪疾雨般的自然而且热烈的文章"[3]。兵灾匪祸造成了农村的衰败、农民的流离失所和家破人亡，而且也给整个社会投下了阴影，这就是此类作品之所以能有如此大的反响的主要原因之一。涉及兵灾匪祸的，在"乡土文学"中为数不少。例如台静农的《新坟》、王任叔的《龟头桥上》、王鲁彦的《秋天》和《许是不至于罢》、许钦文的《怀

---

1 施汭:《徐玉诺君的〈一只破鞋〉》,《小说月报》, 1923 年第 14 卷第 8 期。
2 学斌:《徐玉诺君的〈到何处去〉》,《小说月报》, 1923 年第 14 卷第 9 期。
3 张树德:《徐玉诺君的〈在摇篮里〉》,《小说月报》, 1923 年第 14 卷第 8 期。

大桂》等作品，都从不同的角度揭示了兵灾匪祸战乱下人们的生活状况和心理状态。

“乡土文学”作家们还从更多的方面揭示了农民遭受苦难的根源。台静农在《蚯蚓们》中向人们展示了农村贫苦农民在地主、官府的压迫下所过的蚯蚓一般的生活；在《负伤者》中通过揭露豪绅强占穷人妻子的罪行，道出了农村中阶级压迫的现实。徐玉诺的《农夫贾林的死》也是通过药店老板为霸占人妻设计毒死其丈夫的故事，表现阶级压迫的主题。彭家煌的《今昔》写到了苛税给人民造成的苦痛，并隐隐写出了农民的反抗情绪。这些作品都反映了当时农村的现实状况，并较早涉及了中国乡村普遍存在的贫富对立和阶级矛盾。这类作品在30年代“阶级意识普遍觉醒”的时代并不鲜见，而出现在“五四”时期却是难能可贵的。

四

乡村的衰败、战乱的频发、阶级矛盾的激化，使大批的农民失去了土地。“乡土文学”中有大批作品写到了失去土地的乡民流离失所、背井离乡的流浪生活。如潘漠华《乡心》中的阿贵、《晚上》中的高令，许杰《赌徒吉顺》中的吉顺，王鲁彦《阿长贼骨头》中的阿长，王任叔《疲惫者》中的运秧驼背，蹇先艾《水葬》中的骆毛，台静农《天二哥》中的天二哥，等等，都属于乡村流浪者形象。这些现象是农村破产的产物。《晚上》中的高令，原先“可算是全村一位最勤俭的青年人”，然而他“被生活战败了”，租种的土地被主人没收了，他成了无业者，于是他失去了生活的信心，只是在酗酒、游荡中度日。难以承受的生活压力使这些原先很纯朴的农民身上美好的东西在慢慢地消蚀：高令由勤俭的青年堕落为浪荡汉；《疲惫者》中的运秧也由敢于倔强地去找寻生活的出路并知道维护自己人的尊严而变成麻木地向命运低头的讨乞者。

这一类人物形象的塑造，可以说是师承了鲁迅笔下的阿 Q 等人物形象，但又绝不是阿 Q 形象的简单复制，而是“乡土文学”作家们的新的创造。这群人物可以视为阿 Q 形象的延续和延伸，同时也更多地融入了后阿 Q 时代的新的社会现实的元素。在《水葬》中的骆毛的身上，我们可以看到阿 Q 的影子：他在被人们处以“水葬”的死刑时，不住地高声叫骂的，诸如“你们儿子打老子吗”，“再过几十年，不又是一条好汉吗”等等，简直就是阿 Q 语言和阿 Q 精神的某种再现。《天二哥》中的天二哥，遇强者撒腿逃避，而对于比他弱小的小柿子，却又犹如阿 Q 对于小尼姑和小 D 一样加以凌辱，并常常为自己这种欺侮弱小者的胜利而陶醉；他酗酒，自认为酒可以治百病，他尊奉“祖传的解酒良方”——喝尿，虽然终而死于这种“良方”，但他在临死时仍不忘记对这种“良方”的夸耀。和阿 Q 一样，天二哥骨子里深藏着奴性，而在愚昧这一点上更是比阿 Q 有过之而无不及。

阿Q性格是深藏于国民性格中的，因此，“乡土文学”中大量再现出这种具有阿Q性格的某些特征的形象是不足为怪的。但在“乡土文学”中这类人物形象身上，一方面可以明显看到阿Q形象的影子，但另一方面又显示出了一些新的特征，这种新的特征，正是“工业文明打碎了乡村经济”背景下人们的心理状态。他们身上那种“危疑扰乱的被物质欲支配着的”特征[1]，是阿Q所不具备的。

王鲁彦的《阿长贼骨头》在当时被好多人认为是模仿鲁迅的《阿Q正传》，但仔细加以辨析和比较，可以发现，《阿长贼骨头》在写法上虽有与《阿Q正传》相仿的地方，但所塑造的人物形象却有很大区别。阿长这个形象具有许多与阿Q不同的特征，这种特征主要表现为阿长这个形象更多地体现了一种对于金钱和物质的欲求。鲁迅笔下的孔乙己、阿Q也曾行过“窃”，但那是因为“生计问题”；而阿长行偷的原始动机却是物质欲的驱使：“他的心头起了不堪形容的欲望，希求一切的东西，眼球发起烧来，盯住了眼前别人的所有物，两手痒呵呵的只想伸出去。”作品这样叙述了他在偷窃一个小孩的银项圈时的心理感觉：“项圈又光又滑，在他的手中不息地转动着，不由得他的手，起了颤动。这是他有生以来第一次触着这个可爱的东西”，当他行窃得手后便不时“伸

1 茅盾：《王鲁彦论》，《小说月报》，1928年第19卷第1期。

手到衣里去摸那项圈。手触着项圈，在他就是幸福了”。这种近乎“金钱拜物教”的特点，我们在许杰的《赌徒吉顺》中也可以看出，堕落中的吉顺，只信奉一个上帝，这就是金钱。为了金钱，他甚至可以将自己的妻子典与别人。他所躬行的人生观是“人生行乐耳！有了钱就是幸福，有了钱就是名誉：物质是真实的存在，精神不过是变化无常、骗人愚人的幻影罢了”[1]！从这类人物形象中，我们可以看出拜金主义的罪恶已渗入了中国的乡村，人们的价值观发生了变化，“本色的天经地义的人生观”被对于金钱的崇拜所取代[2]。在王鲁彦的《黄金》中，我们可以更清楚地看到这一点：陈四桥的人们，衡量能否受人尊敬的唯一标准便是金钱的多少和财源的兴衰。

总之，“乡土文学”中所描写的许多农村流浪人的形象，在其思想意义上已与阿Q形象不尽相同，“乡土文学”作家们没有鲁迅那种对于国民性改造问题的深邃思考，但他们却写出了社会转型期乡村的变动和人心的变化。“乡土文学”作家笔下的农村流浪人是“转型期的社会中”的“一些被生活的飞轮抛出来的渣滓，我们只有从反面去看时，这才能够在他们身上认出社会的意义”。[3]这些人物的产生“一方面固然由于都市的罪恶伸展到农村，而另

1 许杰：《赌徒吉顺》，《东方杂志》，1925年第22卷第23期。
2 茅盾：《王鲁彦论》，《小说月报》，1928年第19卷第1期。
3 茅盾：《中国新文学大系·小说一集导言》，《中国新文学大系·小说一集》，第30页。

一方面也由于农村的衰败和不安引起了人心的迷惘苦闷，于是要求刺激，梦想发财的捷径”[1]。文学作品描写出这种形象，能够从一个重要侧面反映“五四”以后中国乡村社会的现实。

五

在“乡土文学”的作品中，我们常常可以感觉出一种凄凄的忧怨和淡淡的哀愁，尤其是在表现对于故乡的执着怀念和对童年生活的美好回忆的作品中，更明显地表现出一种感伤的情绪。

“乡土文学”中的感伤情绪首先根源于对社会现实的感受。“乡土文学”的作家们痛苦地感受到故乡的凋敝和衰败，而且他们中的多数人都经历了家境的衰落，为生活的逼迫而离开自己的故乡，这些都造成了他们心灵上难以愈合的创痛。离开故乡之后，他们事实上又难以割断对故乡的感情，不管走到哪里，故乡的影子总跟着他们，如潘漠华在《乡心》中的诉说：

> 在故乡流着泪的我的亲爱的母亲，荒凉草满的死父底墓地，低头缝衣的阿姊，隐约模糊的故乡底影子，尽活泼地明鲜地涌上我底回忆里。

1　茅盾：《中国新文学大系·小说一集导言》，《中国新文学大系·小说一集》，第31页。

这不仅仅是一般的对故乡的怀念，而且是故乡凋敝等使作家们在对故乡的怀念之中更多了一层担忧。再如彭家煌在《奔丧》中的表白：

> 每逢佳节，半夜里的爆竹声也能撩起我的乡愁，一念及漂泊的凄凉和家庭的苦况，眼泪就止不住了……家况的萧条，伯叔的死亡，我是无动于衷的，这一点悲哀不能侵入我那坚实的悲哀的壁垒。什么叫“乡愁”，我没有精力愁到那上面去，我没有本领挣到回家去的川资，近年来我连回家的梦都不曾有呢。

说“无动于衷”却又每每止不住眼泪，这是怎样深沉的对于故乡的怀念！这些对于故乡的感情，充分体现了“五四”以后脱离了土地的乡村青年知识分子的思乡情绪，他们发出的常常是无可奈何的悲叹。这里有一些怀旧的情绪，最典型的是许钦文《父亲的花圈》中对失去的父亲的花圈所唱的挽歌，但更多的却是一种对于故乡的深沉的爱。正是这种爱，才使他们因故乡的衰落而引发了痛苦和悲伤。

他们生于动荡的年代，他们满眼所见的是丑恶与污秽，是战乱与灾祸，是在痛苦中挣扎的人群。他们同情于苦难中的人们，但又感到无力改变这个世界，这也使他们常常陷于内心的苦痛与悲愤之中。因此，可以说“乡土文学”中的悲愤感伤情绪是有悲可愤、有感而伤的，而不是无病呻吟。这种悲愤感伤是深深植根于社会历史的土壤中的，是根源于作者们对人民疾苦的深切同情和对故乡深沉的爱，这就使他们的感伤情绪带有较为深广的社会内容。

面对现实的黑暗和重压，人们常常需要找寻一些心理上的平衡。客居的游子喜欢回忆故乡，在生活之路上搏击感到疲倦的人喜欢回忆自己的童年，这些回忆都是为求得心理平衡而找寻的一种精神寄托。“乡土文学”的作家们远离故乡，而生活中又多有坎坷，正如彭家煌在《奔丧》中所说：“为着生活，我不能不离家，可是没有学会谋生的本领就贸然到外面乱闯，我知道是免不了沉沦在客地，像转卖到娼寮中的丑妓，永远没有赎出身来的指望。”于是，回忆中的故乡生活和童年生活就成了“乡土文学”作家在生活坎坷和悲苦寂寞时候的精神安慰。如台静农的《儿子》：

> 非常的寂寞，时时刻刻都想到家乡……几次剧烈的凄凉的回忆，曾痛哭了，以为我已是人间的孤寂者，失了父母，失了兄弟，失了所有的朋友和一切可纪念的地方。

他们被生活“驱逐”出自己的故乡、来到现代大城市后，他们在思想意识上和感情趣味上却没有被大城市同化；在他们自觉或不自觉地将现代城市生活与传统的乡村生活加以对比时，都市的喧嚣、生存竞争的激烈、呼吸空气的污浊等很快使他们感到疲倦，产生了一种对城市生活的反感情绪。黎锦明在《烈火》再版自序中说：

在北京生活的人们，如其有灵魂，他们的灵魂恐怕未有不染遍了灰色罢。

王鲁彦在《狗》中作如此表达：

在北京城里，只是整天地吃灰沙，纵使有鲜花一般的灵魂的人也憔悴了……这样苦恼的地方，竟将飘流的我留住了四五年。我若是不曾见过江南的风景倒也罢了，却偏偏又是生长在江南。

厌恶都市的生活，他们转而回忆起故乡生活的宁静、淳朴。潘漠华在《心野杂记》中这样写道：

到上海来，虽然接触着各种色彩不同的人生，但无论到哪里，总仍摇荡着我南野的梦。在白昼，南野就是白昼的一切，在月夜，南野就是月夜的一切。在薄暮时，南野也就在薄暮中上下升落地浮现。离开南野愈远了，到陌生的人世中混着愈久了，但南野却仍是我灵魂游荡的荒原。它寥廓地搭开去，铺着当我灵魂悲歌哭笑的场所，它是我唯一的世界，它是魂似的迷乱了我。

回忆中的故乡往往并非现实中的故乡。在客居他乡者的心目中，故乡的形象常常是被诗化了的。面对黑暗的现实、污浊的都市，为了求得心灵的洁净，“乡土文学”的作家们常常转而回顾自己的童年生活，试图以儿童的纯净的世界来驱除现实社会在心灵上投下的暗影。徐玉诺的《往事一闪》，蹇先艾的《秋天》和《雪暮》，许钦文的《以往的姐妹们》，黎锦明的《小画家》和《轻微的印象》，王任叔的《晚霞》，王鲁彦的《钓鱼》和《童年的悲哀》，等等，都记述了他们童年时有趣的生活。即使童年生活中也有不幸和忧愁，但回忆起来也常常是甜蜜的。王鲁彦在《童年的悲哀》中写道：

呵，我愿回到我的可爱的童年时代，回到那梦幻的浮云的时代！

神呵，给我伟大的力，不能让我回到那时代去，至少也让我的回忆拍着翅膀飞到那最凄凉的一隅去，暂时让悲哀的梦来充实我吧，我愿意这样，因为即使是童年的悲哀也比青年的欢乐来得梦幻，来得甜蜜呵！

这种对童年生活的赞美，无疑暗含着对黑暗现实生活的否定。儿童生活的天真、纯净、无忧无虑，对于感到人生暗淡、世事无情、缺乏清新空气和灿烂阳光的人们，的确是一种心灵的抚慰。可以说，即使是“乡土文学”中那些明显带有感伤情绪的作品，仍然表明了作家们对现实社会生活的批判态度。

六

“乡土文学”的作家们大多是“文学研究会”的成员，就他们的创作倾向而言，基本上属于“为人生的艺术”。但是，与当时好多“为人生而艺术”的作家不同，他们不是去追问那种抽象的“人生究竟是什么”或探讨一般的“人生观”问题，也不是纯客观地去描写“灰色的卑琐的人生”，他们较多的是将艺术的触角伸向民间的真实生活，去反映社会的黑暗，表现下层人民身受的痛苦，发出对旧世界的诅咒和抗争的呼叫。这样的作品真正彰显了“五四”文学的现实主义精神。

现代文学史上现实主义传统是由鲁迅奠定的。他要求艺术创作真实地描写生活，反映生活中的复杂关系。他曾强烈呼吁：“世界日日改变，我们的作家取下假面，真诚地、深入地、大胆地看取人生并且写出他的血和肉来的时候早到了。”[1]“五四”初期的文学革命，在创作上以“鸳鸯蝴蝶派”为批判对象，从创作原则上就是借此批判反现实主义的不良倾向的。新文学的作家不愿再“将文艺当作高兴时的游戏或失意时的消遣”，而是自觉地用文学“反映社会的现象，表现并且讨论一些有关的人生问题”。[2]这些无疑体现了鲁迅的现实主义方向。但就“五四”初期整个创作界的实际情况来看，由于作家生活经历的局限，作品所反映的社会面还是很狭窄的。茅盾曾分析过当时创作界的状况，指出缺少反映时代、反映社会面貌作品的原因：“创作家们自身的环境，国内创作小说的人大多是念书研究学问的人，未曾在第四阶级内有过经验……印象既然不深，描写如何能真？所以反映痛苦的社会背景的小说不能出现。”[3]生活面的狭窄，给好多作家的创作带来了难以弥补的不足之处——不能真实反映广阔的社会生活，尤其不能反映农村社会的状况。

“乡土文学”的作家们亲历过农村的生活，这使他们能够从各种角度去反映农村社会。我们在“乡土文学”的作品中看到了其他作家作品中所不能提供的农村社会的人生图画。当时出现的其他作家描写农村生活的作品，大多写的不是自己经历或亲历的

1　鲁迅：《坟论睁了眼看》，《鲁迅全集·第一卷》，第241页。
2　茅盾：《中国新文学大系·小说一集导言》，《中国新文学大系·小说一集》，第4页。
3　茅盾：《社会背景与创作》，《小说月报》，1921年第12卷第7期。

事情，所以常常显出“不是个中人自道”的缺点来。[1]作品所写只是“模糊影响之谈，无切实之描写，既无真切的描写，便不能引起人们的同情”[2]。相比之下，“乡土文学”作品中有真实的农村生活场景，有真实的栩栩如生的农村各阶层人物，有真诚地、深入地、大胆地看取人生的态度，有写出乡村世界的血和肉来的生活内容，这些作品基本上践行了鲁迅所谓“写真实”的艺术主张。在“乡土文学”的作品中，我们看到的是真实的现实人生，是衰败的农村以及这种衰败下人们的痛苦挣扎，是更能反映生活本质的几乎无事的悲剧。

“乡土文学”作品的“写真实”，没有止于对现实中真实事件人物的描摹，而是在作品中倾注了作家们真实的爱憎情感，即如鲁迅所说是“用笔写出他的胸臆来”的。用蹇先艾自己的话说：“作者是乡下人，所以对于乡村的人物也格外喜爱。”在乡村中“到处都遇见的是陷落在泥潦中的老人、女人、穷人。他们的苦脸深刻地永远留在我的记忆里了”[3]。因此他们在笔下披露这些“可怜的小小的一群”时，真切地关心着这些人物的命运，同情着这些人物的生死，憎恨着这些人物所生活的社会环境。这种真挚的情感融注进作品之中，就形成了“乡土文学”作品的抒情风格。这种

1 郎损：《评四五的六月的创作》，《小说月报》，1921 年第 12 卷第 8 期。
2 瞿世英：《小说研究》，《小说月报》，1922 年第 13 卷第 9 期。
3 蹇先艾：《乡间的悲剧 · 序》，《乡间的悲剧》，商务印书馆，1937 年版，第 3 页。

抒情性无疑给作品增添了感人的艺术魅力。

文学作品真实地反映社会现实，包括反映特定时期人们内心的真实状况。郑振铎曾指出“五四”初期一些创作的缺陷是，“描写的手段，都极粗浅；只从表面去描摹，而不能表现所描写的人与事的个性，内心精神”[1]，这是切中要害的。而在“乡土文学”作品中，已能比较注重人物内心的展示了，“乡土文学”的作品往往在描绘农村衰败的同时，深入到人物内心深处，挖掘人们内心的痛苦，这使作品在反映农村现实方面达到了一定深度。如徐玉诺的《祖父的花园》，“能够描写心灵上的轻淡的可是发自深处的波动”[2]；王鲁彦的《黄金》《许是不至于罢》写出了“被物质欲支配着的人物”在“工业文明打碎了乡村经济时应有的人们的心理状态”[3]。心理描写在“乡土文学”的作品中并不鲜见，而且不乏相当成功的心理描写。正是这些生动的有深度的心理刻画，更能够让人们看到“共同的对于命运的挣扎”。

1982 年 5 月

（原载朱晓进著《中国现代文学现象研究》，百花文艺出版社 1994 年 8 月出版。）

1 郑振铎：《平凡与纤巧》，《小说月报》，1921 年第 20 卷第 7 期。
2 茅盾：《中国新文学大系 · 小说一集导言》，《中国新文学大系 · 小说一集》，第 26 页。
3 茅盾：《王鲁彦论》，《小说月报》，1928 年第 19 卷第 1 期。

30 年代乡土小说的基本范型和主要作家群落

一、30 年代乡土题材小说的兴盛

中国现代乡土小说起始于 20 年代，但就其整体的质和量而言，30 年代才是乡土小说发展的黄金时代。30 年代不仅拥有大批专心致力于乡村题材创作的作家，而且绝大多数的作家在创作中也或多或少涉及了“乡土”这一题材或命题，因而，不管从题材还是从文化命题来看，“乡土小说”都无疑成了文学创作中最突出的现象。这在当时出现的几个著名的小说选本中留下了深深的痕迹：1934 年鲁迅、茅盾所选中国作家短篇小说集《草鞋脚》和 1936 年赵家璧、茅盾等 20 名著名作家推荐遴选的《短篇佳作集》，乡土题材小说均占三分之一左右。1936 年出版的《大公报文艺丛刊小说选》，其编者虽在思想倾向、审美追求等方面均与鲁迅、茅盾等作家相异，但在编选中也不能不注意到这样一个事实：“在这些作品中，在题材的选择上似乎有一个很偏的倾向，那就是趋向农村或少受教育分子或劳动者的生活描写。”编者虽然表示自己对这种“偏向”很不以为然，但亦不能不承认：“描写劳工社会、乡村色彩已成为一种风气，且在文艺界也已有了一点成绩。”[1]

1 林徽因:《大公报文艺丛刊小说选·题记》,《大公报文艺丛刊小说选》，大公报馆，1936 年版，第 1—2 页。

中国现代乡土小说源起于“五四”时期，系由鲁迅所开创，但乡土题材在整个“五四”时期并未受到那时代人们的特别重视；虽有鲁迅“在‘五四’的前后特拣那死水似的乡村来描写”，并在思想和艺术上都取得了伟大的成就，但“鲁迅而外的作家大多用现代青年生活作为描写的主题”。[1]这种状况虽然在“五四”后期因一批鲁迅称为“乡土文学”的作家的出现而有所改变，但就其整体而言，整个“五四”时期的“乡土小说”并未得到充分发展。是什么原因使乡土小说到了30年代特别兴盛？

这固然不能忽略前一阶段乡土文学为30年代乡土小说兴盛所起的铺路作用：“五四”时期乡土小说尽管从整体上看尚不够成熟，但它们在各方面的探索，其成就和不足都在为30年代乡土小说的发展提供着经验和教训，况且毕竟还有鲁迅那样的典范性作品，其影响力对30年代乡土小说发展的意义自是不言而喻的。但30年代乡土小说并不是“五四”乡土小说发展的自然延续。我们还须从30年代特殊的文化氛围中去找寻答案。“不管考察哪一个民族的文学，都不能把它和社会的发展分隔开来。”[2]文体的盛衰、文学主题的变异、文学题材的冷热等，无疑更多地是由时代的变迁所决定的。

1　茅盾：《读〈倪焕之〉》，《文学周报》，1929年第8卷第20期。
2　［俄罗斯］别林斯基：《别林斯基选集·第二卷》，上海译文出版社，1979年版，第180—181页。

30年代的中国社会，殖民地化迅速加剧，首先受到冲击的是作为国民经济主要成分的农村经济。中国30年代初的所谓“丰收成灾”，就是随着世界经济危机日趋严重，农产品国际市场愈益狭窄化，帝国主义转嫁危机而出现的畸形社会现象。“丰收成灾”在当时成了重要的社会问题，以此为内容的报道和述评一时间充斥各大报刊。大革命之后，国内阶级矛盾的激化，国民党政府的腐败又更进一步加速了农村经济的崩溃：内战连年，战祸遍及广大农村，使农民遭受巨大灾难[1]；国民党政府为资内战，向农民征收的田赋、田赋附加税及名目繁多的苛捐杂税空前加重[2]；在农村贫富分化日趋加剧、土地迅速集中的过程中，地主阶级对农民的剥削和压迫也更加残酷；加之，自然灾害也频频袭击农村[3]，30年代的中国乡村和广大乡民处于空前的灾难困苦之中[4]。农村经济的凋敝和农民的破产，导致了乡村社会各种关系的变化，广大农民的不满情绪一再增加，他们为了生存而展开的抢粮抗租的斗争以至暴动等不断兴起。身处这样一个农村大变动、大灾难、大反抗

1　仅1930年蒋阎冯中原大战，洛阳等27县兵灾损失就占农产品常年产值的160.2%。参见《中国新民主主义革命时期通史》。

2　据《大公报》1932年11月6日报道，“浙省苛税——田赋附加税多至十三种”。

3　1930年的华北水灾、西南受旱，1931年的长江发大水，1932年的11省330余县遭水灾、6省130余县受旱灾……据不完全统计，1929年至1932年，陕西、河南、贵州、甘肃、山西、四川等省，饿死灾民竟达1620万人之多。参见《中国新民主主义革命时期通史》。

4　连国民党的机关报《中央日报》（1935年4月2日）也不得不作如是报道：“全皖灾区达49县，灾民近九百万人”，“遍地皆荒，逃生无路，水藻捞尽，现下充饥者以观音土及稻糠两种，涩于咽而复难于泄，哀叫惨痛，无异人间地狱”；“阖室自杀者时有所闻，饿殍田野者途中时见，鬻两三岁子女以求数元者……到处皆是”；“大小村落，鸡犬无声，耕牛绝迹……十室十空”。这虽是就一省而言，实际却是整个中国乡村的缩影。

的时代，只要是稍微关注现实生活的作家就不可能看不到这样一个基本的事实：乡村问题已成为中国最突出的社会问题；乡村状况和广大乡民的命运引起了全社会的普遍关注和同情。这种社会生活的巨大变化，不可能不带来文学题材和文学内容的深刻变化。每一个时代，每一个历史阶段，都有这个时代和阶段的人们所特别关心和重视的文学题材。30 年代社会的基本特点，使思想倾向各不相同的众多作家在从事创作时，不约而同地将视线投向了农村社会。诗歌、戏剧如此[1]，小说更是如此。如同“五四”时期婚姻恋爱问题的突出，使婚姻恋爱问题成为“五四”小说的重要题材一样，30 年代乡村题材小说兴盛这一文学–文化现象也是由特殊的社会状况所决定的。

就作家主观方面而言，20 年代末、30 年代初，由于乡村问题的突出，农村社会革命的开展，中国进步的知识分子对于乡村社会、农民问题的认识随之有了大的飞跃，这是 30 年代乡土小说兴盛与发展的另一重要原因。早在“五四”时期，李大钊就曾指出：“我们中国只是一个农业国，大多数的劳工阶级便是那些农

1　当我们考察 30 年代整个文学状况时，就可以发现，农村题材小说的兴盛并不是一个孤立的现象。就诗歌而言，艾青的第一个诗集《大堰河》、田间的《中国农村的故事》等都是描绘穷困悲惨的旧中国农村和农民痛苦挣扎的情形的。“中国诗歌会”的诗人所写的诗也较多涉及农村题材，如《六月流火》（蒲风）、《都市的冬》（王亚平）、《乡曲》（杨骚）等。臧克家更有许多写得较好的以乡村为题材的诗，他甚至被称为“农民诗人”。就戏剧而言，写农村题材的作品也很多，如田汉的《洪水》（五幕剧）、《旱灾》（独幕剧），适夷的《活路》，洪深的著名的“农村三部曲”（《五奎桥》《香稻米》《青龙潭》），熊佛西的《锄头健儿》《屠户》《过渡》等等。

民，他们若是不解放，就是我们国民全体不解放，他们的苦痛，就是我们国民全体的苦痛。”[1] 但是这种多少有些超前的先进意识，当时并未在一般知识分子中得到响应，也未在文学创作上得到普遍、充分的表现。“五四”时期大多数作家还不可能自觉地从中国革命的任务和中国特有国情的角度来认识和表现乡村与农民问题。那时的文学主要是为了适应思想革命的要求，在其内容上体现为“反映社会的现象，表现并且讨论一些有关人生的一般的问题”[2]。但随着时代的变迁和乡村问题的突出化，尤其是经过大革命的洗礼，中国知识分子的眼光发生了从个人转向社会的变化，这些都导致了作家们文学观念的改变。文学题材的中心也由表现知识青年的生活、探索有关人生一般的问题转向表现更为现实的乡村社会和人民大众中的大多数农民。

20 年代末 30 年代初，文艺界展开的一场关于农民文学的讨论，从一个侧面反映了这种变化，尽管参加讨论的作家思想倾向并不相同，但都能从乡村问题和农民问题的突出性来肯定提倡乡土文学、农民文学的意义。30 年代初，革命文学的作家们最先以自觉的历史责任感和历史使命感来提倡和实践在文学中表现乡村、表现农民，这曾给 30 年代初的文坛带来了新的气象。当时就有人注意到了这种“文艺方向的转变”，并指出这种转变的内

1　李大钊:《青年与农民》,《晨报》，1919 年 2 月 20—30 日。
2　茅盾:《中国新文学大系 · 小说一集导言》,《中国新文学大系 · 小说一集》，第 4 页。

容“已经否定了个人主义文学，而趋向大众生活的文学，农民文学自然居其中的主要地位”。[1] 即使像郁达夫这样一个在“五四”时期致力于表现青年的时代忧郁与苦闷的作家，在这时也把注意力转向了农民，并成为“农民文学”的力倡者。虽然他本人由于生活的局限而始终未写出真正的乡村题材的小说，但这种思想认识及文学观念的变化，在那时期的知识分子中是具有典型性的。[2] 张天翼的一段话，可以说代表了30年代许多知识分子的认识水平：“做个作家那就尤其需要认识农村，作家是要描写多数人的生活的，替大多数人申诉，而中国的绝大多数就是农民，离开了农民，那就什么都会成了空的，也可以说不成其为一个中国作家了。”[3]

可以说，30年代乡土小说的作家多是缘于上述原因才创作出众多的乡土题材小说的，但以此表述，尚显简单化。30年代乡土题材小说的兴盛，其原因是丰富而复杂的。30年代，中国半殖民地化的进程在加剧，随着都市工业文明的发展，城乡之间的对立（价值观念等）也日趋明显。许多作家在反思诸如民族、社会、伦理等问题时，自然也离不开对中国乡村的考察。即使思考的出发点是在都市文明方面，但作为比照的另一头，便理所当然地落在了乡村文化方面。更有在心态上徘徊于乡村与都市之间的作家，

---

1 施孝铭：《农民文学的商榷》，《中央大学半月刊》，1930年第1卷第15期。

2 郁达夫1927年9月以后，曾陆续写了《农民文艺的提倡》《农民文艺的实质》《乡村里的阶级》等文章，大力提倡文艺表现乡村和农民。类似的观念的变化在成仿吾等作家身上也较明显。

3 蒋牧良：《记张天翼》，《文艺生活》（海外版），1948年第7期。

他们常常在经过抽象化的“乡村”这一概念中赋予更多的文化的意蕴，“乡村”是现实的某个乡镇、村落，同时又常常是作家追寻的某种作为精神归宿的家园。这些似乎也在从另一个侧面促成着乡土小说的兴盛。30 年代，还有一个不应忽视的社会环境，即日本帝国主义对中国的侵略，这也显然在较大程度上影响着中国文学的许多方面。当时出现的“东北作家群”和早期台湾的乡土作家都不能说与此无关。对于失去了家园、失去了乡土的作家们来说，执着于乡土题材的创作，就成了揭露侵略者暴行、表达自己爱国情结的一个重要途径。

总之，是 30 年代特有的社会环境、文化氛围和作家们与之相应的艺术追求，促成了 30 年代乡土小说的兴盛。当然，兴盛并不等于成熟，但兴盛却为成熟提供了机遇。当众多的作家都来尝试、探索、钻研某类文学的创作时，这类文学走向成熟的可能性也就会大大增长。

二、30 年代乡土小说的两种模式

30 年代乡土小说的成熟，从严格意义上讲应从 1932 年以后算起。这是因为，在 30 年代乡土小说中占主流地位的左翼乡土小说，经过了一个曲折的发展过程，它是在克服了早期无产阶级革命文学中的诸多弱点之后，逐步走向成熟的。而且东北作家群以及左翼作家之外的乡土小说创作，其大量的成熟作品也都产生于 30 年代中后期。

说乡土小说在 30 年代走向成熟，这首先是从理论提倡上而言的。与 20 年代相比，30 年代乡土小说的创作更具有某种理论的自觉性。20 年代，虽有周作人提出过“乡土艺术”“乡土色彩”等概念，但其内涵主要是指艺术的本土化要求，并不等同于后来我们在广义上所使用的“乡土文学”的概念。沈雁冰、郑振铎等人在 20 年代虽也曾提出过要以乡村社会、农民生活为创作的背景，但那恰恰主要是针对文坛上这一方面的创作有所欠缺而提的要求。因此很难说，20 年代的乡土小说创作与理论提倡有特别大的直接联系。30 年代则不然。我们现在通常使用“乡土文学”或“乡土小说”的概念时，所溯源到的鲁迅的《中国新文学大系·小说二集导言》和茅盾的《关于乡土文学》二文均出自 30 年代。鲁迅的文章中有这样一段话：“凡在北京用笔写出他的胸臆来的人们，无论他自称为用主观或旁观，其实往往是乡土文学。”[1] 这虽是对 20 年代“乡土文学”所做的概括，但概念的提出和概括的方式不能不看作是站在 30 年代的思想高度和认识水平上的结果。也就是说，对“乡土文学”，包括鲁迅在内，是从 30 年代才开始自觉地使用这一概念的。茅盾对乡土文学的认识更为具体，他认

1　鲁迅:《中国新文学大系·小说二集导言》,《中国新文学大系·小说二集》，第 9 页。

为乡土文学不仅要有“特殊的风土人情的描写”，而且“应当还有普遍性的与我们共同的对于命运的挣扎”，而能同时写出这些的，必定是“具有一定的世界观与人生观的作者”。[1]茅盾在这里对作品内容和作者条件都做了界定。这一认识基本代表了人们在30年代对“乡土小说”的认识水平。我们前面曾经述及，30年代初对于乡土题材小说的创作有过专门的讨论，其提倡之势，成为一种重要的文学现象。这种理论上的自觉提倡以及对于概念的明确提出和界定，正是乡土小说走向成熟的一个必要条件。当然，衡量某类文学是否成熟的标志，主要应该是作品。30年代产生的乡土小说作品不仅量大，而且佳作颇多，在总体上，其成熟程度是远远超过20年代的（有关乡土小说作品的具体分析和介绍，我们将在下一节逐步展开）。

这里要探讨的是30年代乡土小说在总体上的特征。当然，谈所谓总体特征，并非要在如此众多的乡土小说作品中抽象出几条共同的特点来，而是想就30年代乡土小说的基本范型做出描述，这有助于从整体上把握30年代乡土小说。30年代乡土小说大致可以概括为两种范型：一种是鲁迅式范型，一种是茅盾式范型。鲁迅是中国乡土小说的开创者，20年代乡土小说作家少有不受鲁迅影响的。而20年代的乡土小说作家中有许多人在30年代

1　茅盾：《关于乡土文学》，《文学》，1936年第6卷第2期。

沿着这条路子继续着乡土小说的创作，他们的作品明显地带有鲁迅影响的痕迹。创作起始于20年代，却在30年代取得突出成就的乡土小说作家沈从文，也曾多次讲起自己受鲁迅乡土小说影响的情况。其实，30年代许多重要的乡土作家都与鲁迅多少有些联系，如沙汀、艾芜、张天翼、周文、叶紫、萧军、萧红等等。他们中，有些人在有些方面是继承了鲁迅的。“鲁迅在前，茅盾在后。”[1] 茅盾以自己独特的创作，从不同于鲁迅的角度和方面，也较大地影响了30年代乡土小说（尤其是左翼乡土小说作家）的创作。鲁迅和茅盾，分别提供了不同的范本。影响所及，形成了30年代乡土小说的两种基本模式。“五四”时期，“文学革命者的要求是人性的解放，他们以为只要扫荡了旧的成法，剩下来的便是原来的人，好的社会了”[2]。因此，以鲁迅为代表的20年代乡土小说，主要是顺应思想启蒙的历史任务，通过写乡村，写农民，来达到反封建思想文化和启发农民觉悟的目的。作品往往侧重于表现农村的思想关系，表现农民在封建主义压迫、奴役下的精神病态，以控诉和批判封建制度和封建思想文化对农民“人性”的戕害，其切入角度，也多在思想、伦理、道德乃至风土民情等方面。30年代，普遍的“阶级意识觉醒了起来”[3]，有大批的作家自觉地

1 吴组缃：《评茅盾的〈子夜〉》，《文艺月报》，1933年第1卷第1期。
2 鲁迅：《且介亭杂文·〈草鞋脚〉小引》，《鲁迅全集·第六卷》，第20页。
3 鲁迅：《且介亭杂文·〈草鞋脚〉小引》，《鲁迅全集·第六卷》，第20页。

从革命的角度去分析中国农村社会，以阶级分析的方法，侧重于表现农村的经济关系，即农民所遭受的封建地主阶级的压迫和剥削，以及由此而产生的农民的反抗和革命的可能性。茅盾在这一方面起了一种表率的作用。诚如吴组缃在当时就指出的那样，“茅盾之所以被人重视，最大的缘故是在他能抓住巨大的题目来反映当时的时代与社会；他能懂得我们这个时代，能懂得我们这个社会。他的最大的特点便是在此”[1]。30 年代的历史任务以及 30 年代多数作家自觉追求的结果，在乡土小说中，茅盾模式显然占了相当重要的地位。但不能忽略的是，仍有相当多的作家继续着“五四”的反封建和进行思想启蒙的命题，继承着鲁迅乡土小说的模式。虽然 30 年代的基本历史任务已由以思想革命为主转变为社会革命为主，但反封建的思想启蒙任务并未成为历史的陈迹，正因为如此，鲁迅模式的乡土小说在 30 年代依然取得了杰出的成就。这两种模式的乡土小说，反映在艺术表现上也有着明显的不同，例如鲁迅式乡土小说，以伦理批判为角度，多注重人物灵魂的揭示，而茅盾式乡土小说则以社会分析为角度，较注重人物社会属性的揭示等等。

其实，这两种基本的模式，在不同的作家那儿并非总是单一排他地被选择着的，在许多作家和作品中显示了两种模式的渗透。

1 吴组缃：《评茅盾的〈子夜〉》，《文艺月报》，1933 年第 1 卷第 1 期。

例如，高度赞扬过茅盾小说的社会剖析特点，并又以此为自己的艺术追求的吴组缃，他的乡土小说中其实伦理批判的味道亦很浓。当然，吴组缃的乡土小说在总体上仍重视用截取横断面的方法来解剖社会，客观化地描述乡村社会的变动，但他所选择的切入点常常是伦理的角度，他是从乡村伦理的变化、人心的变动来展示社会变动的。这里，显然兼具茅盾式的社会分析和鲁迅式的伦理批判这二者的特点。又如，从 20 年代起就曾师承鲁迅的乡土小说作家王鲁彦，他于 30 年代创作的有些乡土小说（尤其是《野火》），在艺术追求上，显然又带有社会剖析式乡土小说的影响痕迹。当然，也有一些作家偏于一端，将某一模式加以发展，引向极致。例如沈从文，由伦理批判而深入到人性、生命的探索，追寻某种更为形而上的哲学命题的探讨；有一些左翼作家由社会剖析而转向纯社会学探讨，将小说的艺术性问题挤压到最低程度。因此，我们所谓的两种模式，是就其基本范型而言的，对这二者或取其一，或以某一模式为主、兼及另一模式，或将二者兼容起来，这就构成了 30 年代乡土小说的多姿多彩。这种乡土小说形态的多样化，正是 30 年代乡土小说走向成熟的重要标志之一。

这两种模式似乎还有某种合流的趋向。30 年代中后期，许多出色的乡土小说作品，都能从伦理探索（包括对人性、个性解放问题的探索）和社会剖析这两个方面入手，而且结合得较好。这方面最具代表性的是茅盾的《水藻行》。从这篇作品中，可以明显看出，茅盾在他惯用的社会分析之中，倾注了对于伦理、人性、个性解放等问题的探索，对人物的揭示也就不再局限于人的社会属性方面，而且注意揭示人灵魂的隐蔽之处。这种“合流”，应视为乡土小说所达到的一种境界：在汲取20、30年代乡土小说的思想和艺术方面的长处之后，使自身走向更加成熟的境界。

三、30年代乡土小说的作家群落

仅仅揭示出30年代乡土小说的基本模式，这对于全面掌握30年代乡土小说的特征尚显笼统。对于30年代乡土小说的基本作家群落稍微做一个简单的归纳，或许有助于了解30年代乡土小说创作的大体情况。

1.“普罗”文学作家的“准”乡土小说

这是指20年代末、30年代初一群特殊的作家的作品。这些作家，是无产阶级革命文学的倡导者和实践者。他们在其创作上，试图体现一种完全不同于20年代文学的新的文学观念。即如钱杏邨1928年初所指出的那样：“就是很多的作家认清了文学的社会使命，在创作中把整个的时代表现了出来。”[1] 但无产阶级革命文学的最初倡导者对于文学与时代、革命关系的理解却是较为简单、

1　钱杏邨：《幻灭》，《太阳月报》，1928年第3期。

片面的，他们将文艺看作“文艺家对于现实社会的一定的见解及最期望的态度之宣传机关”[1]，认为革命文艺“为完成他主体阶级的历史使命，不是以观照的——表现的态度，而是以无产阶级的意识，产生出一种斗争的文学”[2]。这实际上是将革命文艺与革命意识等同起来。这种理解上的偏颇与错误，给当时的一些乡土题材小说创作带来了不良影响。

革命文学的作家们，大多仅仅从思想观念和革命意识上去把握时代，去理解农村和农民，而对于当时乡村的具体状况，当时乡民们的情绪、愿望和要求等却缺少实际的感受。这就使他们的作品大多缺乏农村生活的真实描写，未能准确再现出乡村广大农民的生活状况和精神状态。为了表现所谓农民的普遍觉醒和革命，常常忽略农民的艰难的觉醒过程，把农民的反抗和革命行动表现为“革命家”一席演说、登高一呼的直接结果。作品在处理人物行动和事件时，往往采用说明式而非描写式的方法，人物常成为“时代精神的单纯的传声筒”。这类乡土题材小说，没有真正的乡土气息，因此很难说它们是严格意义上的乡土小说。

属于这类作品的有华汉的《暗夜》(收入《地泉》时易名为《深入》)，戴平万的短篇集《出路》《陆阿六》中的多数作品，刘一梦的《雪朝》，洪灵菲的《大海》，蒋光慈的《咆哮了的土地》乃

---

1 彭康：《革命文艺与大众文艺》，《创造月刊》，1928 年第 2 卷第 4 期。
2 李初梨：《怎样地建设革命文学？》，《文化批判》，1928 年第 2 期。

至丁玲的《水》等。这些作品几乎都是写农村的暴动的，却并未映照出些许乡村生活的面影。较为典型的是华汉的《暗夜》。作者试图通过江南人民不堪地主压榨，奋起暴动的故事来表现农村革命的深入。但由于作品缺乏农村生活的真实展示，作品中的人物仅是为作家构造的事件而设置的，正面人物口中的连篇大道理和农民的满口豪言壮语都是脱离现实生活、违背人物性格逻辑发展外加进去的，其结果是既未揭示乡村的“暗夜”，也未写出乡村革命的“深入”。又如丁玲的《水》，虽在当时曾是颇有影响的作品，但这部作品最大的缺点也正是在“以概念的向往代替了对人民大众的苦难与斗争生活的真实的肉搏及带血的肉的塑像，以站在岸上似的兴奋的热情和赞颂代替了那真正在水深火热的生死斗争中的痛苦和愤怒的感觉与感情……这作品是有些公式化的，同时也显见作者的生活和斗争经验都还远远地不深不广”[1]。应该说，这是此类所谓乡村题材小说的通病。

这里并非无视这类作品的全部意义和价值，应该说，这类作品的出现自有其“史”的意义。这批作家自觉地表现大时代中的人民大众，自觉地表现一种新的思想意识，这应该看作作家思想与文学的进步。诚如丁玲自己所说：“我把我的作风从个人自传似的写法和集中于个人，改变为描写社会背景，《水》是新作风的

1　冯雪峰:《从〈梦柯〉到〈夜〉》,《冯雪峰论文集・中卷》，人民文学出版社，1981 年版，第 156 页。

第一篇小说。”[1] 正是在这个意义上，冯雪峰肯定了丁玲《水》的“新小说”的价值。[2] 但问题在于，作家的思想进步了，而由于个人经历的限制，相应的生活和感情的变化还未跟上去，这就形成了作品中所要表达的思想与借以表达思想的生活关系之间的不和谐。而从“乡土小说”这一特定角度来看，这些作品则由于对“乡村”生活体验的缺乏，因此算不得严格意义上的乡土小说。乡土小说，虽然可泛指乡村题材的小说，但并非只要写乡村，就一定具备“乡土”味。真正的乡土小说，最起码必须具备或部分具备下述条件：（1）地域乡村的确指性；（2）乡村的生活风貌的真实展示；（3）“乡村人”的价值观念、文化观念、心态的揭示；（4）作家“乡土”观念以及“乡土情感”“乡村情趣”的表现；等等。这些方面都是无产阶级革命文学中所写的乡村生活作品所缺乏的。因而这部分作品将不是我们后面要重点分析和研究的对象。

2. 左翼作家群的乡土小说

上述无产阶级革命文学的种种不足，在 30 年代左翼文学自身的发展中逐步得到纠正和改进。1932 年，以瞿秋白、茅盾等人为华汉《地泉》重版作序为标志，开始清算革命文学和早期左翼文学中缺乏生活体验，忽视生活感受，以想象中的工农生活代替对时代现实的把握，以及公式化、概念化等错误倾向。同年 1 月，

---

1 ［美国］韦文斯：《续西行漫记》，香港复兴书店，1939 年版，第 387 页。
2 冯雪峰：《关于新小说的诞生》，《冯雪峰论文集·上卷》，第 69 页。

《北斗》杂志（第 2 卷第 1 期）上进行了一次关于“创作不振之原因及其出路”的笔谈，大多数左翼作家认识到，必须在获得新的意识的同时也获得新的生活经验，才能很好地表现伟大的时代。具体到乡村题材创作上，就要求在写乡村时必须熟悉和了解乡村，必须写现实中的真实存在着的乡村。这些变化使后期左翼文学中的乡土小说有了很大的改观。茅盾的诸如《农村三部曲》等乡村题材小说的出现，起了较大的示范作用。而这一时期涌现出来的左翼青年作家群，他们所具有的丰富的生活经历，更使他们在写乡土题材的小说时，可以在较大程度上避免革命文学和早期左翼文学作品中的公式化、概念化倾向，可以写出较为地道的具有“乡土”味的乡土小说。

左翼作家群中从事乡土小说创作的有叶紫、东平、沙汀、魏金枝、葛琴、艾芜、张天翼、蒋牧良、吴组缃、马子华、周文、柔石、夏征农、潘漠华、孙席珍等。这是 30 年代最大的乡土小说的作家群体。他们之中有的参加过大革命，有着实际革命生活的体验；有的经历过一段崎岖的人生旅途，较多地接触到下层人民；有的亲历了农村和家道的衰落，对于农村的动荡不安和民心的变化有切身的感受。总的来说，这些人大多来自乡村或起码在乡村（包括小城镇）生活过一段时间。与无产阶级革命文学作家相比，他们对中国的乡村有更多的了解。因此，可以说，中国乡村各方面真实的面影，尤其是 30 年代中国乡村的实际状况，主要是由这批作家在其乡土小说中展现出来的。

就实际创作的情况而言，这批作家有着各自的艺术追求和风格特征，但从总体上看，他们带有30年代“左翼”文学的诸多特征。这种特征首先表现为，在他们的乡土小说中，有借写乡村生活来探讨时代变化和动荡社会中人民大众历史命运的倾向，即他们写作品都是从“大规模地描写中国社会现象的企图”出发的[1]。叶紫和吴组缃在作品中表现了不同的个性追求，这是有目共睹的。一般认为，叶紫表现了一种强烈的革命意识和阶级意识，以一种最激愤的情绪写了乡村的革命斗争；而吴组缃则较注意对乡村变动中人心变异的把握，以一种颇“客观”的态度进行着伦理化的探索，从中映示乡村社会的变化。他们可谓是代表了这群作家中的两种类型。尽管如此，作为该群作家总体特征的上述追求，在这两人身上却显示出了同一性。吴组缃这样谈到自己写乡土小说的动机：由于“对当时剧烈变动的现实有许多感受”，“那巨大深刻的变化，使我内心震动。我努力想了解这些变化的实质，认识它的趋向，慢慢从自己的小天地探出头来，要看整个的时代与社会”。[2]叶紫在创作之始，便自觉追求，“要能够老老实实地攀住时代的轮子向前进，在时代的核心中把握到一点伟大的题材”[3]。这些追求在左

1 茅盾：《子夜·题记》，《子夜》，开明书店，1933年版，第577页。
2 吴组缃：《吴组缃小说散文集·前记》，《吴组缃小说散文集》，人民文学出版社，1954年版，第1页。
3 叶紫：《从这庞杂的文坛说到我们这种刊物》，《无名文艺旬刊》，1933年创刊号。

翼乡土小说作家中是有代表性的，正是这种对于反映时代的自觉追求，使他们的乡土小说作品表现出了不同于20年代乡土小说的特色。在20年代乡土小说中，虽然有些是通过乡村生活的描绘透露出时代的气息的，但就作家而言，如此自觉追求与时代合拍以及自觉地对时代趋向进行探求的毕竟不多。左翼乡土小说作品在总体上呈现出的另一非常鲜明的特色是，在他们的作品中渗透着一种明确的目标感。由于左翼作家革命意识的加强，以及对于时代趋势的自觉把握，他们的作品显出某种亮色。这与20年代乡土小说作品有明显的区别。

“五四”时期许多写农村题材的作家，虽同情农民命运，却多为表露某种悲悯的感伤情绪，这是因为他们尚未能从麻木愚弱的农民身上看到什么希望。而30年代的这批左翼作家，却因为从自己所接受的社会革命的理论中看到了“新社会”的前景和方向，因此也就相应地去除了对于农民不幸命运的悲悯的感伤情绪，他们看到的是乡村动荡中农民的反抗乃至革命的出路。在左翼乡土小说作品中有着某种革命的理想主义色彩。追求时代性和理想主义，这给左翼乡土小说所带来的既有长处，亦有短处。长处是，在这些作品中，往往凝聚了他们对社会实际状况的深刻思考和某种程度上的准确把握。既然实际的社会革命的要求在30年代已成为一种相对普遍的时代要求，那么顺应时代要求，站在时代的高度来观察和反映现实总是无可厚非的。而且，这群作家实际生活斗争的丰富体验，也使他们能在相当大的程度上克服过分强调时代性、理想主义等可能带来的一些弊病（如无产阶级革命文学时期的诸多不足）。当然，短处也不可避免，过分追求与时代的合拍，追求反映社会发展的趋势等，也使他们忽略了对诸如人性、伦理等思想革命问题的思考。同时，过分着眼于时代情绪，着眼于社会分析，这也多少使他们忽略了对乡土情绪的表现。因而，这些作家虽有切身的乡村生活体验，但“乡土”味在有些作家那儿依然不够浓烈，这多少影响了一些作品的文化意蕴。

应该指出的是，这些情况在不同的作家那里是不一样的。在所谓的“总体特征”之下，各作家反映具体问题的侧重面，揭示的命题，探讨问题的思想深度等又是很不一样的。[1] 一些造诣较深的作家，并未将乡村生活简单纳入“左翼”文学的整体追求之中，而是同时注意其生活原生态的丰富性。因而，在这批作家中，还是产生了相当数量的“乡土”味较足、艺术品位又较高的乡土小说作品。

3. 东北作家群的乡土小说

“九·一八”事变之后，一群年轻的东北作家从东北流亡到关内，继续从事文学创作。这就是被称为“东北作家群”的一批作家。这群作家主要有萧军、萧红、端木蕻良、舒群、白朗、罗烽、

1　参见朱晓进:《30 年代左翼农村题材小说的时代特征》,《中国社会科学》，1985 年第 1 期。

骆宾基、李辉英等。也有人为了论述的方便，将这群作家在整体上归入左翼青年作家群中。这种归入亦有一定的道理，因为在客观上，他们之中多数后来也加入了“左联”，而且在创作倾向上，这批作家也是特别注意顺应变动时代的审美情绪和要求的。况且在题材上，则更是与当时左翼文坛发出的“作家必须抓紧反帝国主义的题材”的号召相呼应的[1]。因此，从整体创作倾向和情绪特征上来看，是可以将其归入30年代左翼作家群体中来考察的。但从乡土小说这一文学体式的角度来看，东北作家群所创作的乡土小说又有着不同于上述左翼青年作家所创作的乡土小说的诸多特点，而“归入”一并介绍，则很可能不易见出这些特点。

由于这批作家起步相对较晚，几乎都与无产阶级文学和早期左翼文学的运动、创作无关，受其影响亦较少；而且这批作家从事创作的动力更多的是缘于故土灾变的剧烈创痛和失却家园的刻骨铭心的悲愤，因而与左翼青年作家的乡土小说相比，东北作家群的作家所写的乡土小说表达的乡土情感更加浓烈。东北作家群并未打出什么明确的流派旗号和理论主张，他们事实上也并没有自觉组成文学流派，只是因为历史的机遇让他们经历了共同的生活波折和体验了共同的情感内容，这使他们在创作上，尤其是在乡土小说的创作上多少体现了共同的趋向。

1 冯雪峰:《中国无产阶级革命文学的新任务》,《冯雪峰论文集·上卷》，第64页。

这种趋向最为明显地体现为作者情绪的激愤和作品在内容上对“乡土”的执着。诚如这些作家们自己所表述的那样:“‘九·一八’事变，日本帝国主义占领了我的故乡……我愤怒，我悲哀，终至,激起我反抗暴力的情绪。”[1]他们将自己比作“不过是一只被灾荒迫出乡土的乌鸦”，要用“粗糙刺耳的嗓门”将“几年来积闷的痛苦倾泄出来”。[2]为了让这种激愤的情绪落到实处而不流于空泛，他们大多写故乡人民的生活乃至写故乡人民的不平的呼喊和愤怒的反抗，还常常借写故乡和写故乡的山水来诉说故乡的历史。即如端木蕻良所说，“我的故乡的人民是双重的奴隶”，“然而当主人们在大观园里诗酒逍遥将土地断送给敌人的时候，这些奴隶们却想用他们粗茁的力量来讨回！”“这呼声，这行进，我故乡兄弟英勇的脚步，英勇的手呵，我愿用文字的流写下你们热血的流！”[3]东北作家群的作家们，借写故乡，一方面来释愤，表达自己对帝国主义侵略的愤怒和反抗情绪；另一方面来抒情，抒发自己对于失去的乡土的怀念。这样，“乡土”在他们的笔下，既是实指性的，即自己曾生于斯长于斯，如今却沦入敌手，处于灾难中的故乡；同时又是一种精神的寄托，失却家园的流亡者，梦回几度的故乡，在其回忆之中成了暂时的精神的栖息地。

1　李辉英:《我创作上的一个历程》,《申报》，1934年12月10日。
2　罗烽:《呼兰河边·后记》,《申报》，1937年7月2日。
3　端木蕻良:《大地的海·后记》,《大地的海》，生活书局，1938年版，第374页。

当然，东北作家群在乡土小说创作中显示的这种大致相近的趋向，主要体现在“九·一八”事变后的几年之中，越往后，各作家日益显示出一些不同的艺术追求来。而且在与关内作家的接触交流中，逐渐发生某种“同化”（尤其是当时占文坛主导地位的左翼文学的主张对他们产生作用）。但他们那种独特的生活经历，他们所描写的独特区域的乡土生活，仍使他们的作品具有一种特殊的“乡土味”。

4.“京派”的乡土小说

30 年代的“京派”作家群的小说家中，写过“乡土”题材的主要是沈从文、废名、老向；萧乾、芦焚也偶有或可称为“乡土小说”的作品。当然，乡土小说并不是“京派”小说创作的全部，却在较大程度上体现了这派作家的创作心态、艺术追求和人生理想。这群作家往往以“乡下人”自居。这里所谓的“乡下人”，标示了他们对乡村宁静生活的认同心态。这是一种刻意追求的乡土意识，而非实指自己的生活遭际。京派作家心目中的乡土，大多不具有实指性，更多的是一种审美的理想和精神的寄托。这形成了他们作品的一些基本的特点，即特别注意挖掘乡村的情趣：这是一种更合乎自然的情趣。在他们笔下，乡村原始纯朴的生活充满了人性之美和人情之美，具有浓重的田园牧歌风味。

就我们前述的所谓“模式”来看，它们显然不屑于那种注重乡村社会经济、政治变动的一类。就其根本而言，它们更多地近似于鲁迅模式的乡土小说，因为它们的追求也体现为注重精神的、人性的探索，他们对于人事的态度也大多是从伦理道德的尺度进行评价的。这里可以先举出老向。在他的乡土小说作品中，就明显带有浓厚的启蒙主义色彩。也许老向是一个例外，他的作品比较趋实，笔锋浮露，他不像其他京派作家写乡土小说那样飘逸，但京派其他作家的乡土小说作品其实也在飘逸之中透出一种强烈的启蒙意识——人性的启蒙。当然，京派作家的乡土小说确实也把鲁迅的某些命题推向了极端。鲁迅注重思想启蒙，试图改变人们的精神；京派作家却在探讨精神重造的路上走向普泛化、玄虚化，这就可能导致与现实实际生活的距离。企图脱开相对具体的精神内容，直达人性的本质层面，追求也就只能是一种理想的构织。理想是美好的飘逸的，这自然有其审美的意义，却多少失去了同样体现在鲁迅小说中的执着于现实的精神。这在已经匆忙跨过“人性解放”而进入“社会解放”时期的 30 年代，自然也是一种遗憾，尤其是从文学接受的角度来看，它缺少了一种顺应普遍的时代审美情趣才会具有的震撼人心的力量。

但“京派”作家的乡土小说毕竟是 30 年代一种重要的乡土小说类型，它使 30 年代乡土小说呈现出更加丰富的色调。尤其是京派乡土小说在艺术上的成熟，为中国乡土小说乃至中国现代小说做出了独特的贡献。

5. 30 年代台湾作家的乡土小说

由于台湾特殊的历史文化背景，这一时期进步的台湾文学，特别是小说，基本上都具有广义的“乡土”味，都可称为“乡土文学”。这是因为，这些作品都显示了一种浓郁的乡土依恋的情绪。当然，进入本书视野的，主要还是那些以“乡土”为题材的小说。可以说，立足台湾本土，反思民族本位文化，透视日本殖民统治给台湾民众带来的灾难，揭示农民生活的苦况等，是这一阶段台湾乡土小说的基本内容。

台湾乡土小说，与大陆新文学有着深刻的联系，所有的台湾乡土小说作家都或多或少受到“五四”新文学的影响。被台湾文学界称为“台湾乡土文学的奶母”的赖和，就同时被称为“台湾的鲁迅”。台湾乡土文学评论家叶石涛认为，“本省乡土文学的诞生应当从赖和开始。因为赖和的出现才奠定了现代乡土文学的基础”，他“吸收了五四运动澎湃的文艺思潮”，“替本省乡土文学竖起了第一面旗帜”。[1] 台湾乡土小说的起步，晚于大陆一个阶段，因此在内容上，30 年代台湾乡土小说主要还是承接大陆“五四”时期的反封建主题。当然，在表现反帝抗日的题材方面，却比大陆早。30 年代大陆左翼文学的影响亦多多少少地波及了台湾，例如杨逵在回答“是否受 30 年代左翼作家影响”的提问时，就曾

1　叶石涛:《台湾的乡土文学》,《台湾乡土作家论集》，台湾远景出版社，1979 年版，第 28 页。

说过“当时流行的正是30年代的小说，事实上，那时候也只有这类小说流传到本省来”，因此“意识上可能受到他们的影响”。[1]这种与大陆新文学的密切关系，使台湾乡土小说在诸多基本命题和艺术手段上与大陆乡土小说有了共同之处。

30年代台湾乡土小说作家主要有赖和、杨逵，他们可谓此阶段台湾乡土小说的“双星”。此外，还有一大批乡土小说作家写出较有影响的作品，如陈虚谷的《荣归》，杨云萍的《月下》《兄弟》，杨守愚的《过年》《升租》，杨华的《一个劳动者的死》，等等。台湾乡土小说的“乡土”色彩非常浓厚，这表现为：在题材内容的选择上，这些作品基本上是台湾乡村和小城镇的生活，而且注重描写具有地方特色的自然景色和风土人情；在语言运用上，大量吸收闽南话和客家话的词汇。这些特点构成了台湾乡土小说的独特风貌。

当然，也无须讳言，这一阶段的台湾乡土小说，虽也产生了不少文化意蕴和艺术性都较强的佳构，但为数不多，且多为短篇。绝大多数作家和作品（包括赖和、杨逵的许多乡土小说作品）在艺术上都显示出了幼稚和不成熟。这自有其历史的原因：台湾乡土小说起步晚（20年代末）；台湾作家的中文水平都不高（日据时期推行日语教育，中文只作为一门“外语”）；作家多为业余；

1 柳映堤：《彷徨 · 觉醒 · 希望》，《幼狮文艺》，第25期。

等等。因此，对之不能苛求，尤其不应忽略它们作为中国30年代乡土小说组成部分的客观存在。

6. 其他作家的乡土小说

30年代还有相当一批并不能归为某一“群落”的作家，他们也创作出了相当数量的乡土小说，这部分作家大多是20年代就从事文学创作的。如王鲁彦、彭家煌、许杰、蹇先艾、王任叔等，都是20年代乡土小说的代表性作家，他们写于30年代的乡土小说，基本上沿袭他们20年代的创作，在其总体上依然保留了20年代乡土小说的特点。不过，王鲁彦发表于30年代后期的中篇小说《乡下》和长篇小说《野火》，却显示了新的特色，显示了一种向左翼乡土小说皈依的趋向。在这两部作品中，已经没有了《童年的悲哀》里所写的那种田园牧歌式的恬静，把笔锋转向了动乱和苦难中的现实的乡村，写出了现时代乡村中农民的觉醒和抗争。在20年代并不能称为乡土小说作家的王统照，在本时期却写出了颇为“引人注意”的乡村题材的长篇小说《山雨》，茅盾称这部作品是“到现在为止”“还没有看过第二部的”“坚实的农村小说”。这部小说“不是想象的概念的作品，是血淋淋的生活的记录”[1]。叶圣陶20年代的小说中，就多有乡村题材的，在本时期，他又写出了诸如《多收了三五斗》等杰出的乡土题材小说。

1 茅盾：《王统照的〈山雨〉》，《文学》，1933年第1卷第6期。

此外，30 年代出现的女作家罗淑，虽作品不多，但在她不多的作品中却不乏脍炙人口的像《生人妻》这样的乡土小说作品。

如果要细细列举，30 年代乡土小说的作家绝不止于上述这些。以上只是从作家的角度对 30 年代乡土小说做一个大致的梳理。而这还不是我们的主要任务。我们所谓的 30 年代乡土小说走向了成熟，作家作品的大量涌现固然是一个重要的方面，但更其重要的是，30 年代乡土小说无论是在其深刻的文化意蕴，还是在独特的艺术风格这两个方面的追求上，都显示出了一种成熟性。

（原载朱晓进著《中国现代文学现象研究》，百花文艺出版社 1994 年 8 月出版。）

40 年代解放区小说创作

第一节　解放区小说概述

解放区小说创作在整体上呈现出了与国统区小说创作完全不同的风貌。1937 年 1 月，中共中央进驻延安，从此开始了以延安地区为中心的解放区文学时代。解放区小说创作以 1942 年的延安文艺整风和毛泽东的《在延安文艺座谈会上的讲话》为界，分为前后两个阶段。

在民族解放的旗帜下，延安小说创作迈出了第一步。最初的解放区小说所表现的内容大多与抗战有着直接的关联。1937 年 4 月, 丁玲在《解放》周刊创刊号上发表了颇有分量的短篇小说《一颗未出膛的枪弹》。小说中年仅十三岁的小红军因掉队而落入东北军之手，当将要被枪杀时，他镇静地请求东北军连长:“还是留下一颗枪弹吧，留着去打日本！你可以用刀杀掉我！”小红军崇高的爱国境界终于使东北军迷途知返。孔厥的短篇小说《收枪的人》, 叙述了一位抗日支队杨队长设计从奸商手中“买”枪的故事，塑造了一个机智、沉着、老练的抗日队长的形象。丘东平的《一个连长的遭遇》塑造了一个中国旧军队中的新军人的形象。连长林青史在一次对日战斗中，主动支援战情危急的友军而延误了执行营部的撤退命令，因而在战斗结束后被营长枪决。作品揭露了国民党旧军队的腐败，赞美了这位下级军官的英雄主义精神。丘东平的《友军营长》表现了类似的主题。主人公营长在一次日军偷袭中，为避免全营覆灭，没有固守，而是率部队突围，将队伍带到了新四军军部。事后他回到“国军”指挥部却被以“有辱我军军人人格”的罪名而遭枪决。作品通过营长之口喊出了内心的疑问：“为什么突围胜利反要判以死刑？”也写出了营长的某种觉醒：“新四军所创造的新天地，却使我永远不会忘记。”这类作品，共同的特点在于抒写军民的抗战热情，同时也反映了作家们对团结御侮与分裂投降的大是大非问题的思考。

同是表现抗日的内容，但在解放区特殊的环境下，作家们关注的问题与国统区作家却不尽相同。解放区小说中有大量作品涉及军民关系，即普通民众与八路军、新四军之间的关系。刘白羽的《同志》写一个掉队的八路军战士如何受到一位老乡的热心照顾；秀珍的《战士流血我来输血》塑造了为受伤新四军踊跃输血的群众形象。这类作品讴歌了军民的鱼水之情。此外如均伦的《村妇》《村姑》《村童》、西戎的《我掉了队后》、杨朔的《月黑夜》等作品也都涉及了军民关系。战争环境中和新的天地里普通群众的觉醒与成长，也是解放区作家较为关注的文学表现领域之一。尽管这方面的创作大量出现是在《讲话》之后，但此前在这方面也不乏佳作。丁玲的短篇小说《新的信念》以一个目睹了日寇暴行的农妇，在自己和亲人惨遭蹂躏之后的觉悟、奋起，展示了根据地普通百姓勇敢坚强的反侵略信念。力群的短篇小说《野姑娘的故事》描写了一个苦命的山村野姑娘从奴隶到主人的人生经历；梁彦的短篇小说《磨麦女》中的女主人公在根据地自由解放的环境下，萌生了人性意识，终于摆脱了旧家庭在身体和精神上的束缚，去追寻政治解放和个人自由。《磨麦女》因其对人物觉醒和成长的心理过程的关注和细腻的艺术表现而获得了1941年延安“五四”青年征文小说首奖。解放区新的天地和新的生活，也在造就新的人物，许多作家的小说中开始塑造农民新人的形象。孔厥的《农民会长》，较早提供了成熟的边区新农村中的新农民形象。作品主人公切身感受了旧社会的痛苦和新政权下的幸福，他以主人翁般的生活姿态，踏实认真地工作，全身心地投入，显示出了边区人民摆脱了政治压迫、经济剥削后所焕发出的革命热情和政治自觉性。类似的作品还有孔厥的《病了的郝二虎》《父与子》、马加的《距离》、灼石的《二不浪夫妇》等等，这些作品都从不同的侧面写出了边区农村觉醒农民新的精神境界。

抗战初期的解放区尚处于新旧交替的时代，与农民政治上的翻身不相对应的是，农民身上还普遍存在着浓厚的封建礼教思想和封建的伦理道德观念。这种状况也引起了许多作家的关注。丁玲的《夜》，就包含了这方面的思考。小说主人公乡指导员何华明，在外热心工作，回到家后却要面对既不能在工作上理解他，又不能在情感上安慰他的妻子。他曾想结束这场无爱的婚姻，也曾蒙生过和间壁的同样与丈夫处于无爱婚姻中而又爱着他的妇联委员侯桂英结合的念头，但这一切都在“闹离婚影响不好”“咱们都是干部，要受批评的”等思想认识面前止住了。这里多少揭示了何华明作为解放区的农民干部，却难以正视自己的正当情感和正当权益的事实，也暗示了农民在彻底冲破封建道德观念、追求精神解放方面的步履艰难。丁玲的《我在霞村的时候》，更是以主人公贞贞的遭遇揭示了在解放区依然浓重的封建伦理道德思想的氛围。不幸失身的贞贞重新回到故乡时，却饱受了乡亲们的白眼。在封建的贞操意识和封建的伦理道德面前，新的民主观念、民主思想为人们所拒绝，女人唯一值得自豪与炫耀的竟是她们没有被强奸而失身。作品以触目惊心的事实揭示了解放区农民身上依然具有的落后、陈旧的思想意识和愚昧麻木的精神病态。类似内容的作品还有蒋弼的《“我要做公民”》、孔厥的《苦人儿》等。此外，解放区小说中还有不少作品涉及了对农民身上依然存在的封建小生产者私有观念的揭示。如马加的《距离》、柳青的《在故乡》、夏葵的《驮盐的故事》等等。这些作品都反映了作家对解放区农村的农民思想改造问题的思考。

抗战初期解放区小说中涉及知识分子题材的作品数量较少，这多少反映了作家们创作思想上的片面性。其中值得注意的是丁玲的《在医院中》。作品写了年轻女医生陆萍被分配到一座新建医院后的感受、遭遇，通过展现陆萍与周围环境的矛盾，揭示了“和高度的革命责任感相联系着的现代科学文化要求，与生产者的蒙昧无知、偏狭保守、自私苟安等思想习气所形成的尖锐对立”[1]。小说在共产党领导的区域内较早提出反对小生产思想习气的问题，显示了作家审视生活的敏锐眼光、敢于揭露矛盾的勇气和思考问题的思想深度。但这样的作品在解放区小说创作中并不多见。其他涉及知识分子题材的小说，或是对知识分子弱点进行严格检讨，或是抒发知识分子投奔解放区获得新生的感受，或是写知识者在战争熔炉中经受考验，并不乏抗战加恋爱的故事叙述，如孔厥的《过来人》、荒煤的《在教堂里歌唱的人》和《无声的歌》、林风的《时代所给予我们》、黄地的《第二代》、平若的《温情》、晋驼的《结合》等等。[2]

1942年延安文艺整风和毛泽东《在延安文艺座谈会上的讲话》发表以后，解放区小说创作发生了很大的变化。一方面，早期作品相对单薄、粗糙的状况大为改观。另一方面，在后期解放区包括小说在内的文学创作中，随着特定的思想和行为规范的确立，作家的自我意识和个性思想在渐渐退隐。前期解放区小说中已经涉及的个性解放、小生产者思想意识批判等主题有所减弱。但与前期相比，后期解放区小说还是取得了比较突出的成就。在这个

1 参见严家炎:《现代文学史上的一桩旧案——重评丁玲小说〈在医院中〉》，《求实集》，北京大学出版社，1983年版，第200页。
2 参见许志英、邹恬主编《中国现代文学主潮·第四编》，福建教育出版社，2001年版。

阶段，不仅老作家如丁玲、欧阳山、周立波、刘白羽等在创作上获得了新的突破，而且涌现出了一大批新人，如康濯、马烽、西戎、孔厥、马加、柳青、束为等；在新人中更有代表一个时代创作水准的赵树理、孙犁等杰出小说家。

赵树理是解放区小说最具代表性的作家之一。他的《小二黑结婚》《李有才板话》《邪不压正》和长篇小说《李家庄的变迁》等代表性作品，通过描写农村和农民日常生活中的矛盾，反映了解放区农村社会的进步。在艺术上，赵树理的贡献在于把中国传统评书的长处借鉴过来，创造了一种农民群众所喜爱的小说新形式，推进了中国现代小说的民族化。在题材、口语化等方面与赵树理较相近的作家是康濯。他的代表作《我的两家房东》《灾难的明天》等着重从新旧两个不同时代的对比中，表现农民精神世界的变化和家庭成员之间关系的变化，作品具有通俗、平易的特点。在解放区短篇小说作家中，孙犁也是最重要的作家之一。孙犁的小说注重挖掘农民的灵魂美和人情美，艺术上以其风俗化的描写和对诗意抒情风格的追求而独树一帜。他的代表性作品主要有《荷花淀》《嘱咐》《芦花荡》《丈夫》等。后期解放区短篇小说中反映农村生活的较有影响的还有马烽的《村仇》和《金宝娘》、西戎的《谁害的》和《好夫妻》、束为的《卖鸡》、柯蓝的《乌雅告状》、柳青的《喜事》和《土地的儿子》、菡子的《纠纷》等。在解放区短篇小说中除农村题材外，成就较突出的是表现部队生活或战斗题材的作品。这方面较引人注目的是刘白羽，他的著名作品有短篇小说《无敌三勇士》《政治委员》《战火纷飞》和中篇小说《火光在前》等。这些作品真实地表现了部队战士之间、官兵之间的战斗友谊和阶级感情，歌颂了他们英勇无畏的精神。解放区表现人民战争题材较有影响的作品还有邵子南的《地雷阵》、华山的《鸡毛信》、管桦的《雨来没有死》、峻青的《小侦察员》、杨朔的《麦子黄时》等等。

长篇小说创作在后期解放区文学创作中也得到了长足发展。解放区长篇小说出现得比较晚，最先产生的是以章回体写的抗日英雄传奇故事，其代表性作品有柯蓝 1944 年发表的《洋铁桶的故事》、马烽和西戎 1945 年写成的《吕梁英雄传》、孔厥和袁静 1948 年完成的《新儿女英雄传》等。这类作品共同的特点是：刻画敌后农民抗日英雄形象，表现他们的英雄气概，映现中国人民不屈的抗日反帝的战斗精神；故事情节生动曲折，带有传奇性；用章回体，语言通俗，借鉴评书手法。有人把这类作品统称为“新英雄传奇”。其中成就较高的是《新儿女英雄传》。作品叙写了冀中抗日根据地白洋淀地区人民抗日自卫的英雄事迹，塑造了黑老蔡、牛大水、杨小梅等英雄人物形象，既有英雄事业，又有儿女情长。郭沫若在为该书所作序中指出，“这里面进步的人物都是平凡的儿女，但也都是集体的英雄”，并认为“这的确是一部成功的作品，大可以和旧的《儿女英雄传》甚至和《水浒传》《三国志》之类争取大众的读者了”。[1] 这一评价，意在说明，这类新英雄传奇，以群众喜闻乐见的形式，写人民群众自己创造的英雄事迹，是可以与传统小说争夺读者的。但这类作品有时不免落入程式化的窠臼。

真正代表解放区长篇小说创作水平的是一批反映农村伟大变革的作品，其中最著名的是反映土改斗争的两部作品：丁玲的《太阳照在桑干河上》和周立波的《暴风骤雨》。这两部作品于 1951 年分别获得苏联斯大林文学奖二、三等奖。《太阳照在桑干河上》所写的是 1946 年华北解放区土改运动初期的情形，通过暖水屯这样一个普通村庄的土改运动，从发动到取得初步胜利的描写，反映出当时在中国北方大地上广阔展开的这场历史性斗争的风貌。小说以工作组领导群众如何揭露狡猾、隐蔽的大地主钱文贵为线索，深刻而细致地揭示了农村阶级关系和人物性格的复杂性，突出地表现了土改运动中农村阶级关系的、宗族关系的、伦理道德的、文化心理的深刻变化。作品有驾驭全局的宏大气势和层次分明的从容的现实描写，在日常生活场景的描写中涌动着时代的风云。作品所塑造的工作组组长文采、村主任张裕民、地主李子俊老婆、恶霸地主钱文贵以及农村少女黑妮等人物，形象鲜明，给人留下较深的印象。作品中对人物心灵的探索、对农民

1 孔厥、袁静:《新儿女英雄传》，冀南新华书店，1949 年版，第 1 页。

进行的深刻动人的心理分析，显示了丁玲善于刻画人物心理的一贯的艺术长处。《暴风骤雨》通过描写东北松江省元茂屯曲折艰难的土改运动的全过程，着意表现了农村阶级斗争的尖锐、残酷。土改斗争场面的描写和农村新人的塑造是这部作品的主要成功之处。语言的单纯、明朗、简洁，对方言土语的较熟练的运用，加之真实生动的生活场景和富于农民情趣的幽默活泼的生活细节的描写，使这部作品充满了浓郁的生活气息和浓厚的地方色彩。作品的不足之处在于把农村复杂的阶级关系和阶级矛盾在一定程度上简单化了，地主形象的塑造也多少缺乏立体感。

在反映土地改革运动题材的作品之外，解放区还产生了一大批表现各条战线人民生产和生活斗争的长篇小说。例如，欧阳山的《高干大》，以高生亮这个农民出身的革命干部为中心，写任家沟合作社的发展历史，表现了共产党人和人民群众与官僚主义、主观主义倾向的斗争；柳青的《种谷记》通过解放区农村在实行减租减息斗争后，组织互助变工，进行大生产运动的故事，描写了农民由个体劳动走上集体劳动的初步转变；草明的《原动力》描写东北一个水力发电厂解放后的复工过程，工人们在这个过程中逐步成长为新人，成为建设新中国的“原动力”，这是解放区文学中较早反映工业生产、工人当家做主的作品。这类作品提供了不同领域的新人的形象，显示了较强的时代感；但同时，其中不少作品还有主题理念化和人物形象苍白的不足。

解放区小说以前所未有的对民众的贴近，多方面地反映了解放区的现实生活。在特殊的政治文化背景之下，解放区的小说作家自觉地承担起宣传抗战、服务大众的责任，在作品中表现出了强烈的时代感和政治的功利性，尤其是在小说的民族化、群众化方面取得了突出的成绩。但由于过分强调文艺为革命政治服务，不少作品对艺术个性和艺术的审美性的追求有所忽略。解放区的小说作家们，力求依照他们所理解的革命的现实主义创作方法，去表现革命的主题，这种创作方法自身的不足以及作家理解的偏差，导致不少作品在主题和写作方式上流于模式化和程式化。对由“五四”开启的人性解放和思想启蒙的一些不正确的认识，以及对个人主义与集体主义、自我意识与群体意识之间关系认识上的偏颇，使得创作者唯恐突出了一己的情感，使得作品缺少个性，缺少具有个人品性的情感表达。对自我意识的无保留的否定和批判，促成了解放区文学中新的偶像意识的确立，又由于解放区对工农群众，尤其是农民主体地位的强调，作家们在创作中放弃了对工农群众思想局限性的关注，往往将之加以美化和理想化，忽略了对群众中小生者落后思想意识的启蒙。后期解放区小说创作在强调群众化的同时，过分推崇单纯以农民为接受主体的通俗文学和民间文学形式，忽略了对中国传统雅文学和“五四”新文学中的优秀传统的继承，这多少妨碍了中国新文学现代化的进程。后期解放区小说创作在强调民族化的同时又往往忽略了向西方现代文学的有益借鉴，创作界普遍存在的对外借鉴上的简单化态度，严重影响了解放区文学在艺术上进一步发展。解放区小说创作中的这些长处和局限，对新中国成立后文学的发展都直接产生了重要的影响。

第二节　赵树理　孙犁

赵树理（1906—1970），原名赵树礼，山西沁水县人。从小深受民间文艺的熏陶，1925 年考入山西长治第四师范学校，求学期间受到“五四”新文学的影响，开始了新诗和小说的创作。但当他将一些新文学作品念给他的父亲和农民朋友们听时，却受到了冷落，他从中悟出农民喜欢的还是民间那些传统的文艺形式和通俗的语言文字。因此，他“以后即使向他们介绍知识分子的话，也要设法把知识分子的话译成他们的话来说，时间久了就变成了习惯”。这促使他“在后来的长期生活和写作生涯中，注重改造‘学生腔’和‘欧化句法’，努力运用农民群众的语言进行写作”。[1] 自觉从事新通俗文艺实践的赵树理，于 1943 年 5 月写出短篇小说《小二黑结婚》，由别人推荐，时任八路军副总司令的彭德怀得以阅读了这篇作品，并给予高度评价，还亲笔题词：“像这种从群众

1　参见董大中：《赵树理评传》，第 29 页。

调查研究中写出来的通俗故事还不多见”[1]，旋即交新华书店出版。这篇作品一出版，就受到根据地广大群众的热烈欢迎，很快被改编成各种戏曲上演。同年10月《李有才板话》写成出版，此后，赵树理在小说创作上佳作不断：《来来往往》《孟祥英翻身》（1944），《地板》《李家庄的变迁》（1945），《催粮差》《福贵》（1946），《刘二和与王继圣》《小经理》（1947），《邪不压正》（1948），《传家宝》《田寡妇看瓜》（1949）等。这些作品在解放区和国统区都产生了广泛的影响。周扬在《论赵树理的创作》一文中高度评价赵树理的文学成就，认为赵树理是“一位在成名之前已经相当成熟的作家，一位具有新颖独创的大众风格的人民艺术家”[2]，并且对赵树理作品在人物塑造、语言运用等方面的基本特点做了总结。郭沫若发表《〈板话〉及其他》[3]《读了〈李家庄的变迁〉》[4]等文，热情赞扬赵树理的小说，他说“我是完全被陶醉了，被那新颖、健康、朴素的内容与手法。这儿有新的天地、新的人物、新的感情、新的作风、新的文化”，认为赵树理“创出了新的通俗文体”。茅盾也发表了《关于〈李有才板话〉》[5]和《论赵树理的小说》[6]，认为赵树理的小说是“大众化的作品”，“是走向民族形式的一个里程碑，解

---

1 参见董大中：《赵树理年谱》，北京文艺出版社，1994年版，第226页。
2 周扬：《论赵树理的创作》，《解放日报》，1946年8月26日。
3 郭沫若：《〈板话〉及其他》，《文汇报》，1946年8月16日。
4 郭沫若：《读了〈李家庄的变迁〉》，《北方杂志》，1947年第2卷第1、2期。
5 茅盾：《关于〈李有才板话〉》，《解放日报》，1946年11月2日。
6 茅盾：《论赵树理的小说》，《文萃》，1946年第2卷第10期。

放区以外的作者们足资借镜”。1947年7—8月间，晋冀鲁豫边区文联召开文艺工作座谈会，文联负责人陈荒煤做了题为《向赵树理方向迈进》的总结发言，正式提出了以“赵树理方向”，“作为边区文艺界开展创作运动的一个号召”！[1]

赵树理小说的取材大多选自他熟悉的农村和农民的生活，他是继鲁迅之后最了解农民的一位作家。与鲁迅一样，赵树理深切地懂得旧中国农民的痛苦，不仅在于政治上受压迫、经济上受剥削，而且在于精神上的被奴役。他懂得农民摆脱旧的文化制度、风俗、习惯束缚的极端艰巨性，这样，他在观察表现中国农村社会时，就有了与鲁迅大体相同的角度，即从农民的精神、心理状态以及人与人之间的关系的角度去进行历史的考察。但赵树理的时代毕竟不同于鲁迅的时代，这是一个农民在解放区这样的政治文化环境之下已经获得初步的经济和政治上的翻身的时代。因此，赵树理作品的一个总的主题就是表现中国农民在政治、经济上翻身的过程中，思想上的翻身——农民精神、心理状态的变化，人的地位、家庭内部关系（长幼关系、婚烟关系、婆媳关系等）的变化，并且通过这个变化过程，来显示农民改造的长期性与艰巨性。

《小二黑结婚》是赵树理的成名作，也是中国现代文学中著

1　陈荒煤：《向赵树理方向迈进》，《人民日报》，1947年8月10日。

名的优秀短篇小说之一。作品通过边区农村青年农民小二黑和小芹争取婚烟自主的故事，描写了农村中新生的进步的革命力量同落后愚昧的迷信思想及封建反动势力之间的尖锐斗争，以主人公在新政权的支持下突破阻碍获得幸福婚烟显示出民主政权的力量、新制度的优越和新思想的胜利。小说在刻画人物形象上取得了较高的艺术成就。作品所着力刻画的小二黑和小芹，是根据地、解放区农村的新人形象。在他们身上体现了在新的天地、新的历史时期的农村新人在成长过程中最初阶段的精神面貌。小二黑、小芹的恋爱，既要面对金旺、兴旺兄弟这样的农村封建恶势力的破坏，还要面对来自父母家人基于封建迷信和旧婚烟观念而产生的种种阻挠，这的确是对他们这样的新一代农民进步意识的双重考验。在他们身上所表现出来的敢爱、敢恨、敢于斗争、意志坚定、不达目的誓不休的坚强性格和情感力量，正是对新生力量、对爱情的赞扬，也是对新的时代的歌颂。作品中的二诸葛、三仙姑是作为陪衬者出现的，但在人物形象的塑造上却更为出色。二诸葛老实、善良、胆小怕事，然而封建思想、家长作风严重，他因相信迷信认为小二黑和小芹“命相不合”而坚决反对他俩的婚事，还给小二黑收了一个八九岁的小姑娘作童养媳，并求区长“恩典恩典”，别让小二黑和小芹成婚。这是一个受封建思想统治、十分软弱、迂腐的农民形象。三仙姑同是落后人物，但与二诸葛不同的是，她身上更多地体现出被封建糟粕严重腐蚀，并沾染了许多恶习的特征。她游手好闲、贪图享乐、作风轻浮，竟还和女儿争风吃醋，她的变态性格使之为小二黑、小芹的自由恋爱设置了重重阻碍。二诸葛和三仙姑都是农村封建落后意识的代表人物，但作品并没有将他们作为“坏人”来加以表现，而是突出地刻画他们的迷信、愚昧和落后，揭示他们心态与行为的荒唐和不合时宜，从而在善意的调侃、嘲弄和幽默中达到对封建落后的思想意识的批判。二诸葛和三仙姑的形象，是中国现代文学中不可多得的艺术典型。

同年，赵树理还创作了《李有才板话》，这部作品也是赵树理早期的代表作之一。作品相当集中、凝练、生动、典型地写出了抗日战争时期解放区的农村斗争。阎家山农民长期受到地主阎恒元的压迫，抗战时阎家山成为抗日根据地，阎恒元表面上失去了权力，但暗地里仍通过打击、分化农民干部，收买落后干部和农民，达到继续操纵村政权，使党的各项政策难以落实的目的。造成这种状况的原因之一，是村里的章工作员虽有工作热情，但缺少工作经验，犯了主观主义和官僚主义错误。直到县农救会主任老杨来到这里才发现了问题，并通过走群众路线，改造了村政权，清算了阎恒元一伙。这篇作品有很强的现实针对性，作者曾这样说过：“我写《李有才板话》时，那时我们的工作有些地方不深入，特别对狡猾的地主还发现不够，章工作员式的人多，老杨式的人少，应该提倡老杨式的做法，于是我写了这篇小说。”[1]《李有才板话》成功塑造了不同类型的农民形象。小顺、小保、小元、小明等小字辈人物是成长中的青年农民形象，他们接受新思想比较快，在与地主的斗争中往往站在前列，但有其社会阅历和思想认识的局限。老秦是属于不觉悟的老一代农民形象，他胆小怕事，思想保守，自己受尽欺压，但内心却鄙视穷人，而在老杨领导阎家山人民斗倒阎恒元之后，他又感激地在老杨面前下跪。李有才是作品中塑造得最好的人物形象，这是一个对敌斗争坚决而又富有经验、讲究策略的老贫农的形象，他无家无业、一贫如洗、性格开朗、机智幽默，他对地主有较深的恨，故有较强的革命要求，他生活阅历丰富，故较有城府，懂得保护自己，讲究机智应变，他以快板为武器团结了群众，揭露了敌人的阴谋诡计。这三类农民形象，恰好真实地反映了当时解放区农民的基本现实状况。

赵树理的《李家庄的变迁》是抗战时期创作的一部长篇小说。这部小说反映的社会内容比较丰富、历史跨度大，作品通过农民铁锁的经历，写了二十年间一个村庄的历史性变迁，反映了中国农村的大变革，特别是抗战时期的变革。作品在当时也产生了一定的影响，但作者似乎更擅长短篇小说，驾驭长篇的力量似有不足，故这部长篇小说写得不如他那些脍炙人口的短篇。抗战胜利

1　赵树理:《当前创作中的几个问题》,《赵树理文集 · 第四卷》，工人出版社，1980 年版，第 1651 页。

后，赵树理的小说主要表现农村的民主改革，如《福贵》，写了解放区农村改造二流子的问题；《小经理》写农村合作化中对文化人才的需求；《传家宝》通过婆媳关系写农村人际关系的变化和人们价值观念的转换。引人注目的是小说《邪不压正》。这篇作品与当时一般表现土改斗争的作品不同，突出反映了土改斗争中的“左”倾错误，即土改中扩大打击面，侵犯中农利益。作品涉及了对小生产者根深蒂固的私有观念和自利意识的揭示与批评：一些党员干部和农民积极分子在土改斗争中一旦掌了权，便以权谋私；当地主的财产分光后，为了继续获取经济利益，便把打击目标扩大至中农。作品及时抓住土改中出现的问题加以揭示，对当时正轰轰烈烈开展的全国土改运动具有警示作用。

赵树理的小说反映了四十年代解放区农村的变革，提出了当时农村中的很多重要问题，因此可以将其称为“问题小说”。赵树理曾反复说起过自己创作小说的动机：“我写的小说，都是我下乡工作时在工作中所碰到的问题，感到那个问题不解决会妨碍我们工作的进展，应该把它提出来”[1]；“在做群众工作的过程中，遇到了非解决不可而又不是轻易能解决的问题”；“如有些很热心的青年同事，不了解农村中的实际情况，为表面上的工作成绩所迷惑，我便写《李有才板话》。农村习惯上误以为出租土地也不纯

1 赵树理：《当前创作中的几个问题》，《赵树理文集·第四卷》，第1651页。

是剥削，我便写《地板》。”[1] 总之，赵树理的小说，抓住了当时现实斗争中的一些重要问题，例如如何识别地主，发现真正的基本群众，如何支持农民的民主改革要求，如何正确处理敌我和人民内部矛盾，如何帮助在政治上获得新生的农民同时在伦理、思想、意识、观念等方面获得真正的解放，等等。

赵树理小说的突出贡献还在于其在民族形式方面的创造。在小说的艺术形式上，赵树理对中国传统的评书体形式加以改造，创造了一种新的评书体的小说形式，推进了中国现代小说的民族化。在小说结构上，赵树理的小说借鉴了中国传统的评书或章回体小说中注重故事连贯和完整的写法，抛弃了呆板的套式，加以革新，这在较大程度上适应了中国农民的欣赏习惯。“五四”以来产生的中国现代小说，尤其是短篇小说，在较大程度上借鉴了西方短篇小说“截取横断面”的结构形式，这对中国小说的现代化曾起了积极的推动作用，但由于不注重情节的完整性和连贯性，与中国农民的欣赏习惯不相适应，因而现代小说很难占领广大乡村的文化阵地。正是在这个意义上，我们可以说，赵树理小说对中国现代小说的多样性发展做出了独特的贡献。在人物塑造上，赵树理既注重在叙述故事中介绍人物，又注重以人物的行动来揭示人物的心理和性格，尤其注重将人物放到具体的情境中去加以

1　赵树理:《也算经验》,《人民日报》，1949 年 6 月 26 日。

表现，用人物自己的语言、行为动态地展开人物的性格，这也正是中国传统小说表现手法的重要特点。赵树理的小说无论是在形象体系还是在情节结构上，往往具有明显的对称性。以《小二黑结婚》为例，从人物设置来说，人物之间不仅存在着对应关系（小二黑与小芹、二诸葛与三仙姑、小二黑不管事的娘与小芹管不了事的爹、村长与区长、金旺与兴旺等等），而且对每一方描写的笔墨也大致相等，这使人物性格在相互映照、彼此衬托中更加鲜明突出，给人们难忘的印象；从情节结构看，作者在小二黑结婚的中心事件中设置了小二黑、小芹与二诸葛、三仙姑，以及小二黑、小芹与金旺、兴旺之间的两组主要矛盾冲突，各自形成了一条矛盾线索，时而交替、时而合流、互为因果，在大故事之中又有许多小故事，各个小故事之间既相对独立又彼此相连，构成大故事不可分割的组成部分，使情节发展环环相扣，前因后果、来龙去脉十分清楚。在小说语言方面，赵树理注重使用经过提炼、纯化了的北方农民口语，加入必要的现代语汇，偶尔融入说书的语调，创造出一种既质朴通俗、简洁有力，又生动活泼、幽默有趣的语言。这种独特小说语言的创造，既成就了赵树理小说独特的艺术风格，也为中国现代小说语言的民族化和丰富性做出了重要的贡献。赵树理的小说创作为解放区文坛带来了新的活力，在解决新文学与农民沟通问题上提供了一些成功的经验。这种经验给许多作家以启示，四十年代及五十年代有一些山西作家如马烽、西戎、胡正、孙谦、束为等，在赵树理小说经验的影响下从事创作，并最终形成了在文学史上被称为“山药蛋派”的文学流派。

孙犁（1913—2002），原名孙树勋，生于河北省平安县。中学时代就在校刊上发表短篇小说、独幕剧和文学评论文章。1936年在白洋淀做小学教师，1938年参加抗战，在晋察冀根据地工作。1939年开始正式发表小说、散文，先后出版《荷花淀》《芦花荡》《嘱咐》《采蒲台》等作品集。孙犁的小说基本上以他的家乡冀中平原农村为背景，具体生动地描写了抗日战争和解放战争中，冀中地区人民的斗争生活。他热爱故乡和故乡的人民，对冀中水乡的自然景观和风土人情，以及对人民在斗争中焕发出来的高尚情操和人情美、人性美有着深切的感受和独特的发现。他把战争年代人民群众所表现出来的为保家卫国而进行的可歌可泣的斗争，交织在白洋淀水乡如诗如画的背景上，用充满诗意的笔致来加以表现。他的小说并没有很强的故事性，也很少对生活细节做精致的描绘，而往往是抓取个别的生活片断、场景，渲染上或浓或淡的主观情感的色彩，这形成了他的小说所特有的诗意抒情的风格。这也可以看出，孙犁艺术上对鲁迅的师承，以及曾受到普希金、契诃夫、梅里美等外国作家的影响痕迹。他的小说在创作方法上虽以现实主义为主，却带有较强的浪漫主义气息。早在1941年，他就在《论战时的英雄文学》一文中说过：在表现农民的斗争中可以渲染浪漫主义，因为“浪漫主义适合于战斗的时代，英雄的时代。这种时代,生活本身就带有浓烈的浪漫主义色彩”[1]。这种艺术的追求，就使他的小说往往充满诗情画意，颇具写意画的意味。

孙犁的小说侧重于从人的心灵、情感和生活诗意的层面上表现人物性格的丰富与优美。他努力表现普通劳动者在民族解放斗争中所表现出的明大义、识大体、顾大局的宽阔胸襟和在艰苦环境中所持有的乐观、健康、纯洁的品性，着力描画翻身农民在艰苦斗争生活中所追寻的诗意人生，揭示他们平凡而又丰富的内心世界。孙犁小说的一个显著特征在于其着意刻画和赞美的主人公都是妇女，如《老胡的事》中的小梅、《丈夫》中的媳妇、《麦收》中的二梅、《荷花淀》与《嘱咐》中的水生嫂、《芦花荡》中的两个女孩、《钟》里的尼姑慧秀、《“藏”》中的浅花、《纪念》中的母女俩、《山地回忆》中的妞儿、《光荣》中的秀梅、《吴召儿》中的吴召儿等等。这些年轻妇女各具神采却都能同样表现出高尚的情操、刚毅的性格，以及革命的激情、欢乐的精神，可以说这是孙犁塑造的独特的人物体系。关于这些青年妇女，孙犁曾感叹道:“她们在抗日战争年代，所表现的识大体、乐观主义以及献身精神,使我衷心敬佩到五体投地的程度。”[2]作家正是从这些纯真健美的青年妇女身上挖掘出时代精神的美。妇女，尤其是农村妇女，在旧社会生活地位低下，而在解放区，她们的聪明才智第一次得

1 孙犁:《论战时的英雄文学》,《孙犁文集·第四卷》，百花文艺出版社，1982年版，第336页。
2 孙犁:《关于（荷花淀）的写作》,《孙犁文集·第四卷》，第612页。

到了发挥。孙犁正是通过描写她们的思想感情，来反映多姿的时代光彩。

在孙犁诸多塑造妇女形象的小说中，写得最传神、最动人的是他的代表作《荷花淀》。小说的故事发生在抗日战争时期冀中平原的白洋淀地区。小苇庄以水生为首的七个游击队员到区上报名参了军，两天后水生嫂等几个青年妇女去探望自己参军的丈夫而未遇，水生嫂等人在归途中遇敌，水生等游击队员巧歼敌寇，经过战斗洗礼的女人，在丈夫的激励下，也自觉承担起了保家卫国的战斗任务。作品的动人之处在于作者不仅描绘了荷花淀这诗情画意的环境，更写出了丈夫、妻子细致的内心情感活动。小说成功刻画了以水生嫂为代表的抗日根据地的青年妇女形象。水生嫂是一位普普通通的农村劳动妇女，勤劳、善良、纯朴、温顺中包含坚忍，平静下蕴藏着激情。她关心丈夫、上敬老人、下疼孩子，是一位生长在中华大地上的贤妻良母。在大敌当前、丈夫出征之际，她虽依依不舍但又深明大义，没有豪言壮语，平静却毅然地将家庭生活的重担独自承担起来，让丈夫安心地去打仗。她经不住同伴们的鼓励和爱情的驱使，不顾敌情的严重而贸然地去探望丈夫，这显示出她的单纯可爱而又不成熟。在遇敌时，她却表现出了宁愿死去也绝不受辱的坚强决心。最终她带领同伴们“成立队伍”，“学会了射击”，警戒敌人，保卫生产，“配合子弟兵作战，出入在那芦苇的海里”。在战斗中成长起来的她和她们，与男儿们一样，不愧为中华民族的英雄儿女。

孙犁擅长以散文的手法来写小说，虽以抗战生活为题材，却不以金戈铁马的厮杀、尖锐激烈的冲突、曲折惊险的情节取胜，而往往是以一条简单的情节线索串联起几个重要场景，用饱含诗情而又灵巧轻捷的笔触加以精雕细琢，将写景叙事、抒情和写人融于一体，从中发掘出生活的诗意和人情美的光华。孙犁小说的景物描写非常出色，不仅洋溢着冀中平原淳厚的泥土气息和水淀荷花的幽幽清香，而且与人物的心境、情节的发展相契合。孙犁很注意小说语言的优美，描写、叙述语言清新自然、优美动人，而人物语言也达到了高度的个性化和口语化。总之，孙犁的小说具有散文的韵味，充溢着既深沉又明丽的诗的情调。孙犁的小说以其美的特质与独特的艺术风格在解放区小说中具有特殊的位置。以他为首，后来有一批作家如刘绍棠、韩映山、丛维熙等，追随其创作风格，在五六十年代形成了被称为“荷花淀派”的小说流派。

［该篇是作者为《中国现代文学史（1917—2000）》（朱栋霖、朱晓进、龙泉明主编，北京大学出版社2007年出版）撰写的上册第十九章的内容。］